纪念碑下

侵华日军南京大屠杀遇难同胞丛葬地田野调查

肖振才 顾茂富 著

江苏人民出版社

图书在版编目（CIP）数据

纪念碑下：侵华日军南京大屠杀遇难同胞丛葬地田野调查 / 肖振才，顾茂富著．－－南京：江苏人民出版社，2021.7

ISBN 978-7-214-26150-2

Ⅰ.①纪… Ⅱ.①肖… ②顾… Ⅲ.①纪实文学－中国－当代 Ⅳ.①I25

中国版本图书馆 CIP 数据核字（2021）第 085377 号

书　　　名	纪念碑下——侵华日军南京大屠杀遇难同胞丛葬地田野调查
著　　　者	肖振才　顾茂富
责 任 编 辑	曹富林　汪意云
特 约 编 辑	郝　鹏
责 任 校 对	曾　偲
责 任 监 制	陈晓明
装 帧 设 计	刘　俊
出 版 发 行	江苏人民出版社
地　　　址	南京市湖南路 1 号 A 楼，邮编：210009
网　　　址	http://www.jspph.com
照　　　排	南京私书坊文化传播有限公司
印　　　刷	苏州市越洋印刷有限公司
开　　　本	787 毫米 ×1092 毫米　1/16
印　　　张	29　插页 4
字　　　数	400 千
版　　　次	2021 年 7 月第 1 版
印　　　次	2021 年 7 月第 1 次印刷
标 准 书 号	ISBN 978-7-214-26150-2
定　　　价	150.00 元

（江苏人民出版社图书凡印装错误可向承印厂调换）

目录

楔子 - 001 -

湖山

一 南京东大门的呻吟 - 005 -

棒槌山：孟塘—湖山战斗遗址——守墓人记忆中的湖山惨案——湖山村周边的血色——札记：碑文记录的不仅仅是历史

西岗头

二 西岗头：村民永远的伤痛 - 023 -

突围：从这里撕开缺口——21名村民惨遭日军集体枪杀——有的村庄甚至先后被血洗两次——札记：江宁区是南京大屠杀的首发地和重灾区之一

仙鹤门

三 仙鹤门：7000多冤魂的见证 - 039 -

差点没有保住的丛葬地遗址——遇难者多为粤军战俘——每到夜静，仿佛还能听到出操的声音——落难的仙鹤之乡——寂然法师与栖霞山难民所

燕子矶

四 "燕矶夕照"下的罪恶 - 063 -

唯一的三角形碑亭——血泪证词——乌龙山炮台与"万人坑"——开发区寻访留下的遗憾

太平门

五　太平门：真相永远不会被掩盖　- 083 -

紫金山主阵地的失守——日本教师流泪了——《太平门消失的1300人》在日本上映——札记：太平门一带被害同胞岂止千人

北极阁

六　立在干道旁的遇难同胞纪念碑　- 101 -

21家单位捐建的纪念碑——做梦都叫"鬼子来了"——日给米6合的掩埋工作——不被承认的掩埋事实

东郊

七　坐卧不安的伪政府　- 117 -

"杀人竞赛"的发生地——伪市政公署督办的"善举"——"悲惨之情诉不胜诉"——札记：伪政权埋尸16851具

正觉寺

八　正觉寺：佛门之难　- 133 -

多灾多难的正觉寺——战犯谷寿夫的审判附件——失去护身的教徒们——锦绣秦淮沦为人间地狱

挹江门

九　挹江门下的"尸山"　- 153 -

挹江门下的悲情——大屠杀中逆行者：约翰·马吉——与马吉旧居隔湖相望的丛葬地——不该遗忘的三汊河惨案

下关电厂

十　三易其址的纪念碑　- 173 -

在枪炮声中坚守岗位——首块刻有死难者姓名的纪念碑——纪念碑三易其址——守诺祭扫18年的清洁女工

中山码头

十一　顿成鬼域的中山码头　　- 191 -

下关的沦陷——难民区内的疯狂"扫荡"——扬子江的江面都变窄、变红了……——九甲圩：小巷深处的悲情

煤炭港

十二　煤炭港上空的冤魂　　- 211 -

狮子山炮台：最后沦陷的土地——3000余名遇难者中的幸存者——加害者陈述：跑到码头边，去看杀中国人——心在呐喊

草鞋峡

十三　呜咽的草鞋峡　　- 227 -

四所村、五所村成为当时最大的难民收容所——幕府山下的空营房——57000多人遇害得到军事法庭的确认——加害者说：屠杀是"自卫行为"

鱼雷营

十四　曾经的鱼雷营　　- 245 -

鱼雷营码头：唐生智由此处渡江——鲜血浸透了这片土地——历史的定格——有铭无碑成为过去

南京大学

十五　高等学府里的"万人坑"　　- 261 -

杭立武与"国际安全区"建立——"良民登记"的谎言——安全区里的"万人坑"——不安全的"安全区"——南京人的"活菩萨"

清凉山

十六　清凉山下的暴行　　- 283 -

"问佛之处"的惨案——"天下第一戒坛"成为侵华日军的屠场——金陵文理学院与她的守护女神

五台山

十七　五台山：建在白骨上的"大庙"　- 299 -

碑文所产生的错觉——无数同胞在这里化成了烟，化成了灰——沦陷区规模最大的"神社"——大庙改为"中国抗战阵亡将士纪念堂"

汉中门外

十八　汉中门：街头变为刑场　- 315 -

绝处逢生的伍长德——发生在汉中门一带的"扫荡"——记入家书的证词

江东门

十九　仅仅成为地名的江东门　- 329 -

无法想象的丛葬地——骇人听闻的"尸体桥"——江东门"万人坑"的发掘——《血证》：章章是血

上新河

二十　河西父老眼中的大屠杀　- 347 -

古镇眨眼成为人间地狱——湖南木商出钱雇工掩埋尸体——屠杀，屠杀，还是屠杀——又发现一处遇难者丛葬地

花神庙

二十一　血染没胫的花神庙　- 367 -

数万军民惨遭集体屠杀——还原大屠杀时的花神庙地区——札记：市民自发掩埋尸体4.3万余具

普德寺

二十二　普德寺：山坡下的丛葬地　- 381 -

雨花台：战场、刑场、坟场——红卍字会在难民区成立了掩埋组——挖地建房时，发现下面全是白骨——札记：慈善机构收埋尸体约151550具

广东山庄

二十三　广东山庄里的英魂　　　　　　　- 399 -

沦陷时从三牌楼迁来——牺牲在南京空战中的粤军伤员——300多名重伤军人惨遭杀害——粤军烈士墓园的重建

浦口

二十四　集中营的怒吼　　　　　　　　　- 413 -

南京唯一的战俘集中营——不屈的抗争——抗日英雄谭天觉曾在此关押——不仅仅是4000多人的惨死

江东门

二十五　江东门纪念馆：国家公祭的主会场

- 431 -

历史在这里沉思——国家公祭日的设立——唱响：和平宣言

附录：　　　　　　　　　　　　　　　- 441 -

一、侵华日军南京大屠杀集中屠杀情况统计表
二、南京大屠杀遇难者尸体掩埋统计表
三、南京市抗日战争时期社会财产损失统计表
四、南京市抗日战争时期居民财产损失统计表

后记　　　　　　　　　　　　　　　　- 449 -

楔子

卅万亡灵,饮恨江城。日月惨淡,寰宇震惊。兽行暴虐,旷世未闻。同胞何辜,国难正殷。

正如南京大屠杀公祭鼎上镌刻的铭文所书,南京之痛,是中国之痛、世界之痛,更是人类文明之痛。把历史铭刻于钟鼎,正是为了守护这段无法抹去的记忆,捍卫一个不容否认的真相——这场泯灭人性的大屠杀为日本历史、人类文明留下了肮脏而耻辱的一页。

抗战前,南京是国民政府的首都,战争爆发后是日军重点打击的城市之一,沦陷时又发生了震惊中外的南京大屠杀,并成为日军占领时期的统治中心,沦陷长达8年之久,造成人口伤亡和财产的巨大损失。

对每一个南京人来说,侵华日军大屠杀是一个永远的伤痛。

尽管有关南京大屠杀的档案作为联合国教科文组织"世界记忆名录",已记入全人类的文化遗产,但长期以来,一些不愿正视过往,甚至美化侵略的论调仍然时有出现,一些国家仍不愿意承担相应历史责任的现象仍然存在。

作为日本侵华战争受害最深的城市之一,作为日军大屠杀惨案的发生地,开展深入有效的抗战损失调研工作,清算日本侵华战争给南京这座城市带来的破坏、给南京人民带来的伤害,是对南京这座城市负责,对南京人民负责,也是对历史负责。2006年3月,在中共中央党史研究室的统一领导下,南京市抗战时期人口伤亡和财产损失调研工作启动。至2008年5月,历时26个月,我们有幸自始至终参与了这次调研工作。

其实,作为政府主导或参与的侵华日军南京暴行普查,历史上有过4次。

第一次调查,发生在全国性抗战爆发之后。1943年6月,抗日战争进入局部反攻阶段,在重庆的国民政府决定筹设"敌人罪行调查委员会",领导国统区和军政内部开展日军在华罪行的调查工作,从而积累了大量第一手统计资料。抗战胜利后,国民政府还都南京,"敌人罪行调查委员会"亦随迁南京办公,各项日军罪行调查工作迅速开展。其中,侵华日军南京大屠杀案罪行调查,是该委员会最重要的工作之一。1945至1946年,南京日军罪行调查和抗战损失调查机构相继成立,重点调查谋杀、屠杀及有组织、有计划之恐怖行为的罪行;调查强奸妇女或强迫妇女为娼的罪行;调查强迫占领地区民众服兵役的罪行;调查抢劫罪行;调查施行集体惩罚之行为的罪行;调查滥炸不设防城市或非军事目标的罪行等。因此,见证日军在汉中门外大屠杀的警察伍长德、学生徐静森等受害者,很快被调查人员记录在档。迄至1946年4月10日,南京市抗战损失调查委员会公布统计南京大屠杀暴行遇难同胞人数为295525人。同年7月1日,南京大屠杀案敌人罪行调查委员会举行第二次会议时公布,在前统计有29.5万余人遇难的基础上,加上救济总署在救济死难者家属过程中统计出的96260人,遇难者"共计已有三十九万余人"。

第二次关于侵华日军在南京暴行调查,时间跨度也较大。1960年,南京大学历史系日本史小组的4位教师,组织7名学生,对南京大屠杀事件进行详细的调查研究,收集了许多难得的照片和资料,于1963年编撰完成《日本帝国主义在南京的大屠杀》一书。在列举远东国际军事法庭的"20万人"之说以及中国方面"30余万人""39万余人""50万人"等说法后认为:"总计被日寇屠杀而有案可考的达四十万人左右"。20世纪80年代初,南京市政协文史资料研究委员会组织专家学者,经过深入调研,编辑了《侵华日军南京大屠杀史料专辑》(1983年出版)

一书，其中收入了学术界对南京大屠杀事件的最新研究成果，较为客观地介绍了中外军事法庭对南京大屠杀案的审判，同时重新恢复了"30余万人惨死于南京大屠杀"的认定。

20世纪80年代初，由于日本少数右翼分子加紧了对历史上发动侵略战争和制造南京大屠杀等暴行的否定，理所当然地激起了中国人民的义愤，从而促使了社会各界对南京大屠杀事件的深入研究。自1983年底起，由中共南京市委、南京市政府直接负责，建立"南京大屠杀"编史、建馆、立碑领导小组和"南京大屠杀"史料编辑委员会，是为侵华日军在南京暴行的第三次大调查。

经过全市各区县、街道和乡村普遍发动、认真搜寻，这次调查，共发现南京大屠杀受害者、幸存者、目击者1756人，逐个登记造册，留下证言，为准确地估算南京大屠杀的遇难人数，提供了大量可靠的信息。通过深入地挖掘包括中央档案馆、中国第二历史档案馆、南京市档案馆，以及北京、上海、南京、武汉、西安、重庆等地的图书馆等单位收藏的有关历史档案和报刊资料，最大限度地汇集了前人的工作成果。经专家、学者反复论证，反复推敲，经过4年的努力，至1987年，建成了南京大屠杀遇难同胞纪念馆，设立了15处南京大屠杀遗址纪念碑，出版了《侵华日军南京大屠杀史稿》《侵华日军南京大屠杀史料》《侵华日军南京大屠杀档案》等配套书籍。巨大的系统工程，向全世界宣告了中国官方、公众和学术界经过认真的、深入的调查和研究，形成南京大屠杀遇难人数在30万人以上具有全新内涵的共识。

2005年，中共南京市委决定按照中央和省委要求在全市开展"抗日战争时期中国人口伤亡和财产损失"调研，此为南京历史上第四次侵华日军南京暴行的调查，是国家层面下达的任务。市委明确提出，调查要更加扎实、有力、具体、准确，更加清楚准确地掌握日本军国主义的侵略罪行，更加清楚准确地掌握日本侵略在各个不同领域、地区和方面对中国造成的破坏和损失。全市13个区(县)均成立由区(县)委分管书记或常委、组织部部长任组长，区(县)委党史办领导为副组长，相关单位为成员的抗战课题调研工作小组，并抽调部分乡镇和街道的组织干事、社区工作人员等开展调研。

根据原中共中央党史研究室和省委党史工作办公室的部署，南京市的调研工作重点放在县区两级，重点查找省、市、县档案馆，地方志办公室及句容、镇江、扬州、仪征、合肥、无锡等周边地区的有关档案和文献资料。同时，采取拉网式、筛选式、走访式、梳理式等方法，对重点区县70岁以上的老人调查走访，又获取了一批南京大屠杀新的见证人、亲历者和口述资料。

作为调查人，我们积攒了大量的资料卡片和采访札记。

尽管揭露侵华日军南京大屠杀的作品林林总总，尽管时间过去多年，但是把调研过程记下来的强烈念头不时地冲击着调查人心灵的深处。

在省市作家协会和相关领导的支持下，结合最新的研究成果和调查情况，我们开始了新一次"南京大屠杀"的田野调查，以飨读者和后来的研究者，昭告天下及后世，告慰南京大屠杀遇难者的在天之灵！

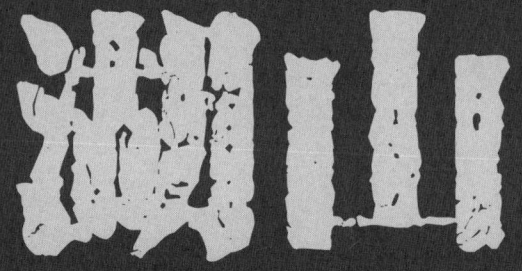

侵华日军南京大屠杀湖山社区遇难同胞"以史为鉴碑"纪念碑

位置

江宁区汤山街道湖山社区公墓，南京市江宁区汤山镇湖山村委会2005年8月15日立。

民国二十六年冬日初四（一九三七年十二月六日），日军侵入湖山，村民流离失所，生灵涂炭，家破人亡，痛不欲生。

据不完全统计，先后有六十四人遇难（大多死于南京沦陷前后），十五家绝户，二百多间房屋被焚。

中国军队曾在棒槌山、岘山等地抗击入侵，许多官兵阵亡。沦陷后，新四军在此依靠人民，坚持敌后抗战，直到胜利。

前事不忘，后事之师。为纪念遇难和阵亡同胞，增强爱国情怀，立志振兴中华，呼吁制止侵略战争，保卫世界和平，特立此碑。

一

南京东大门的呻吟

有位作家曾说过,南京是一个充满悲情的城市,一座以陵墓为胜迹的城市。明孝陵、灵谷寺、雨花台、中山陵,还有吴王坟、南唐二陵、六朝王陵……

每一处陵墓古迹,每一块石碑都在向人们诉说着它的荣耀和不幸。

20世纪80年代,为纪念世界反法西斯战争暨抗日战争胜利,反击日本右翼集团否定历史,控诉侵华日军残暴反人类的罪行,让人们永远记住那不该发生的历史惨案,这块土地上又修建了一处处侵华日军南京大屠杀遇难者纪念碑、遇难者丛葬地纪念地。从此,六朝古都的南京,平添了20余处纪念碑(馆)。

在第六个国家公祭日临近之时,我们几位当年参加侵华日军在南京暴行的调查人,沿着侵华日军占领南京的路线进行实地调研,回访侵华日军南京大屠杀的幸存者。

254人、5100多人、57000余人……每走过一处丛葬地纪念碑,我们的心情便会愈加沉重,那冰冷的碑面上清晰地记录着刺眼的数字,有时候,我们并不愿再见到这样的数字,因为这些都是我无辜的同胞啊!每一次看到,都是对心的一种锥刺,可是历史无法掩盖,更无法磨灭,心痛之际,我们更加坚定了走下去、记下来的决心!

这是一个乍暖还寒的日子,虽然说已是公历3月,仍然冷风习习,我们一行四人再次来到江宁汤山街道,实地考察湖山村村民自建的侵华日军集体屠杀纪念碑,一处遇难同胞的纪念碑。

汤山旧称汤水,是南京的"东大门"。汤山,以出温泉而著名,南朝刘宋的江夏王刘义恭曾作《汤泉铭》赞道:"炎德资远液,暄波起斯源。"汤山最高峰292米,处于秦淮盆地的北沿,其东麓为汤山镇,镇旁有汤水河,为秦淮河的一条支流。汤山地区为长江中下游典型的丘陵地带,自汤山镇至中山门,沿途山峦起伏,沟湖网汊星罗棋布。

从汤山镇到湖山村委会约20分钟车程,经汤龙公路北行,翻过狼山山凹左拐,路边竖立着"汤山风景区 孟塘村"大型标志,沿圣湖东路前行不足2公里,穿过沪宁高速铁路即抵达湖山社区。

1937年12月,侵华日军就是从这里开始了向南京的进攻。这是距离南京城区最远的一处侵华日军南京大屠杀的遗址,也是日军南京大屠杀的暴行之始。

棒槌山:孟塘—湖山战斗遗址

1937年12月初,短暂而又壮烈的南京保卫战——孟塘—湖山战斗就发生在这里。如今,这里正在开展新一轮美好乡村的建设,重新进行道路规划,架桥拓路,热火朝天,尽力打造以猿人洞、阳山碑材为中心的汤山风景区。

由于农田建设和道路改造,作为80多年前的孟塘—湖山战斗遗址所在地的棒槌山、岘山一带已几乎看不出当年激战的痕迹。初具规模的湖山小火车漫步公园,就坐落在棒槌山的中心位置。

南京地方史学者、时任南京党史工作办公室征研处处长的晓夫告诉我们:孟塘—湖山战斗是南京保卫战的外廓战,应该说侵华日军南京大屠杀的暴行始于南京东大门被侵略者打开之时,汤山一带是侵华日军南京大屠杀之始。

八一三淞沪抗战结束后,日军继续西犯,妄图以武力优势彻底摧毁中国军队战斗意志,迫使中国以屈辱的条件讲和,早日"解决事变"。

11月20日，为统一指挥对中国的战争，日本宣告成立大本营。在24日召开的第一次大本营御前会议上，明确提出扩大战争、夺取南京的战略决策。这一决策传到上海，使刚刚结束淞沪决战、气焰高涨的日本华中方面军的军官们十分兴奋，立即向日陆军参谋本部报告说："为了使事变迅速解决，趁现在敌人怕劣势，必须攻占南京。"报告很快得到陆军参谋本部的批准，并向华中方面军下达了"向南京追击"的电令。[1]

12月1日，日本大本营以"大陆命第七号"下达敕令，日"华中方面军"下辖上海派遣军和第十军，司令官为松井石根大将。共动用8个师团、2个支队及辅助部队等近30万人，其中直接攻击南京的日军为第六、第九、第十六、第一一四师团、国崎支队，以及第八师团的一支先遣队、第十三师团的山田支队，共10万余人。

全部兵力分为左、中、右三路，协同日海军第十一支队进击南京。左路日军由第十军的各个师团组成，从嘉兴出发，沿宜兴—溧阳—溧水公路进入溧水北部地区，直扑南京城南一线；以第六、第十八师团沿宁国—芜湖公路进攻芜湖，切断南京守军沿长江西撤的退路；国崎支队经广德—郎溪，东攻江浦、浦口，从西北面包抄南京，以切断南京守军渡江北撤之退路。中路日军由"上海派遣军"之第三、第九、第十六师团组成，沿沪宁铁路经金坛、句容、汤水镇，直扑南京城的东部与东南部。右路日军由"上海派遣军"第十三师团与第十一师团的天谷支队组成，沿长江南岸与沪宁铁路以北，占领镇江后再攻六合、浦口，以第十三师团一部组成山田支队，进攻龙潭、栖霞山、幕府山，包抄南京城的东北部。另以日海军第三舰队第十一支队从上海、江阴溯长江西上，控制南京江面，断南京守军渡长江北撤的退路。

面对日军的进犯，蒋介石于11月中旬，连续三次召集幕僚开会，研究南京的弃守问题。在全国人民抗日救国热潮的影响和推动下，蒋介石作出了短期固守南京的决定，并任命唐生智为南京卫戍司令长官，罗卓英、刘兴为副司令长官，指挥南京保卫战。

---

[1] 日本防卫厅防卫研究所战史室：《中国事变陆军作战史》第1卷第2册，中华书局1981年版，第107页。

划归南京卫戍长官司令部指挥的军队共15个师，10余万人，计有：第二军团徐源泉部2个师，第六十六军叶肇部2个师，第七十一军王敬久部1个师，第七十二军孙元良部1个师，第七十四军俞济时部2个师，第七十八军宋希濂部1个师，第八十三军邓龙光部2个师，教导总队桂永清部，第一〇三师何知重部，第一一二师霍守义部，宪兵部队肖山令部，以及其他直属部队。

按照蒋介石的指示，唐生智将所属部队作了部署：（一）主阵地：板桥—淳化镇之线，以第七十四军担任；孟塘—龙潭线，先以第八十三军担任，后由第二军团担任。（二）复廓阵地：狮子山及城北一带，由宋希濂部第三十六师担任，安德门至雨花台段，由孙元良部第八十八师担任；河定桥至工兵学校段，由王敬久部第八十七师担任；其北经紫金山前缘至蒋王庙，由教导总队担任。此外，第六十六军和第八十三军在外围阵地汤水镇东西两侧，阻击沿京杭公路北犯之敌。

12月初，左路日军攻陷芜湖，旋即北上陷当涂，继续向南京攻击前进。从东、南、西三个方向形成对南京包围态势。

疯狂的日军像滚滚铁流，自上海向国民政府首都南京漫延……

1937年12月4日，中国军队第六十六军一六〇师、一五四师进军句容，并以一六〇师四七八旅为前进部队，抢占句容西北，仓促布设句容至汤山一线，阻击日军侵略。刚从淞沪会战战场撤出的广东部队六十六军叶肇部，在淞沪会战中伤亡惨重，全军约7000人，实际兵力不到1个师，主要装备是步枪、机枪、手榴弹等轻武器，以及少量迫击炮。

12月5日，右、中两路日军突破我句容防线，攻陷句容、秣陵关，向南京外围阵地猛攻。第二天上午，日军第十六师团一部突进至汤山地区，虽经堵截，但一面抵抗，一面利用地形继续前进。下午2时，其先头部队已突进到湖山附近，使在句容防御的我六十六军有被切断包围的可能，由此爆发了南京保卫战役首次战斗——孟塘—湖山战斗。

孟塘至湖山一带为丘陵地带，山体不高，受命驻守汤山、湖山一线的是一六〇师、第三十六师之补充二团和第二军团之四十一师三支部队。时值冬季来临，士兵们尚未换装，许多士兵穿着单衣短裤，顶着凛冽的寒风，战士们鼓足精神抢挖散兵战壕，准备打击来犯之敌。

装备精良的日军第十六师团一部沿宁杭公路向汤山一线压过来，在上有飞机侦察、下有装甲炮车掩护的情况下，呈扇形包围了孟塘、湖山一线的守军。得到战报，卫戍司令长官部命令第三十六师抽调1个团兵力配属战车炮队前往协同作战，肃清进犯之敌。但由于通讯不畅，原计划落空。

奉命支援第六十六军作战的另一支广东部队第八十三军邓龙光部在汤山一座锥形的山头上与进攻的日军进行了殊死搏斗，大约300名守军一直战斗到只剩下一个人。

为防止日军切断守军与后方联络，四七八旅九五六团组织5个连，由刘厚营长率领，到孟塘南侧堵截敌军，增援大湖山、岘山阵地。刚行进至孟塘南侧的狼山一带，刘营就被突进的日军四面包围。刘厚率全体官兵高喊着与"阵地共存亡"的口号，浴血苦战。夜色降临之时，5个连的官兵大部殉国，余部依然拼死抵抗，顽强地固守阵地。

第四十一师在湖山北线攻击，在嘹亮的冲锋号激励下奋力拼杀，终于占领了马基山。日军调来了重型坦克和装甲战车，守军经不起坦克、战车的轰炸和攻击，逐步退却，伤亡惨重，1个营差不多全部损失，2个营遭到重创。官兵浴血奋战，短兵相接，大刀、长枪、刺刀一齐上，一波一波地冲锋，一波一波地倒下，直到日落西山，战斗仍在持续，守军阵地前留下大片血肉模糊的尸体。

至8日下午2时，由于汤山失守，日军后续援兵不断向汤山一带聚集，守军不得不放弃阵地，向南京城下撤退，整理待命。

汤山、淳化镇、龙潭相继被攻陷。

守墓人记忆中的湖山惨案

汤山镇，距市中心约20千米，现为江宁区街道建置，东与句容市交接，面积170.57平方千米，户籍人口7万余人。宁沪高速公路、宁杭公路、汤铜公路、汤龙公路穿境而过。辖有汤山、青林、作厂、古泉、孟墓、鹤龄、高庄、上峰8个社区，湖山、龙尚、孟塘、路西、建设、宁西、阜东、阜庄8个行政村，在侵华日军自上海进攻南京的这场灾难中首当其冲，深受其害。

湖山村距宁杭公路不远，距汤山镇直线距离只有四五千米，经山路翻过狼山就到。

侵华日军南京大屠杀湖山村遇难同胞纪念碑立于植被良好的观音山脚，马山口休闲垂钓中心的东南，观音山公墓的一侧，四周被茂密的松柏环绕。纪念碑约1.6米高，竖立在公墓入口处的醒目位置，背面不远处就是沪宁高速铁路桥，碑顶用绿色瓦块搭成屋檐，四周砌了一圈白色瓷砖，黑色的碑体嵌在其中。纪念碑正面用红色字体刻着"以史为鉴碑"五个大字，背面密密麻麻地刻着64位死难者的名字。

湖山村死难者名单

我们赶到湖山村村民公墓时,正巧村上正在进行大规模的拆迁改造。已经年届九十的戴兴洪(1930年生)和他的老伴住在公墓附近临时搭建的平房里。他告诉我们,纪念碑上的遇难者他大多认识,惨案发生时,自己随父母逃难到了距此不远的西村亲戚家,幸免于难,回来后看见附近许多中央军(经考为粤军)和无辜村民倒在棒槌山、岘山的山上山下,田里沟旁,到处都是尸体,好几百口子,一下子都完了,好惨啦!

他的老伴、87岁的苏凤英说:这块纪念碑是村民苏国宝带头捐资兴建的。2005年建好后,村民们每逢清明、七月半,便到这块碑前祭拜死去的亲人,老师们也常带着村上的娃娃们来这里,追忆过去,不忘幸福生活的来之不易。

当地村民回忆,1937年12月6日,日军一支二三十人的小股部队侵入湖山村,村民们开始以为是中国军队,猝不及防。谁料,这伙歹徒像恶狼一样,进村就捉鸡杀狗,抢劫村民粮食,砍伐树木,布岗哨、挖掩体,封锁要道,并开始"扫荡"。随后,大批增援的日军开进湖山一带。

村民戴昌继、陈开荣、戴大林、戴兴根、戴兴钏、戴昌遗,见日军进村,躲进两家房屋之间的滴水夹巷中。日军发现后将他们押至原小学操场,用刺刀一一刺死,其中戴大林与戴兴根是父子俩。

马昌禄、马小马父子俩,是在小湖山村村头被日军逮着后无辜杀害的。湖山村高庄的夏赵氏受托将别人的孩子背到高庄(湖山另一自然村),刚出了村北,就被日军开枪打死;其子夏全富去看母亲遗体时,被日军逮住,不容分说喉咙就被日军捅了几刀,母子同遭毒手。

大湖山村的戴王氏背着棉胎,寻找被日军捕去的丈夫戴大如,出门后往村西走,也被日军一枪打死。湖山圣村戎国仁夫妇一道逃难,刚跑到村北蚱蜢山方向,丈夫戎国仁被日军枪杀于塘边,戎赵氏望着刚才还在身边的丈夫倒地上,痛不欲生,随即投入丈夫遇难的赵家塘自尽。

来湖山高庄村避难的夏家桃外公也被日本兵打死,他17岁的孙女遭日本兵强奸后跳塘而亡,祖孙2人同时遇难。日军连幼儿也不放过。3岁的苏国久被日军抓住时,咬了对方一口,被残暴的日军拎起来扔进七乡河淹死。一些村民为抬回遇难乡亲的遗体,也成了日军屠杀的对象。

湖山村守墓人戴兴洪和他的老伴

村民苏立椿逃难走到今栖霞区东湖边的公路上时，被日军机枪打中腹部。村民王恒斌、戴兴钊、苏立道、苏昌禄去抬苏立椿遗体，不期遇上日本兵，因躲不过，便装着去"迎"他们，结果被日军抓到孟北村许巷刺死。

村民们纷纷外出避难。夏元居尚未出村，就在乌鸦山的山宕被日本兵打死。背着女儿去避难的张世福，被日本兵打死在路边。被日军抓住充当苦力的戴大如和一位姓谢的村民，几天后也在麒麟西村被日军打死。

从 12 月 6 日至 13 日，仅湖山村被屠杀的村民（含本村人在本村、本村人在外村、外村人在本村遭屠杀的）就有 50 多人。

南京沦陷后，又有 10 多名村民遇难，15 家绝户，200 多间房屋被焚烧。12 月 14 日，日军又在孟塘后巷的北塘村开枪打死 30 多个难民。强奸妇女、焚烧民房等罪恶行径，几乎每个村都有发生。

2005 年，为纪念抗日战争胜利 60 周年，怀念为国献身的死难烈士和无辜难民，由当地乡民出资在湖山社区——侵华日军集体屠杀所在地公墓，建立一处遇难同胞的纪念碑，碑身写着"以史为鉴碑"五个大字，碑后还刻有 64 名遇难者的姓名，遇难者均为湖山村村民。

苏国宝是当年日军"屠乡"的见证人，他亲身经历了日军在湖山村的屠杀，也是纪念碑筹建发起人之一。2006 年 12 月，时年 79 岁的他，曾应邀赴日冈山，参加南京大屠杀证言会，会上讲述了侵华日军在湖山村的暴行。不期苏老于 2016 年 9 月 4 日因病去世，尸体就葬在湖山公墓。

当年，苏国宝 3 岁的弟弟被日军扔下七乡河淹死，义姑父等乡亲被日军屠杀。死难者中有反抗日军施暴而被杀的，有先被拉夫或抓去带路后被杀的等，杀人的手段包括枪击、刀砍、刺刀捅、溺毙、锹砸。老人去世前，曾留下了一本日记，告诫后代不要忘记这段屈辱的历史。在日记中，苏国宝写道：

<u>我在（1937 年）12 月 8 日上午被日军抓住，赶到湖山小学操场上，共有 10 人，其中 1 人叫王立荣，被日军用</u>

刀砍头致死。我小弟苏国久被溺毙而死。戴昌继、陈开荣、戴兴钊、戴大军、戴大林与戴兴根相继被日军用刀刺死。

湖山村大屠杀死难者后人、村民戴大亮说，1937年12月6日，侵华日军对南京进行烧杀，我家住湖山村，我的爷爷戴昌淇为了保护自家房子不被烧掉，用水桶将大火扑灭时被日军发现了，日军用刺刀活活将他捅死。所以今天，我们不忘历史，祈祷和平。

村民戴志善说，他父亲戴昌奇被日军用刺刀捅死后，"家中用大伯的寿材，父亲穿着血衣入殓的"，"先埋在菜地里，第二年清明才正式下葬，（将）父亲埋在中国水泥厂（运原料）的铁路边"；后来又有戴昌继、戴大林、戴大钧等11人，在戴氏宗祠前被杀，"一开始埋在大祠堂前，11人一个坑"，"第二年清明，把坑挖开，各家改葬"；一周后，又有王恒斌等4人在许巷被杀，"这几个人的尸首被抬回来"，分别葬在义冢地及现在村委会门口东边。

湖山村周边的血色

抗日战争期间南京伤亡人口和财产损失调研过程中，通过对该地区83位老人调查走访，结合档案、地方志、《南京大屠杀史料集》、《侵华日军南京大屠杀幸存者证言》、《城东生死劫》等一批出版物中所刊登的口述资料进行甄别、归纳、整理和统计，全面抗战8年期间，日军在汤山地区一次性屠杀10人以上的就达30多次，加上零星屠杀的、有名有姓的有1000多人，比较完整地呈现了日军在一个农村社区的暴行。

与湖山、社区相距不远的孟塘行政村柏家庄胡正宽老人清楚地记得侵华日军当年侵入孟塘村的情况，当着来访的日本友人松冈环和村民的面，他说：[1] 我是民国十四年（1925）出生的，属牛，"跑反"时13岁，今年82岁。我不识字。那年冬月初四（12月6日），日本鬼子到了我们这里。下午三四点钟，来了一架飞机，我看见飞机

---

[1] 张宪文主编：《南京大屠杀史料集38·幸存者口述续编（中）》，江苏人民出版社2007年版，第1125页。

上丢下两个炸弹,在孟塘自然村那里炸死了六七个难民。过了几个小时,日本兵到我们村上来了,穿的是黄呢子衣服,个个都有枪,枪上有三角刺刀。日本人吃过晚饭,命令来了。他们嫌带的东西太重,就进屋里来抓人,给他们背东西。有三四个日本兵到我家里,把我父亲胡先甫抓走了,叫他背一个皮包,有这么长(用手比画,约30厘米),这么高。另外还抓走了卞生元的父亲和李方兵的爷爷。那时天还没黑,他们就走了。日本人一走开,村里的草房就烧起来了。当时,柏家庄只有十来户,草房全烧掉了,只剩下几间瓦房。我父亲被抓走之后就再也没有回来。第二天过来的日本兵就多了,我们村六七十号人都奔宝华山了……安民以后,日本兵还到乡下来要鸡和鸡蛋,要花姑娘。我堂兄弟的童养媳,那时还没有结婚,同我们住在一起,我亲眼看到她被两个鬼子强奸了。

孟北行政村同兴村93号的苏立芝(女),当年已16岁,很小就嫁到同兴村做童养媳,随家人"跑反"进了圩区,因天气转凉,惦记家里的房屋,不得已于冬月十四(12月16日)回来。她说,鬼子是上午来的,下午在湖山捞了4个人,杀猪给他们吃。夜里鬼子酒喝多了,让17个人跪着,杀了16个人。在我们村做小工的一个叫腊红子的没有死,因为鬼子没有子弹了,回去换子弹,他乘机跑了。第二天,看到田里有很多死人。……高庄的房子基本上被烧光了,夏忠银家的七八间房子被烧了,是草房,因为我们村上的人打死一个老鬼子,鬼子报复烧房子。我们村戴兴兵的三间瓦房也被烧了。第二年正月初二,有4个人被鬼子打死。其中一个老太,叫戴朱氏,50多岁,一个小姑娘,是锁石的丫头,来做童养媳的;还有一个老头,叫戴兴金,五六十岁;还有一个近20岁的小伙子,他爸爸叫戴金传。他们当时躲在山上,被鬼子发现的。另外有一个老太,往水里一趴,嘴贴着水面,披头散发,鬼子过去叫她,看她不动,鬼子以为她死了,就走了,老太名戴戌氏。桦墅村的林桂芝被鬼子强奸,她现在要是活着的话该有八十七八岁了。鬼子当时把她带到坟头朱砂洞好几天。[1]

---

[1] 张宪文主编:《南京大屠杀史料集38·幸存者口述续编(中)》,江苏人民出版社2007年版,第1095页。本节没有加注的证言,均引自该史料集,第1087—1013页。

汤山街道路西社区的戴宗保，1928年4月3日生，日军侵犯汤山时他正在村头晒太阳。他回忆说，鬼子冬月初二（12月2日）过来的，到村上的时间是冬月初七（12月9日），鬼子见到村上人还要搜身，要打开怀看看。村上贾新尚被鬼子打死了，死的时候有70多岁，鬼子让他当夫子，但他年龄大了，腿不好，拿不动东西，鬼子就把他打死了。在上峰李岗头鬼子还烧了房子，让人分组站在一起，年龄大的站一队，年纪轻的站一队，在这一次，鬼子一共打死了7个人。其中高庄的庞其木兄弟俩，当时都有20多岁。这是我父亲亲眼看到，回来对我们说的，他当时是被鬼子抓差的。村上的戴可军被鬼子打死了，他当时有50多岁。还有陈松的爷爷也被鬼子打死了，他当时"跑反"。背着扁担，里面穿的是黄衣服，鬼子以为是国民党，是被4个鬼子打死的，这是我当场看到的。村上的戴新方，是戴礼炳的太爷爷，也被鬼子打死的，他当时有80多岁。鬼子刚来的时候，村上鄢老五的2个女儿年纪小，哭闹，大家"跑反"，躲起来，怕被鬼子发现，小孩子被父母扔进了塘里边。当时都是三四岁的，她们小，爱哭，"跑反"时是个累赘。……当时村上的房子烧了很多，村上有100多户人家，只有几家的房子没烧，90%的房子被烧了，烧掉房子有300间以上，有2/3是瓦房。村上被鬼子强奸的妇女有好几个，鬼子来一次都拖四五个女的睡觉。刚开始来的两三个月，看见年轻妇女，抓到就强奸。有个女的当时二三十岁，被三四个鬼子轮奸，没有办法，不从就要被打死。

汤山街道窑山北村32—2号的许长道"跑反"时才10岁。他母亲姓陈，句容黄梅陈巷人，父亲鲍世成。他回忆说，日本人打来，第一天过来一只大气球，他们的部队到了。第二天又过来一只大气球，他们的后续部队上来了。这两只气球过去了，大家就以为不要紧了。后来，听说家里的房子被烧掉了，我父亲和孙老太就在冬月初十回来看看。他们大概是从朱砂洞往回走的，走到如今地税局过去一点的老虎地，在西凹的一个凹子里，我父亲被日本兵开枪打死了。孙老太也挨了一枪，子弹从她左耳下边一点进去，从右耳下边一点出来，进去的孔小，出来的孔大。她流了许多血，但没有死，慢慢地跑回红庙了。鲍世成用煤油灯照着，看她的伤口。他懂点医道，用酒给她擦洗，说她真是命大，差一点就没命了……后来，大概是有人去翻尸找钱，看到老虎地那里有一具尸体。别人就跑来告诉我母亲："有人在老虎地看到一个人，像是老兴炎。"母亲和二姐夫就跑去找。父亲当时是络腮胡子，他们到那里一看就认出来了。当时把他就地埋了。过了一年多，她姐夫割（打）了一口棺材，把尸体运回来，葬在兽医站那儿的"八分地"。

12月16日，汤山镇许村巷100多名村民，被日军强迫到打谷场上，用刺刀一个一个戳死。陈光秀老人回忆说："农历冬月初八（12月10日），我父亲陈智松留在家中看家，日本通讯兵沿公路回收电线，正巧我父亲到稻场上去搬草喂牛，被日军枪杀身死。冬月十四日（12月16日），村上忽然出现大批日本兵。当时全村有近两百户人家，日本兵把全村的一百多个年轻人，集中在打稻场上，全部敞开胸怀，用刺刀一个一个地戳死。我的亲弟弟陈光东也在其中。有个叫时大林的，日本兵复查时，发现他没有死，又戳他几刀。每戳一刀，就听他喊一声'我的妈呀'就这样惨死了。回忆起来，真叫人心疼呀！还有刘应志和时先二人，被戳了几刀，因未戳中要害，后被他们家的亲人救护，伤口用布包扎起来，经过一段时间伤口渐渐好了。湖山煤矿工人崔义财，由于机智，在日本兵戳入的时候，他顺着倒在死尸之中，幸免于难……当时村上艾家四兄弟：艾红来、艾根来、艾义生、艾仁义，被日本兵抓住，像扔麻袋一样，活活地砸死了。还有一些从外地被日本兵抓来做苦力的人，事后也被日本兵用刺刀将心肝五脏都挖了出来。邻近村庄有个叫方老二的，被日本兵砍成两段，一段丢在大场岗，一段抛到六亩口；还有个刘老五，日本兵冲门入内，用刀把他头脑砍掉了，半截身子在门外，半截身子在门内。日本兵除了杀人外，还强奸妇女，苏仁发的老婆当年约四十岁，被日本兵按在我家床上奸污了；苏仁发家有个童养媳，才十五六岁，被三四个日本兵拖到魏官家轮奸……我家除了父亲、弟弟被杀外，我婶婶因躲避日军，在外边大山上生小孩，得了产后风病，不久即死去；我妈妈因夫、子被杀，也忧郁而死，一家人只剩下我姊妹三人和两个内侄。"[1]

---

[1] 中共南京市委党史工作办公室编：《南京地区抗日战争史》，中共党史出版社2015年版，第192页。

札记：碑文记录的不仅仅是历史

自"以史为鉴碑"揭碑，每年汤山街道湖山村村民都要在这里燃放鞭炮，宣读祭词，隆重举行村祭，祭奠在侵华日军湖山村大屠杀中的死难者和在湖山抗击日军战斗中牺牲的中国军人。在悼念死难村民、缅怀抗日烈士的同时，告诫人们勿忘历史，也让青少年受教育，增进他们的爱国情怀，珍视和保卫和平，为实现强国梦想努力。

至2019年底，由政府出资建造的南京侵华日军大屠杀遇难同胞纪念碑共21座，而在南京市江宁区汤山街道湖山社区建成的"以史为鉴碑"，则是第一座由老百姓自发出资建造的遇难同胞纪念碑。这块纪念碑的落成，既是表达了村民对遇难同胞的缅怀和思念，也是对日本右翼势力竭尽所能妄图否认南京大屠杀事实的有力抨击。

应该说，这座建在村民公墓里的"以史为鉴碑"，不仅仅记载了发生在湖山的暴行，留下历史的瞬间，而且体现了国民意识的进步。我们在这里不仅看到了个体，看到了家庭，看到了国家，结合美丽乡村示范村的建设，湖山村村民遭侵华日军血腥屠杀的这段历史，成为村史馆重要的展示内容。

汤山街道的调查结果显示：侵华日军南京大屠杀并非始于1937年12月13日，而是始于日军实施"南京攻略"，开始进攻南京外围阵地的12月初，南京大屠杀的节点也并非结束于1938年1月下旬，而在1938年2月以后，造成数十人以上大屠杀仍在南京不断发生。

西岗头

侵华日军南京大屠杀西岗头遇难同胞纪念碑

位置

江宁区汤山街道西梅行政村西岗头,

西岗头全体村民2005年12月立

一九三八年二月八日（农历正月初九），本村被日军集体枪杀的二十二人中，仅有陈万有一人死里逃生，死亡二十一人。……遇难者除外地二人外，本村共计三十五人，被烧房屋九十一间又二十六间厢房,损失粮食、衣、禽、畜等不计其数,损失惨重。为了教育子孙后代，勿忘国耻，牢记悲惨的历史教训，弘扬爱国主义、团结奋斗、振兴中华，值此抗日战争胜利六十周年之际，本村全体村民，自发捐款，建立此碑，以慰亡灵。

二

西岗头：村民永远的伤痛

西岗头临近宁杭公路，距汤山炮校东北约2公里处，现隶属于汤山街道西梅村社区。时隔数年，重返故址，几乎找不到旧址。由于城市建设和道路改造，老宁杭公路汤山段大多废弃，新开通的122省道，避开了汤山镇及古猿人洞风景区，可直达句容市。

西岗头村由西岗头、梅家边、西储岗3个自然村组成，这里曾是湖山—汤山战斗的边沿区域，现为江宁汤山工业集中区。

在作厂往南的马路上立着一块标志牌，一边指示南京，一边指示句容。驾车出汤山镇，左拐上恒润路直行，经孔山路就到了西岗头村，车程20多分钟。也可以乘123路公共汽车到作厂底站下，沿恒润路直行左拐即到。

侵华日军第十六师团攻占汤山镇后，对周边地区无辜的村民进行残酷的迫害和报复。1938年2月8日，日本占领军1个小分队窜入只有42户人家的西岗头村，残忍地杀害了21名村民。2005年，在西岗头村民裔文钊的倡议下，村党小组作出决定，先后筹得人民币7000余元，在村民公墓前兴建了这座侵华日军南京大屠杀西岗头遇难同胞纪念碑。

公墓坐落在西岗头东南方向西梅村的一块坡地上，周围是大片的农田。

遇难同胞纪念碑立在公墓的入口处，碑身约2米高，黑色大理石一九三八年二月八日(农历正月初九），本村被日军集体枪杀的二十二人中，仅有陈万有一人死里逃生。死亡二十一人中有：陈万化、李克俭、金怀生、赵小三、周正根、陈万良、陈万叔、陈万夏、陈万宽、陈朝良、莫安文、莫安武、裔建昌、裔景纪、裔景富、曹友恒、董老不、莫端二人。另外，还有被日军枪杀及迫害致死的十六人，他们是：刘贤香、吴宝才、陈治富、陈六寿、裔建和、裔慧、魏道法、莫庆九、张在寅、裔建和、裔建广、陈他氏及女儿、陈文氏及女儿、章氏仅有四十多人。遇难者除外地二人外，本村共死三十五人。被烧房屋九十一间又二十六间厢房，损失粮食布匹数不计其数，损失惨重。为了教育子孙后代，勿忘国耻，牢记惨痛的历史教训，弘扬爱国主义，团结奋斗，振兴中华。值此抗日战争胜利六十周年之际，本村全体村民，自发捐款，建立此碑，以慰亡灵。

西岗头遇难同胞纪念碑碑文

制成，基座为7层台阶，以瓷砖贴就。纪念碑的后面，散落着有数百座亡故的村民墓地。我们看到，纪念碑处于整个墓地最显眼、最突出的位置。

突围：从这里撕开缺口

1937年12月初，侵华日军第十六师团一部自句容方向攻入汤山地区，随着不绝于耳的枪炮声，附近村镇的老百姓纷纷弃家而逃。

当月7日，第十六师团司令部占领并进驻汤山炮校，指挥部队继续向南京进犯。

国民党陆军炮兵学校旧址现为南京炮兵学院，始建于1934年，俗称"汤山炮校"。1931年，国民政府在南京三牌楼成立我国历史上第一所培养炮兵人才的兵科学校，因地域狭小，于1935年7月迁来此地。蒋介石亲自兼任校长，国民党副主席、"行政院"院长郝柏村等人曾就读于该校。炮校的主要建筑为炮兵射击场，占地约10平方公里，建有德国专家设计的气势恢宏的3座射击观测塔，及7座钢筋混凝土大型掩蔽部工程。校舍分2处，东营房位于句容新塘夏家村，西营房位于仙涧桥，东至新塘，西至半边山，南至高庄，校舍面积占地约2平方公里。其面积和设施，据说当年只有法国的枫丹白露陆军炮兵学校可与之媲美。

12月9日，汤山全境陷落，守军部队退入南京城内。

12月12日午后，根据军部命令，六十六军开始组织突围。退守南京外围燕子矶一带的一六〇师于黄昏后到达太平门附近，与从通济门、大中桥、内桥等阵地撤出的一五九、一五四师及邓龙光的八十三军部分官兵集结，计划经紫金山北麓向句容方向突围，经溧阳、郎溪等地向安徽宁国集结。

21时许，六十六军大部突围至岔路口时被日军发觉，军长叶肇破釜沉舟，沉着地指挥部队向日军发起攻击。22时，突破岔路口的日军阵地，24时，夺取仙鹤门以南阵地，击毙日军三四百名、日骑五六十匹，毁日军炮2门。突围部队也伤亡惨重，一五九师副师长罗策群在岔路口几次督队扑敌，不幸中弹，壮烈牺牲。13日凌晨5时，突围部队经灵山，东流到达复兴桥附近，一部向孔山前进。此时，六十六军参谋处长郭永镳率领主力一部向火龙山（今称棒槌山）前进，叶肇率主力向狮子山（今称庙山）前进。

12月13日下午，突围部队主力左冲右突，到达湖山、孟塘一带。就在官兵们准备冲出孟塘、杀入句容的时候，在方冲村又遭到日军的伏击。在大赤燕、后巷附近的山坳，突围部队拼死搏斗，英勇顽强，上千名官兵壮烈牺牲，剩余将士分多路突围。

14日，在汤山、作厂一带，突围部队主力又遇日军堵截，发生激战。在日军地空联合袭击下，突围官兵"不顾一切，奋力冲锋，再三肉搏，将敌击退"。[1]战斗中，突围部队逐渐失去掌控，各自为战，数百人或数十人一队，分别经西岗头、黄梅桥向指定地点转进。

冲出日军围堵后，部队于当晚到达日军主力的背后——句容境内。日军十六师团长中岛承认，第六十六军在撤退中，"还是相当有战斗意志的"。

21名村民惨遭日军集体枪杀

日军第十六师团占领汤山后，对邻近的周边地区的村民进行了报复性残酷杀戮。

作厂镇、西岗头村、孟家场村、涧南村、黄栗墅村、上峰镇姚家边、神家庄与孟家场等村的村民都成为日军发泄兽性的场所。

1938年2月7日夜，逃难在外的西岗头村陈广顺（即陈万友）照例下山去煮山芋，准备带给躲在山上的家人吃。过度的劳累，使他靠着炉灶沉沉睡去。醒来的时候天已经亮了，屋里站了5个荷枪实弹的日本兵，其中一个像是军官，他们应该是被煮山芋的香味吸引过来的。日军用刺刀示意他站起来，并且指了指锅中的山芋，让他装筐。搜寻中，又找到了藏在灶底下的4只鸡。那是他家唯一值钱

---

[1] 《第六十六军叶肇部突围战斗详报》，国民政府军令部战史会档案，中国第二历史档案馆藏。

江宁县境内惨景之一

江宁县境内惨景之二

一 西岗头：村民永远的伤痛

的了。由于无法反抗，只好按照日本兵的要求，解开用来保暖的腿带子，捆着4只鸡，提着一筐山芋，在明晃晃的刺刀下，跟着日军来到村里一个小学的操场上。操场的照壁墙旁，已经有被搜捕来的21名青壮年乡亲，分两排跪在那里。

小小的操场上，被30多个日本兵包围住，陈广顺拎着煮熟的山芋和4只鸡蹲在一边。日本兵端着刺刀如临大敌似的东边十几个，西边十几个，乡亲们面朝南跪着。不容分说，没有理由，在一个军官的指挥下，这些日本兵就端起步枪、机枪一起朝着人群扫射起来……

目睹血腥屠杀的陈广顺，吓得大气也不敢出。一位日本军官看到还冒着热气的山芋，随手抓了一个，示意陈广顺吃下去。原来他怕里面下毒，要陈先吃给他看。见到陈吃了没事，日军一哄而上争抢起山芋。后来，那个开始押陈广顺来的日本军官冲着他喊着"开路、开路"，陈撒开腿没命往后山上跑，一口气跑到了林子里才敢停下脚来喘口气。

在这期间，老少只有42户200余名村民的西岗头村，日军烧毁房屋91间，村民裔建昌、裔建和等35人被害，其中21人为日军集体枪杀。在被遇难的乡亲中，最小的才两岁半，她是陈广顺三堂哥的女儿。三嫂是在背着女儿逃跑时，被日本兵从后面开了一枪，子弹穿过了三嫂身体把她的女儿打死了。陈广顺的三哥，也在逃难的过程中不幸遇难。

直到1938年农历二月底三月初，南京城东的广大农村才渐渐稳定下来。

2005年，时年82岁的陈广顺前往日本，作为目击证人，应邀出席日本民众和华侨组织举行的"日中韩民众联合促进亚洲和平，阻止改变'宪法、教育、历史'逆流集会"，面对日本听众，他在会上陈述了这段痛苦的历史，痛诉了当年日军的暴行。

在我们重访西岗头时，准备看望一下陈广顺老人，离开西岗头公墓时，遇了刚从农田走来的汤世银，他是村里的文化人，曾担任过大队会计，他说："你们来迟了，老人已去世了，坟就在这里。"

2018年12月6日，侵华日军南京大屠杀遇难同胞纪念馆为陈广顺、赵金华、王秀英这三位刚刚离去的老人举行默哀、献花、熄灯仪式。在众人注目中，南京大屠杀幸存者照片墙上的灯，又暗下去了3盏……

当年12月，南京侵华日军受害者援助协会登记在册在世的南京大屠杀幸存者只剩78人。记住历史的重任，已经落在第二代甚至第三代肩上。如今，西岗头遇难同胞的名单刻上了江东门纪念馆的"哭墙"，同时西岗头惨案还被写入了国家公祭日读本，进入了学生课堂。

西岗头的民间记忆终于成为国家记忆的一部分。

有的村庄甚至先后被血洗两次

汤世银告诉我们：日本人占领汤山后，西岗头村民遭遇的劫难，真的难以想象，日本人隔三岔五、三五成群地到村上来抢劫、抓鸡，杀人像杀鸡一样，包括在汤山街道的刘岗头、周家边、孤山堰、上窑湾、徐家边、下山村和麒麟门街道的孟庄、白下场、西村、中解村、后库、东流等地都发生过类似的集体屠杀，有的村庄甚至先后被血洗了两次。

孟家场、涧南村位置偏僻，交通闭塞，许多难民都跑到这里来避难。

12月9日早上8点，首批日军冲进了孟家场。不一会，日军就在村上杀人放火，孟家场到处是哭喊声。孟家景的父亲孟正营、叔父孟正范躲在村西"二亩七"田里被日军看到，一人一刀，把他们全都残忍地刺死了。

下午3点多钟，5名日军从步兵学校过来，进了孟家场。潘巧英的爷爷潘兆生正在解手，日军上前一刀把他刺死。潘巧英看到了马上跑回屋里喊，十七八个人抢着上阁楼。她母亲一个人留在楼下。梯子被抽掉了，她没法上去，只得躲在灶膛边。孟文庆的母亲和潘一起躲在灶膛边，她的身上刚挨了几刀，伤口还在汨汨流血。

黄栗墅村的潘荣富当时吓昏了，因为想逃跑，便不顾一切地从阁楼上跳下来。日军发现了，冲过去一刀从潘荣富的腋下刺入，他当场倒地死去。潘巧英的表哥吉冬联（时年15岁）刚回到屋里，在大门口被一刀刺死。一名日军拉着张长贵的母亲从屋里往外拖，她死活不肯出门，日军拿了把刺刀对准她连刺两刀……

江宁区委党史办公室在上报的《孟家场惨案》一文中说，南京大屠杀前后，孟家场村"共有73人在孟家场被日军打死，其中33人是本村的。这33名遇害者，有4人是被日军枪杀的，其余全是刺死的。现能查清的有姓名的14人是12月9日在孟家场被杀害的外村居民，20人是孟家场本村居民"。

同一天，紧挨着孟家场的涧南村也遭到日军的枪杀，数十名无辜村民被机枪射死，"上池塘"的水都被鲜血染红了。

当时9岁、住在上峰镇姚家边的陈德武（江宁区国税局退休干部）"跑反"时躲在涧南村，目击了这场屠杀。他说："冬月初七（12月9日）早晨，第一批鬼子闯进了涧南。当时，我正站在门口，鬼子端起枪来就放，枪声响得不得了。我被突如其来的枪声吓坏了，掉头就跑到屋里，躲在母亲和姐姐身边。这时，外面的枪声像放鞭炮似的响个不停。鬼子一边打枪，一边向南京方向开。天空中有两个红颜色的大气球，升得老高老高的，飞机来回地低飞，机身上的红疤疤看得清清楚楚。不久，第二批鬼子又进村了，挨家挨户地搜查。我们被鬼子赶了出来，一看，村里到处是鬼子。我们被鬼子赶到一个干涸的塘边，塘底下两个跶子有水，塘坎下和塘埂上全是被鬼子打死的男人，有30多个。塘坎下有个中年人没被打死，鬼子走下去用脚使劲一踩，最后把他一脚踢进水中。……妇女被鬼子拖进草房轮奸。几个鬼子把躲在草房后小山坡上的两个中年男子抓住了，其中一个被拉到村南头东边的晒场上，被当成练刺杀的活靶，你一刀我一刀地活活刺死。另一个则被拉到门外的菜地上，仰躺着在地上，一个鬼子拔出东洋刀，从他脖子上戳下去，顿时鲜血直喷，只哼了一声就咽气了。"

目睹了鬼子的杀人场面，陈德武心想马上就要轮到自己了，一家人肯定没命了，吓得浑身发抖。可是，鬼子把东洋刀在那个死人身上擦了擦，不知何故装进刀鞘就走了。就在这空隙，陈德武二姐背着他跟了一群难民，随涧南一位妇女顺着草房后面的小沟，撒腿就朝村南的地藏庵逃去。逃命途中，有颗子弹打中了一个小女孩，子弹从她右眼进去，从鼻子中间出来，把她的一只眼球打掉了。她是姚家边陈德其的女儿，才3岁（陈秀英，现住作厂大高村），她母亲抓了把烂泥，把血堵住，背着她，一起逃到了地藏庵。

躲在地藏庵的老百姓有一二百个，大家人挤人。这时，陈德其气喘吁吁地跑进来说"我这条命是捡来的！"原来，他和涧南的老光海及另外一个村民正在一条小巷里准备逃走，不料迎面来了个鬼子，端起刺刀对准胸口就是一刀，老光海哼了一声，晃一下就倒了。他俩扭头就逃，绕过巷口，沿着村边一条小沟，跑进了地藏庵。鬼子向他们开枪，没打中，就这样捡了一条命。等他说完，有人拉拉他的衣襟，指了指说："你女儿的眼珠子被打出来了。"陈德其一听，赶紧挤过去，抱着小女孩失声痛哭。就在他们哭泣的时候，又有人来报信了说陈德武的大叔被鬼子一枪打中小肚子，栽倒在田埂边，肠子都出来了，痛死在田边。同时遇难的还有2个村民，也在涧南村被鬼子杀死了。一个是高庄村上高堰王明福的儿子，另一个是丁墅的阿梅。1954年，抗美援朝时有人做过统计，仅在这个偏僻的涧南村，被杀害的老百姓有80多人。

神家庄与孟家场也相隔不远，是三个村中最富裕的一个，村上有街道，店铺多，做生意的人多。"跑反"之初，村上住有大量难民。村西的隐静寺（相传建于梁代）也住满了难民。12月9日，日军冲进该村，肆意屠杀老百姓。神家庄猎手郗尚春，拿了支猎枪准备去打日军，结果刚出门就被日军一枪打死。60多岁的村民孟方正，是个铜匠，在村东"一亩七"田里被日军刺死，肠子还被残暴的日军挑出来，扔来扔去地摔着玩……

札记：江宁区是南京大屠杀的首发地和重灾区之一

江宁区不仅是南京大屠杀的首发地，也是重灾区。

1937年12月9日，汤山全境陷落后，接着江宁县城也陷落敌手。

江宁县2005年撤县设区，辖有9个街道：东山街道、秣陵街道、汤山街道、淳化街道、禄口街道、江宁街道、谷里街道、湖熟街道、横溪街道。

2006年7月，江宁区委党史办与南京师范大学历史系研究生组成调研组，对全区各镇（街）的村（社区）、敬老院进行拉网式走村入户采访。历时51天的调查共走访全区20个街道（镇）、284个社区（村）、23个敬老院，共走访1118人，累计形成幸存者口述文稿50余万字，照片1200余幅，录像（音）50余小时。据不完全统计，仅在1937年12月13日前后，江宁境内遭日军屠杀的无辜百姓就达1120人，烧毁民房1126间，被抢掠家畜家禽和财物不计其数。[1]

随着岁月的流逝，当年的幸存者大多年事已高，有的疾病缠身，在我们这次采访时，他们断断续续地讲述自己、亲人、族人、熟人的遭遇，解开了南京郊区历史上最黑暗、最恐怖的一页。

麒麟门与中山门相距不足十公里，车程十来分钟。

1937年12月，南京沦陷时麒麟门一带成为日军进攻南京时休整、发泄兽性的地点。麒麟街道下山岗村的苏光林一家有7口人被日军杀死。当年，他刚6岁，亲历了这一切。他痛苦地说，大伯苏道潮，在贺家边土地庙被鬼子的指挥刀砍死，头一劈两半。大妈苏王氏，在贺家边土地庙被鬼子砍掉双手，然后被剖腹。父亲苏道金，躲在下山崩村南的地洞里，被鬼子发现，左肩胛挨了一刀，后来下腹又被刺了一刀，肠子都出来了，3天后死了。哥哥苏光森，躲在地洞里，被鬼子拖出来，扔在火堆上活活烧死。三叔苏道平，回家背米，被鬼子发现开枪打死。三叔的女儿"萝卜丫头"，当时20多岁，鬼子要强奸她，她从地上爬起来往村南跑，被鬼子一枪击中，子弹从太阳穴这边进去，那边出来。四叔苏道前躲在村南窑洞里，被鬼子一枪击中胸口。四叔的儿子苏光美，当时20多岁，也被当成中央军杀死。[2]

历史的证言藏在每一个细节里。

袁家边薛万珍原住麒麟街道西村，一家也有5口被害。当年她才11岁，当时"跑反"跑到了山多的谢塘，躲在里面塘边的地窖里。因为要护自家的驴子，被日军抓到，100多人都跪在谢塘学校的地上。他父亲薛继55岁，穿的是卫生衣，鬼子不相信他是难民，被鬼子用刺刀戳死了。二叔叔薛义友当时52岁，鬼

---

[1] 中共南京市委党史工作办公室编：《南京地区抗日战争史（1931—1945）》，中共党史出版社2015年版，第192页。

[2] 张宪文主编：《南京大屠杀史料集38·幸存者口述续编（中）》，江苏人民出版社2007年版，第1209页。本节未注明的证词录自该史料集，第1175、1188页。

子第一刀没有戳死他，他哼了哼，被鬼子又补了一刀。大伯父的大儿子当时十七八岁了，被鬼子脱了衣裳绑在学校的柱子上，先是用脚踢他，后来就用刺刀戳死他。小叔叔当时也有四十四五岁了，被鬼子戳死了。姐夫陈光强，也在学校里被鬼子戳死了。狮子坝姓陈的一户人家，老子和3个儿子都被鬼子戳死了。当时鬼子杀了20多个人。……烧了有二三十家人的房子，有七八十间草房被烧了。

麒麟社区东林村村民陈光义，时年15岁，目睹了村民陈炳章、陈光银的老婆（姓任）、费广奎的大哥（小名根子）被杀。刘正松夫妻两个，是躲在观音洞里的时候被打死的。躲在里面的还有任老三、宋韦氏夫妻两个和她的老公公，当时在洞里有20多个人，除了宋韦氏逃了出来，其他人都被机枪扫射死的。当时宋韦氏装死的，鬼子先用脚踢她，然后用刺刀在她脸上、身上刺了十几刀。任永才在我家旁边的塘里被打死的，死的时候还跪着。陈光炳家的老婆被鬼子强奸，是在家的时候被抓的，当时20多岁，有小孩了。第二年的时候，鬼子在刘家抓了七八个妇女，拖到白水桥，当时他们的部队就住那。当天又让她们回来了，有刘应荣的妈妈、刘正旺的老婆、刘应汉的母亲、刘正彪的老婆，早上拖过去，下午三四点回来的。有妇女也有一个姑娘，叫刘毛毛，18岁。后来她嫁了个外地人，不要她后又嫁给了一个南京拉车的，后来她父亲过世了，她没脸回来，跳水自杀了。

1937年12月13日前后，江宁县城东山镇未及躲避的63人被杀，江宁镇400多人被杀，石马村13名青年村民被日军强迫挖坑活埋自己，牛首山下赵家洼、毕家洼的村民被日军吊在树上，用刀将头劈成两半……芜湖至南京的公路上，尸体横陈，路中尸体已被踏平，农田里也是成堆的军民尸体……祖堂山有个国民党伤兵医院，1000多名受伤的士兵住在那里，这些人都没来得及跑，被鬼子活活地烧死了。

秦淮社区石马村的陶昌生说："鬼子来的时候，我住在麻田村，9岁，全家'跑反'到沙洲圩，住了十天左右，当地人把我们带出来，那时候'跑反'的人特别多。路过油坊桥的时候，很多'跑反'的人都被打死了，有的尸体还挂在树上，还有的没被打死的正在惨叫。死了不少人，我们没数。过后我们到了韩府山的观音洞，当时韩府山的半边山到处都是'跑反'来的人。我看到三个日本鬼子到观音庙，一个老和尚端茶给他们喝，日本鬼子拔出东洋刀准备一刀劈死老和尚，结果老和尚头让开了，手中的茶杯被劈成两半。后来鬼子在'跑反'的人群中找了13个年轻人，都是20岁左右，鬼子怀疑他们是中央军，逼他们自己先挖了个坑，然后叫他们跪在那里，用机枪扫射……"

江宁街道新洲村的林启友说："我记得二三月不冷不热的时候，亲眼看到在陈塘村水巷瑜桥那个地方鬼子杀人的，有头跟身子分开的，也有没分开的，尸体堆得老高，有半米那么高，占满了三亩地，全是中国人。"

东山街道中前社区李德全说："鬼子来时候，我18岁。如果算上农村被杀的人，30万也不止。我家的四间半房子被鬼子烧了。他们进村要吃要喝，还搞房子上的木头下来烤火。我们村的李达阳被鬼子推到塘里，用枪打死。我们都'跑反'了，他家一间半房子被鬼子烧光，其他三家也被他们烧掉了。有一个杂货店，也被烧掉了，共烧了四间主房、两间厢房。李德良是我哥哥，他被鬼子从脖子后头一边一刀，穿破喉咙，死掉了。我家四妈妈的儿子、我舅舅的儿子等五个人被杀，我们村总共十几个人被杀。我妈妈、四妈妈、堂姐都被鬼子吓得跳塘。堂姐还被奸污了。她们都被日本人用刺刀戳死了。我四叔和老师也被戳死了，然后被扔到河滩上。半个月后，我们家人才去收尸。那时候，尸身已经腐烂，耳朵都出蛆了。"

秣陵街道东善桥社区桥安村王兴礼，在家里挖有地窖子。鬼子来时，有几个人没来得及跑走，就躲在了地窖子里边。鬼子队伍从旁边过，小孩子哭声被鬼子听到了，鬼子就用柴烧了火往里边戳，人被熏了出来，出来一个打死一个，打死的有四五个人……

时间并非能够治愈一切。

这么多年过去了，在能够被回忆和陈述的往事里，有人失去家人，有人失去邻居和朋友，有人在刺刀下受了重伤，有人至今因受枪声刺激而听不得鞭炮响。

江宁区汤山一个街道就建有2座遇难者纪念碑,有的村还在准备建，采访中他们问"多吗？"我们无以回答。

侵华日军南京大屠杀仙鹤门遇难同胞纪念碑

位置

中山门外仙鹤门仙居雅苑小区旁，2007年7月立。

1937年12月13日，侵华日军攻占南京东郊马群、仙鹤门一带，俘获我抗战官兵及民众15000余人。同年12月18日，日军分散多处将4000多名手无寸铁的平民和俘虏集体屠杀。翌年春，仙鹤村附近尚有大批尸体横躺在村外的麦地里。据当地居民谭庆瑞、和允兴、仇兴中、和允州、盛文金等共同回忆，1938年春，村民们曾自发将遇难同胞的尸骨，分别就近掩埋于一座"大坟"内。此座"大坟"内掩埋尸体约七百具。

三

仙鹤门：7000多冤魂的见证

循着侵华日军进攻南京的印迹，我们从龙潭出发，沿312国道经栖霞来到尧化门街。

仙鹤门与尧化门相距不足十公里，是日军自汤山进攻南京的必经之处。

始建于明洪武二十三年（1390）的仙鹤门，为南京明城墙外郭18座城门之一，外郭城门中最东的一座城门，西北有尧化门、西南有麒麟门、沧波门。外郭，俗称土城头，城垣本体以丘陵、垒土为主，只在城门等一些防守薄弱地段加筑城砖，以弥补和加强京城的防卫。外郭平面形状大致呈菱形，周长号称180里，实际为120里。现今外郭城门无存，但在麒麟门至尧化门的路上还可以依稀看到当年的城垣遗迹。据有关资料说，民国初年，政府为修建郊区公路，沿外郭土城改造扩建成了公路，仙鹤门、麒麟门就在那次施工中被毁。

仙鹤门遇难同胞纪念碑在仙居雅苑附近，但驱车沿鹤鸣路往前，没有导航设备带路还是很难一下子找到。

纪念碑建在山坡上，由于坡上有树，碑被挡住，站在坡下并不容易发现。我们将车停在仙林"仙居雅苑"小区苏果超市门前，绕过一片小树林，走上几级台阶，就到了纪念碑前。与一般的纪念碑不同，这并不是一块整碑，而是由断裂分开的两块巨型石块组成，碑名、碑文左右而立，其中左侧石块用中、英、日三种文字刻有"侵华日军南京大屠杀仙鹤门遇难同胞纪念碑"字样，右侧梯形状石块上则铭刻着碑文。碑后就是隆起的"大坟"，葬着遇难者的遗骸。

纪念碑特别之处还在于，没有注明立碑单位，没有落成时间。这是为什么呢？

> 1937年12月13日，侵华日军攻占南京东郊马群、仙鹤门村一带，俘获我抗战官兵及民众15000余人，同年12月18日，日军分散多处将4000多名手无寸铁的平民和俘虏集体屠杀。翌年春，仙鹤村附近尚有大批尸体横躺在村外的麦地里。据当地居民谭庆瑞、和允兴、优兴中和允洲、盛文全等共同回忆，1938年春，村民们曾自发将遇难同胞的尸骨，分别就近掩埋于一座"大坟"内，此座"大坟"内掩埋尸体约七百余具。
>
> 特此立碑，以慰纪念！

仙鹤门遇难同胞纪念碑碑文　　　　　　　　　　　　　　　韩娃丽＿摄

差点没有保住的丛葬地遗址

仙鹤门毗邻仙林大学城和麒麟门。关于仙鹤门"仙鹤"二字的由来，其历史可以追溯至汉代。仙鹤门附近有一座拥有东西两峰、南北走向的山峦——仙鹤山。远远看去，仙鹤山两峰如同仙鹤飞翔时的两只翅膀，中间则是仙鹤的肚子。汉代时，仙鹤山上就建有了一座仙鹤观。据南京市博物馆考古专家介绍，仙鹤观还是南京地区最早的道观。因此，这里一直流传着"仙鹤降临"的美丽传说。这座山原来名叫雉亭山，因之改名为仙鹤山，仙鹤门也因这山峦而得名。

白驹过隙，沧海巨变。曾经的仙鹤门从保卫都城的城门逐渐变成了村庄和菜地，时至今日，它已经成为繁华的城东"核心"区。

仙鹤门从荒芜到繁华的蜕变，始于仙林大学城的建设。仙林大学城于1995年开始规划，2002年1月启动建设，是中国最早成立的大学城之一，也是江苏乃至中国重要的高等教育集聚区，现入住的高校有12所、中小学6所和幼儿园近20家，高等教育资源总量约占全省的15%。得益于南京"十三五"规划的"一区一带三枢纽"建设，以绕城、绕越公路为轴，开始打造总面积近2000平方公里的东南科技创新示范带。仙鹤门、麒麟门板块是"一带"中的区域发展重点，如今麒麟科技创新园，已建成全市第一个机器人研发园、全国第一个综合机器人展示体验馆、全国第一个中国科协海智计划机器人研发基地。

仙林大学城初建之时，从中山门到仙林一路还是农田遍野，道路狭窄，破旧零乱的建筑挤满沿线。如今，放眼望去，一个个崭新漂亮的楼盘，别具一格的居民小区，新开通的高架桥以及新开工的道路，让人眼花缭乱。虽然道路两旁都有标志，但一不留神就会走错。如果不是GPS导航，我们根本找不到这个过去很熟悉的地方。

在20世纪80年代就有乡民反映这里曾埋有众多日军大屠杀的遇难者，但缺少资料证实，迟迟没有立标。直到2003年，南京大学历史系教授、南京大屠杀史研究所副所长张生通过大量的调查及幸存者的证言，证实了仙鹤门一带曾经发生过大屠杀，并留有墓葬。为保护仙鹤门丛葬地，张生教授曾专门整理了一份调查报告，介绍发现仙鹤门丛葬地的经过和加强保护的建议。

2005年7月下旬，中国青年报江苏记者站为推动大学生社会实践，由记者戴袁支牵头组织南京农业大学土地管理学院10名青年志愿者，开展了一次"侵华日军东郊暴行调查"。在经过专业系统培训志愿者的努力下，调研工作在仙鹤门附近很快有了新的发现——仙鹤门附近的小乌龟山上，有一个侵华日军屠杀我同胞的"万人坑"。

志愿者们在记录老人口述历史时，听到玄武区仙鹤门村一位老人无意间透露的一个信息。该村第二村民小组辖内，有一座1938年春由当地村民和广舒领着家人和乡亲们，掩埋抗战阵亡军人和遇难同胞的墓，墓址就在正在开发建设的"仙居雅苑"小区附近。得知这一消息，张生教授与张连红、王卫星等立即一起赶到该村，召集了座谈会，并祭扫了该墓。

闻讯而来的房地产开发商与这三名学者商量说，能否将此墓和发现的遗骸移至附近的营盘山或小乌龟山，统一进行保护，三名学者都认为在原貌保存最好，并向开发商宣传就地保护的意义。

当年夏，志愿者们和有关专家再次找到当初率领乡亲们掩埋殉难者遗体的和姓人家，年近九旬的和允龙夫妇是遇难同胞的亲属，其中和允龙还是侵华日军"扫荡"暴行的幸存者。在儿子和有关专家的陪同下，和允龙夫妇现场指认了该处墓葬，并说，此处旧地名叫"庵缺（曲）子"，恳请政府能对墓葬加以保护。

南京市委、市政府马上要求规划和文物部门介入，侵华日军南京大屠杀遇难同胞纪念馆也派员参与了该处保护工作的讨论。根据会议精神，南京市规划局修改了规划，使仙鹤门经济适用房的建设避开了这一墓葬；南京市文化局则通过江苏省文化厅致函国家文物局，后者批复就地保存。

虽然南京市玄武区建设局发出关于在施工时注意保护该墓葬的指令，但有关单位的掘土机按图施工时还是掘到该墓东西两侧的边沿。挖土机隆隆的开挖，使墓葬两侧形成数米的峭壁落差，墓葬成了突兀的土堆。这引起了史学工作者的不安，再次找到南京市政府有关部门，呼吁遗址保留，并通过媒体正面呼吁，并联合研究南京大屠杀的其他专家孙宅巍、郭必强、曹必宏等上书南京市委书记和市长，建议就地保护此处历史遗存。

2006年10月底，市委领导得知情况后，认真研究了专家学者的书面建议，并提出了有关墓葬的保护意见。2007年春节前，南京市规划局邀请江苏省行政管理学院杨夏鸣教授等三名《南京大屠杀史料集》的副主编到现场对话，就仙鹤门丛葬地的保护及墓葬两侧拓宽等达成共识。"南京大屠杀"的这一遗址，纳入仙鹤门经济适用房规划建设的统一保护范围，有幸躲过一劫。

在省市领导和有关专家学者的共同努力下，仙鹤门这块丛葬地原貌终于保住，由规划部门在这里建成了一个小花园，并立碑竖标。墓基一周砌起了"虎皮墙"，墙头环绕着冬青，墓堆上覆盖了绿色的草皮，

三
仙鹤门：7000多冤魂的见证

周围错落有致地堆砌了石块，移栽了枫树、绿竹、松柏、棕榈等，墓前留有镌刻碑文的石块和祭奠所需场地。当初由村民自发掩埋的殉难人员墓葬，得到并将永远得到保护。

遇难者多为粤军战俘

仙鹤门一带是日军从东边进攻南京城的主要战场之一。在这里，中国守军的将士与侵华日军第十六师团发生过非常惨烈的交战。

根据典籍记录和仙鹤门附近老人的回忆，仙鹤门附近"万人坑"内，埋的应该多数是抗战的士兵，抗战中被日军包围无奈放下武器的官兵，而这些手无寸铁的俘虏，无疑遭到了侵华日军的集中屠杀。

1937年12月初，在日军炮火猛烈轰击和飞机狂轰滥炸下，中国守军官兵在南京外围汤山、龙潭、淳化与敌搏击数日，12月8日，汤山、龙潭防线被攻陷后，中国守军官兵向南京城下溃退。

日军第十六师团沿沪宁铁路、沪杭公路经龙潭—栖霞—尧化，一部沿汤山—索墅—麒麟门，一部沿汤山—索墅—光华门—中华门等线多头向南京城进逼。在飞机、装甲车的掩护下，一路上以放火为号，到一村烧一村。

12月12日晚，守城中国军队奉命突围，第六十六军与第八十三军就是从这里杀出一条血路冲出去的。

《侵华日军南京大屠杀档案》记载，第六十六军与第八十三军由太平门集结出发，计划经汤水、句容向宁国附近集中。13日拂晓，于仙鹤门"与敌遭遇，发生激战，我军奋勇前冲锋，将敌击退"，毙敌兵三四百名，敌骑五六十匹，毁敌炮2门，不断与日军展开血拼。其后，越过京芜铁路继续南下，在空山、狮子山一带，又"与步炮空联合约四五千之敌遭遇，发生激战，屡围屡攻，再三肉搏，牺牲壮烈"，毙敌千余，毁敌炮数门、战车3辆、铁甲车1辆、汽车2辆。[1] 突围战中，中国部队遭到了重大伤亡，仅第六十六军（当时约有7000人）

---

1 档案：《陆军第六十六军战斗详报》《陆军第一百六十师锡澄、南京两役详报》，中国第二历史档案馆藏。

被日军集体枪杀的中国俘虏的尸体堆积如山

在这场战斗中损失约 3000 人。在南京守军的撤退中，只有第六十六军与第八十三军，是杀开血路，成功突围的。

参加此次遭遇战的日军炮兵中尉泽田正久事后也回忆说："13 日夜，在城外的仙鹤门镇，友军骑兵部队遭到了保卫首都敢死队约一万人的大规模袭击。"

12 月 13 日凌晨，日军攻陷南京城。

被俘的官兵和被抓来的无辜市民遭到残忍的报复，日军将国民党兵用铁丝、绳索一个一个串起来，押到附近的池塘和低洼农田，分割圈禁起来。

连续数日，马群镇至仙鹤门一带枪声不绝于耳。嚎叫声、叫骂声混成一片……在敌指挥官的命令下，7000 余名放下武器的士兵和青壮年无助地倒在血泊中，血流成河，惨不忍睹。

次年初夏时分，仙鹤门一带的麦田里还有大批年前大屠杀时留下的遇难者尸体，腐臭难闻。陆续返乡的村民们自发地组织起来收集腐尸，有的尸体仅存残缺的骨骼，也被就地集中掩埋。

每到夜静，仿佛还能听到出操的声音

日军第十六师团第二十联队第一大队第三小队士兵东史郎在 1937 年 12 月 13 日日记中记载："我们正在广场集合，正安排哨兵和分配宿舍时，突然来了要我们去收容俘虏的命令。据说有两万人，我们轻装急行军。大约走了三四里路，就看见无数香烟的火光，听见了蛙鸣般的嘈杂声，大约 7000 名俘虏被解除了武装，在田间坐着……第二天（1937 年 12 月 14 日）早上，我们接到去马群镇警戒的命令。俘虏们被分配给每个中队，每个中队二三百名已自行处死……我不清楚为什么要把如此大批俘虏杀掉，总认为这未免太不人道，太残酷了。我觉得简直难以理解，好像很不应当。7000 人的生命转眼之间就从地球上消灭，这是不争的事实。"

1997 年 8 月，日本老兵东史郎先生在南京东郊一带当年屠杀现场，当他听到曾参与掩埋仙鹤门日军大屠杀尸体的八旬老人陶东志证言后，非常震惊，立即跪倒在死难者的坟墓前，双手合十，嘴里喃喃絮语，向死难者忏悔谢罪。

关于仙鹤门附近"万人坑"内的死伤者，日本典籍中也有记录。

侵华日军第十六师团师团长中岛今朝吾中将在他的《阵中日记》中记载："在仙鹤门附近集结的约有七八千人（俘虏）"，"处理上述七八千人，需要有一个大壕，但很难找到。预定将其分成一两百人的小队，领到适当的地方加以处理"，"上述败兵的处理，基本上由第16师团负责"。他还说："今日中午高山剑士来访，当时恰有7名俘虏，遂令其试斩。还令其用我的军刀试斩，他竟出色地砍下两颗头颅。""基本上不实行俘虏政策，决定采取全部彻底消灭的方针"。

移葬在纪念碑下的700多人遗骨，只是当年在这里遇难的同胞中的很少一部分。当地老人介绍，仙鹤门街西头的菜地里、老煤基厂、仙马公路、仙鹤门北街段等处，都是一个个"千人坟"所在地，不过随着历史变迁和城市建设的需要，大多看不出原貌了。关于仙鹤门大屠杀，除了碑文上的记载，还有很多老人的证言。遗憾的是，这些老人不是搬走了，就是去世了。但是，在南京抗日战争人口伤亡和财产损失调查中，我们又发现了多名仙鹤门大屠杀的见证人。

家住栖霞区仙林新村的王家华老人目睹了当时悲惨情景，他说："当时（1937）仙鹤门是国民党部队和日本兵打仗的地方，附近有很多国民党兵被日本鬼子杀死，死后铁丝还串在脖子上。据说，是日本兵俘虏的国民党兵一个一个串起来，然后用机枪扫射死，尸体横七竖八一地都是，也没有人掩埋。"[1]

目睹当时悲惨情景的还有宣芝林老人，那年他12岁，当时住在仙鹤门附近的东码头村，日军进攻南京时，全家逃难到江北，他的爷爷因为看家不愿意走，被日本人打死。受访时，他已迁居在栖霞区仙林新村23幢106室，提起仙鹤门"万人坑"，他痛苦地回忆说："战事平静后，我回到家，亲眼看见仙鹤门街上，国民党军队被日本兵集体枪杀，尸体都堆得一垛一垛的。

三
仙鹤门：7000多冤魂的见证

---

[1] 张生、吴凤照、费仲兴编：《南京大屠杀史料集38·幸存者口述续编（下）》，江苏人民出版社2007年版，第1620页。本节未注明的证词均引自该史料集，第1584—1595，1620—1929页。

有一个老人叫金永福,当时已经70多岁了,眼睛看不见,和他的一个儿子、一个女儿被日本人杀死,尸体在水中浮起来的时候,老人还一手抓着儿子,一手抓着女儿。还有一个老人叫宣永喜,年龄也比较大了,当时,日本鬼子来的时候,他躲在自家后园的竹园子里。被日本兵发现后,包围起来,用石头把他活活砸死了。村子当时大约有150户人家,四五百口人。总共有十七八个老年人没有逃难在家里看家,都被日本人打死。150户人家的房子最后就剩下5间,其余的都被日本兵烧掉了。"

当年住在仙鹤门附近徐盖头村的平德高,"跑反"时他已13岁,与家人逃到江南水泥厂安全区避难,在德国人卡尔·京特和丹麦人辛德贝格的帮助下幸免一死。他说:"我们'跑反'过后回到徐盖头,看到只有三家房子只有三间没烧,其他的全都烧光了……我家的两间瓦房都被烧了,草房也烧了,牛也打死了,农具也烧了,什么都麦秸铺地睡觉。西岗打了一仗,我们'跑反'回来时尸体还在,只剩下骨头,肉都没了,堆得像小山。有人把尸体弄到大坑里,弄点纸钱烧烧。尸体都是广东兵。吕家山有一个毛竹搭的营房,鬼子把那里的兵都打死了,把房子全烧掉了。……回来后,我上山放牛,晚上8点多钟,仿佛还能听到里面传出来一、二、一的出操声音。抗战胜利后,国民党用车子拖了好多纸钱在那里烧,化了冤魂,后来就听不到那声音了。"提到村民被害情况,他又说:"'跑反'时我们村上有40多户人家,鬼子在我们村上打死三个人。鬼子刚来,从灵山下来的。这三人去欢迎他们,喊'洋先生',被鬼子打死了。有的是被鬼子用东洋刀从脖子那里砍下去砍死的,有的被鬼子用枪打死的。那三个人,一个叫平起春,是我家门的叔伯爷爷,当时50来岁。另一个姓徐,当时50多岁。他妻子是瘫子,他的儿子徐永兴、徐永海,现在都去世了,把她抬到栖霞寺。他留在家里看竹园,就被鬼子打死了。还有一个人是住在徐盖头的,不是当地人,姓名不知道。"

迁居青山苑18幢的邓启罗,1923年生,原住在仙鹤门附近的郭果园村。他说,仙鹤门那里有个"大楼",是家医院,许多中央军在那里被鬼子烧死了。那里有一个万人坑,现在盖小区了。他们以前住在那里的。日本人攻下南京后又往回杀。在灵山南面，鬼子从营盘（营房）上来，走"二亩地"，在那里架了机枪，横山头也有一挺。老百姓在獾子洞那里跪下来求，鬼子用机枪扫，一次就打死了39个人，有马家桥的、高井的，也有郭果园的。……郭果园的张金根，二十七八岁，才结婚。他老婆是西流人，年纪差不多大，在獾子洞那里被鬼子开枪打死了。他去救，也挨了一枪，夫妻俩都被打死了。去年拆迁时起他们的坟，他们看到那粒子弹还在她下巴骨头里，没有锈。日本人的子弹头是铜的，较细。……郭果园还有两个人被鬼子打死了。一个是李仪堂，另一个是李老九。有一天来了一头毛驴，李仪堂正在剥驴子，鬼子来了，他爬起来就跑，被一枪打中，肠子都出来了。回到家里，他一喝水就死了。李老九见鬼子，吓跑了，跑到田埂上，被鬼子抓住了。鬼子一刀戳在他后脖，通心过，他就死了。当时他围着一条围巾，是很好的围巾。唐家庄的马老三躲在死人堆里，被鬼子一枪打死，地点就在亮月塘的塘埂上。邓启云也躲在死人堆里，被鬼子一枪打在肚子上，打了一个洞，像牛鼻子一样。后来又被鬼子戳了一刀，他没动，就活下来了。李长涛身上没有中子弹，他把死尸盖在自己身上，鬼子戳了他一刀，他也没有动，也活下来了。

时年9岁、原红旗农牧场大巷村的村民，因拆迁后搬进尧林仙居青山苑16幢1单元106室的施明洲老人，没有多少文化，开始不愿意接受采访，后来听到日本右翼分子否认大屠杀的谬论后，他说，日本鬼子在仙鹤门杀人，我亲眼看到的，"中央军的尸体上有枪啊，钞票啊，那时候就有人到仙鹤门抬尸体，有人是发了财的。灵山煤矿的'胡儿'（土匪）看他们发财了，又去抢他们。我也去仙鹤门抬过尸体的。现在的供销社下面，以前是挖的大坑，把尸体扔进去。杀人多的是朝鲜人，他们长络腮胡子。听说以前薛仁贵征东，打朝鲜结下仇，他们要报仇。日本人就利用朝鲜人来打中国。"

南京东郊"万人坑"的发现并立碑竖标，是南京大屠杀不容否认的又一桩铁证。这处遗存的保护，不仅告慰了殉难者的英灵，也是南京打造国际和平城市的体现。尤其是在城市建设过程中，南京市的领导和建设者能认真采纳研究人员的建议，从善如流，与研究人员和谐互动，把一些反映地方历史和文化的遗存保存下来，善莫大焉。

落难的仙鹤之乡

南京沦陷前后，美丽的仙鹤之乡和佛教圣地栖霞镇、龙潭镇、尧化门相继陷入腥风血雨之中，惶惶不可终日。据统计，南京沦陷期间，包括仙鹤门、燕子矶的屠杀在内，栖霞区有6万多人在大屠杀中遇害。

每当翻开这一页页调研笔录，我们的心顿时就被提到喉咙口……

马群街道大庄社区大一组，1924年9月出生的吴桂英说："1937年12月的一天上午，天气特别寒冷，当时日本部队有100多鬼子进入马群大庄村。……我的婆婆没有来得及逃走，被鬼子用绳子捆着，押到栖霞已到中午时分，被日本鬼子用枪打死了。事后到栖霞去料理我婆婆的后事，现场惨不忍睹，几十个人倒在了一起，有年轻的妇女一丝不挂倒在血泊中，还有吃奶的孩子与母亲死在一起，有好多家都无人来收尸。"

当年只有8岁就随着大人逃难"跑反"，马群街道狮子坝社区的吴金林说："村上有的跑到江宁的青龙山脚下，有的到栖霞寺难民区。我们在江宁麒麟镇泉水村仅居住了三天，因消息不灵，日本兵就悄悄进攻到了泉水，并与中央军在一个山头打仗。中央军撤走后，日本鬼子就杀进了泉水村。村里的人来不及跑了，家家只有关门，我父亲吴广鑫用木棍撑着门，人都躲在家里。日本人到村里见不到村民，挨家砸门，挨家搜查，搜到年轻人就拖出去枪毙。当时日本人搜到我家，就把我父亲吴广鑫、叔叔吴广发、吴广宏和邻居吴小双捆着拖到田埂上，一共有7个年轻人站成一排，被一个小日本用枪射击，串了'糖葫芦'。我大叔吴广发、邻居吴小双当场死亡。二叔吴广宏听到枪响，受惊吓晕倒在地，不省人事，随后，小日本在他的大腿上砍了两刀，他当时未死。我父亲被子弹打中了小肚子，未被小日本发现他还活着。日本人见7人全部倒下，掉过头就离开了现场。我家人把我父亲和二叔吴广宏抬至青龙山的一个和尚庙里养伤，家里人不知要对伤者禁食，我父亲在第三天就死在庙里。二叔吴广宏因腿上的刀伤极度腐烂、发烧，在无药医治的情况下一周后死亡。料理完后事,我们回到泉水村,整个村庄房屋已被日本人全部烧毁,村庄无一人居住,又没有吃的,就到栖霞寺难民区住了下来。"

原住红旗农牧场大巷村、1919年出生的施明洲,接受采访时已88岁。他读过10年私塾,沦陷前在南京做学徒,店倒闭了不得不回到村里,后来他在江南水泥厂安全区避难,开春时因要种田回到家里。他说:"回来后,村里的房子都烧光了,一间都没留。家里什么都没有了,就搭个小棚子住。……我们村上有9个人被鬼子打死了。鬼子刚来时,要花姑娘,没找到,就杀人。用刺刀把他们刺死了。还把尸体投到草里烧,烧得腿都没有了。我们回来把他们埋了。一个是我叔叔施正亭,他当时40来岁。他回来挑米,在路上被鬼子看到了,鬼子就在陈家窑庙门口把他杀了。我没有看到他的尸体。另一个是我哥哥施年红,他当时二十五六,属牛的。被刺死的还有黄石沐和他父亲黄清明、潘老太、黄老太、黄小二的老婆等人。他们的尸体都是我亲手埋的。冬月里,鬼子在陈家窑杀死了百十来人,都没找到尸体。"

当年住在尧化街道土城头6号的夏延珍,先跟老表周易一家逃到汤山岳父家,刚到那儿就赶上日本兵来了,连忙又从汤山跑回了尧化门。老人回忆说:"(1937年冬)尧化门街上人几乎都跑光了,我婆母因为是个瘫子,行走不便。在我们到汤山之前把她背到吴家边我姨娘家里躲难。回来后,我又把婆母背回尧化门,在尧化门我娘家,把我婆母安置在后面东边屋里。我婆母跪着说:'儿呀,你带着孩子们走吧。我是个瘫子,不能再连累你们了,我走不了,你们快走吧,你无论如何也要为沈家留一个根。'我只好与我父母一起把婆母安顿在床上,怕她冷,还为她穿上了一件皮袍子……我就带着儿女三人离开了尧化门,那天是冬月初五,还是初六,我记不清了。先是到了太平门,城门关了,不让进城,我带着孩子跑到和平门,城门中的中央兵说:'日本人要的就是南京,现在城里人都往城外跑,你们还想往城里走,不是送死呀,快过江,过了江就没事了。马上就要封江了,你们快走。'我又带着孩子连夜往黄鳝尾子跑。黄鳝尾子当时是渡口,到了那里还有好几个人也是要过江,摆船的说要一块钱一个人,我说我有,就给了他一块钱,他把我们送过了江……隔了头两天，我父亲因受不了孵坑里的臭味，便和我母亲先跑回尧化门。到了家，只见房子烧掉了，后进的两间房顶掀掉，前沿墙倒掉了。我婆母被扔在后面的茅坑里，头上、身上都是血，头发都粘在一起，当时这个茅坑里还被扔了9个中央兵，我婆母是扔在最上面的。我父母二人便在尧化门街上找了一块门板，把我婆母抬到土城头我娘家祖坟山边的皮匠老二葛有海住的房子边的二条战壕里埋了，那9个中央兵的尸体也被我父母二人捞起来抬到铁路边扔到铁路边的小沟里。"

当年19岁、龙潭镇宣闸村沟里三官村组的王道林说："我清楚地记得，当时日本人是从三江口和水泥厂两个方向来的。那时，我们这里没有水泥路、石子路，都是土路，而且到处都有水，根本看不清哪里是路，哪里是水，日本人骑着马就根本不敢走……当时有一个叫王道茂的，家里兄弟三人，姊妹七个，是个裁缝，身穿驼绒袍，他有个母亲，是个盲人。日本人来的时候问他要花姑娘，他说没有。他一边向日本人作揖，一边向后退，退到门槛的时候，日本人向他胸前开了一枪，当场就把他打死了。可怜王道茂死在自己家门口，一脚在门外，一脚在门里，死得不明不白。王道茂死后是用门板搭走的，埋在烂泥中。另外，我还记得，还是那一天，高道生的两个妹妹，一个还是小姑娘。日本人见有花姑娘，哪能放过，就要去抓。当时中间隔着一个大水塘，日本人就命村上人找大木盆。先说没有，日本人就打人，后来找到了一个大盆渡过去，把两个姑娘给抓过来，就在两家人的家里给强奸了。"

从上梅墓、中梅墓到下梅墓所有的草房大多被日军一把火一把火点燃，像一条火龙连成一片，冲天而起，很远就能看到。

时年24岁的曹洪炳，全家从亲爱村中庄（奋斗五队）逃往六合小百渡（音）避难，亲眼看见逃难途中日本人残害叔叔曹启河的过程。他说："那天，我叔曹启河先跑，遇到了一队日本兵，日本兵示意让他们过去，等他们掉头走的时候，日本兵竟然残忍地开了枪，我叔叔曹启河和那些可怜的村民当即就倒在了血泊之中。我和家人躲在旁边，看见这幕惨剧，吓得飞快地跑了，连尸体也不敢去收。……日本人攻进村子后，把没有逃跑的老百姓包括一些老弱病残都抓了起来，然后带到了尧化小学的操场上（现在的烷基苯厂宿舍区那里），日本人残忍地用大刀把抓来的中国人全都砍死了。"

在接受采访时已经83岁高龄、龙潭镇宣闸八段村50号的徐宝珍，当年12岁，许多事情已淡忘了，但对日军侵犯龙潭的暴行至今仍记忆犹新，她恨恨地骂道："日本人什么坏事都做绝了，我恨死日本人。"她说："当时日本人是从汤山、下蜀方面过来的，他们先是在山里抢掠，什么坏事都做，而且还杀了一大批人。我们圩里人害怕日本军，就早早放潮水进来，当时想用潮水阻止日本人，但是没有做到，日本人在山里抢完之后，就到我们圩里。……要鸡，要鸭，要花姑娘，要不到就打人、杀人。我有一个嫡亲表哥叫徐恒发，当时30多岁，日本人把他抓到了，让他跪在那里，要砍他的头。村里许多人去求情，求不下来，最后，还是被日本人一刀刺进胸口，给刺死了。我还亲眼看到，在下蜀仓头，有一户人家叫杨二，父子三人开了一个小店。日本人来了，他们三人舍不得小店，就没有走，被日本人抓到了，问他们要花姑娘，他们说没有，日本人就叫他们先挖了一个大坑，挖好后，就把父子三人推进坑里给活埋了。当时真惨啊！还有一个孙庄的人，叫徐震山，他把村上的花姑娘都藏在墙的夹缝里，他被日本人抓到后，日本人还是问他要花姑娘，他说没有，当场就被日本人打死了。"

寂然法师与栖霞山难民所

被栖霞、马群、龙潭及周边一带大屠杀幸存者口口称颂的避难所在栖霞山前后有两处，一处为栖霞寺，一处为江南水泥厂。

这天下午，我们造访了千年古刹栖霞寺。

栖霞寺坐落在栖霞山西麓，为佛学"三论宗"祖庭，与山东长清的灵岩寺、湖北当阳的玉泉寺、浙江天台的国清寺并称佛教"四大丛林"。栖霞寺周边古迹遍布，文化底蕴深厚，荟萃了宗教文化、帝王文化、民俗文化、地质文化、石刻文化、茶文化。栖霞山山景优美，自明代以来就有"春牛首、秋栖霞"之说，每到深秋，山中漫山红遍，犹如晚霞栖落，蔚为壮观。

坐落于栖霞寺的寂然法师铜像

1937年12月9日，中国守军在栖霞山一带与日军展开激战，但是仅仅打了一天，当晚就因火力不支而退守主城区。为了避难，仙鹤门、马群、尧化门和汤山等处的难民不约而同地向栖霞山南面的栖霞寺和江南水泥厂涌去。没来得及逃脱的军人脱掉军装，也加入逃难的人群中。

安静的栖霞寺再也无法安静了，难民痛苦的求助声、孩子凄厉的哭声、伤兵的呻吟声，充斥在寺院外。

在国难当头、众生有难之时，当家和尚寂然法师嘱咐僧徒敞开山门施与援手。他鼓励众僧："学习阿弥陀佛的四十八愿普度众生，学习观音菩萨的慈悲精神为我中华寻声救苦。"

栖霞山难民所是南京大屠杀期间唯一一所由中国人自己开办的难民救助机构。

寂然法师，江苏东台人，俗姓严，少年出家，受戒于句容宝华山隆昌寺，禅定于镇江江天禅寺大彻堂，他勤奋刻苦，精研佛学，素有济世之心。20世纪20年代后期，入栖霞寺，初任知客，1935年初出任监院，主持寺内外一应事务，在僧众中很有威信。

从沦陷前起到次年3月，栖霞寺难民营共计收容难民多达2.4万人。时值隆冬时节，寺内寺外挤满了难民。为躲避寒冷，有的难民在院内支起窝棚，有的躲进了千佛岩的洞窟。

避难的2万多难民中，其中不乏失散的守军官兵，其中一人是教导总队第二旅中校参谋主任廖耀湘。南京失守后，他来不及撤退，搭上一个农夫的马车躲过日军搜捕，跟随前往栖霞寺避难的人群藏进了寺里。廖耀湘的到来给原本就不平静的栖霞寺带来了更大的危险，一旦日本人发现寺内有抗日官兵，所有避难民众与僧人都将性命难保。寂然法师得知廖的身份后，没有声张，悄然安置在寺内。

在想方设法保护着廖耀湘的同时，寂然法师努力与当时南京安全区取得了联系，挂出了"栖霞寺安全区"旗帜，并号召僧众节衣缩食，每日供应难民两餐稀粥。由于人头太多，开销过大，寺里的财力渐渐坚持不下去了，难以满足难民最基本的生活供应，到了1938年春天，只能勉强保证每日一顿稀粥。

1997年出版的中文版《拉贝日记》中，拉贝先生转录了寂然法师给他的一封信，信中记录了自 1938 年 1 月 4 日至 20 日期间，日军在栖霞寺的暴行，其标题显然斟酌过：

> 以人类的名义致所有与此有关的人：1 月 4 日：他们放火焚烧邻近的房屋以消磨时光。1 月 7 日：日本士兵强奸了一位妇女和一个年仅 14 岁的少女，抢走了 5 个铺盖卷。1 月 8 日和 9 日：有 6 位妇女被日本士兵强奸。他们像往常一样闯进寺庙，寻找最年轻的姑娘，用刺刀威逼她们就范。1 月 11 日：有 4 名妇女被强奸。喝得酩酊大醉的日本士兵在寺庙内胡作非为，他们举枪乱射，击伤多人，并损坏房屋。1 月 13 日：又来了许多日本士兵，他们四处搜寻并掠走大量粮食，强奸了一位妇女及其女儿，然后扬长而去。1 月 15 日：许多日本士兵蜂拥而来，把所有年轻妇女赶在一起，从中挑出 10 人，在寺庙大厅对她们大肆奸淫。一个烂醉如泥的士兵晚些时候才到，他冲入房间要喝酒、要女人。酒是给他了，但是拒绝给他女人。他怒火冲天，持枪疯狂四射，杀害了 2 个男孩后扬长而去。在回到火车站的路上，他又闯进马路的一间房子，杀害了一位农民 70 岁的妻子，牵走了 1 头毛驴，然后纵火把房屋烧了。1 月 16 日：继续抢劫、奸淫……

就这样艰难地维持，直到 1938 年 3 月战事平静后，2 万多难民才陆续离开了栖霞寺。但是，由于积劳成疾，心焦力疲，1939 年 10 月 12 日，寂然法师溘然病逝。

抗战胜利后，廖耀湘重游栖霞寺，为感谢佛门弟子的救命之恩，题下了"凯旋，与旧友重还栖霞"条幅。

如今，栖霞寺后山的半坡上建有一座寂然法师的铜像，寂然法师作为主角形象的电影《栖霞寺 1937 年》，于 2005 年 7 月 5 日在中国上映。

坐落在栖霞山东麓的江南水泥厂，始建于 1935 年，是当时国内规模最大、设备和工艺最先进的水泥厂，中国水泥工业发展史上的标志

坐落于江南水泥厂旧址的辛德贝格铜像

性企业。

离开栖霞寺,我们来到江南水泥厂。

进了大门,沿着一条L型的水泥路,秋天的梧桐,总是有颓败感,加上满地的梧桐落叶,破旧的厂房,坑洼的道路,路旁杂草丛生,其情其景与我们的想象截然不同。

一位工厂的老工人告诉我们,20世纪末,国有江南水泥厂改制为内地与香港合资,由于水泥市场竞争激烈,时开时停,经营失败,现在变成了一个困难企业,几近关闭。有许多职工也被解除合同,另谋职业,现在隶属于南京新工投资集团管理。

提起1937年的安全区,他连声说:"知道,知道,当年就是这个小厂救下了3万条难民的生命。前面院子里有一个辛德贝格的塑像!他是丹麦人,工程师!"

史料记载,1937年11月4日,刚刚建成的江南水泥厂完成了第一次空载试机,此时只要原料进窑,所有机器就能马上开动生产水泥。然而,谁也没有想到这竟是工厂的第一次开机,也是工厂的最后一次运转。当年11月9日,惨烈的南京保卫战已经打响,为了迷惑日军保卫水泥厂,在德国人卡尔·京特和丹麦人贝恩哈尔·辛德贝格的帮助下,江南水泥厂临时更换门牌为"丹德合营水泥厂",对外宣布这个厂是丹德合资的,工厂方得以幸免被"扫荡"的命运。

四处逃难的难民们走投无路之时,见到附近所插的"工厂保护区"的木牌,便积聚到江南水泥厂附近避难。江南水泥厂也因此成为难民收容所,不仅有从尧化门、汤山、龙潭、孟塘等来的难民,甚至还有上海、苏州、常州、无锡一带难民,最多时收纳难民达1.5万以上。每当日本人来骚扰,京特和辛德贝格便会挥舞旗帜与他们周旋。虽然在水泥厂内有了落脚之地,避免被日军杀戮,但是难民们生活状况十分恶劣。正如当年避难于水泥厂的湖山难民夏良全和苏国宝描述的那样:"人挨着人,棚子靠着棚子,解手的地方都没有,下几天雨,就烧不了锅,锅就在外面。下雨天人只好坐在棚子里,地上地下都长霉了,连牛马生活都不如。"辛德贝格也说:"只有上帝才知道这些可怜的人士是如何苦熬度日的。"

为保护难民，辛德贝格还在厂内设有难民小医院。鼓楼医院美籍医生罗伯特·威尔逊曾来此为伤员做过手术。1938年2月16日，辛德贝格还驱车接送约翰·马吉牧师来栖霞山考察了这两座难民营，留下了珍贵的历史影像。

1941年6月，日军通过诡计弄清江南水泥厂的资产所属，这才发现江南水泥厂是中国人办的厂，于是强行命令江南水泥厂拆迁设备，搬迁到山东，生产战机所需要的铝材。

江南水泥厂厂志记载：卡尔·京特和辛德贝格凭借特殊身份，把江南水泥厂变成了南京最大的流动性难民营，共接纳2万多名难民。与南京城内的安全区相比，江南水泥厂的难民区几乎没有受到日军侵害，这里甚至没有一个难民被日军杀死。这在当时不得不说是一个奇迹。

而这个奇迹，很大程度上归功于辛德贝格和卡尔·京特这两位国际友人。

2012年3月，"江南水泥厂旧址"被公布为南京市文物保护单位。次年初，南京市规划局公示了《江南水泥厂民国住宅风貌区保护规划》。《规划》将江南水泥厂旧址分为抗战文化史迹区、民国建筑荟萃区、工业遗产保护区三大功能区，其中有文化展览和商业酒店混合用地。

这座凝聚了近代中国苦难和辉煌的江南水泥厂，虽然饱经沧桑，经过岁月的磨洗，但在不久的将来，将拂去历史的尘埃，以"抗战展览馆"的形式重新回到我们的面前。

燕子矶

侵华日军南京大屠杀燕子矶遇难同胞纪念碑

位置

中央门外燕子矶公园内、1985年8月南京市人民政府立。

一九三七年十二月，侵华日军陷城之初南京难民如潮相率出逃内有三万余解除武装之士兵暨两万多平民避聚于燕子矶江滩求渡北逃讵遭日军日舰封锁所阻旋受大队日军之包围继之以机枪横扫悉被杀害总数达五万余人悲夫其时尸横荒滩血染江流罹难之众情状之惨乃世所罕见追念及此岂不痛哉爰立此碑永志不忘庶使昔之死者藉慰九泉后之生者汲鉴既往奋志图强振兴中华维护世界之和平

四

"燕矶夕照"下的罪恶

燕子矶位于南京主城区北郊，观音门外，背倚幕府山，面临主城长江的下游。

燕子矶海拔36米，山石直立江上，三面临空，形似燕子展翅欲飞，故名为燕子矶。矶下惊涛拍石，汹涌澎湃，山石直立江上，附近岩山有12个或大或窄的洞窟，藏在江水冲击而成悬崖绝壁之处，其中以三台洞最为深广曲折。燕子矶为长江三大名矶之一，古代就是南来北往的重要渡口。康熙、乾隆二帝下江南时，均在此泊舟驻留，矶头处留有乾隆帝"燕子矶"碑。古金陵景中的燕矶夕照、永济江流、嘉善闻经、化龙丽地、幕府登高、达摩古洞均在此处，这里占有六景。其中，"燕矶夕照"为四十八景之最。

冬月的一个上午，我们在当地老人仇庆江的陪同下，乘坐8路公共汽车来到幕府山下的燕子矶镇，寻访和凭吊在侵华日军大屠杀中的遇难同胞。

仇庆江原住中央门外东门街，由于城市改造，搬到幕府山下。他告诉我们，燕子矶过去十分僻静，僻静得近乎荒凉。直到21世纪初，江边仍是连片的滩涂和芦苇荡，以及少量采石、采沙工地。交通也十分不便，中央门至燕子矶只有8路一路公交汽车抵达。20世纪末，南京市政府果断停止了国有大型企业白云石矿在幕府山的开采，并加快了滨江自然景观的修复和保护，于21世纪初建成东起燕子矶，西至上元门的幕燕滨江风光带。重现了幕府山雄峙千里、燕子矶展翅欲飞的美丽壮观胜境。如今，除8路公交车外，125路、122路、燕尧线公交车均可抵达，地铁1号正在从迈皋桥向燕子矶方向延伸，预计2021年将开通运营。

永济大道两旁，一边是绿化成荫连绵起伏的幕府山，一边是浩浩荡荡川流不息的长江，新建的观光大道可供4辆旅游大巴并行，亲水栈道直抵岸边。红红绿绿的帐篷点缀在幕府山下，家长们带着孩子沿江边的亲水栈道游玩，风筝在蓝天上上下下飞翔。

站在永济大道上，你怎么也不会想象出80多年前发生在这里的一场浩劫。

1937年12月，5万多无辜的同胞就葬身在这里！

唯一的三角形碑亭

侵华日军南京大屠杀燕子矶遇难同胞纪念碑建在燕子矶公园内。

幕燕滨江风光带的入口处即燕子矶公园，入园后，右手有一块指示牌。沿着一条青石板曲径山道，步行七八分钟，一个依山而建的三角形亭静静地矗立在公园临江岸边。

燕子矶公园主要由两座山峰组成，碑亭建在次峰的顶部，紧挨长江岸边，碑体为长方形，竖立在亭中。值得注意的是，这座亭子只有三个角，平面看，是一个等边三角形。而中国园林中，传统的亭子要么是四个角，要么是五角或六角，三角形碑亭在南京是首次出现。

曾在燕子矶公园工作了20多年的沈玉才老人是规划者之一。据沈老介绍，当时为确立此处遇难同胞纪念碑的地点，市政府征求意见时"有三种方案备选"。他回忆说，第一个选址点，位于遇难者所在地的江边。但此处地势低洼，夏天潮水上涨，容易冲刷碑亭，甚至将其淹没。加上附近有自来水的取水口，打桩基容易影响管道，于是讨论时被否决。第二个选址点，考虑将碑亭建在公园脚下的防洪堤上，但由于涉及拆迁多户市民的房屋，也作罢。当年，由于侵华日军燕子矶屠杀地未找到准确的记载，周围都是民居群，也没有十分合适的地方，所以才采用第三个选址点——燕子矶公园内。这里相当于燕子矶的矶头，站在上方可以眺望到当年的同胞遇难处。沈老解释说，纪念碑设在公园内位置还算合适，一来距同胞遇难点较近，二来建在景区内便于保护。碑亭在紧锣密鼓的张罗下，1984年8月15日就建好了，次年由市政府统一立碑，碑文由著名书法家陈慎之书写。

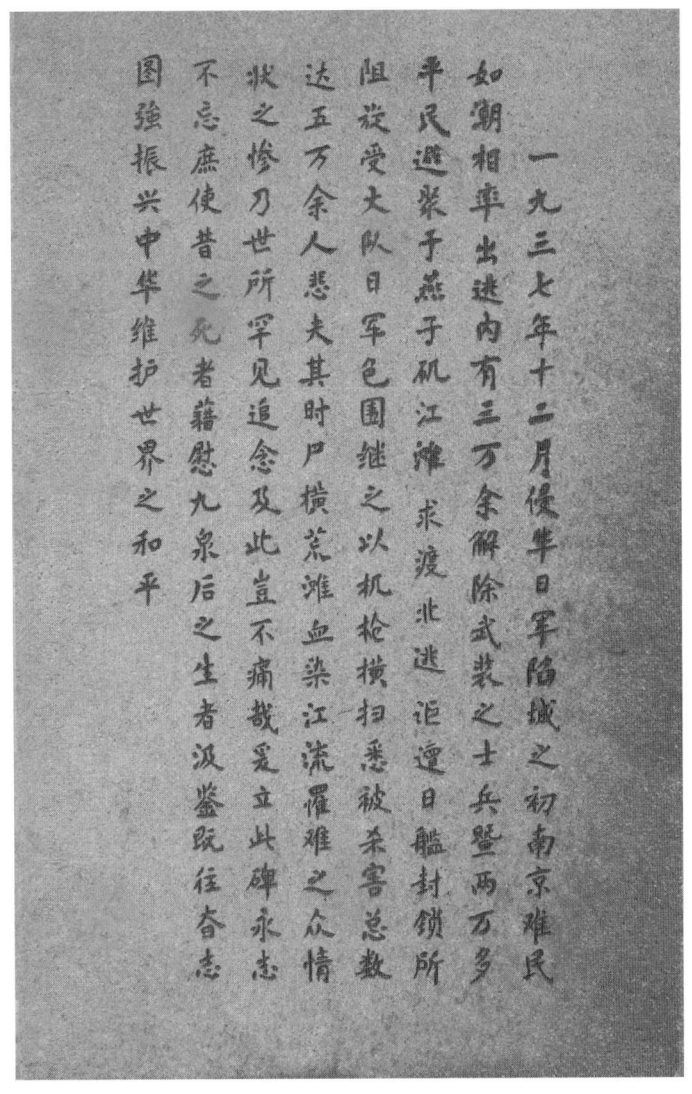

燕子矶遇难同胞纪念碑碑文　　　　　　　　　　韩娃丽_摄

三角形的亭子，既不是设计者的疏忽，也不是建成后的自然损害，而是受地理条件的限制。沈老说："燕子矶公园本就促狭，只有3.5公顷，碑亭设在东面斜坡上，加起来拢共不过20平方米。"设计来设计去，无奈之下，建了一处三角碑亭。此外，传统观念讲究"奇数为阳，偶数为阴"，就是要人们记住这一丧权辱国的奇耻大辱。保留的三个角，呈握拳状，象征着中国人民的意志和力量。

　　碑亭几乎没有转身的余地。我们俯身将花束供奉在碑前，双手合十祭拜。

　　沈玉才是土生土长的燕子矶人。他说，南京城破后，日军一个骑兵营尾随逃难军民追到燕子矶。当时正值枯水季，江面上的渡船早就逃到江北，数万逃难人群一时陷入进退维谷的绝境。"日本骑兵把机枪架在燕子矶一带的山头上，对着江边人群就开始扫射。很多老弱妇孺在慌乱中被踩踏倒地。还有的躲进了芦苇荡，但很快遭到密集扫射，中弹者不计其数。"

　　仇庆江也说，来这里躲藏的军人和百姓大多是听信了日军的欺骗宣传，在日军包围南京城时不断散发传单，"尽量保护善良的百姓"，日军还空投了"绝对不杀投诚者"的优待证。

　　由于燕子矶远离城区，临近长江岸边，地势低洼，滩涂连绵，在1937年12月13日至次年1月，侵华日军多次将搜捕来的难民和俘虏带来此地枪杀，"所有的尸体，或漂浮江面，水为之赤；或堆积沙滩，雨淋日晒。直到次年春夏之交，此处积尸，还无人过问，臭恶气味，远闻数里之外。"

　　公园的管理人员蔡先生告诉我们，碑亭建好的30多年来，每年都经常有周边学生、群众来祭拜，但地点过于窄小，没有供人落脚的平地，悼念人数受限制，不少人都站在大石头上参加悼念，影响悼念的氛围和效果。首个国家公祭日后，公园投资数十万元，改造了碑亭环境，并在碑亭前建成了100多平方米的木制平台，以满足祭拜的需要。

　　"有没有见到日本人来这里祭拜？"我们问："有的，碑亭建好后也曾看到日本游客在亭前献花，鞠躬谢罪，但可能他们自知罪孽深重，大多不与公园打招呼。"他还透露，目前幕燕风光带正在提档升级，紧邻公园的老街——临江街已经征收，原先的居民都要拆迁。临江街拆迁拓宽后，计划在街后的江滩边，辟建一处更为宽阔的纪念场地。

血泪证词

1937年12月，攻入南京的日军打着"扫荡"的旗号，自12月13日开始对主城内手无寸铁的同胞进行了惨绝人寰的大规模屠杀。沿燕子矶向西，经三台洞、金陵船厂、下关码头，到棉花堤的长江沿岸是侵华日军大屠杀的主要场所。

燕子矶码头地处镇东口的长江夹江段，江面较窄，对岸为八卦洲，越过八卦洲即为六合区，可通达苏北腹地。南京城破在即，原本宁静的燕子矶乡间，黑压压地挤满了从城里逃出的军民。难民们都希望能由此渡江，去江北避难。

日军从陆路侵入南京城之时，从上海沿江而上的数艘军舰已抵达南京江面，虎视眈眈地不停地在江面游弋，封锁了江面。然而，大量从城内太平门、中央门等处溃败的士兵和难民还在从四面八方向燕子矶涌来。

尾随其后、蜂拥而至的日军，以战车开路，将已放下武装无路可逃的士兵和难民们围禁在江边沙滩上，架起数十挺机枪，疯狂扫射，致使数以万计的同胞当场毙命。

接连数日，许多青壮年市民被日军当作士兵捕来，用绳子捆住，押赴燕子矶周边，用机枪射杀或用火烧，燕子矶镇"尸横遍地，惨绝人寰"。

提到这场灾难的情景，经历过这场灾难的燕子矶街道居民都无不满腔愤怒地说："日本法西斯军队，实在太野蛮，太凶狠，太没人性啦，实在是太可恨啦！日本帝国主义欠下的这笔血债，世世代代绝不会忘记的！"

当年在陆军第八十八师服役，后在八卦洲务农的幸存者郭国强，曾目击数万名中国军人和难民在燕子矶被屠杀的悲惨情景。时年19岁的郭国强供职于七十二军孙元良部,在第八十八师某团任士兵,曾在城南中华门一带与日军血战,撤退时队伍被打散,躲进今天幕燕风光带景点之一的"三台洞"附近的草丛中。一天一夜的枪声后,郭国强看到,在江滩上已经堆积了数万具"中央军"士兵的尸体。他说:"1937年12月,我和二三百名'中央军'穿着便衣,逃到南京燕子矶三台洞附近,亲眼看见日军在燕子矶江滩进行大屠杀的情景,当时日军用机枪扫射了一天一夜,有20000多名已经解除武装的'中央军'丧了命……"[1]后来,躲过日军的盘问后,郭国强逃至八卦洲的下坝村定居下来,直至抗战胜利。

曾在难民区维持治安的警察刘守春,沦陷时随难民退到燕子矶,幸免于难。他所属的首都警察,一部退到燕子矶,被"枪杀约有两千余"。1945年,他向还都南京的国民政府控诉了当时在燕子矶亲见同胞被屠杀的经过。其回忆后被录入《原罪——侵华日军在南京栖霞暴行录》一书。书中,刘守春看到,日军士兵"每见中国青壮年者,掳掠至江边……用机枪击毙之,日夜机枪嗒嗒声不绝,俱击毙我同胞也"。

燕子矶西边渡师石村41号,时年10岁的杨雨彩老人说:"这地方被日军杀死的中国人有成千上万。其中大部分是从龙潭、栖霞山撤退来的中国士兵,也有一些逃难的老百姓。日本兵跟在后边,一边追一边用枪炮轰打;此地通往城内的大路两边和通往栖霞山的大路上,都有很多被打死的中国人。此地西边,有个叫大窝子的地方,被打死的中国人足有10000多,那片洼荡里的水,都成了血水。那情景,真是惨极啦!"

燕子矶街道燕华花园社区刘仁金老人,沦陷前逃到江北避难,1938年开春回家时,燕子矶已满目疮痍,尸横遍野,不忍过目。在接受采访时,他说:"1937年12月,日本鬼子在燕子矶江边集体屠杀了已解除武装的中国士兵和难民5万多人,许多青壮年市民被当作士兵捕去。他们用绳子捆住这些青壮年,押赴水塘边或砖墙前,用机枪射杀或用火烧……日本军所到之处,无不烧杀抢掠,为发泄兽欲,就连

---

[1] 侵华日军南京大屠杀史稿编委会编:《侵华日军南京大屠杀史稿》,江苏古籍出版社1985年版,第44页。

幼女、老妇、孕妇也不放过。贾家边村有一位孕妇即将分娩，留居家中，也没能逃过日本军的蹂躏……我曾亲眼看到，日本军让已解除武装的中央军一排人，用绳子自己一个一个地缚起来，随后用机枪一阵猛烈扫射。……李华新想（游泳）逃到江北去避难，却没有逃过日军的巡查，在江中心被日军发现。日军逮住了他并抓上了船上，把他的四肢钉在一个门板上，使他动弹不得，日军丧尽天良地用狼狗活活地将他撕烂，随后扔进了长江之中……为了生计，城外的人不得不担些柴火和蔬菜进城去卖，换些生活用品，可进出城门时都要进行搜身及盘查身份证。当时的米是不允许卖出城的，有的妇女把换回的一点米放进腰间围包起来，出城的时候，日本军就用刺刀乱戳，看看是否有米，一次，竟然把一位孕妇的肚子给挑开了，胎儿都露了出来，可见日军是何等的残暴，真可谓极人世之至惨。"[1]

燕子矶镇临江街62号之2的杨吴氏老太太，属牛，生于1913年。当年她家住燕子矶大王庙窑场，因为家穷，没有钱外出逃难，躲藏在家里。她说："日本兵住在仁和里的汪炳生家（和燕街27号），抓到十几个中国士兵，逼着他们互相用绑腿带捆起来，一起赶到小清河边，用机枪给打死了。接着，日本兵又从肖坤家里抓到十几个中国士兵，就在肖家的院子里用机枪给打死。汪炳生也被鬼子抓住，用布给蒙上眼睛带走了。这个汪炳生，从此再也没有回来。当时长江里有日本军舰，拦截往江北出逃的中国士兵和老百姓，江岸上也有日本兵，追杀中国人。日本兵在此地杀了一天一夜，燕子矶山上、小清河西岸、荒草地里和江边芦柴滩上，到处躺着死人，江边堤埂上死尸堆成堆，燕子矶东头大洼荡里都给死尸填平了。……那年周景治的母亲，年纪30多岁，正在小清河边涮马桶，被日本兵看到了。日本兵不问青红皂白，跑过去就用刺刀挑死她，还将尸体拖到周景治家门外，人的肠子露在外面，血淌了一地，死得真惨！日本兵来到此地，还到处向中国人要'花姑娘'。这地方有好几个妇女被日本兵给奸污了，有位妇女被7个日本兵给轮奸了。更可恨的是，有的日本兵奸污了妇女就把她们

---

[1] 张生、吴凤照、费仲兴编：《南京大屠杀史料集38·幸存者口述续编（下）》，江苏人民出版社2007年版，第1610页。

杀死。"[1]

时年16岁、在燕子矶开饭店的张春林，因母亲患重病，日军到来时没有远逃，白天躲在山林里，晚上等日本兵走了，再回来伺候母亲。他说："那时候，燕子矶街上，住有200户左右人家。人们听说日本兵要来了，好多人家都逃难出去。没出逃的妇女，都甩土灰抹在脸上，躲避日本兵的污辱。日本兵来了后，到各家各户搜查中国士兵；日本兵向户主问话时，动不动就开枪打人，有时用洋刀砍，有的用刺刀刺。那天，一姓吴的妇女，被日本兵抓到了，七个人轮奸了她。这位妇女受了污辱，又受惊吓，事后生了重病，没活多久就病故了。这都是日本侵略军在中国造的孽呀！……日本鬼子发现芦柴丛里隐藏着中国士兵，就让翻译、便衣队喊话说，中国士兵赶快出来，缴枪不杀！那些藏在芦苇丛里的中国士兵真的出来了，都把枪放了下来。结果呢，这些中国士兵，都给日本鬼子逼着相互用绑带拴在一起，被赶到江边，用机枪给打死了。那天，日本部队就用这种办法，将抓到的中国士兵，抓到一批杀一批，燕子矶街上，燕子矶周围，小清河两岸，到处是被打死的人。"

燕子矶和燕街13号之1的陈继明，1912年生，也是燕子矶大屠杀的见证人。他说："日军在此地大屠杀时，父亲被日本兵抓走了，之后就下落不明。当时，还有个叫胡大个子的，也被抓走，下落不明了。新燕街一户姓周的，户主的儿子叫周敬豪，在小清河也被日本兵打死。日本兵像杀人魔王一样，杀死的人，到处都有；在住户家里，在江边上，都有死人。有的地方死人成了堆；燕子矶西边三台洞、大窝子那地方，被日本兵杀死的中国人就更多了。"

时年26岁、住在燕子矶笆斗山东里65号的王寿春，在中华人民共和国成立初期曾任过笆斗山乡乡长，亲身经历了日军大屠杀时的不幸时日。他说："1937年12月16日那天，有一个日本军官骑着大洋马，还挎着洋刀，后面跟来一些日本兵。他们在此地，把搜查出的36名中国士兵赶进一座小房子里，用机枪打死。日本兵还把住在此

---

[1] 江苏文史资料编辑部：《腥风血雨——侵华日军江苏暴行录》，《江苏文史资料》第80辑，1995年版，第110页。本节未注明引文的证词引自该书第112、127页。

地四名居民，也给打死了，一个叫唐梅海，一个叫胡裕厚，一个是和尚，还有一个住在江边草房里的名叫石头的驼背老人。日本人临走时，又搜查出100多中国士兵，都押解到燕子矶以西杀害了。"

时年11岁（1937年10月生）、家住本地奋斗村、曾任燕子矶镇文化站站长的王志林，一家有3口人被日本兵屠杀了，一个是他的祖父，一个是他的大伯，一个是他的叔叔。他气愤地说："日军在燕子矶地区就杀了5万多；我们燕子矶街，包括各村各居民段被杀害的有2000多人，被奸污的妇女有200多人，还有几百户人家的房屋被烧毁……"

为掩盖大屠杀的残暴罪行，从当年12月16日开始，日军派出数十艘汽船和汽车，动用数百名士兵，以铁钩、利器等物将尸体抛弃之江中或浅滩，遇有尚未断气的伤员，则用利器击之，或开枪射击。

日军南京下关第二碇泊场司令部少佐太田寿男供述了在长江毁尸灭迹情况。他说："我在12月15日晚到达南京下关第二碇泊场司令部之后，司令部的司令官命令我：'安达少佐正在处理尸体，现在命令你和安达少佐共同完成这项任务。'当我奉到命令之后，就在南京下关码头上，分东西两个区域执行任务，安达在东部处理，我在西部处理，两个区域共使用30只汽船、10台汽车、800名运输兵，从12月16日开始，至18日两天的时间，经我处理的尸体有19000多具，安达处理16000多具，加上头两天安达自己处理的那65000多具，碇泊场司令部共处理了10万具以上的尸体，其中除有3万多具是掩埋、烧毁的以外，其余的都投到扬子江里去了。我想其他部队自己处理至少也有5万人，共计有15万人。被杀害的人们绝大部分是市民，有男女老少。还有一部分抗日军，估计约3万人。当我刚到下关的时候，还看见有日本军队仍用机枪向他们扫射，我记得被扫射过的许多人之中，还有很多带活气没死过去而仍在呼吸着的人……"

这是1954年12月27日时任日军少佐的太田寿男在抚顺战犯管理所的供述。

1946年，受命担任南京大屠杀敌人罪行调查委员会成员的李龙飞在实地调查后形成的调查报告中说，这场血腥屠杀后"所有的尸体，或漂浮江面，水为之赤；或堆积沙滩，雨淋日晒。直到次年春夏之交，此处积尸，还无人过问，臭恶气味，远闻数里之外"。

经实地走访、认真调查，李龙飞和他的同事们确认：日军"在燕子矶江滩一处，杀死我解除武装的青年50000人以上，尸横遍野，惨不忍睹"。日军在燕子矶江边的屠杀暴行这一事实，经南京审判战犯军事法庭反复查证，最后得以确认，国民政府国防部南京军事法庭在判决书上认定：民国二十六年（1937）十二月间，在燕子矶滩，（侵华日军）屠杀我难民和解除武装士兵在50000人以上……

2005年8月10日，"侵华日军南京大屠杀史实展"在中国国家博物馆开幕。应邀参加展览的南京大屠杀幸存者常志强告诉参观的中外观众，他就在燕子矶附近住，当时长江封锁了，5万军民多数都是百姓，挤到燕子矶渡口处希望能够逃生，最后竟全被杀害了。值得注意的是，日本铭心会访中团团长松冈环女士和华侨林伯辉先生特意从日本赶来参加展览，并送来了他们在日本征集的证物：一封日本战士当时寄回日本国的信，信中明白无误地记录了日军在"燕子矶"渡口处屠杀无辜、"五万全灭"的事实。

乌龙山炮台与"万人坑"

通过史料查阅，我们知道乌龙山炮台的失守与侵华日军燕子矶大屠杀和北家边"万人坑"密切相关。

中午，我们在燕子矶公园外的一个小饭店吃了午饭，决定按计划继续寻访乌龙山炮台和北家边"万人坑"遗址。

乌龙山炮台位于燕子矶公园的下游，沿江岸向东徒步不到6公里。

通过滴滴网约平台，我们乘出租车从燕子矶出发，经太平村左拐，沿新港大道直行，穿过绕城公路、长江二桥连接线、惠新路，由于地铁1号线北延工程车行缓慢，约半个小才到乌龙山。

路上，仇庆江热情地告诉我们："古炮台遗址现在已改称为乌龙山公园，2013年被栖霞区政府公布为区级文物保护单位。但平常去的人并不多，听说近两年在周围新发现了炮台遗迹。"

南京保卫战之前，中国军队在紧靠乌龙山炮台以东江面布设水雷，沉下招商局"永清"号趸船以及其他船舶4000多吨构成第一道封锁线，又用麻条在江面构筑可以缠绕军舰螺旋桨的两道封锁线，共同构成乌龙山阻塞线。并在乌龙山斜对面的六合划子口部署从"海圻"号巡洋舰上拆下的47毫米速射炮，配合乌龙山炮台封锁长江。

1937年12月初，南京保卫战打响后，日本海军前进至乌龙山阻塞线前，遭到中国军队江防要塞的猛烈炮击，只好调头逃窜。之后，日军增援舰艇又企图冲过江面，再次与乌龙山炮台交火，但仍未能越过栖霞乌龙山江面一步，成为南京江面最后一道屏障。乌龙山炮台扼守住了长江航道，为延缓南京沦陷做出了重大贡献。如果不是乌龙山炮台配合阻塞线封锁长江，日军就可以从上海沿江而上，迅速在下关登陆，切断中国军队的退路。日军上海派遣军参谋长饭沼守在1937年12月12日的日记里曾记载了日本军舰遇到炮台阻击，被迫"停在炮台下游"的史实。

中国第二历史档案馆所藏《澄镇宁各要塞区作战经过及心得概要》记载，1937年12月10日，日军飞机向尧化门、甘家巷的中国军队阵地狂轰滥炸，被乌龙山炮台高射炮击退。11日上午10时，日本军队发动了猛烈进攻，炮台向敌人密集部队猛射，给予大量杀伤。下午6时，炮台已经被敌军包围。这一天，炮台高射炮又击落日军飞机1架。次日上午11点半，与划子口海炮配合再次击毁日本海军驱逐舰1艘。

12日傍晚，唐生智下达分头突围撤出战斗的命令，要求要塞部队负责掩护。固守乌龙山要塞以掩护其他部队撤退和突围的卫戍司令部第二军团，应最后撤退，但军团长徐源泉于12日下午即率其第四十一师和第四十八师从鱼雷营及燕子矶附近的周家沙和黄泥荡码头乘坐其预先控制于该处的民船，大部渡至江北，经安徽去了江西。

接到撤退命令，乌龙山要塞部队将各炮台的炮栓卸下来，就地掩埋，准备当晚渡江北撤。就在这时，日军舰艇重新开进南京江面，企图阻止部队北渡。副台长彭玉山带领官兵冒死回到炮台，重新挖出炮栓，装备剩下2门火炮及8门山炮，猛烈地向日军舰艇炮击，再次击溃日军的进攻，为军民的北撤争取了时间。

战斗持续至13日凌晨，由于日军战车十多辆从陆路向炮台逼近，炮台守军面临江面和陆地的夹击之下，在连续击毁日军 3 辆炮车后，炮连官兵毁炮撤离战斗。乌龙山炮台主要建筑在日军的轰炸中损毁。据统计，不包括炮台官兵，仅第二军团在南京保卫战和撤退中就损失 5000 余人。

日军第十三师团第一〇三旅团所属之第六十五联队将 6000 余名未来得及撤退的官兵和难民，分别押到濒临长江的乌龙山脚下的五龙村北家边圈禁起来。

如何处理这批战俘？

史料记载，日军第六十五联队在乌龙山、幕府山一带俘获到 14777 名中国军人当即向军团司令部报告。上海派遣军也曾数次请示东京参谋本部和陆军省，但每次得到的答复都是模棱两可的。于是，军团司令部便作出了就地解决的决定，并要求各部迅速执行。

第六十五联队的随军记者秦贤助回忆说，军司令部向中央（参谋本部、陆军省）请示了几次，最初发来的训电是："好好谋划！"这一命令很不明确，也没有关于处理俘虏的方法。一再请示后，发来的训电也是"研究后处理！"如何研究好呢？军司令部觉得为难，于是第三次请示，得到的命令是"由军令部负责处理！"军司令部认为中央的态度暧昧。为迎接朝香宫中将而举行的入城式迫在眉睫，军司令部十分焦急，"杀掉吧"，军司令部就轻易作出了这样的结论。[1]

第一〇三旅团旅团长山田梅二在一项回忆性证言中也提到，他于 12 月 15 日派遣本间少尉到师团司令部请示办法，"拘押俘虏所需的粮食已经颗粒无存"；16 日，因师团都已移至江北，便派相田中尉直接至派遣军司令部请示，对这批 14000 多名俘虏如何处理？最后才从军司令部得到"全部处理掉"的命令。[2]

时年 14 岁、乌龙村村民夏安荣在接受采访时说："1937 年 12 月 14 日，四艘日本军舰经吴淞口直逼南京，这时江阴炮台已沦陷，敌舰到了镇江十二圩一

1

【日】洞富雄：《南京大屠杀》，上海译文出版社 1987 年版，第 37 页。转自孙宅巍的《民国史论》，凤凰出版传媒集团凤凰出版社 2012 年 10 月版，第 146 页。

2

李恩涵：《日军南京大屠杀的屠杀令问题》，台湾《"中央研究院"近代史研究所集刊》第 18 期，1989 年 6 月。

带水域向南京进发，炮台上的大炮集中火力向敌舰开火，吓得敌舰不敢动弹。这时炮台下面的成千上万老百姓赶快渡江逃命，长江水面上黑压压一片，农民们扛来铺板、大门、竹床等，扎成小木排漂过江去。后来大炮不响了，下午时分，日军从陆地上向炮台包围过来，围住了约有 2 个师的国民党官兵。这近 5000 人被日军抓住后饿了三四天，一个个没有一点反抗能力了，全被带往北家边的万人坑……"

12 月 16 日下午（一说 17 日），在荷枪实弹的日军驱赶下，6000 余名被俘的官兵和难民分批被赶到北家边两处挨着的水塘边和一处因修筑道路时取土垫路基形成的洼地。战俘和难民们知道敌人要动手了，纷纷挣脱绳索，拼命反抗，有的赤手冲向日军，残暴的日军早已做好防范，一个个端着雪亮刺刀逼着他们往水塘里赶，见反抗的人越来越多，他们干脆用机枪扫射，后来又把成箱的手榴弹往人群扔，顿时炸得血肉横飞。在一旁观看的日军，手舞足蹈，哈哈大笑。一些日军仍嫌不过瘾，不够刺激，就在塘边用东洋刀把企图爬上岸逃生的人的手臂、头颅一处处地砍下，或用刺刀挑破肚皮观看难民痛苦的样子……

目睹了日军灭绝人性的暴行、时年 18 岁的当地村民严兆江，被日军抓去当民工，日夜给鬼子烧水，幸免于难。在 1994 年 12 月遇难同胞悼念日前夕，曾随同栖霞区相关调查人员来到北家边的塘前，严兆江指证说："这就是 57 年前的'万人坑'。当初，我和 20 多位乡亲在塘里捞死尸埋，捞了半个多月，足足有 6000 多具尸体在这两口塘里。那时，我们是等日军走后，村民们自发组织起来的，带上木棍、布条做的简易用具，去塘里收尸。先收有头有身的整尸，后收光着身子的无头尸，最后又网捞头、胳膊、腿的分尸。有一次，我用网捞，一下子就捞上来 7 个人头。这些尸体，全埋在附近的乌龙山、黄毛山和'万人坑'附近了。"他痛苦地说，"我不能想，一想起 1937 年的大屠杀我就合不上眼，能有几夜睡不着觉。那塘里是人垛人、人叠人呀，水都被染红了！惨得很哩。在塘边的一个水井里，还捞出一个被日本鬼子'倒栽葱'扔进去的国民党兵，硬是被水呛死的。捞出来时还有一把盒子枪，可能是当官的。"

时年 7 岁的北家边村民、退休工人张仁炳说："距北家边二里路有个炮台，驻着许多日军，疯狂地杀、烧、淫、掠，老百姓提起北家边一带都毛骨悚然。王家湾有个才 20 多岁的青年，路过北家边时，被日军拦住，用东洋刀砍了头，头滚到水沟边，牙齿还在动哩！"

尧化镇政府会计赵乃富也回忆说："1953 年，有人在万人坑附近盖房子，地基才挖下去一尺多一点，就看到了成堆的尸骨，吓得掉头就跑，房子也不敢盖了。"

开发区寻访留下的遗憾

网络搜索，乌龙山炮台和南京大屠杀北家边遗址均在南京经济开发区管委会附近。不料我们按高德卫星导航的指引，驱车赶到乌龙山公园后，大失所望。因为南京经济技术开发区的开发，乌龙山已经被新港大道和尧新大道切断成 3 截，乌龙山公园位于偏西的一段。汽车沿乌龙山西段转来转去，就是找不到公园入口，更别说亭台楼阁、太湖石假山了。好不容易找到一位在当地一家仓储公司门卫工作的老师傅，他告诉我们，这几年到这里来寻找炮台和公园的游客可多了，多数都是看了网络信息而找来的，网络消息能信但不能全信！

原来，为配合城市绿化、方便开发区休闲娱乐，1999 年曾经在这里建过一个开放式公园，虽然面积不大，但植物茂密，青山绿水，空气清新，适合市民假期闲来散步观景，很多婚纱摄影和个人写真也赶到这里。但是，五六年前这里已改建为高新技术的研发中心了。院前栽着两棵大树，门口挂了许多牌子地方就是原来的公园大门。

这一带是改革开放后南京最早开发的区域，1992 年 9 月南京经济技术开发区在这里成立，2002 年 3 月被国务院批准为国家级经济技术开发区，现为国家级开发区十强，国家生态工业示范园区，长三角区域经济的重要组成部分，世界级光电显示产业基地和国家级长江航运物流枢纽。

资料记载，乌龙山要塞是南京地区最大规模临江的古炮台遗址。国民政府定都南京后，乌龙山炮台更名为乌龙山要塞炮台，受南京江宁要塞司令部指挥。山上有乌龙庙，庙东一里许之另一山头上有一座老炮台，即龙台。共有炮位 14 个，另有台长室、士兵室、操场、守卫室、弹药库、地道、水池、瞭望所等附属设施，规模很大。甲一台的 4 门高射炮都安装在乌龙庙的东北侧，在龙台之西，一方面与龙台合力防江，一方面与甲二台合力防空。

2007 年，在全国第三次文物普查时，"乌龙山炮台遗址"被列入南京重要新发现。民国历史地图上标出乌龙山炮台共有 14 个炮位。其中第一至三炮位在山下江边，已随码头建设而消失。在南京市和栖霞区地方志有关同志的努力下，山顶的第四至十四炮位全部被找到遗址。第四炮位、第八炮位、第九炮位、十炮位和第十一炮位仍可以看出基座圆形轮廓，其余 6 处炮位在日军轰炸时损坏严重，但原址仍可以看到残存水泥碎块。另在第十一炮位旁发现了塌陷的台阶遗迹，发现清代末年炮台初建时的青砖。

按照当地老人的指引，我们在新港大道惠新路找到了被列为区级文物保护单位的"乌龙山炮台遗址纪念碑"。纪念碑立在乌龙山主峰脚下的乌龙山路上，标注立碑时间为 2013 年 8 月 20 日，由南京市栖霞区政府公布。

乌龙山并不高，其主峰海拔 72 米，山势平缓，与周围丘陵延绵相连，山上杂草树木丛生，地理环境复杂。现炮台遗存主要是一个残破的混凝土结构工事，表面有 20 多平方米，呈不规则多面形，表面有一个垂直的通气孔，孔下有一条 1 米见方、长约 3 米的通道。但是，炮台遗存没有进行合理的保护和开发，连条上山的道路都没有。由于连续阴雨，道路施工，我们只能在乌龙山下先留个影，希望待下次再来。

乘 64、332、336 路公交车到恒园路站下车，即可直达乌龙山炮台遗址。

从乌龙山炮台遗址到北家边有五六公里，经恒通路，汽车左拐上了仙新路，我们很快到了北家边。下车后，我们才发现，昔日的北家边村现在仅仅是一个地名，周围道路宽阔，工厂林立，LG 化学公司、南京夏普、南京威凯特瑞实业公司、嘉展精密电子公司……根本看不出一点村落原来的模样。

对照南京地图发现,在现在南京城东的经济技术开发区所处的乌龙山以南,恒谊路以北和新港大道以西,还能查到瓜冲、窑头、后庄和北家边这些地标,它们的方位与1936年南京市地图的方位标注一致,而北家边和"柏家边"的位置吻合。北家边附近已经没有居民,地图上标注的"北家边",已经成了南京经济技术开发区LG化学公司厂区的一部分。当年日军枪杀难民的门口塘、上远塘和竹远塘3个大水塘,如今已是LG化学公司和开发区企业的员工居住区——"永和苑"。

据当地一位老人介绍,因为开发区建设的需要,北家边村民于2001年5月已整体搬迁到栖霞区尧化街道的金尧花园小区。有关北家边南京大屠杀的记忆,现在在这里很少被提及。

"6000多人在这里就消失了,无踪无影,连痕迹都没有了!"

"十多年前就有不少专家学者呼吁在这里立一个死难同胞纪念碑!"同行的张君说。

看到汽车站牌上的"南京夏普"站牌名,晓沧先生也颇有同感地说:"对外开放是大势所趋,发展的需要,即便如此,为何容不下一块碑呢?"

新港开发区不仅日资企业多,而且韩资也多,一共436家。其中影响较大的有夏普电子有限公司和日本NTN株式会社。夏普电子有限公司是在南京成立较早的日资企业,成立于1996年3月29日,其开发、生产的液晶显示器、TFT-LCD模组等新型平板显示器件、彩色投影显示器用光学引擎、医疗仪器设备及器械在全球有一定的影响。成立于2011年9月的日本NTN株式会社是世界综合性精密机械制造著名厂家之一,是世界排名第三的轴承生产商,其生产的轮毂单元(轮毂轴承)的市场占有率全球第一,等速万向节(CVJ)占全球第二位,轴承占全球第三位。

返程途中,大家还在议论,为什么不能结合南京滨江风光带的规划建设,把乌龙山炮台遗址公园打造成为爱国主义教育基地,为什么不能在已经确定的大屠杀遗址立个标,告诉年轻一代战争的残酷,牢记"落后就要挨打,国破就要家亡"的道理,奋发图强,振兴中华。

新港开发区大屠杀的调查工作,给我们留下诸多的遗憾。

太平门

侵华日军南京大屠杀太平门遇难同胞纪念碑

位置

白马花园太岗路交叉口一侧，2007年12月13日南京市人民政府立。

侵华日军南京大屠杀
太平门遇难同胞纪念碑

南京市人民政府
2007.12.13

1937年12月13日,第16师团33联队第6中队等侵华日军部队在南京太平门附近,将约1300名放下武器的中国官兵及无辜的市民集中起来,周围用铁丝网围住,用事先埋好的地雷炸、机枪扫射,再浇上汽油焚烧,次日,日军复对尸体检查,对濒死者用刺刀补戳致死。太平门集体屠杀无一中国人幸存。

　　值此南京大屠杀事件发生70周年之际,为悼念在太平门附近无辜的中国遇难者,侵华日军南京大屠杀遇难同胞纪念馆、旅日华侨中日友好交流促进会、日本纪念南京大屠杀遇难者60周年全国联络会、日本"铭心会南京"访华团联合在此建碑,祭祀遇难者魂灵,铭记历史教训,并告知中日两国青少年,绝不让历史悲剧重演。

五

太平门：真相永远不会被掩盖

太平门，地处内城东北垣，玄武湖东南角、富贵山与小九华山之间，从太平门出城向东是紫金山风景区，向西是玄武湖公园，往南是中山门、光华门、通济门，往西依次是解放门、玄武门、神策门。明代时，刑部、都察院和大理寺"三法司"的"天牢"就在门外，每到夜间这里便传出囚犯哀呼之声，凄凄惨惨。相传，老百姓为求心理安慰，便将此城门称之为"太平门"。

紧挨太平门的紫金山又称钟山，江南四大名山之一，素有"金陵毓秀"的美誉，山势蜿蜒逶迤，形如莽莽巨龙，其主峰海拔448.9米，周围约30公里，山势整体呈弧形，中部向北凸出；东段向东南方向延伸，止于马群、麒麟门一带；西段走向西，经太平门附近入城，隆起处为富贵山、覆舟山和鸡笼山。

在南京保卫战中，紫金山理所当然地成为中国守军拱卫南京的制高阵地，侵华日军围攻南京的主要地点之一。太平门是扼守紫金山通向城内最近的通道，也是南京城唯一一个没有护城河水体保护的城门。

1937年12月13日，侵华日军第十六师团三十三联队在这里一次屠杀了1300多名放下武器的士兵和平民。

施暴后，日军还从城墙上往下抛洒成桶的汽油，点火灭迹……为防止留下活证，第二天，日军又派出一批士兵，逐一检查，用枪刺刺杀尚未断气的人……

残暴的日军以为，他们处理得干净利落，天衣无缝！

但是，令他们没有料到的是，70年后——2007年12月13日，太平门遇难同胞纪念碑就在这里正式揭幕，并且由侵华日军南京大屠杀遇难同胞纪念馆、旅日华侨中日友好交流促进会、日本纪念南京大屠杀遇难者60周年全国联络会、日本"铭心会南京"访华团联合建立！

这是南京唯一一处在南京大屠杀遇难者的忌日立起的纪念碑。

历史的真相，永远不会被掩盖！

紫金山主阵地的失守

1937年12月上旬，大举进犯南京的各路日军先后突破外围郊区和县城，对南京城形成三面包围态势。与此同时，日华中方面军向所属部队通告了《攻占南京城要领》："设法劝告其开城以和平方式入城。"并要求："各师团各选派步兵一个大队为基干的部队先入城，在城内分地区扫荡。""在敌之残兵仍据城进行抵抗的情况下，将到达的全部炮兵展开，进行炮击夺取城墙，各师团以步兵一个联队为基干的部队进入到城内进行扫荡"。

南京保卫战打响时，最初守卫计划是坚守外围汤山、龙潭、青龙山一线，阻滞敌军一周左右的时间。外围阵地被突破后，由于兵力不足，守军开始重点防守乌龙山炮台、紫金山、雨花台一线。奉令守卫紫金山、孝陵卫、岔路口到工兵学校一线的教导总队。官兵均为国民政府陆军军官学校的学员，全副德械武装，被公认为最有战斗力、最精锐的部队，全队总指挥为桂永清。

12月9日，日军已兵临城下，日军飞机不停地围绕城垣扔下炸弹，攻城的大炮朝着古城墙猛烈开火，南京城四周砖石飞迸，烟尘滚滚！

为了迫使中国军队投降，中午时分，一架日军飞机在南京城上空盘旋了几圈，雪花般的《劝降书》从空中飘落下来。劝告守军缴械投降，中国守军官兵义愤填膺，以猛烈的炮火回击了劝降活动。

拂晓时分，日军集中兵力攻击紫金山东麓老虎洞阵地。日空军连续投掷了数不尽的重磅炸弹，炮兵也集中火力向守军阵地轰击，在炮火掩护下步兵连续发动冲锋。到下午时，守卫在紫金山、蒋王庙的教导总队伤亡惨重，守军第五团一营营长罗雨丰壮烈殉国，不得不放弃老虎洞阵地，退守紫金山第二峰主阵地。

10日拂晓，紫金山战斗进入白热化的激烈对抗。日军进攻重点转移到紫金山第二峰，在坦克的掩护下，日军步兵分两路向紫金山第二峰、陵园新村、孝陵卫西山阵地推进。教导总队第一、三两团战车奋勇抗击，一举击毁日军坦克2辆，拼命阻止敌人的进攻。《南京地区抗日战争史》记载，战斗中，第一团战车防御炮连连长王峻和全连官兵全部壮烈牺牲。10日夜，日军第十六师团所属步兵第三十三联队再次向第二峰发起猛攻。由于补给困难，守军以手榴弹、石块、大刀进行顽强抵抗，并组织200余名官兵从左侧进行反冲锋，毙敌甚多。

11日至12日，围绕紫金山第二峰与西山主阵地，中日两军日夜鏖战。为夺取紫金山阵地，日军派出了大量增援部队，施放气球高悬空中，指引炮兵射击，飞机、坦克、步兵一齐出动，硝烟弥漫，枪炮声震撼山谷，卷起的石块夹着尘土和血肉，充满着血腥味。

在南京城已三面被围、形势十分严峻的情况下，唐生智一面命令部队做好巷战准备，一面严令部队不准擅自撤退。但是一个个令人沮丧的消息不断传到守军司令部。下午3时，唐生智向部队下达了撤出战斗、分头突围的命令，指示"教导总队如不能全部突围，有轮渡时，可向滁州集结"。

12日下午6时，紫金山第二峰与西山阵地相继被日军突破。

傍晚，教导总队官兵陆续撤出战斗，分散向下关、龙潭方向溃退。

据战后统计，总兵力35000余人的教导总队，安全撤离的仅为4000余人，损失30000余人。应该说，南京保卫战从一开始就指挥混乱、战术呆板、撤退混乱、支援策应不力，撤退时更是组织无方，导致这一支精锐的教导总队损失惨重，许多精兵并未在阵中牺牲，反而牺牲在撤退路上和日军搜捕中，作为指挥官的唐生智、桂永清有不可推卸的责任。

12月13日上午，日军第十六师团占领了中山门、太平门、光华门等处城门。第三十三联队留下第六中队作警戒,余属开始在城郊"扫荡"。近千名没有来得及转移的官兵、伤员及被俘被捕的军民,被关在拉有铁丝网的太平门城墙一隅,有的手脚都被绑了起来。

当晚,第六中队奉命在太平门城下集中枪杀了这批俘虏,指挥官的一声令下,拉响了事先埋在他们脚下的地雷,顿时血肉横飞,嘶哑的叫喊声连成一片。

残暴的日军还从城墙上往下抛洒成桶的汽油,点火灭迹……

为防止留下活证,第二天,日军又派出少量士兵,逐一检查,用枪刺刺杀尚未断气的人,然后又将尸骸推入深沟,表层覆盖上就近取来的泥土。

此次暴行,共有1300多名中国人遇难。

日本教师流泪了

由于当年日军在太平门制造的这场屠杀暴行没有留下一个幸存者。加上战后数十年,日本的一些加害者一直保持沉默,企图掩盖对中国人民犯下的罪恶,使这一惨案被湮没在众多血案之中。

然而,罪恶总是掩饰不了的。

日军第十六师团师团长中岛今朝吾的《阵中日记》以无可辩驳的记录证明,日军占领太平门后,不仅守备太平门的一个中队就杀害了1300多名难民,而且其属下的佐佐木部队还在附近"处理掉"15000人。在日记中,他不无炫耀地记下:"1937年12月13日,败逃之敌大部进入第十六师团作战地区的林中或村庄内,另一方面,还有人从镇江要塞逃来的,到处都是俘虏,数量之大难以处理。事后得知,佐佐木部队就处理掉15000人,守备太平门的一名中队长处理了约1300人。"

日军上海派遣军参谋西原一策大佐的《作战日志》、日军第十六师团后勤参谋木佐木久的日记也分别记载:"南京(长江)沿岸的尸体多得惊人,太平门外也是如此,正在一个劲地燃烧着。""太平门一带,还有焚烧敌人死尸的黑烟"。

2002年12月12日,《南京战·寻找被封闭的记忆》(中文版)、《东

日军砍杀平民

史郎谢罪》和《远东国际大审判》3本南京大屠杀研究书籍，在南京江东门纪念馆举行首发式。其中，《南京战·寻找被封闭的记忆》由日本"铭心会"会长松冈环女士编著，沈维藩翻译，上海辞书出版社出版。该书汇集了102名曾参与南京大屠杀的日本老兵的证言，记述了这些日本兵当年在南京中华门、中山门、武定门、挹江门、光华门、和平门等地对中国被俘官兵、妇孺和平民残酷屠杀、强奸、掠夺的罪行。在抗日战争胜利60周年之际，该书被中宣部和新闻出版总署定为反映抗战和二战的百种重点图书之一。

2007年12月13日上午，矗立在南京市玄武区太岗路附近的"侵华日军南京大屠杀太平门遇难同胞纪念碑"举行揭碑仪式，日本教师松冈环女士提前一日从日本大阪飞抵上海，赶来参加了这一仪式。

松冈环，1947年出生于日本大阪，毕业于关西大学文学系东洋史学科。她原是一名小学老师，在给小学六年级学生上历史课时，发现历史教材过分强调广岛、长崎遭受原子弹轰炸等日本受害的历史，而没有记载日本侵略中国、给中国人民带来深重灾难的历史。

出于一名学者的正义，松冈环开始了勇敢的南京大屠杀调查之路。

她开始查阅各种国际历史资料，试图寻找一丝真相！结果，令她震惊的事发生了，她发现了被封藏的日军侵华时一个天大的秘密：南京大屠杀！而多年学习历史的她，对此事竟一无所知。1988年8月15日松冈环怀着满腹的疑问首次来到南京，她希望在这里能了解或者证实一些真相！在南京，她参观到了有关日本侵华战争的展览，看到那些被强奸女孩、被砍头老百姓甚至被刺穿胸膛的幼童时，她感到无比痛心！

南京之行彻底改变了松冈环的人生轨迹。回到大阪后，松冈环觉得应该做点什么。面对日本右翼的捏造历史、篡改教科书等种种行为，她决定自己去收集资料，向日本民众宣扬一个真正的史实。

20世纪末，在组建"日本纪念（南京）大屠杀（遇难中国人）60周年全国联络会"的同时，松冈环与她的同伴在日本开设了6条"南京大屠杀情报热线"，并在报纸上呼吁参与侵略南京的老兵提供电话证言。他们先后又寻访了200余个当年参与南京大屠杀的日本老兵。原日军士兵证言、有关阵中日记及种种资料，为南京大屠杀研究提供了实证，清晰地表明了这样一段不可磨灭的历史和铁的事实。调查中，日军南京太平门和下关大屠杀事件凸显出来。

日本右翼对她恨之入骨，污蔑她收了中国人的钱。2004年，她的朋友——美国华裔作家张纯如，因无法背负那段历史的压抑而自杀。松冈环也一度感到孤独和巨大压力，但她的孩子们都很支持她的事业，不仅多次陪同母亲一起来到南京，而且参与摄像工作，为寻找幸存者的进程留下影像资料。

在一次以"铭心会"访中团团长身份前来南京时，松冈环面对采访的记者说出自己的心里话："我们计划在太平门立一座纪念碑。"

2007年12月11日，松冈环是当天上午到达南京。在揭碑仪式上，松冈环介绍了与建立此碑有关的情况，并揭露了"在日本国内，被称为有'自由主义史观'的人不仅想掩盖历史的事实，还计划与南京大屠杀虚构派和宪法修改派的组织联合起来篡改历史，大肆开展政治修史运动。一些被卷入右翼行列的媒体人士、大学教授或研究人员的右倾化动向，好像再现了曾把日本所有国民卷进侵略战争的战前情景"。当她说到日本从战败至今，一直企图否认、隐瞒侵略历史，太平门惨案迟至70年后才建碑时，忍不住的泪水还是溢出了眼眶。

这是南京建立的第19座关于南京大屠杀遇难同胞丛葬地的纪念碑，一处中日双方联合建立的纪念碑。

太平门遇难同胞纪念碑碑文　　　　　　　　　　　韩娃丽＿摄

揭碑仪式现场，松冈环女士双手合十，默默地为在太平门死难的中国人祈祷冥福。

《太平门消失的1300人》在日本上映

在一次接受新华社记者的专访时，松冈环说："我们必须把历史真相和被害者的伤痛告诉日本民众，告诉下一代人。"她又说："揭露真相是为了让日本政府承认过去的错误，不再重蹈覆辙，也是为了让更多人了解日本曾经的加害真相，让人们懂得和平的珍贵与不易。"

2009年，松冈环把多年来采访南京大屠杀幸存者的记录和证言拍成了一部85分钟的电影《南京，被割裂的记忆》。但是，由于众所周知的原因，这部片子在日本一直无法公映，松冈环只能通过零星的放映会，向日本国民述说这段历史。让松冈环振奋的是，2011年6月上海国际电影节举办之际，她收到主办方邀请，将《南京，被割裂的记忆》作为纪录片特别单元参映。她兴冲冲地专程赶到上海参加首演。影片结束时，观众全体起立鼓掌，向松冈环表示敬意。但松冈环却难过得差点落泪，因为她在影院门口没有见到影片的海报，滚动的展映字幕也没有打出相关信息。倔强的她，第二天就向主办方发去了抗议信。作为弥补，主办方特意在世纪大上海电影院重新放映了一场。

放映过程中松冈环忐忑不已，她走到前排观察观众的表情。在日本，很多人选择在结尾处灵魂受到拷问时悄悄退场，而大部分中国观众都坚持到了最后。一位40多岁的妇女说，在看这部电影前，她一直极度厌恶日本人，但现在她对松冈环这样的日本人非常敬重。

多年来，松冈环不仅将侵华老兵等战争亲历者的证言集结出版了多本与南京大屠杀相关的书籍，还用这些珍贵镜头制作了《太平门消失的1300人》纪录片，同时与其他日本民间团体一起多次联合举办各种揭露战争真相的影片放映、历史演讲会、学习会等活动。

2016年12月18日，由松冈环女士拍摄的南京大屠杀纪录片《太平门消失的1300人》在日本奈良上映，300多名民众从日本各地赶来，希望好好补上这一堂历史课。因为会场座位有限，两个半小时的放映会上，不少人全程站着或者坐在台阶上观看。

《太平门消失的1300人》记录了松冈环收集南京大屠杀中日双方证言的艰辛过程。不少侵华日军最初面对镜头尽是诡辩之辞，"没见过屠杀""中国夸大了屠杀的规模"是他们常用的"台词"。在松冈环坚持不懈的努力下，几位侵华日军终于面对镜头承认了在南京太平门惨案中的屠杀细节。全长75分钟的纪录片，通过施暴者和幸存者双方证词为南京大屠杀史实提供佐证。

一位不愿透露姓名的日本观众对记者说，听完证言实在太震惊了，原来他们在中国实施过如此惨无人道的战争暴行。在播放有关中国受害者张秀英被日本兵强奸、仅3个月大的女儿被活活烧死在家中等惨痛经历的证言时，记者几度听到观众席上的啜泣声。到场观众福田女士表示，她的父母在日本发动侵华战争期间，曾去过上海和南京，她是从母亲那里听说南京大屠杀的。这是她第一次听到侵华日军和中国幸存者的证言，她流着泪说："日本应在反省战争的基础上，珍惜来之不易的和平。"

《太平门消失的1300人》在日本大阪、京都等地上映，场场爆满，只是到场观众多为老人，年轻人的比例不到20%。谈到日本政坛集体向右的现状，松冈环不禁透出担忧，不知日本政府何时才能真诚地反省历史。但她坚定地说："历史真相永远不会被掩盖。日本只有拿出谢罪的勇气，才能赢得亚洲邻国的尊敬。"

"前事不忘，后事之师。"松冈环说，"我所做的一切也是为了日本更好地发展。真诚希望日本能够在教科书中写入侵略战争等内容，以此教育下一代，吸取历史的教训，以史为鉴，才能开拓未来。"这是松冈环在书中写下的一句话。

是啊，我们看到，不少正直善良的日本有识之士，他们基于人道、正义、公理、理性、和平、博爱之心，超越了国界，用实际行动，修补着两国人民因历史问题而产生的裂缝。他们主张以史为鉴，让悲剧永不重演。他们反对战争，主张维护和平。他们对中国人民怀有友好感情，致力于中日世代友好，松冈环就是其中一位不断添砖加瓦的人。

札记：太平门一带被害同胞岂止千人

事实上，自日军占领南京，不断地在包括南京太平门在内的许多地区大开杀戒，暴戾的日军在太平门一带杀害的同胞又岂止千人。

在开展抗日战争期间南京伤亡人口和财产损失调查中，玄武区对全区健在的大屠杀受害人、见证人进行了反复筛查，共征集到有效证词22份（24人），其中后宰门街道8人，梅园街道3人，新街口街道5人，玄武门街道1人，锁金村街道5人，孝陵卫街道2人。新的资料，进一步证实了太平门一带血案的残酷。

时年9岁、现住玄武区锁金村三村的徐铭梁老人回忆说："1937年腊月二十八，快过年了（隔了几天就下雪了），日军进攻南京，首先骑兵进入中山门后步兵到，锁金村只剩下三十几户人家，他们基本以养蚕务农为主。我父亲和叔叔为躲避日军而逃走，我当时和祖父祖母躲在家中，祖母被辱，祖父家中有30斤黄豆，日军抢夺，我祖父（70不到）送黄豆去中央蚕桑第一公司时被日军打死，往家走了两百米才倒下……当时家中还躲着唐德金、唐德银兄弟俩。唐德银大概都60来岁，被日军用机枪打死，他儿子被日军用刺刀刺了四五十刀。我曾目睹日军在太平门把三十几个国民党兵打死，只有一个幸存者（广东人），另有三个日本骑兵把八个难民砍死，有两个女孩，一个女孩12岁，一个14岁，剃成光头，被日军发现，顺着塘边往西跑因跑得快得以幸免。长江上汽油划子一直在巡逻，经常拦下难民杀害。还有，他们发现老百姓有帽印，手上粗糙的就立刻杀掉。一个我认识的姓沈的阿姨大概30多岁，在太平门被守城的七八个日军轮奸。日军还用汽油烧死国民党部队近一个师的人。另外还看到一个女的被强奸。目击了好多好多好多不堪入目的情景，不能回想。"[1] 徐铭梁老人的口述不仅证明了日军残暴杀害平民的罪恶，也间接证明了中岛今朝吾《阵中日记》中记下的佐佐木部"处理了"15000人的事实。

时年14岁、现住富贵山4号7幢

---

[1] 张生、吴凤照、费仲兴编：《南京大屠杀史料集38·幸存者口述续编（下）》，江苏人民出版社2007年版，第1522页。本节没有注明的证词引自该史料集第1503、1509、1513、1516、1524页。

102室胡桂英老人说:"日本军队进驻南京,次日,在南京恶意伤人,十分残酷,肆意杀戮,当时我一直躲在别人家里,生怕被日军发现,一旦被发现就会被打死。我自己也受伤了,肩膀后面中了一枪,记得那时候天还很冷,还是穿的棉衣,躲在床下,本以为是太热了所以身上出了很多汗。等日军走后,我从床下出来,把棉衣剪开,才发现肩部一直在流血,并不是出汗,只能把被血染湿的衣服包起来扔到河中,以免被日军发现。而后,一直在逃亡,因抬头时举手过头,手掌也被打中。当时,知道已经有五人被日军打死,我只能趴在那些死尸身上,等日军走后才敢起来,才得以捡回一条命。……赶回家,母亲已经被日军糟蹋,奶奶卧病在床。父亲也因在门口的马棚劳作时被日军发现,随后被刺中了腰部滚入河中,受到细菌感染,无钱看病而死。9岁的弟弟被送到安全的地方。家里情况很糟糕,自己身上的伤也无法去医院医治,导致掌部经常疼痛甚至腐烂,自己只能用水擦拭,试图自己取出子弹,至今仍留下后遗症……当年邻居家两老头正在家中吃饭,日军冲到家里将两老头全部刺死。在家门口曾看到五十六岁的刘老太被日军欺负,然后惨死于日军的刺刀下,其小孩被人家带走,丈夫伤心至极,家散人离。当时离家不远的庙中死尸堆成堆,不断有死尸被运入其中,庙中死尸甚多。还曾看见日军对着一个小男孩直接刺死,非常残酷。"

玄武区珠江路653号3幢的刘风华说:"当年,我很小,才1岁,一直在山西路军人俱乐部难民营,由父母带着。1937年12月,日本人已经打到南京城了。听大人后来说,日军和汉奸拿着枪冲到我家中,父亲抱着我,父亲由于中枪一直被逼到了江滩上,最后被日军绞死。那时候江滩上尸体成堆的,惨不忍睹。等母亲带着我回到家时,家已经被日军烧毁,弄得家破人亡,从此母亲带着我到处逃难,一直守寡58年。那时候,难民区里有很多小孩都慢慢死去,都被用箱子成箱成箱运走。当时我也身体很不好,还得了麻疹,也没什么吃的东西,多亏吃了一个雨后的小蘑菇才活了下来。有一次,日军从难民营抓人去屠杀,我被别人从日军手中抢下来,才得以幸存。……母亲的父母也惨死于日军手中。记得,一个亲戚在锁门去防空洞避难时,恰巧遇到日军,日军向她索要东西,夺走了她的钱包,将其中的钱拿掉,钱包扔在地上，她便捡起钱包却被日本人殴打，一直将她逼到防空洞，把她活活烧死了。我阿姨当时才14岁，为防被日军强奸，往脸上涂锅灰，穿大褂，剃了男孩头。当时很多年轻女孩都是这样逃避日军的暴行。……母亲95岁时去世，生前曾多次作过报告讲述南京大屠杀期间所发生的事。我以前也经常去参加那些会议，回忆当年的辛酸历史。"[1]

玄武区小纱帽巷3-216号高学义是土生土长的南京人，在日军进攻南京之前，一家4口和伯父家住在老虎桥，全家人靠着父亲做云锦、织绸缎为生，生活平凡稳定。老人回忆说："日军进攻南京城，当时我13岁，日军的侵略扰乱了我们这个家，扰乱了整个南京城。我们一家人逃难住于难民营（现北阴阳营），非常简陋，10个平方大小的屋子挤着住十几个人。日本人时不时要进屋子侵扰，我们就顶住大门，他们翻墙进来，每天晚上都有日本军翻过篱笆来找花姑娘，要皮袄、手表等值钱的东西，搞得人心惶惶的。……有一天傍晚，有一个汉奸在难民区住房旁叫唤，说无家可归的人站出来，可以送他们回家，难民们信以为真，谁知道日军把站出来的人十个一排排好队带到难民区大门口的池塘边，一阵机枪扫射。第二天清早去打水发现，池塘里的水都是红色的，遍地是尸体。"

时年11岁、现住玄武区同仁新寓3幢的胡祥秀老人回忆说："为了躲避灾难，我和丈夫藏到了由美国人把守的难民区，而有许多因为留恋旧居而留下看守房子的老人都遭到了无情的屠杀。他们当时看见有帽印秃头的就杀。'兵败如山倒。'11月，天很冷了，却没衣服穿，老百姓被捆在大方巷，穿着单薄的衣服，在池塘边上，被鬼子用机枪扫射而死，满池塘漂着鲜红的血。有的四个人拴在一起，用刺刀刺他们骨头，刺得人揪心，都不敢看。有的人家三代男人都被杀死了，年轻的女性即使是怀孕的也拖去强奸，就连七十岁的老太也不放过。嫂嫂家房子被烧了，一家人都死了。……在大屠杀那段日子里，日本人以杀人为乐，将中央军俘虏及平民五人一组捆绑在一起扫射，把尸体丢到进香河里面去；以放火烧屋为乐，一把火能烧上几天几夜；

---

[1] 张生、吴凤照、费仲兴编：《南京大屠杀史料集38·幸存者口述续编（下）》，江苏人民出版社2007年版，第1509页。

以奸淫妇女为乐，而且还做出让中国人相互奸淫及祖孙乱伦等变态行为，许多老年妇女都被直接杀害了。"

时年10岁、现住沧波门前街7号的贾宗军说："从日军向南京扔炸弹讲起：我当时住九华山，东边叫三华门（今东华门），小学在洪武路上。……后来，我们'跑反'，到江北东门镇，没几天日本人过浦口，亲眼看到日本人杀了许多人。何妈妈当时怀孕，她跑不动，被日本人抓住，给强奸了。后来东门镇被占领了，又跑到马庄，日本人看到一个种菜的人，姓朱，给刺死了。有一个逃跑的女学生看到日本人就躲在草堆里，给日本人找到，被一个排的轮奸。当时她才十三四岁。老百姓全跪在那求情，日本人还是把她扔到池塘里淹死了。后来日本兵让我们男女分开排队，日军还用刺刀刺，有一个十七八岁的男孩，跳到池塘游到北边。日本人一枪把他打死在水里。马庄有一个保长，躲在厨房，他妹妹被找到，给日军带到张家轮奸。"

北极阁

侵华日军南京大屠杀北极阁附近遇难同胞纪念碑

位置

玄武区北极阁山南麓山脚下，北京东路、进香河路交会处

一九三七年十二月，侵华日军屠杀我南京同胞达三十万众。仅此北极阁毗近之处，惨遭杀害者即达两万余人。其时，鼓楼至大石桥，北门桥至唱经楼，太平门，富贵山及蓝家庄等地，伏尸残骸，盈街塞道；涂膏凝血，触目生哀。翌年一、二月间，罹难同胞之遗骸经南京崇善堂收殓，丛葬于此山之麓及近山之城根等处。爰立此碑，永志不忘，藉勉后人，奋发图强，振兴中华，国运其昌。

六

立在干道旁的遇难同胞纪念碑

12月11日，又一个国家公祭的前夕，我们来到侵华日军南京大屠杀北极阁附近遇难同胞纪念碑。这是一处坐落在鸡笼山半坡，立于闹市区干道旁边的死难同胞丛葬地纪念碑。纪念碑坐北朝南，右侧紧挨着南京民防办公室，左侧为鼓楼市民广场（环亚凯瑟琳广场），下方为北京东路，不远处即为南京市人民政府所在地。

位于鸡鸣山上的北极阁，北依明城墙、玄武湖，西连鼓楼岗，东连覆舟山，因刘宋时，在山顶上建立日观台而得名。翻开民国年间的老地图，我们看到北极阁早在民国时期就已是古城南京的中心地带，毗近之处，有国民政府总统府、行政院、考试院、国家科学院等重要机构和高大建筑，方圆数公里还有中央大学（今东南大学）、金陵大学（今南京大学）等高等学府，京市铁路在这里设有鼓楼、北极阁、四牌楼等车站，人们也可乘小船沿着进香河，直达鸡笼山上的六朝古迹鸡鸣寺。

然而，侵华日军占领南京后，竟然光天化日之下在这一带公然施暴。侵略者的暴行使南京——这座历史名城尸骨遍野，血流成河。

1937年12月13日至次年1月，鼓楼、北极阁、富贵山、珠江路、太平北路上，路边、池塘、山坡到处是遇难者的遗体。翌年一、二月间，经南京崇善堂收殓，2000余具罹难同胞遗骸被丛葬于鸡笼山之麓及城墙根等处。

1985年8月12日，南京大屠杀北极阁附近遇难同胞纪念碑在北京东路进香河交叉路口落成。纪念碑高3米，长9米，为凹弧形，碑文由著名书法家萧娴题额，陈肯书写碑文，碑前方为紫红色砖铺成的平台，左边与碑连为一体的是一个圆形墓穴，占地约4000平方米。

21家单位捐建的纪念碑

1937年12月13日，侵华日军沿着中华路、中山路、太平路，或穿过大街小巷，肆无忌惮地枪杀无辜，奸淫妇女，强掳财物，一路杀到南京城北地区。正如1947年南京审判战犯军事法庭指出的那样："陷城之初，从中华门迄下关江边，遍处大火，烈焰烛天，半城几成灰烬。我公私财产的损失不可以数字统计。中华门循相里房屋数十幢，均遭烧毁。……至12月20日，复从事全城有计划之纵火暴行，市中心区的太平路火焰遍布，至夜未熄，且所有消防设备，悉遭劫掠，市民有敢营救者，尽杀无赦。"

作为要道口的新街口、鼓楼、太平路、唱经楼、北极阁附近的每一住宅，日军官兵每天进出七八次之多，劫掠复劫掠，屠杀复屠杀，如找不到发泄点，搜劫不到什么想要的物品，便大施淫威，捣毁箱笼，纵火焚烧，倘若居民应付稍迟，必遭枪杀、刀刺。城内高大建筑，除尽数占用外，普通民宅多已烧毁，不能焚毁者，亦必遭破坏。

城内大小池塘及空宅，到处可见被反绑着双手而遭杀害的同胞，数十数百具的遗尸散落、停放在街头巷尾，池塘小沟里的尸体浸得发胖。浮厝遍布珠江路、中山路、洪武路、金银巷金大农场周围，有的用砖石砌起来掩盖，有的暂时浅埋，以待改葬。

闹市成为人间地狱，悬梁跳井者，每日都有发生。除烧杀掠夺外，日军还走街串户搜索"扫荡"，稍具姿色者，即行奸淫，无一幸免，甚至赤身裸体，公然白昼宣淫。有的妇女在遭到日本兵强行非礼时，家人稍有反抗，竟全家被杀。在日军三五成群的挨户搜查中，各使馆及外侨住宅也是这样，先掠钱财，搜索身体，随即翻箱倒柜，即使便桶地洞之暗处，也必察看。官署、私宅的大件器物被抢一空。

众多市民慌不择路涌入金陵大学、金陵女子大学的国际安全区。

恣意地抢劫后，日军怕留下痕迹而又杀人灭口。自沦陷之日的13日起，南京城每天都在燃烧中。夜间，火光将城市照耀得如同白昼，一缕缕中夹杂着房屋折断倒塌的那种烨爆声，使人听之心中发寒。

留守军医蒋公縠曾于1938年2月15日下午搭乘美侨李格斯的汽车到难民区办事，在《陷京三月记》中，他记载说，车从上海路出新街口，经太平路、夫子庙转至中山路，"沿途房屋，百不存一，屋已烧成灰烬，而它的两壁却依然高耸着，这可见敌人纵火的情形，确实是挨户来的。"[1] 日本法学家泷川政次郎博士于夏季来到南京，记下了当时所见："当时我住在北京，因为盛传南京大屠杀，故于昭和十三年（1938）夏季经津浦线往南京旅行。南京市面上的民房大多烧毁了，起初我们以为是由于日军的轰炸而烧掉的，对轰炸的威力感到吃惊，但后来仔细一问，才知道这些民房全都是在南京沦陷后，由于日本兵的纵火而烧掉的。美丽而繁荣的南京城，就像按照着预定的计划似的继续六个礼拜之久，因此，全市约三分之一被毁了。"

暴尸达数十天之久，慈善机构得到允许开始沿街收殓，崇善堂数十名人员逐一将各处收来的2000余具罹难同胞之遗骸尸体，就地葬于北极阁山坡及近城墙根一带。

但是直到第二年春天，仍有散落在背街小巷、街道暗处没有掩埋的尸体……

在纪念世界反法西斯暨抗日战争胜利40周年之时，为告慰逝者，动员人民群众不忘历史，振奋民族精神，加快改革开放的步伐和社会主义现代化建设，玄武区政府准备在此竖标立碑。得知政府立碑的消息，民众纷纷解囊，踊跃参与。许多市民和大屠杀幸存者省出自己的生活费用，捐出十元二十元，南京无线电厂、省石油公司，原南京军区司令部、政治部、后勤部，军区空军、省烟草公司等20多家单位也慷慨赞助。

南京大屠杀北极阁附近遇难同胞纪念碑整个碑体肃穆壮观，碑座下筑有3个圆形花台，表示日军当年屠杀30万人。

---

[1] 蒋公縠著：《陷京三月记》，南京出版社2006年版，第45页。

凹弧形碑座，高3米，长9米，碑前为祭祀小广场。碑成后，每逢节假日，特别是重大纪念日，路过或专程赶来的人们络绎不绝，自发地给大屠杀遇难同胞献上一束鲜花。目击者每每路过此处，看到低矮的坟包，不由潸然泪下。

北极阁遇难同胞纪念碑碑文

北京东路是南京的主干道之一，也是我们经常路过的地方，纪念碑早先紧靠北京东路，即今天的交通红绿灯下，20世纪90年代因道路拓宽，向鸡笼山坡上移了20余米。

侵华日军南京大屠杀北极阁附近遇难同胞纪念碑是区域市民广泛参与、驻区部队和工商企业共同建设的一处纪念地。《玄武年鉴1985》记载，北极阁丛葬地纪念碑是为纪念抗战胜利40周年，由玄武区驻区多个党政军机关、工厂筹资22800元，然后交由文化、城建部门操办的。纪念碑后面，赞助名单上镌刻21家单位的名称。

做梦都叫"鬼子来了"

家住玄武区九华山11号、城市贫民李玉珍，1924年2月出生，3

岁被领养,奶奶、养母帮人洗衣服,养父打杂,全家9口那时住在中华门城里璇子巷,回忆起沦陷的日子她眼中立刻充满了泪水。她说,日军来前,经常空袭,每听到警报,大家就像老鼠一样乱跑躲避,有的躲在中华门城堡,有的躲防空洞,有的来不及就躲在桥下。老三就

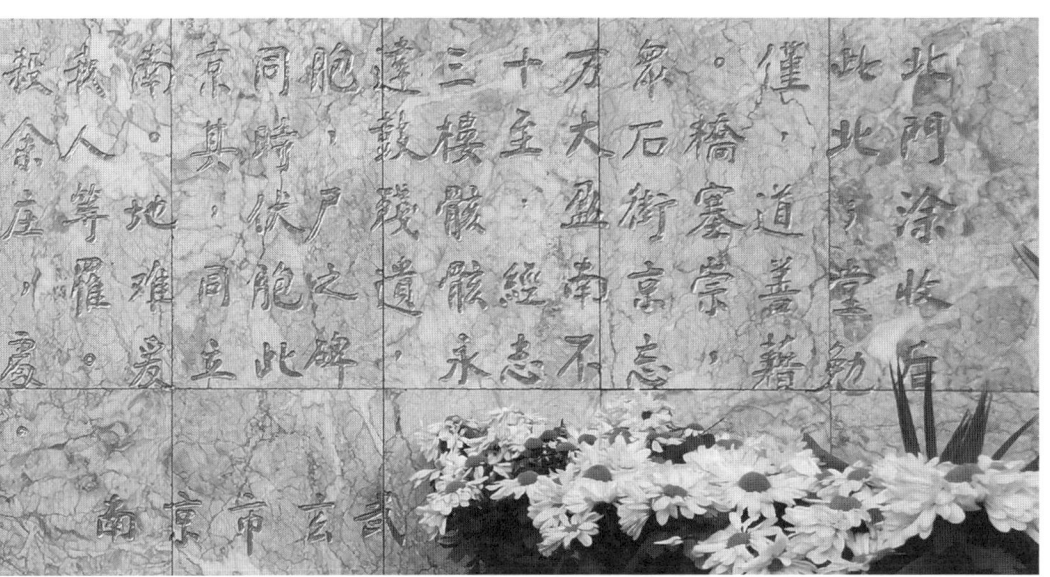

韩娃丽 _ 摄

是在中华路菜场的防空洞里炸死的。当时城门关着,日军用大炮轰城门,听到头顶上都是炸弹飞过的声音,当时没有经济条件逃难,只好留在城里。那时日军进城抓壮丁,把男的都抓走了,她的父亲、大哥、二哥都被抓去了,其实日军抓去就直接用机枪扫射屠杀。她三哥躲在防空洞里也被炸弹炸得粉身碎骨。年轻的女人们都用锅灰抹得一脸黑,人不人鬼不鬼的。有一次,两个日军敲门,进来看着她,养母给她使了个眼色,她见情形不对就从后门跑掉了,那时她才14岁,吓得躲在废墟里不敢出声……她先是蜷在约1米长的床柜里一个月,后又躲在夹墙里,都是下半夜出来活动活动。养父老实,心肠好,人称"二呆子",被抓去中华门屠杀,侥幸没死,白天躲在死人堆里,晚上一点一点往家爬,爬了好几天才爬到家,还带着一个被日军打断腿的四五十岁百姓,在家里养伤。当时中华路上就是一个人人害怕的地方,日军把从难民

日军活埋中国平民

区骗来的人拉到那屠杀，路边的死人都被猫狗啃得就剩骨头了。璇子巷附近有个鬼子司令部，在附近经常听到里面的惨叫声。[1]

时年17岁、现住邓府巷4单元的王雯玉老人，在日军敌机轰炸南京时，全家住评事街160号，一家共有6口人被害。她痛苦地回忆说，记得八月十五中秋节那天，大家也认为那天是过节，日本军应该不会来吧，就没有顾忌，出来走动了。没想到日军还是轰炸了，他们立马接到空袭紧急警报。她带着外婆躲到防空洞里。敌军一阵轰炸后，死伤人数无数。防护团带着人开始扒人，她的叔叔、婶婶还有他们家小孩被从土堆中扒出后，七窍流血，惨不堪言。她的小姑奶当场被吓成精神病，后因服药不慎被毒死，一家6口死后，家长随便找了些棺材将他们捆在一起埋了（说着，王奶奶流下痛苦的泪）。汉奸们说要给百姓安居乐业，让年轻力壮的出来，给他们安排工作，结果走出来的青年被扫射而死。她的弟弟也是敌军轰炸时脑筋受到伤害，现不能正常生活。街道上、小巷里，尸体成堆。日本军活脱脱就是魔鬼，在日军南京大屠杀中，她们一家共有6口人死亡，在那一段黑暗的时间里，连夜里做梦都叫"鬼子来了""鬼子来了"……没有一夜心里是安宁的。

时年13岁、现住玄武区吉兆花园13号的马如英老人说："日本人来后，我们家的女子都躲到金陵女子大学，男子则躲到美国大使馆，尽管如此，我姐夫一家还是被抓走了，再无任何消息。当时社会非常混乱，日本人用绳子把中国人拴起来，排成好长一排，有些用绳子绞死，河水被鲜血染红。之后母亲带着我们幸存的几个孩子艰苦地生活。当时，我持续很多天看到日军将被害者的尸体运送到万人坑，横尸遍野。由于尸体长期得不到掩埋，城里都漫布着阵阵恶臭，直到数日后方由红十字会掩埋。我的丈夫就是因为当时遭到日本人毒打后落下病根，很早就离开人世，我恨死日本人了。"

五老村街道居民魏延坤老人说："在隆隆炮声中，日本侵略军闯进了南京城。我和父母从住地头条巷18号急急忙忙躲

---

1 张生、吴凤照、费仲兴编：《南京大屠杀史料集38·幸存者口述续编（下）》，江苏人民出版社2007年10月版，第1511页。本节没有注明的证词，引自本史料集第1512、1515页。

到成贤街一座尚未竣工的楼房的地下室里。这里已躲了三四十人,大家都不敢喘大气。有一个炸豆腐干的中年人冒冒失失地到洞口张望了一下,不巧被日寇发觉,一枪打死。不一会,就来了几个日寇,用刺刀把地下室里的人一个个逼出去。正当危急关头,我忽然发现墙边烟囱有一个尚未收口的小洞,便钻了进去,接着,便听到外面响起了一阵枪声,我父母和其他三四十人就这样被惨无人道的日本兵枪杀了。"[1]

日给米 6 合的掩埋工作

1937 年 12 月 26 日开始,"南京崇善堂"与"世界红卍字会南京分会""中国红十字会南京分会""同善堂""回民掩埋队"等慈善团体组织掩埋队,在极其险恶的环境中,开展掩埋死难同胞的工作。

崇善堂从事尸体掩埋工作,自 12 月 26 日至 1938 年 5 月 1 日,历时 4 个多月。其中,自 1937 年 12 月下旬至 1938 年 4 月上旬,主要集中在城区收埋零散尸体,3 个月中共收埋尸体 7548 具,其中男尸 6741 具,女尸 522 具,孩尸 285 具。1938 年开春后,开始在郊区乡间收埋遇难者尸体。由于气候转热,日伪当局要求各掩埋队加快收尸速度。4 个多月中,共收埋男尸 109363 具、女尸 2091 具、孩尸 813 具,计 112267 具。其中女尸、孩尸占尸体总数的 3.4%;就各掩埋地点而言,女尸、孩尸所占比例又各不相同,多至 22.5%,少至 6.7%。

崇善堂掩埋队设主任 1 名,下设 4 个分队,成员均无薪给。主任供伙食,队员 1 名,日给米 8 合;夫役 10 名,每人日给米 6 合(旧制,10 合等于 1 升)。

尸体掩埋工作十分辛苦,顶着沉重的心理压力,不仅天天面对着残缺不全、恶臭污淖的尸体,而且有时还要爬高下低,下水拖拽。

死者为大,讲究厚葬,是国人传统习俗,但此时已无法做到,绝大多数是无名无姓,没有香火,没有送行,无法立碑,而且收埋亦十分草率,除少数棺葬、席裹外,多数尸体只能就近裸尸填埋在

---

[1] 南京市委党史工作办公室编:《南京地区抗日战争史》(1931—1945),中共党史出版社 2015 年版,第 188 页。

战壕、沟渠、洼塘中。

由于日军对同胞的集体屠杀,大多发生在城郊低洼处及江河沟边,尸体集中,均可就近掩埋。其中,北极阁附近掩埋了2000余人,根据保存完好的该会埋尸原始资料记载,尸体主要为鼓楼至大石桥、北门桥至唱经楼、太平门、富贵山及蓝家庄一带的遇难同胞。

崔金贵老人原是崇善堂掩埋队的一员,他在接受作家徐志耕采访时说:"我是崇善堂掩埋队的。南京除了红卍字会、崇善堂是慈善团体外,还有同仁堂、公善堂,都是埋死人的'码头'。没听说过?你多大?你当然不知道!我第一年埋尸在汉中门外,挖坑,顺着河边挖。坑上搭木板,拉来尸体都往坑里扔。死尸没有完整的,一个头,一只手,一条腿,用铁钩子钩的,一块块扔进去。臭啊,臭得吃不消!都是枪打死后又用火烧过的,黑乎乎的像木炭。第二天我叫老婆做了个口罩,口罩外面再抹上万金油,这样气味稍微小一点。但也不行,我受不了,回家饭都吃不下。干了3天,我对队长说:'给我换个地方。'队长给我换到二道埂子。那边有个全华酱油厂,现在是第二制药厂。不得了,酱油缸里尽是死人。厂里有个一间房子大的大铁桶,里面的死尸都卤过了,血红血红的,像酱鸭酱肉的颜色,臭味小一些,我们二三十个人捞了3天。里面男女老少都有,也有当兵的,老百姓占大多数,看到这幅惨象,我不忍心,我不干了!"[1]

同样参加遇难同胞尸体掩埋工作的袁存荣老人说:"我收尸在城北一带,干了两个月光景。我们安徽会馆的南秀村那里埋了不少,是挖的。挖一人多深,两丈多长,一人宽,挖了4条沟,全填满了。五条巷,就是云南路那时前有3个水塘,死尸满满的。现在宁海路百货公司那块儿,当年也是个塘,埋死人。四条巷边有山,山上挖了两个大坑,一个埋满了,还有一个坑没有满。古平炮台底下,有个60多岁的老奶奶,是被一个班七八个日军糟蹋死的,光着身子,我抬的。我每次走过阴阳营那个厕所旁边,总要想起一个老公公,死得很冤枉。他姓吴,搬到北阴阳营来躲难的。4个日本兵强奸了一个20多岁

---

[1] 张连红、张生编:《南京大屠杀史料集25·幸存者调查口述(上)》,江苏人民出版社2005年版,第281页。

的姑娘，然后又叫姓吴的公公上，他不干，被一枪打死了。打死时我在，后来也是我收的尸，就埋在房子旁边，扔在这个厕所。"[1]

不被承认的掩埋事实

崇善堂始建于清嘉庆二年（1797），初设于南京龙王庙，同治四年（1865）与另一慈善机构"益善堂"合为一堂，改称"崇善堂"。同治十三年（1874），堂址迁至金沙井。民国初年，公推周一渔老先生为崇善堂堂主，与南京地方乡绅仇埰等主持堂内事务，业务日益扩大，兼办有保婴、施诊、施材（棺材）、戒毒等慈务。周一渔是民国年间南京地区有名的慈善家，家住石鼓路，出身于书香门第之家，为当时宿儒，行医济世。1929年5月，崇善堂向南京市政府社会局办理了注册手续，周一渔以崇善堂堂长的身份领取了执照，堂址在城南金沙井32号。[2] 南京沦陷前夕，崇善堂迁入难民区，自12月11日起开始救济难民食米。

1937年12月，周一渔动员堂内全体人员，雇用了民工50余人，组成了"崇"字掩埋队，并亲任队长。他不顾年迈体弱，带领全体队员，穿着前后都印有白底黑字"崇"字的背心，冒着生命危险，从12月开始到次年4月初，在挹江门、鼓楼、新街口一带，及中华门、水西门、通济门一带，就地将沿途见到死难同胞尸体挖坑掩埋。由于掩埋尸体的数量极为庞大，人手还是不够，遂又雇用了大量临时工，原班人员仅供伙食，无薪酬，临时工则按日付给少量报酬。掩埋队工作历尽难险，有时人员被绑架，有时车辆被扣留，有时通行证被没收。

《南京崇善堂掩埋队工作一览表》附件记载，1938年4月上旬到5月，由于气候转热，在日伪当局催促之下，各掩埋队不得不加快收尸速度。据统计记录，崇善堂4支掩埋队共掩埋104718具尸体。其中，第一队4月9日至18日间共埋尸体26612具，包括主任在内的12人，每人每日平均掩埋近222具，第二

---

[1] 连红、张生编：《南京大屠杀史料集25·幸存者调查口述（上）》，江苏人民出版社2005年版，第280页。

---

[2] 《南京市慈善团体调查表》，1938年8月，南京市档案馆藏。

队4月9日至23日间共埋尸体18788具,每人每日平均掩埋约104具。第三队4月9日至5月1日间共埋尸体33828具,每人每日平均掩埋近123具。第四队4月7日至20日间共埋尸体25490具。每人每日平均掩埋近152具,四队在这一时期人均日掩埋150具。

就是这一组掩埋数据,近年来不断遭到日本的"虚构派"(日本政、学界,对"南京大屠杀"的立场,存在着屠杀派、中立派、虚构派三大派别)的否认,他们认为,崇善堂这个组织没有经过登记,或是认为崇善堂的掩埋工作已纳入红卍字会的统计,甚至说"在攻陷南京前后,任何地方都没有崇善堂进行埋葬活动的痕迹";同时又狡辩说,崇善堂日均掩埋数大大超出了其他掩埋队的数量,特别是崇善堂收尸到4月以后"开始急剧增加",违背了"通常应是初期多,越到后来越少"的规律等。

虚构派经常引用日本特务组织成员丸山进之言:"崇善堂和其他弱小团体向自治委员会提出了作业申请,自治委员会因为已将埋葬事务统一委托给了红卍字会,所以没有接受这些申请。他们即使作为下包方从事了埋葬,其埋葬的作业量也是被包括在红卍字会的作业量之中的。"其实,崇善堂的埋尸活动,见诸大量的敌伪档案资料。崇善堂堂长周一渔于1938年12月6日致伪江苏省赈务委员会的信中明白说明,"此次事变(指南京沦陷),敝堂亦在难民区内成立诊所,组织掩埋队,及办理其他救济事宜。"[1] 该堂如无掩埋活动,岂敢在致敌伪政府函件中正式提及!在日伪档案中,我们还看到另一个慈善团体长生慈善会的主席舒敦甫,于1939年1月21日致督办伪南京市政公署的呈文中称:"上年南京事变,尸骸满地,惨不忍睹,属会所有乙等棚木板材一百余具,由崇善堂、红卍字会各慈善团体掩埋队与地方人士之来索取,已施送一空,即甲等之半赊材七十余具亦皆尽数免费施用。"[2] 如果崇善堂没有掩埋活动,舒敦甫岂敢在文中将崇善堂列于索材掩埋尸体的慈善团体之首,同时,我们知道,在掩埋遇难者尸体之时,揭

---

[1] 中国第二历史档案馆、南京市档案馆编:《侵华日军南京大屠杀档案》,江苏古籍出版社1987年版,第426页。

[2] 同上书,第457页。

露日军暴行唯恐不及，断无少报的可能。

近年来，众多当年曾被崇善堂雇佣埋尸的老人都留下了人证口述资料。

崔金贵老人回忆说："在我们家住的附近有个崇善堂，是个崇善团体。……日本兵进城以后，崇善堂找人收尸埋尸，有些过去抬棺材的和我这种闲着没生活来源的人就去了，一天弄块把钱。我去的时候已较晚，大约三四月光景。……埋尸就在附近挖坑埋，或拉到原来的壕沟扔下去，填些土。……埋尸的时候，埋的人不计数，是按天算钱，但崇善堂有人跟着专门计数的。"

崇善堂之活跃于南京大屠杀事件的收尸活动，当无任何疑问，日本"虚构派"的辩解，完全是缺乏说服力的别有用心。

事实证明，欲盖弥彰，岂患无词！

东邻

侵华日军南京大屠杀遇难同胞东郊丛葬地纪念碑

位置

玄武区中山陵西洼子村菜地，1939年5月立，1988年5月南京市人民政府重立，现为全国重点文物保护单位。

一九三七年十二月,侵华日军疯狂实施南京大屠杀。我东郊一带,惨遭杀害之无辜同胞,尸蔽丘陇,骨暴荒原,因久无人收,而至腐烂腥臭。迨至翌年四月,始由崇善堂等慈善团体从事收殓。计于中山门外至马群镇一带收尸三万三千余具,就地掩埋于荒丘或田野。越数月,察及于丘壑丛莽间尚遗其余,故时或恶气四溢。一九三八年十二月,复经伪市政督办责成其卫生局,又于马群、茆山、马鞍、灵谷寺等处,收集死难者遗骨和残骸三千余具,丛葬于灵谷寺之东。嗣于一九三九年一月,立"无主孤魂墓碑"为志,考其碑文拓片犹在,惜乎原碑已湮没无存。爰特重立此碑,以示悼念,且告方来。

七

坐卧不安的伪政府

从灵谷寺出来左转至体育公园方向，不远处就能看到一块石碑立在路边，上面写有"南京大屠杀遇难同胞丛葬地中山陵西洼子村"的指示牌。沿着指示牌的指引，从旁边的一条小路一直向里走，很快就能看到一座小有规模的墓园。

如果你再去南京灵谷寺景区游玩，不妨拐至陵东路的这处碑园看看，因为那里默默地记录着一段不容忘却的历史。四四方方的石门，石阶两旁种满了冬青松柏等常绿植物，让整座陵园在这寒冷的冬天看上去依旧郁郁葱葱。

这座丛葬地在南京的众多遇难同胞丛葬地中算是规模较大的一座，从布局、植物都可以看出当时作为一个陵园的设计。陵道尽头有 2 块六边形的平台作为纪念碑的基座，上有 11 个圆形石磴环绕，赶上祭扫的季节，整个平台上都能看到人们撒的花瓣，各种纸折的花朵也铺满了石碑。

陵园与南京体育学院的网球场仅一墙之隔，几年前，这里还是西洼子村耕作的农田。后来，因城市改造，西洼子村和东洼子村一起拆迁，原来的居民大多迁往马群等地，这里被平整成了一片体育公园。如今经常能看到市民来这里划船、放风筝、骑车，进行各种各样的体育活动。

这里就是侵华日军南京大屠杀遇难同胞东郊丛葬地。

1937 年 12 月，日军第十六师团在灵谷寺、马群、陵园、茆山一带

东郊遇难同胞纪念碑碑文　　　　　　　　　　　　韩娃丽＿摄

对市民疯狂屠杀，经崇善堂等慈善团体从事收殓，计于中山门外至马群一带，收尸33000余具，就地掩埋于荒丘、田野间。因丘壑丛莽间，尚有大量遗尸，1939年1月，遂由伪南京市政公署督办高冠吾，令卫生局负责收埋遗尸3000余具，葬于灵谷寺东，并于当年10月立碑纪念。其碑文拓片犹在，可惜原碑已湮没无存。1988年5月南京市人民政府重立此碑。

"杀人竞赛"的发生地

　　1937年冬，南京保卫战打响。日军第六师团、第九师团、第十六师团等共十余万人进犯南京。现在的中山陵东侧、天堡城、明孝陵东侧高地、梅花山等，都曾是中国守军阵地。

　　大队日军进城后，很多人携家带口四处逃难，"跑不及的，都被日本兵用刺刀刺死了"，还有一些难民被胁迫为日军做挑夫、搬运等劳役。

　　日本《东京日日新闻》随军记者铃木二郎曾揭露说："从光华门北上，走向中山东路，在光华门马路两边，看到接连不断的散兵壕，都填满了烧得焦烂的尸体。马路中间横倒的许多木柱下面，压着的都是尸体，四肢断折，身首异处，不啻是一幅地狱图画。"

　　臭名昭著的"南京百人斩竞赛"就发生在紫金山下的中山门附近！

　　素以残杀中国人而臭名昭著的日军第十六师团，有两个少尉军官

日本《东京日日新闻》关于向井敏明、野田毅进行"杀人竞赛"的报道

向井敏明和野田毅，在其长官鼓励下，进行所谓杀人比赛，约定在占领南京时，看谁先杀满100人，谁就是胜利者。他们从句容杀到汤山，向井杀了89人，野田杀了78人，因未满100人，"竞赛"仍继续进行。12月10日，两人相遇在紫金山下，野田说："我杀了105人。"向井说："我杀了106人。"由于确定不了是谁先杀满百人之数，于是决定再赌谁先杀满150名中国人。12月11日，比赛继续进行。

对这些杀人魔王的暴行，日本报刊不仅不予谴责，反而以《百人斩大接战》《百人斩超纪录》的标题予以宣扬。

1947年，日本每日新闻社特派记者铃木二郎在远东国际军事法庭为"南京斩百人竞赛"事件作证时写道："直到现在，我才有勇气以目睹记者的身份，为'南京大屠杀'作证言，写下这将引起举世震惊、骇人听闻的惨剧。当时在充满硝烟、尸体与血雾的气氛下，充满责任感与兴奋的我，认为在战争时这种屠杀行为是正当的。现在想起来感到非常的惭愧，因为对战争国际法认识不够才会如此想。""在目睹南京大屠杀以前，经常看到惨杀案件，看的次数多了，再加上战场上到处的尸体与血腥味，把人的神经都麻醉了。于是，偶尔看到日本军人的尸体，便激起日本士兵们的复仇心与嗜杀性。"[1]一位新闻记者都存有这种心理，日本军人对待中国军人与老百姓的看法如何，可想而知。

日本侵略军不顾国际公法和国际正义，竟灭绝人性地以南京市民作其射击、刺杀的靶子，传授杀人技术。他们或将被害者绑悬树梢、电杆上，以枪瞄准射击；或者迫使被害者排成一行，然后由一个或数个日本兵端着上了刺刀的步枪，一齐朝他们身上刺去，其余日本兵则在一旁观看；或者将被害者绑在木柱上，一个日本兵用军刀劈杀，其余均在旁观看、效法。

古城南京尸横遍野，其中东郊就有33000余人惨遭杀害，是无数暴行最突出、最有代表性的一例，惨遭杀害的无辜同胞尸蔽丘陇，骨暴荒原，因久无人收，而至腐烂腥臭。虽经崇善堂等慈善团体就地掩埋，但在丘壑丛莽间，仍有大量遗

---

[1] 蒋孝仪主编，"中国国民党中央委员会党史委员会"编：《革命文献第一○九辑，日军侵华暴行——南京大屠杀（下册）》，台北"中央文物供应社"1987年版，第36—37页。

尸没有掩埋,"越数月,察及于丘壑丛莽间尚遗其余,故时或恶气四溢。"

伪市政公署督办的"善举"

在日本占领军、特务机关和驻华领事的策划下,1938年1月1日伪"南京市自治委员会"成立。一些打着"曲线救国""和平反共救国""中日亲善""救民于水深火热"旗号的汉奸开始粉墨登场。3月28日,"中华民国维新政府"在南京成立,辖苏、浙、皖3个"省政府"和南京、上海2个"特别市政府"。为粉饰太平,欺骗民众,坐卧不安的伪政权,开始组织救济,清理卫生,恢复经济。

根据日本占领军的要求,伪南京市自治委员会成立后的主要职责除了办理日军交办的事项外,首要任务就是救济、卫生、掩埋尸体、清理街道、恢复交通等,可见尸体掩埋、街道清理任务之繁重。伪南京市政公署督办高冠吾刚刚上任,就在日军特务长官的催促下,组织伪市卫生局开始收埋遗尸,清理卫生。

高冠吾何许人也?

查阅档案得知,高冠吾系江苏太仓人,民国著名政客、汉奸,其人贪婪、善变,善于投机,集国人弱点于一身。早年参加同盟会,毕业于保定陆军军官学校,先为《民权报》记者,后为军人,继而任广州江防司令部参谋长兼代理司令、广东全省航政局监督、贵州督军公署参谋长、国民革命军第十军的副军长。北伐期间曾任徐州警备司令,后因贻误军机而被撤职,一度在上海开过羊肉店。1938年3月,高冠吾参加伪中华民国维新政府,任伪绥靖部次长、伪南京市政督办、伪南京特别市市长,后又任伪安徽省政府主席兼财政厅厅长、汪伪清乡委员会驻安徽省办事处主任等职。

高冠吾在南京虽仅干了两年多一点,却发了横财,调任伪江苏省省长后变本加厉,凡委派县长、局长和税差,无不在事先讲定价钱,然后一手交钱,一手发委任令。因此,苏州人将他的名字改称"缴拨我",称他的伪财政厅厅长董修甲为"懂搜刮",伪民政厅长张仲寰为"张铜板"。民国《辛报周刊》1946年第16期,化名闲居的作者在报道中说:

"民国二十九年汪精卫在南京成立伪国民政府后,所派第一任伪江苏省政府主席,便是高冠吾。在他到达苏州的第三天……为献媚敌寇和联络地方上一般附逆绅士起见,便花费了一大笔的民脂民膏,办了十多席山珍海味的酒筵,在伪府内(奉直会馆、拙政园)举行一个酒肉大会。到了他所预先约定的时候,当然是源源而来,济济一堂。他为讨好敌寇起见,便把苏州城里所有的中国妓女歌女导女,和日本的艺妓下女,都叫进伪府,美其名曰中日联欢。"

抗战胜利后,高冠吾自知恶名在外,易名张天云,赴沪匿居,因缉捕风紧,离沪混入新四军。1948年,随军抵达济南,混入山东省政府任省文物保管委员会委员。1953年8月病死于济南。

就是这么个人物,如何会做此"善举"呢?

在南京市档案馆,我们查到伪南京特别市政府卫生局在1939年6月起草的《六月份事业报告书》,报告书记载:"据村民来告。中山门外灵谷寺、马群、陵园、茅山一带有遗骨三千余具,由掩埋队前往掩埋,计工作四十日,始收埋竣事。全部用费计九百零九元。是项尸骨经选定灵谷寺东首空地为瘗骨之所,并用青砖扁砌圆形坟墓一大座,外粉水泥,非常坚固壮丽。曾由高市长亲撰无主孤魂碑记石碑一方,竖立坟前,以资纪念。复于五月二十八日前往致祭。"[1]

虽然其人不善,但为记录历史,我们还是找到高冠吾书写的《无主孤魂碑》碑文,兹记录如下:

中华民国二十七年(1938)十月,余奉命董京市。惟时去南京事变将及一载,城闉、丛莽、山巅、水溪有遗骨焉。余既收残骸于城上,得二十有六,而瘗之。越二月,村民来告茆山、马群、马鞍、灵谷寺诸地遗尸尤多,乞尽瘗之。乃下其事于卫生局,选夫治具,悉收残骨得三千余具,葬于灵谷寺之东,深埋以远狐兔,厚封以识其处,立无主孤魂之碑,且使执事夏元

---

[1] 中国第二历史档案馆、南京市档案馆编:《侵华日军南京大屠杀档案》,江苏古籍出版社1987年版,第95页。

"无主孤魂之碑"碑文拓片

芝以豚蹄、只鸡、酒饭奠之，俾妥幽魂。呜呼诸军遭时丧乱，膏血肉于荒原，寄骸骨于丘陇，为军为民，为男为妇，为老为稚，有后无后，举莫能知。人生僭痛，莫大于生无所养、死无所丧，况暴骨无依如诸君者。虽然死生有命，修短有数，洵如达人之论，彭殇可齐，随化俱尽。盖人之所争者，不在久暂之岁月，而在不朽之德业与精神也。余既怜而瘗诸君，又以为诸君告。二十八年（1939年）一月，督办南京市政府高冠吾记

"无主孤魂墓"建成2年后的1941年4月11日，时任伪南京特别市市长的蔡培收到一封当地居民的来信，报告该墓"稍欠坚固，致现在坟头已有一部破坏"，亟待修缮。蔡培当即指派伪卫生局派雇员萧财源前往查看，在4月17日的汇报中，萧说明了"该墓地坟堆已全部崩溃"，分析原因是"内埋尸骨计有三千具，当时均叠架瘗埋，无法夯实，加之面积甚大，时日稍久，尸骨即行叠实，而坟堆上盖青砖即随之下落……"萧的复函，不仅证明瘗埋工作的马虎、简陋，也证明了埋尸数量的巨大。

经伪市工务局测算，简易维修需工费2979.6元，然而，伪市政府拿不出，也不愿意拿出这笔钱来。在12月9日的批示上，伪市工务局局长谢学瀛作出"俟有经费再行酌修可也"的批示。"无主孤魂墓"愈加破败，百姓无不唾骂。一两年后，塌陷积水，成为野狐蝼蛄之穴，以致逐步湮没！

1985年，南京市人民政府为纪念遇难同胞，教育国人勿忘国耻，修整墓园并重新设立了东郊丛葬地纪念碑。该墓葬于2006年被国务院列为全国重点文物保护单位，"无主孤魂墓碑"拓片保存在江东门纪念馆的浮雕墙上。

"东郊丛葬地纪念碑在众多纪念碑中意义特殊。其一，日军屠城，尸体大多是就地掩埋，此处为易地而处；其二，埋葬尸体较多，系伪南京市政府掩埋并立碑的唯一一处。"中山陵园管理局文物处的一名负责人告诉我们，现在丛葬地纪念碑是全国第六批重点文物保护单位，"我

们每月巡查一次，碑园内的树定期洒扫、预防病虫害。"

"悲惨之情诉不胜诉"

1939年7月30日，中山门外当地幸存的难民李有田、杜长才等为日军在中山门外一带烧杀掳掠，致高冠吾的呈文中说："呈为生计断绝，饥饿难堪，仰恳给发口粮苟全蚁命事：窃难民等多数环居中山门外附廓各村庄，自经南京事变，房屋被毁，衣物被劫，农具、食粮罔不扫荡一空犹未已矣。男子被房无归，幼女非伤即毙，以致母不得子，妻不得夫，兄不得弟，姐不得妹，罹此浩劫，悲惨情况实有诉不胜诉之势。遗此老弱无依之灾黎道路流离……"[1]

时年13岁、玄武区北京东路71号12栋朱秀英老人说："日军来时，我们一家五口及另一李家四口都住在中山门。在炸弹的声声轰击下，我们姐妹三个跟着母亲从中山门往新街口的难民区逃命，路上都是炸弹炸的汽车玻璃碎片，地上到处都是死尸，到了华侨路没有地方住，又没有能力盖窝棚，就把旧毯子用桩柱拉起来，睡在地上。记得，李家姑妈因没跑，躲起来后被发现杀死于麒麟门。其儿子早上起来上厕所时，被鬼子发现，于是便打算逃跑，被一枪毙命。后来人越来越多，日本人过来难民区，跟年轻人说跟他们走就给他们工作还给工资，很多人被骗去后用汽车拉走枪杀了，就是万人坑。还有一个日本军官，让一个中国士兵站直了，用刀这边验验那边验验，看从哪边好杀，我姑妈和表弟被日本鬼子给杀死了。在路上还看到一个女的被刺伤大腿，血流不停，边跑边哭。有一次，日本鬼子看到我母亲手上戴的首饰，本来不想给，不给就拿刺刀刺，只好给他了。当时，还看到一年轻人，30多岁，眼睛被鬼子挖出来，挂在脸上，鲜血直流。他倚在树旁，疼得直喘气。我母亲问他哪里的，他说是水西门的。然后有好心人帮他用纱布包扎起来，把他放到墙角，用木板搭起来让他睡上面，还给他送了稀饭。后来，有两个鬼子见了他，问是不是中国兵，

---

[1] 中国第二历史档案馆、南京市档案馆编：《侵华日军南京大屠杀档案》，江苏古籍出版社1987年版，第96页。

便将他刺死了。死了之后，尸体没处放，就只能放到阴沟洞里面，用木板压着。"[1]

1987年，1937年应召参加了侵华战争的日军第十六师团二十联队老兵东史郎曾到碑前凭吊静思、忏悔。当时参与南京大屠杀的日本兵曾根一夫1986年在其《南京大屠杀亲历记》中写道："我敢断言'南京大屠杀事件'是事实。因为身为军人的我，曾经参加过入侵南京的作战，事实上也犯过暴虐的行为。""我不知道被日军杀害的确实人数有多少，但我并不认为中国方面所说的数字太夸大，也许实际的数目更大也说不定。"

札记：伪政权埋尸 16851 具

南京沦陷后，在世界红卍字会南京分会、崇善堂、中国红十字会南京分会等慈善团体大量收埋尸体的同时，伪政权也参与了遇难者的埋尸工作。虽然伪政权的埋尸数量不算多，但是其资料不仅具有重要价值，而且从一侧面证明了侵华日军南京大屠杀的规模和影响。

伪政权的埋尸统计，最初发现的是伪区公所的埋尸记录。1938年1月30日，伪下关区公所区长刘连祥在致伪南京市自治委员会的一份报告中说：自1937年12月15日起，即与市民沈桂森、妙净和尚开始在下关一带掩埋被害军民尸体，"到碇泊场司令部，会见南出先生，蒙司令部发给良民符号84张，即开始分班工作，计由中山码头沿江边清扫及将尸体掩埋，是日约埋三四十具……如此每天均到下关，认真努力清扫工作，经手掩埋尸体约3240具"。

位于南京城东南部的伪第一区公所，1938年2月份开始参与掩埋，在该区的工作报告中称"本月份掩埋尸体计一千二百三十三具"。[2]

位于南京城西南部伪第二区，在1938年1月28日该区的一份工作报告

[1] 张宪文主编：《南京大屠杀史料集38·幸存者口述续编（下）》，江苏人民出版社2007年版，第1508页。

[1] 孙宅巍编：《南京大屠杀史料集》5，江苏人民出版社2005年版，第304页。本节未注明的证词引自本史料集第305、306、312、338页。

中，写有"函请崇善堂掩埋本区遗尸9具"的内容；在其1938年2月份的工作报告中写有："掩埋尸体：先后查得评事街等处，尚有遗尸十八具，暴露未埋，好经随时备函，通知崇善堂掩埋，以维人道，而重卫生。"

伪第三区公所埋尸数字情况不详，仅有"请红卍字会掩埋尸体""呈请警察厅饬佚掩埋""百子亭等处死尸三具、太平桥河内浮尸二具"等字样。据分析至少有20多具。可以想象，其他各区也在相同的日军暴行环境之中，必有相当数字。

近年发现的一份由日本南京特务机关调制的伪南京市卫生机构掩埋队工作统计表，较为完整地揭示了从伪南京市自治委员会到伪南京特别市政府卫生机构，直接掩埋的尸体数字。该资料称：

> 昭和13年（即1938年）南京自治委员会成立了在当地的公共卫生组织，即作为维持社会慈善事业的市卫生局（时称卫生组），下面有掩埋队（死尸埋葬队），队员（男性）16名；每月经费（总人件费）288元，用于南京市的尸体和露棺的埋葬、火葬，以及墓地的修理、施棺。

在这份资料披露的统计中，1938年1至4月，经由伪南京市卫生机构，共掩埋男尸8966具、女尸146具、孩尸205具、尸骨24具，合计9341具。因1938年4月以后所收埋尸体，很难证明属日军南京大屠杀所产生的尸体，故未计入统计数。

又据伪南京市1939年3月《南京市政概况》记载，南京大屠杀暴行后，城内墓葬新增26400余处。该资料称："事变之后，城厢内外，尸体遍地，虽经红十字会暨前自治委员会救济课竭力掩埋，而偏僻荒地，不免尚有遗留。复就原有掩埋队十六人，派员率带，积极工作，将遗尸未埋棺柩概行埋葬。唯一面将城内义冢地带及应修坟墓数目详予调查，计有坟墓二万六千四百余个，次第著于修理。"

这个报告不仅说明了"事变之后，城厢内外，尸体遍地"，而且说明了经"详予调查"，城内计有待修坟墓26400余个。数字虽然没有把那些建造尚较完整、坚实的坟墓计算在内，但是需要指出的是：待修的坟墓又绝非市民自然生老病死所形成，而有着"事变之后，城乡内外，尸体遍地"的重要背景。可见，这遍布全城待修坟墓至少有26400余名亡者，且未将两尸与多尸合葬者计算。

26400余座待修坟墓，向我们揭示了这种"零星"与"分散"屠杀，累计起来构成的惊人规模。

综合起来，各区伪政权埋尸收尸4510具，伪南京市政公署督办高冠吾主持收埋尸骨3000余具，伪南京市卫生机构掩埋队收尸9341具，合计为16851具。需要说明的是，经仔细研究，伪下关区公所收埋下关、三汊河地区尸体3240具与中国红十字会二队掩埋数重合，该项统计应从中国红十字会掩埋总数中扣除，伪南京卫生局掩埋的9341具尸体与南京代葬局在保泰街掩埋的10000余具重合，也应一样从南京代葬局的掩埋统计中扣除。但是，私人所修坟墓26400余个未计文后所附的遇难者掩埋统计表之列。

正覚寺

侵华日军南京大屠杀正觉寺遇难同胞纪念碑

位置

秦淮区武定门内侧,明城墙武定门小游园内。

一九三七年十二月十三日，侵华日军在武定门正觉寺，将该寺僧人慧兆、德才、宽宏、德清、道禅、刘和尚、张五、源谅、黄布堂、晓侣、慧璜、慧光、源悟、能空、侣修、广祥、广善等十七人集体枪杀；与此同时、日军还在中华门外将尼姑真行、灯高、灯光等杀害。兹值侵华日军南京大屠杀事件的五十周年，特立此碑，悼念死者，永诫后人，铭念历史，振兴中华。

八

正觉寺：佛门之难

在南京城南武定门内南侧紧邻门洞处，立着一块形制普通的灰白色石碑，正面刻有"侵华日军南京大屠杀正觉寺遇难同胞纪念碑"碑名，"南京市人民政府立 一九八七年十二月"字样，标示着它的身份。该碑最初立于武定门内长乐路与江宁路交叉口的正觉寺旧址上，后因故迁移至现址。

石碑背面刻有碑文数行，简述了80多年前侵华日军血洗正觉寺的概况及立碑纪念之旨：

一九三七年十二月十三日，侵华日军在武定门正觉寺，将该寺僧人慧兆、德才、宽宏、德清、道禅、刘和尚、张五、源谅、黄布堂、晓侣、慧璜、慧光、源悟、能空、倡修、广祥、广善等十七人集体枪杀……兹值侵华日军南京大屠杀事件的五十周年，特立此碑，悼念死者，永诫后人，铭念历史，振兴中华。

碑文关于武定门内正觉寺惨案中僧人被害情形的记述，系采录国民政府国防部审判战犯军事法庭《谷寿夫战犯案判决书之附件》中（甲）关于集体屠杀部分第26条的说法，唯对惨案中平民被害情形未有交代，故未能涵盖惨案全貌。相关档案显示，正觉寺惨案的惨烈程度要大大超出碑文的描述。

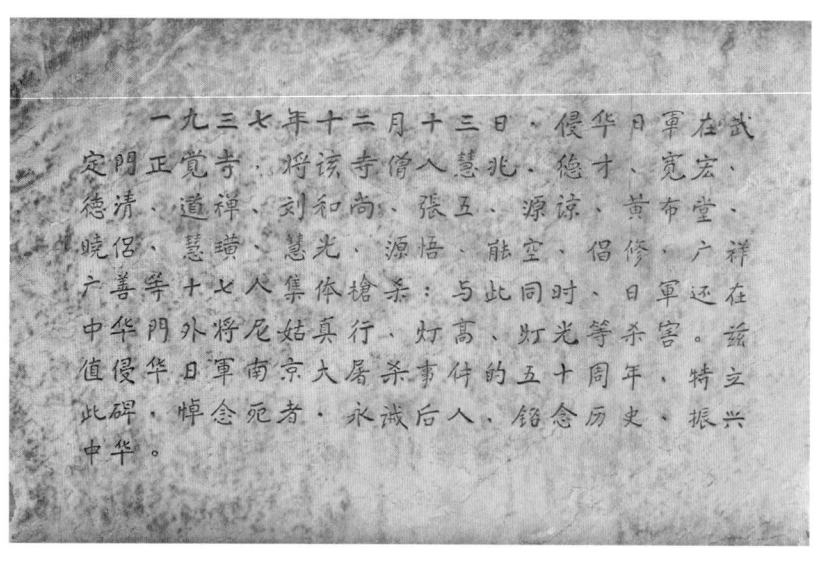

正觉寺遇难同胞纪念碑碑文　　　　　　　　　　　　韩娃丽＿摄

多灾多难的正觉寺

正觉寺始建于清朝中叶,其前身为门东小心桥东的水月庵。嘉庆十八年(1813),为表彰水月庵僧人镜澂助两江总督百龄捕获"妖人"方荣升,百龄奉朝廷旨意,于嘉庆二十年(1815)敕为其改建新寺,定为"正觉寺"。

"正觉"为佛教术语,又译"三菩提",谓证悟一切诸法之真正觉智,故成佛又称"成正觉"。正觉寺在全国各地多有分布,在南京也有千年以上的历史,为古城秦淮一带之名胜。正觉寺寺中供有缅甸玉佛,法相庄严,为南京仅有。道光二十一年(1842)《南京条约》签订后,英方代表璞鼎查等曾从下关登陆来寺游览,因而正觉寺又可谓中国近代沉沦肇端的见证。

民国初年,寺中尚有房屋4进,佛殿2座,僧舍数十间,香火旺盛。

1928年,为缓解中华门交通压力,便利民众出城取水,改善城南居民卫生条件,南京特别市政府拆除正觉寺左近城墙,开辟为武定门,正觉寺遂有了档案中"武定门444号"这个新址。

1937年12月初，日军攻至南京城下，城内外民众纷纷离家逃难。寺内住持莲华以为佛门庄严，出家之人不会遭到俗人之害，同时也为看护寺内财产，留慧光等15名僧人在正觉寺看守。附近百姓也认为，佛教殿堂必定较其他场所安全，不会遭到日军为难，央求僧人留在寺内藏身。

12月13日，日军由武定门攻入城内，中岛部队官兵如同魔鬼一样闯入正觉寺。

寺僧慧光和留守的其他14名僧人目无旁视地端坐在大殿之下，手敲木鱼，口诵真经。凶神恶煞一般的日军喝令僧徒到院中集合，可能是言语不通，僧徒一开始不知所措，个个岿然不动。这时，冲进来的士兵枪响了，一名僧徒应声倒在血泊之中……

在日军的驱赶下，僧徒和避难的30多名难民一起被赶到大殿外的空地上，在杂乱的枪声中，或遭枪杀，或被刺刀戳死……

正觉寺内外顿时血流满堂，沦为人间地狱。

枪杀无辜后，日军更是肆其兽性，抢劫破坏，无恶不作。11岁的难民周宏元之女周小二被枪杀后，一个日本兵竟将她的衣服剥光，再用水沟里的烂泥涂抹全身，肆意侮辱；躲在殿堂木箱里的黄布堂和6岁的儿子被搜捕出来，当堂以刺刀一刀一刀刺死……

积攒多年的寺内佛教三宝及私人财物均被掠一空，不可胜计。

遭此大难，正觉寺幸未全毁，但元气大损，日渐凋落。

南京解放后，仅有的几位僧徒相继还俗还乡，仅有几架残殿的正觉寺名存实亡。1958年，颓废的残殿被拆除，改建为南京新华玻璃厂。

1987年12月，值侵华日军南京大屠杀事件的50周年，为铭记历史，振兴中华，悼念大屠杀中无辜遇难者，南京市政府在新华玻璃厂门前立下此碑。

迨至20世纪末，新华玻璃厂通过破产改制，成立民营长乐玻璃厂。1998年6月，为治理城市污染，城内的工业企业逐步迁移至郊外工业区，实施"退二进三"（即退出第二产业，发展第三产业）。谁料到1998年末，这块唯一记录大屠杀中僧侣被害详情的纪念碑却无端被推土机损坏了。

日军枪杀僧侣

这一消息经新闻媒体报道很快传开，顿时在社会上引起轩然大波。

此事，很快引起了南京市政府领导的重视。其实，对侵华日军南京大屠杀遇难同胞纪念设施的建设和使用，南京市政府一贯十分重视，始终把它作为爱国主义教育的基地，激励国人不忘国耻，振兴中华，除修建了侵华日军南京大屠杀遇难同胞纪念馆，还在全市一些遇难同胞丛葬地建立了十余处纪念碑。经专门调查，当事人实为金信房地产开发公司，原厂区（正觉寺遗址）正在建设的是长乐花园小区的一部分，盛岛大酒店租用的门面房虽然是长乐玻璃厂，但酒店由在宁的三家企业合作经营，其企业性质属于国有有限责任公司。

经有关方面协调，原建于长乐路与江宁路交叉口正觉寺旧址的纪念碑，迁移至武定门出城的右侧小游园内，仍为正觉寺遗址上。同时，省市领导责成有关部门，对年久失修的纪念碑亭（馆）开展一次大检查，抓紧修缮，以更好地发挥现有纪念设施的作用。

如今，正觉寺遇难同胞纪念碑端坐在武定门城墙下的小游园内，正觉寺的原址已改建为长乐花园居民小区。为丰富人们的文化生活，武定门城墙上新开辟了一条登墙通道，可供游客和居民登墙一览秦淮河风光。登城墙的甬道两侧，建有南京市全民阅读工作站和文创实践基地，墙上的告示告诉我们，每周三晚上，这里还开办书法、琴艺、文学阅读等培训班。

战犯谷寿夫的审判附件

抗战胜利后，1946年2月15日，南京审判战犯军事法庭成立，石美瑜任庭长。由于松井石根被列为甲级战犯，根据盟军总部相关规定，松井石根必须接受远东军事法庭的审判，因此未能引渡到中国。受到南京民众的压力，国民政府国防部多次请求东京盟军总部把罪大恶极、南京大屠杀的元凶谷寿夫押解到中国来审判，但时至数月都未能获准。后来，在东京参加远东军事法庭的中方法官梅汝璈积极斡旋下，最终谷寿夫、向井敏明、野田毅、田中军吉等战犯被引渡到南京接受审判。

谷寿夫，东京人，1937年12月12日率第六师团最先攻入中华门。谷寿夫是制造南京大屠杀的罪魁祸首之一。抗日战争刚结束，战犯处理委员会就将谷寿夫列为重要战犯。1946年2月2日，谷寿夫被盟军总部逮捕，8月2日，被引渡到中国。10月19日，军事法庭提讯谷寿夫，但他极力否认南京大屠杀罪行。12月31日，战犯军事法庭以破坏和平罪和反人道罪正式起诉谷寿夫。1947年2月6日至8日，战犯军事法庭对谷寿夫进行了3天的公审，控辩双方进行激烈争辩。审讯中，谷寿夫一直拒不认罪，除了在法庭上狡辩外，还多次以书面方式呈递申辩材料，一再辩解自己无罪，他还称其本人特别重视军纪军风，他认为战争罪行是其他部队所为。在南京军事法庭上，80多名证人出庭作证，对谷寿夫的狡辩给予了有力反驳。

正觉寺住持莲华因当时不在现场，逃过此劫。作为幸存者，他将正觉寺僧徒遭日军屠杀的控诉材料经南京市临时参议会南京大屠杀案敌人罪行调查委员会提交给审判法庭。由于受害人为向善念佛的知名僧人，且证人证词完整，事实确凿，受害僧人的信息形成的15件调查表均被法庭采信，定为审判谷寿夫战犯案的甲字（集体屠杀类）第29-33、35、36、38-45号证据。

> 在慧光被害调查表，甲字第40号证据"被害详情"一栏中写道：
> 据证人目睹详述，本寺僧道慧光等十五名（各姓名另列表）均看守寺院，被日寇中岛部队士兵集体均以步枪射死，或用刺刀戮（笔误，应为戳）杀。同时并有不知姓名躲难者三十余名，亦在本寺空地遭屠杀。但物用东西均损失，被掠一空，不可胜计。

莲华报告的被害僧徒数量是15人，而非纪念碑碑文中所写的17人，多出的两人为难民，而非僧人。该件除交代慧光被害情形外，对整个惨案状况亦有综述，而其他14件调查表则只就被害者本身作简要记述，谓："据证人（莲华）详述，受害人系本寺僧道，与慧光等被日寇集体屠杀。"15名僧人的具体名单为：慧光（46岁，江西人）、慧兆（57岁，浙江人）、德才（34岁，泰州人）、宽宏（14岁，如皋人）、德清（58岁，江苏人）、道禅（45岁，江西人）、张五（28岁，泰州人）、源谅（47岁，湖北人）、晓侣（38岁，江西人）、慧璜（48岁，南京人）、源悟（52岁，泰县人）、能空（75岁，江西人）、倡修（58岁，淮城人）、广祥（32岁，泰州人）、广善（36岁，淮城人）。其中，最年长的能空已75岁，最年幼的宽宏才14岁，被害地点都是"本寺空地"。

由于正觉寺寺内难民是临时避难，且时隔久远，莲华对其姓名无法记忆，只能笼统地说"不知姓名躲难者三十余名"，自在情理之中。那么，这些难民的姓名、身份能否考实呢？我们有幸在中国第二历史档案馆藏档中见到了1946年8月5日正觉寺惨案幸存者郭夏氏、李陈氏等向调查员顾威作具结的刘和尚等10人的被害调查表，这些调查表后来被审判法庭定为审判谷寿夫战犯案的甲字第34、37号和乙字（零星杀害类）第73—79、278号证据。调查表中对于各被害人的被害情形都有具体记述，兹录如下（括号内文字系据调查表内容补注）：

> 据证人（郭夏氏）详述，受害人（郭荣寿，46岁，南京人）系本人之夫，于是年（1937年，以下同此——引者注）因日寇进城避难该寺，遂遭日寇枪杀。
>
> 据证人（郭夏氏）详述，受害人（刘和尚，18岁，南京人）系本人之婿，于是年因日寇避难正觉寺，被日寇用刺刀戳肩膀一刀，胫一刀，屁股一刀，当日未死，于次日又被日寇用刺刀戳死。系刘郭氏之夫。
>
> 据证人（郭夏氏）详述，受害人（刘金泉，36岁，南京人）系本人亲属刘郭氏之叔公，于是年因日寇避难正觉寺内，当日（15日）被日寇拖去抬物品，因受害人要求回家，遂遭日寇在乌衣巷枪杀。
>
> 据证人（郭夏氏）详述，受害人（周宏元，年龄不详，南京人）系同避难该寺，因日寇进城，于是年被日寇枪杀。尚有受害人之妻（周乔氏）及女儿周小二一并被枪杀。

据证人（郭夏氏）详述，受害人（周乔氏，年龄不详，南京人）系同在正觉寺内避难，于是年被日寇枪杀。其夫及女儿亦是日被枪杀。

据证人（郭夏氏）详述，受害人（周小二子，11岁，南京人）系被难者周宏元之女，被日寇用步枪射死。同时，受害人被打死后，被日寇将上下身衣服剥光，并用泥涂于满身。

据证人（李陈氏）详述，受害人（李宏奎，35岁，南京人）系本人丈夫，于是年因日寇避难正觉寺，被日寇拖在该寺内用步枪射死。尚有小叔李洪涛、公公李发芝、儿子李金荣、伙计王起发，亦被在场枪杀。

据证人（李陈氏）详述，受害人（李发芝，62岁，南京人）系本人公公，于是年因日寇避难该寺，遂遭日寇枪杀。

据证人（李陈氏）详述，受害人（黄布堂，33岁，淮城人）于是年因日寇避难该寺，藏躲木箱内，遂被日寇以刺刀戳死。尚有受害人之子小二子，六岁，亦被日寇用刺刀戳死。受害人系本人近邻。

据证人（李陈氏）详述，受害人（黄小二子，6岁，南京人）于是年因日寇随同其父黄布堂避难该寺木箱内，遂被日寇用刺刀一并戳死。

以上10件，共涉及被害者13人，分属郭夏氏、周宏元、李陈氏、黄布堂4个家族。关于李宏奎被害调查表中提及的李洪涛、李金荣、王起发3人，当亦分别填具了被害调查表。

郭夏氏、李陈氏还向参议会南京大屠杀案敌人罪行调查委员会调查员报告（原件现藏南京市档案馆）说："是年因日寇进城时，有管姓名不详，及有不详姓名等，约计十五六名，均避难防空壕内，遂被日寇用机枪扫射，均无幸免。"据此可见，被害者中当另有身份不详的管某一人及不知姓名者十四五人，加上有名有姓的13人，共计二十八九人，与莲华所说"三十余名"成相互印证，被害的难民当在30人左右。

南京军事法庭对谷寿夫的审判，共历时 6 个多月，除正觉寺惨案外，法庭调查确认证据四五千件之多，证人出席 500 多人，法庭以充分可靠的证据判处谷寿夫死刑。

1947 年 4 月 26 日，谷寿夫被押往雨花台执行枪决。

失去护身的教徒们

侵华日军占领南京之时，南京有大小佛教寺庙 300 余所，虽然从事佛教传播的僧侣和信奉居民没有详细统计，但多数佛教寺院遭到不同程度的破坏和杀戮，有的寺院遭遇的悲情更为惨烈，正觉寺仅是唯一一处为纪念寺院僧徒遭受侵华日军大屠杀而立碑的宗教场所。

坐落于南京古林公园一带的古林寺为梁代高僧宝志创建，在清代与香林寺、毗卢寺并称南京城内三大名寺，被奉为"中兴戒律第一祖庭"，在佛教界有着重要的历史地位，有"天下第一戒坛"之称。历史上曾几毁几建，南京大屠杀时，这里也成了人间屠场。当年 16 岁、在南京古林寺上初级佛教学校的融通法师目睹了日军在古林寺暴行，他说："冬月 14 日那一天，日本兵冲进寺里，把近百个和尚与躲在寺里的百把个散兵都赶到山门外的菜园里集合。枪响的时候，寺后面一个四五岁的小孩跑着喊着来找他妈妈，鬼子的大皮鞋一脚踢过去，又狠命一踩，小孩的头都被踩扁了！白的脑浆，红的鲜血，一塌糊涂，孩子的手指头还在一下一下地抽搐。罪过啊！后来我到城隍庙当和尚，城隍庙的师父叫光辉，是湖南人，当过北伐军，方圆脸，很和气的，他被日本兵打死了。那天夜里，日军来抢东西，逼着师父要麻将牌和银洋钱，师父说没有，他穷得冬天都穿单裤，日本兵飞起一脚，踢在师父的胸口，过两天就死了。中华门外天界寺的老和尚也是被日本兵杀死的。我们城隍庙里那时住了保安 9 中队，都是警察。日本人一来，他们都放下了武器，全部被骗上汽车，一个个地都被杀掉了！日本兵杀人不管你老的小的，他不高兴就杀。"[1]

---

[1] 张宪文主编：《南京大屠杀史料集 25·幸存者调查口述（上）》，江苏人民出版社 2005 年版，第 237 页。

日军在中华门外方家巷里长生寺暴行更是令人发指，当年14岁、在长生寺出家的宏量法师怎么也难忘南京佛教界的劫难，他说："日本兵攻下雨花台后就来了，躲也躲不及。梵根师父把寺里的和尚召到大殿上念经，香烛梵音，一个个都跪在蒲团上，向慈善的佛祖顶礼膜拜。端着刺刀的日本兵在院里站好，派一个日军进大殿拍拍和尚的肩膀，一个个地叫出来。到院中丹墀上跪下，旁边站一个和尚念'阿弥陀佛'。砰的一枪，跪着的和尚死了，一个出来念佛。一枪一个，17个人念佛，17个人毙命！清净的佛地血迹斑斑，穿着僧衣的出家人竟倒在佛像面前！……那天，还有一个俗家人，是卖油条的吴老头，他没地方躲，就躲进了长生寺。救人一命，胜造七级浮屠，师父好心，给他一件僧衣装成和尚，真可怜，日本兵在他后颈上砍了一刀，只砍了一半！颈骨砍断了，气管还连着，头耷拉下来，血不停地流，刀口上的皮肉一收缩，就朝里面卷进去了！老头躺在地上抱着头喊疼，喊了半天，另外来的日军又给了他几刺刀！第三天，日本人来寺里找花姑娘，找到了和尚隆慧。隆慧和尚是旗人，40多岁没有长胡子，人白白的，几个日本兵以为是个女的，七手八脚扒掉他的衣服，一看是男的，日本兵来气了，把他赤条条地拉到陀罗尼门的大石坎上，抬起来往下摔，头砸开了，脑浆和血淌了一地！可怜我师父当时快50岁了，和高座寺来避难的一个和尚一起被日本兵拉夫拉走了，穿着僧衣走的，一去没有音讯。长生寺一共死了21个，只留下我的十一二岁的徒弟妙兴和能行。"[1]

小心桥百岁宫里70多岁的隆华老师太，见日本兵作恶乡端，虐杀生灵，不忍伤目，让人在大殿上架好了柴火，自己盘腿坐在上面，待日军官兵冲进宫时，毅然点火自焚，人和宫一起被毁。

在门东小心桥38号消灾庵内，日军将该寺尼姑真行、灯元、灯高及平民高吕同、卓三元等8人以步枪射杀；在通济门外四方城的龙华寺，日军大开杀戒，无辜将躲在寺内30多名难民枪杀；在中华门外的天界寺，日军将老和尚及躲在寺内近百名警察枪杀；在中华门外方家巷的长生寺，日军将当家和尚慧根、高座寺近50岁的隆慧等

---

[1] 张宪文主编：《南京大屠杀史料集25·幸存者调查口述（上）》，江苏人民出版社2005年版，第238页。

21名出家人杀害；在莫愁路普照寺的殿堂之下，日军强奸了七八个躲在寺内尼姑和妇女……

大慈大悲的观世音菩萨没有能救佛教徒们于水深火热之中，基督教、天主教徒和伊斯兰教徒也惨遭迫害，伊斯兰教徒受害者尤重。

南京沦陷前后，伊斯兰教清真寺被日寇毁了5所，它们是：璇子巷清真寺、中华门外西街清真寺、下关二板桥清真寺、浦镇东葛乡西葛清真寺、溧水县小西门街清真寺。穆斯林被日军无辜屠杀的不计其数，其中，草桥（今光华路红土桥）、太平路、汉西门、新廊（今长乐路）等众多清真寺内都布满穆斯林尸体，其他街道和郊区也陆续发现过数具、数十具不等的穆斯林的尸体。

法荣祥阿訇的父亲被日军戳死在太平路清真寺内；长乐路清真寺白庆元阿訇因阻止日军奸污住在清寺内的60岁蔡老太，被日军连刺两刀重伤身亡；下浮桥清真寺杨桂芳的两个女儿为逃避日寇的污辱，跳柴洲自杀；木屐巷的回民张长生为救被日军轮奸的妇女，操起大木棍打倒一个从房间里钻出来的日本兵，后被第二个日本兵枪击身亡；中华门外西街清真寺师父张巴巴，因怒斥日寇企图奸污他媳妇的兽行，一家7口被杀害6人，只有小孙女幸免于难；西街清真寺马明春阿訇被日军杀害于家中，当被发现时，其尸体已被牲畜咬得不成人形；一位家住雨花台开牛行的90岁高龄的吴老太，因年迈在家看门，不料被日寇强奸后戳死；沈锡恩阿訇的小女儿被一日军从他20多岁的堂妹手中夺去摔在墙上致死，他40多岁妻子和他堂妹被日军赶进里屋强奸，堂弟被日军带走，妻子和堂妹被奸污后欲自杀被救。

侵华日军在南京犯下的罪行，罄竹难书，哪里还有什么佛门净地，宝刹庄严，在他们眼中整个南京都是修罗地狱，是这些日本兵为所欲为的狩猎场。

锦绣秦淮沦为人间地狱

秦淮区因坐落在秦淮河边而得名。秦淮河两岸是南京的发祥地之一，有着2500年的人文历史，素有"江南锦绣之邦、金陵风雅之薮"

之誉。唐宋以来，李白、刘禹锡、杜牧、吴敬梓等无数文人墨客来此游览，留下了《乌衣巷》《泊秦淮》《登金陵凤凰台》等诸多名篇绝唱。有着千年历史的夫子庙、大成殿、江南贡院均坐落此地，因而又被称作文薮之地，最文艺的市辖区。然而，南京沦陷后，锦绣秦淮成为侵华日军肆意掠夺和杀戮的屠场。

时任秦淮区委党史办主任、负责该区抗日战争人口伤亡和财产损失调研的陈桂玲原是一位教员，她对我们说，秦淮区也是南京大屠杀重灾区之一，近年来他们多次配合和组织相关人员开展大屠杀情况的调研。其中规模较大的两次，一次是1984年3月至6月，由区政协组织，一次是2005年6月至8月，由区党史办组织。1984年时，白下区（今属秦淮区）政协在对全区亲身经历过侵华日军南京大屠杀事件现尚在的受害者、幸存者、目睹者调查时，共查出130个见证人，其中受害者78人，幸存者13人，目睹者39人；男性57人，女性73人；年龄最大的90岁，年龄最小的75岁。2005年，区抗日战争人口伤亡的调查是有重点的普遍调查，即全区（含原白下区）80岁以上的受害者、幸存者和目睹者进行调查，先后访问了45名幸存者和见证人，其中男性27人，女性18人，年龄最大的88岁，最小的80岁。

据不完全统计，在大屠杀期间，秦淮区内数十人以上的集体屠杀有数十起之多，零星屠杀更是难以胜数，有千余人遇难。

陈女士酷爱文史工作，留下不少当时采访记录，她说，一次次的采访，每次都是一次心灵的洗礼，一言一句，都是对侵华日军的血泪控诉。

家住通济门东关闸38号、77岁高龄的沙官潮当年全家住在新街口沈家巷"难民区"，在日军占领南京后的"扫荡"中连挨数刀，幸免于难。他掀起衣服对采访人说："有一天，我和邻居回家取粮，路上遇到5个日本鬼子，他们看我们年轻力壮，其中3个日本鬼子刺死了那位邻居。我吓坏了，不顾一切地拔腿就跑，被另外两个日本鬼子抓住，连向我肚子、腰部和背后各刺一刀，我鲜血直流，忍痛向前跑，日本鬼子就向我开枪，击中了我的膀子，我仍然拼命继续向前跑，两只野兽见我跑远了，也就没有再追赶，而是哈哈大笑地走了。我跑到'难民区'就一头栽倒，昏死过去，人事不知。大家送我到鼓楼医院包扎治疗，后来用中草药继续医治,才慢慢治好了我的多处伤口。"[1]

86岁高龄的郑周氏当着采访者的面,老泪纵横地回忆起她一家三口惨遭日军迫害的遭遇。她说:"日本鬼子进南京城后,我家仍留在石门坎没有逃走。老公公住华侨招待所'难民区'。有一天,他回家看望我们,走到八府塘附近东文思巷对过现在的茶炉边,被日本鬼子拦住搜身,搜来搜去一无所获,鬼子狠狠地打了公公一个耳光,并嚎叫'死啦死啦的'。另一个鬼子军官抽出指挥刀,向公公的颈子、胸口、肚子连砍三刀,可怜老人立即倒在大街上;公公惨死后的很多天,尸体无人掩埋被狗啃烂。同一天,我侄儿因住'难民区'吃不饱而回家,也是走到八府塘被日本鬼子砍死。几天后,我手牵12岁的儿子去'难民区',走到东文思巷胡家花园草房边被日本鬼子看见,这些强盗不由分说对我儿子刺了一刀,儿子哇的一声倒地,等我跑过去拉他,他已经咽气。就这样,几天之内,日寇杀死了我家三口人。"

受害人崔金贵被日寇抓去送物资到芜湖,回来走到京芜路的油坊桥时又被日寇抓住,同去的10多人均被日寇用刺刀捅死。崔金贵没有被刺到要害部位,醒来后看见公路上还有日军,又继续躺倒,一直捱到深夜。待日兵走后他才艰难地爬到河边,蹚水过河,又冷又痛。他爬上河堤,又被河对岸的日寇发现,向他开了两枪,未击中才死里逃生。

家住后标营的褚茂洪说,1937年12月13日一天里日本鬼子就杀掉他家六口人:公公、婆婆、奶奶、父亲、表舅、大哥,他奶奶头被割下,大哥被当活靶子打死。他家的房子也被放火焚烧。[2]

日本鬼子杀害中国人的方法无奇不有,手段极其残忍。时年8岁、洪武路益乐村21号102室张淑懿的全家从太平巷逃难躲到江宁龙都,父亲张栋臣刚从上海学徒回南京,就遭到日本兵的杀害。她说:"有一天我爸和叔叔伯伯到七桥瓮找逃难时埋在地里的衣服,一群日本鬼子找花姑娘,路过看见他们就开枪。我爸爸跳到河里游走,躲在草里,被日本人抓住一刀把头砍了下来,其他叔叔伯伯五六人全被杀了,

---

[1] 江苏文史资料编辑部:《腥风血雨——侵华日军江苏暴行录》,《江苏文史》80辑,1995年8月出版,第60页。

[2] 同上书,第61页。

只有最小的叔叔被日本人抓住，日本鬼子叫他扛了 5 支枪才没有杀他，逃了回来。"[1]

家住罗廊西村 14 号 301 室、80 岁的刘学孝回忆说："1937 年，我才 10 岁，住华侨路里难民区。日本人进城后，在慈悲社看见一个 40 岁左右过路男人，日本人把他的眼睛挖了出来就走了，流了很多血。我和门口一个卖稀饭的发现后，还送饭给他吃，两天后他就死了。还有一次，日本人给我们开会，问大家还当过兵，或者干过其他什么事，如果干过什么事就还给干什么事，并把手举起来。然后就把所有举手的人用卡车拖到凤凰西街，推进万人坑，用机枪活活扫死。"

家住罗廊巷 16 号 202 室、1931 年 2 月出生的杨明贞女士说："1937 年 12 月 13 日，日本人打入南京，当时我们家住大中桥，开篾匠店，没有离城。来了 6 个日本人，到我家后脱我裤子。我当时虚 8 岁，我父亲护着我说：'孩子太小。'这时一个日本人打了我父亲膀子一枪，鲜血直流，我妈护我，给日本人踢了好几脚。一个日本人把我抓住，脱光衣服用手抠我下身，我哭着叫爸爸，我爸求他们直说'她小她小'。日本人又用刀砍我爸几刀，我爸死了，我妈抱着我哭着说：'你哭你喊，把你爸哭喊得叫日本人杀死了。'14 日，日本人又到我家，抢走了我家的被子和家中的几个大洋钱，日本人对我腿上刺了一刀，头上划了几刀，现在还有伤疤。"

时年 11 岁、家住秦淮区秦状元巷 42 号的蒋树德全家避难于郊区，隔一个多星期，他们回到城里，住小心桥 24 号。他回忆当时目睹的情景时说，沿途到中华门，只见被烧毁的房屋建筑一片狼藉，死尸堆在人行道上，足有一米多高，时间长了，发出阵阵气味。红十字会的人在清理死尸，把他们放在板车上，往城外拖，大概是集中埋葬，场面十分凄惨。

因为家里穷，不能逃到外地，时年 4 岁的马庭宝和弟弟马庭禄被父母带着躲进了金陵女子大学难民区幸免于难。在接受采访时，他说："日本兵进城后，到处搜捕青壮年，进行大屠杀。他们闯

---

[1] 张宪文主编：《南京大屠杀史料集 38·幸存者口述续编（下）》，江苏人民出版社 2007 年版，第 1530 页。本节未注明的证词均引自该史料集，第 1531、1032、1041—1543 页。

进金陵大学难民区,到处抓人。那时我才4岁,祖母抱着我,我的父亲马玉泉、舅公温志学和二姑爹杨守林,被日军用绳子捆绑着押上大卡车,一同被抓的还有很多人,装了几卡车拉走了,从此再也没有回来,听说都拉到江边用机枪屠杀了。一同被抓的有个叫薛代强的青年,是我大辉复巷29号的邻居,他趁日本兵不注意拼死跑出来,躲在大方巷附近的尼姑庵里,日本兵追到里面,看见臭马桶,没有找到他,才得以幸存。当时,伯父因为眼睛有病,一半失明,日本兵才没有抓他,因此幸免于难。父亲被杀后,母亲改嫁给伯父,后又生了三个弟妹。我还有个大姑父姓冯,在剪子巷做炒货生意的。日本兵来的时候,他和姑妈以及一些邻居躲在中华门内一个简易防空洞里,有个小孩子哭了起来,为防止日本兵发现,他家人就用床单捂住小孩的嘴,结果小孩被捂死了。后来日本兵还是发现了他们。大姑爹被日本兵当场用刺刀戳死了,姑妈和一些妇女被日本兵糟蹋了。"

1929年11月生、家住璇子巷7栋42号2楼209室的金同和说:"1937年,我家住在中华门,西双塘井家苑11号。12月12日上午,我们全家躲进了阴阳营美国大使馆内难民区。16日,父亲和我到豆菜桥,回来的路上,父亲被日本兵抓住,我看见用铁丝捆住手臂,跪在地上。到了中午,日军押着父亲和其他人,往中山北路方向走去,我们苦苦等待一个多月,我常到外面打听,杳无音讯,从此他再也没有回来,后听说被拉到长江边集体屠杀了。1938年2月,我在金陵大学附近看见红十字会收埋难民尸体,挖的大坑:3米×2米×40米,有100多人,尸体几乎填平了大坑。3月间,我们从难民区回到家,家中东西全被抢烧光了,父亲也不在了,母亲为了维持家庭生活,只好改嫁了,我随母亲到继父家生活,艰难度日……"

随着时间的流逝,了解这段痛心历史的人越来越少,走在龙蟠中路宽阔的大道上,望着车水马龙的人群,一种别样的心情突然涌上心头。如何利用各种机会告诫年轻的一代,不忘那段惨痛、落后、挨打的历史,努力振兴中华,实现美好的中国梦,这个责任,不仅要靠我们这代人的努力,更重要的是下一代、下下一代,从历史的教训中汲取力量,持之以恒地不懈努力!

侵华日军南京大屠杀遇难同胞挹江门丛葬地纪念碑

位置

鼓楼区挹江门附近绣球公园城墙根处，南京市人民政府1985年8月立。

挹江门附近，是侵华日军南京大屠杀中我遇难同胞尸骨丛葬地之一。从一九三七年十二月至一九三八年五月，南京崇善堂、红卍字会等慈善团体先后六批，共收死难者遗骸五千一百多具，埋葬于挹江门东城墙根及其附近之姜家园、石榴园等地。特立此碑，以志其事，藉慰死者，兼励后人，牢记历史，振兴中华。

九

挹江门下的"尸山"

挹江门位于下关黄土山与八字山之间,古城南京的北部,是民国年间进出下关——这个百年商埠的最便捷通道。

此前,市民为进出城方便在城墙上掘出一个门洞,称作"土城门"。民国初年,由于宁沪和津浦铁路相继通车,水路码头和铁路运来的大量货物都要从下关经仪凤门入城,为缓解人员货物出入城区的困难,政府在仪凤门南填平洼地,修筑马路,开辟新城门。新辟城门当时并未有名,据传在城门落成之时,下关商埠局请时任江苏巡按使(后改称省长)韩国钧为城门取名,韩以江苏泰县别称"海陵"冠之,因此,城门被称为"海陵门"。事后他曾夸耀说,他使家乡之名上了古都南京的城门。蒋介石知道后,责骂他是以权谋私,令商埠局将城门名字换掉。因该城门濒临长江,由于"挹"是"舀"的意思,挹江有掬取江水之意,遂改名"挹江门"。

1927年,为迎接孙中山灵柩奉安中山陵,建造中山大道,将挹江门由单孔拓建为三孔,并在城楼上建成有双檐翘角叠楼9间,以壮气势。次夏,国民政府下令改朝阳门为中山门、仪凤门为兴中门、神策门为和平门、丰润门为玄武门、聚宝门为中华门、洪武门为光华门。"挹江门"三个字由时任国民政府考试院院长戴季陶书写。

这本是一个繁荣祥和的地方,谁知到了1937年12月,却变成一片血雨腥风，挡住了人们求生的愿望，城门成了"鬼门关"。

挹江门下的悲情

1937年12月9日晚，日军在占领城外阵地后，开始向城区进攻。

守军在城内修筑大量工事，几乎所有的十字路口都安上了铁丝网，巷口也用沙袋等物堵塞。

12月11日，南京城墙周围的战斗异常激烈，日军空军和陆军不断猛烈地轰击城南及制高点上的守军炮台。12日，日军重点目标仍为南京的西南部和紫金山，在日军疯狂进攻和炮火压制下，中国守军步步退守，士气低落。中午过后，日军越过护城河，在重炮掩护下攀登上水西门附近的城墙。守军第八十八师一部被迫放弃阵地，穿过国际安全区向下关方向溃退。下午5时，唐生智在铁道部的卫戍司令部匆忙召开了部分师长以上将领会议，宣读了蒋介石"如情势不能持久时，可相机撤退"的电报，下达了"大部突围，一部渡江"的命令，会议结束时，又口授命令"第七十一军、第七十二军、第七十四军、教导总队如不能全部突围，有渡轮时可过江，向滁州集结"。油印的突围命令交给各部队长官后，唐生智很快赶到鱼雷营军用码头，仓皇渡江北去。由于通讯不畅，高级军官纷纷逃走，下级军官对上级的意图和行动则一无所知，城内一片混乱，谁也不知道自己将要干什么，友邻部队在做什么。

《南京地区抗日战争史（1931—1945）》记载说："由于安排不周，特别是唐生智口授命令的致命错误，致使大部分部队没有按计划撤退，而是向城北下关一带江边溃退，形成了'大部渡江，一部突围'的被动局面。"[1]

13日凌晨，中华门首先失守，日军如潮水般攻进城内，不久，中山门、光华门相继失守。溃退的守军从各处涌向挹江门，都想从这里渡江北去。谁料，为防守日军进攻，挹江门守军早已将三

---

[1] 中共南京市委党史工作办公室编：《南京地区抗日战争史（1931—1945）》，中共党史出版社2015年，第175页。

孔券门堵塞了两孔，仅留一孔通行。紧挨三牌楼的守门部队因没有接到撤退命令，将城门紧闭，拼命阻止汹涌而来的人潮，有人竟然向人群开枪，造成人员竞相踩踏，死伤无数。追击而来的日军，以炮火猛烈开击，挹江门下顿时血肉横飞，尸积成山。后来，挹江门被炸开，日军在成堆的尸体上铺上门板，快速地向江边搜索、追赶。

冲出挹江门的守军残兵和逃难的百姓赶到江边，但是江边并没有一船一筏，绝望之余纷纷寻找能渡江的东西，或沿江向东西方向的三汊河、兴中门两翼溃逃。

日军飞机不断扫射、扔炸弹，江面上军舰不断地往这里炮击，追击来的日军将逃散的士兵和难民当作"活靶子"。中山码头的江水霎时被鲜血染红，尸体漂满江面，码头上下横陈着无数尸体。

松冈环在《南京战·寻找被封闭的记忆——侵华日军原士兵102人的证言》一书中，记录了侵华日军关于这一天挹江门内外的悲情。

最早攻到挹江门的是日军第十六师团步兵第三十三联队第三大队，时属该联队的老兵境昌平说："我们到达靠近下关的挹江门时是13日的10点多。挹江门打不开，我们就让野战炮帮忙炸开了城门。我们第一个进挹江门。刚开始，因为城门被沙袋和死尸堵住了，所以我们就有人爬梯子、有人从炮弹炸开的洞里钻进去，把门打开了。别的中队怎么干的我不知道。挹江门内，马和人的尸体都混在沙袋堆里了。我们是清除了沙袋和尸体才进城的。扫荡南京不知道是哪里下的命令，命令说，'16岁至60岁的男人统统抓起来'。"[1]

由此可见，日军屠城完全是有预谋的屠杀，而不是日本右翼势力宣称的是少数日本士兵"军纪松弛"和"违纪"造成的。

酒井伍郎，时属日军第十六师团步兵第三十三联队第二大队，他这样陈述：进了下关，中国兵大都逃走了，留下的仅仅是伤员。下关被烧了，在烧的地方到处都有敌人的尸体躺着。追击战是单方面的。轻机枪不停地射击。我们拉开架子打机枪，这样做虽然不对，但是先射击的一方胜了。看见下关的江边有逃走的中国人，那些人一

---

[1]【日】松冈环编著；新内如、全美英、李建云译：《南京战·寻找被封闭的记忆——侵华日军原士兵102人的证言》，上海辞书出版社2002年版，第182—235页。

定要打死。在这些敌人聚集的地方,轻机枪不射击的话就不起作用。……光我们中队就抓住了3000人左右。这些败兵被处置了,也许是被杀了。我没有参加。听说在下关有相当多的人被处置了。

时属第十六师团步兵第三十八联队第三大队的大洼宽三说:"陷落后的第4天,走过离扬子江最近的挹江门时,附近的尸体堆成了山。高有2米左右,累累地堆在道路旁边的空地上,有很多很多座尸山。我以为尸体多的原因是,这里原来是敌人的阵地,日军轰炸得很厉害,可能逃的时间都没有吧。或者是当日军一下子攻过来时,连逃跑的地方都没有了吧。日军进来后,所到之处都是尸体堆成的山,就找地方集中在一边。尸山的大小因场所的不同而异,有二三十人一堆的,有高2米左右的,也有更高的,总之是能堆多少就堆多少。"

南京保卫战老兵李高山,时属第一五四师三营三连,由于年轻在三连任勤务兵。日军进攻上海,他随部队到上海接防,因铁路已被毁坏,部队还没到上海就奉命撤退往南京。到南京下关时,已经是12月12日,部队在挹江门附近驻防时不幸被日军包围,缴械后遭到日军的集体屠杀,他侥幸生存。

2018年老人去世前,曾多次接受媒体记者和调查人员采访,留下宝贵口述证言,他说:"13日早晨,我们在挹江门内马路边被日军缴械,成了俘虏。我们一大批人都被日军反绑着手臂,一米距离绑一个,不许互相说话。到底有多少人,我也记不清,反正就是这样一个个蹲在马路边一直排下去,没办法交流;如果有交流的话,日本人就用枪托去打。如果要小便,就先喊报告,然后日本人才解绑让他们去上厕所,回来再捆上。……天黑时被日军押到八字山公馆的几间洋房里,就是现在的海军研究所对面,现在叫龙池庵。然后把我们一起往门里面推,推不进去怎么办,用枪托砸,硬是把人挤进去。我们每一个人都紧贴着,一点动的空隙都没有。日本人把我们关进去以后就把门锁死了,把机枪架在窗台上开始进行扫射,对准头部扫射。前面的人被打到,一排排地往后倒。我个小,前面人比我高,基本上只到人家背上位置,被前面人挡住了,我就没有受伤,从死人堆里用劲爬出来后,和十几个活着的人顺着楼梯向二楼逃命。日本人听到了声音,知道还有人没被杀死,就拿来汽油浇到一楼的尸体上,点火后烟就向二楼上面蹿。我们一看在二楼上待不住,急忙从二楼阳台跳下后逃生,有的腿摔断了跑不动,被日军当场杀害。由于我年龄小,身体轻,跳下后只是有点擦伤。……与我一起跑的有6个人。我们跑到了龙池巷靠着中山北路的路面上,有一个民房,就跑到民房的屋顶上……我们躲在楼顶上五天五夜没有被发现,也没有吃东西。但是,到第五天的时候,我们被两个戴着白袖章的日本宪兵发现了。我们六个人又被抓了,把我们排成单行队押下来,带到第一次那个集体屠杀的公馆里。那个楼房后面有一水塘,我们在水塘边排成一列。当日本人向第一人开枪时,排在最后的我听到枪响,便不顾一切地顺着日本人押我们那条路往回跑。水塘边上不远就是一个转角,而且可能日本人一看跑的是一个小孩,就没追。"[1]

大屠杀中逆行者:约翰·马吉

就在人们寻觅安全逃难之时,有位逆行者却在下关一带四处奔走,他就是美籍传教士约翰·马吉(John Magee)。

1937年12月13日,在隆隆的炮声中,以马吉为主席的国际红十字会南京分会成立,并开始全力救助难民与士兵的工作。红十字会对伤员的帮助也遭到日军的无理阻挠,马吉一直跟着救护车,因为他知道一旦没有外国人在场,汽车马上就会被日本人抢走。

约翰·马吉旧居坐落于明城墙的挹江门外凤仪里,今绣球公园的一侧。绣球公园始建于1952年,因园内有绣球山而得名,现今已成为阅江楼、静海寺风景名胜区的一部分。约翰·马吉1884年10月出身于美国宾夕法尼亚州匹兹堡市的一个律师家庭,后在耶鲁大学和麻省剑桥圣公会神学院获得学士和神学硕士学位,1912年来中国宣教,1915年,租赁下挹江门三幢楼房,作为中华圣公会的布道所,并以"以道胜世"命名为道胜堂。他所创办的"益智小学"后也改为"道胜小学""道胜中学",今址为

---

[1] 毛丽萍:《老兵口述南京保卫战》,《现代快报》2018年12月11日。

南京第十二中学。

淞沪会战后，日军的侵略魔爪由上海开始向内地延伸，在南京岌岌可危之时，美国大使馆多次要求约翰·马吉尽快离开。但马吉矢志不渝地表示要留下来，与中国人共渡难关。11月22日，约翰·马吉与德国人拉贝、美国宣教士贝德士、魏特琳等人出于人道主义，效法法国神父饶家驹在上海建立南市安全区的模式建立一个"南京安全区"，给中国难民提供避难所。在"南京安全区国际委员会"的一次会议上，西门子洋行驻南京代表约翰·拉贝任主席，约翰·马吉为委员之一。

日军占领南京期间，到处抢劫杀人，尤其强奸城内妇女的兽行更是天天发生。因马吉住的道胜堂为美国财产，日军不敢肆意胡为，因此成了中国妇女的避难所，这里住满了来寻求庇护和他从日军魔爪下拯救出来的中国妇女。

可以想象，如果不是这些外籍侨民，可能还会有更多的无辜者在南京大屠杀期间丧生。

在南京大屠杀的两个多月间，马吉曾经给日本大使馆和日本占领军最高指挥机构写了400多份抗议书和报告书，强烈要求停止暴行。他利用职务之便，冒着生命危险，用16毫米摄影机秘密地将日寇在南京的暴行拍摄下来。当时，日军对外籍人士行动严格控制，摄影、摄像绝对禁止。通过他拍摄的这些镜头，我们看到，日军坦克和大炮正疯狂地炮击南京城，机枪正对着无辜的成群的市民进行猛烈地扫射，城内到处是残垣断壁，受日军奸淫的中国妇女，惨不忍睹被汽油烧焦的尸体，街道上、水塘中到处是被日军血腥屠杀的平民……特别是1937年12月21日，在南京鼓楼医院诸多被日军残害前来救治的市民，都被录进了他的镜头，他们中有些人后来成为控诉南京大屠杀的证人。其中一名正在被救治的病人，是当年怀有6个月身孕的李秀英，因反抗日本兵强暴，她身中37刀。幸存下来的李秀英曾在战后多次赴日本参加和平集会，控诉日军暴行。

长期以来，对于"马吉影像"到底存在不存在，中国人、日本人都十分关注。1938年初，时任南京安全区国际委员会总干事乔治·费奇，将马吉牧师拍摄的一部分影片缝在大衣里，秘密带出南京到了上海，

马吉（中）在南京安全区总部门前

与在上海的英国《曼彻斯特卫报》记者田伯烈一起对影片进行了剪辑，并给影片的各部分加了英文标题。这部纪录片由上海柯达公司制作了4份拷贝：一部送给英国"调解联谊会"的女传教士穆里尔·莱斯特小姐；一部给德国驻华使馆的外交官罗森；一部由费奇带回美国；还有一部辗转送到美国国会，被存放于美国国家档案馆。在东京审判日本战争罪行法庭开庭期间，马吉曾提供证言和宣誓书，他是出庭作证的目击者之一，不知道什么原因，法庭上没有根据马吉的要求放映他的影片。

除了这些有限的宣传外，这部影片实际上不为一般公众所知。当时电视还没有生产和普及起来，对一般的普通民众，不论是中国人还是日本人，就知之更少了。再加上冷战期间美国的政策偏向日本，南京大屠杀的影像资料就完全被封冻起来。到1948年以后，南京大屠杀不论在国内还是国外都很少被提及，这些影片好像从人间"蒸发"，也逐渐为世人所遗忘。1990年底，纽约对日索赔基金会在《纽约时报》上刊登了征集南京大屠杀史料的启事。乔治·费奇的女儿爱迪斯·费奇看到启事后，与基金会取得了联系，并讲述了她父亲在南京大屠杀期间的经历。之后，美国纪念南京大屠杀受难同胞联合会从爱迪斯·费奇那里得到了乔治·费奇的回忆录《我在中国八十年》，其中有一段内容详细讲述了他将马吉拍摄的胶片偷偷带往上海、制作4份拷贝的过程。

1991年8月，约翰·马吉的儿子大卫·马吉从家中地下室里存放的父亲遗物中，找到了马吉牧师当年拍摄的胶片拷贝和使用的那台16毫米摄影机。2002年10月2日，大卫·马吉将摄影机捐赠给侵华日军南京大屠杀遇难同胞纪念馆，成为该馆的一件珍贵历史文物。为铭记马吉在南京大屠杀中的感人事迹，2002年10月，经南京市政府批准，市第十二中学的图书馆命名为约翰·马吉图书馆。

2014年12月13日，在首个国家公祭日，国家主席习近平发表重要讲话，特别提到了三位国际友人，他们是德国人约翰·拉贝、丹麦人贝恩哈尔·辛德贝格和美国人约翰·马吉，并指出："令人感动的是，在南京大屠杀那些腥风血雨的日子里，我们的同胞守望相助、相互支持，众多国际友人也冒着风险，以各种方式保护南京民众，并记录下日本侵略者的残暴行径，对他们的人道精神和无畏义举，中国人民永远不会忘记。"约翰·马吉以实际行动救助了成千上万的中国难民，同时也记录了日军的暴行，为后人了解这段历史提供了有力证据。2019年12月13日，侵华日军南京大屠杀遇难同胞纪念馆举行捐赠仪式，接受两件重要文物史料：马吉影像1991年转录"37分钟"版"一寸盘"及德国牧师戴克受邵子平之托寻找《拉贝日记》经过的公证文件。目前，两件重要文物史料均成为侵华日军南京大屠杀遇难同胞纪念馆的最珍贵文物之一。

与马吉旧居隔湖相望的丛葬地

绣球公园紧挨着挹江门城门，沿公园大门右侧的步道前进200米左右，就到了挹江门遇难同胞丛葬地。碑址，与马吉故居隔湖相望，坐落在公园里的明城墙下。占地30多平方米，1米高的方形墓冢矗立在广场的中间，四周掩映着松树柏树，环绕着一簇簇冬青树，墓冢的正面刻着"侵华日军南京大屠杀遇难同胞挹江门丛葬地纪念碑"。丛葬地纪念碑顶上雕刻着一个环状花圈，花圈中央刻有"1937·12"字样，背面刻着碑文和"南京市人民政府于1985年8月建造"字样。

挹江门遇难同胞纪念碑碑文　　　　　　　　　　　　韩娃丽_摄

公园小巧玲珑，造景紧凑，湖岸垂柳依依，湖中可行游艇。游客在此，北可观西园三岛，南可望观鱼池，东可赏山水城林秀色。临湖观楼景区，山顶有亭，登亭远眺，可观览四周景色，也是狮子山阅江楼的最佳观赏点。东可观古城宏伟的城楼，南望新建高楼林立，西看长江如带，

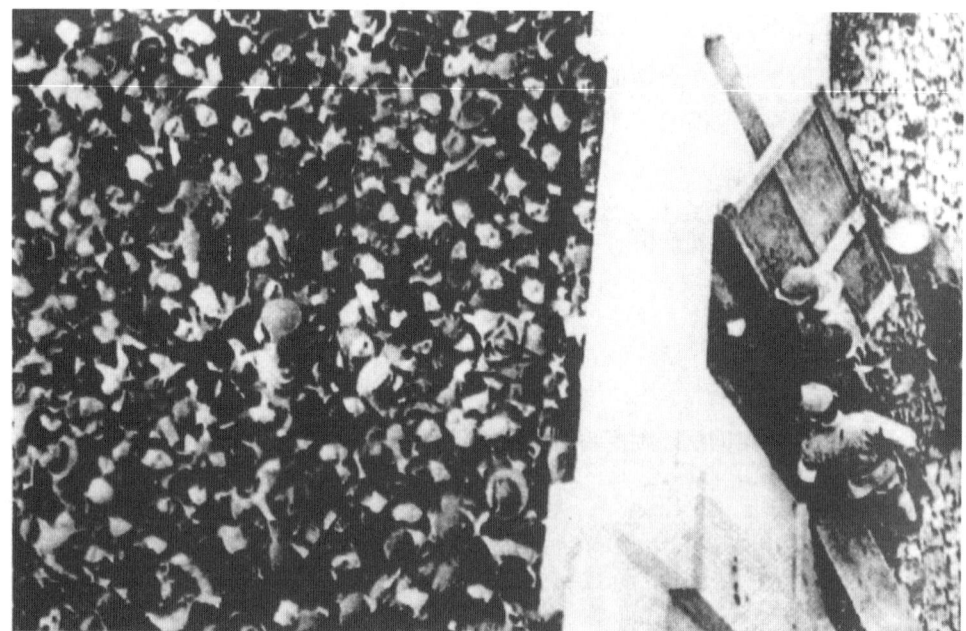
马吉拍摄的难民进入安全区

北见狮岭雄胜。园中，秀水荡漾，微波闪烁，绿树丛中探露出亭阁水榭，回廊幽径，小桥流水，假山花圃，儿童乐园……

在夕阳乐景区，一位正在健身的当地老人告诉我们，在建设绣球公园时，此地曾挖出一堆堆白骨，经专家挖掘考证，确定为日军当年屠城时被日军屠杀的遇难同胞的遗骸。

由于这几年城市改造步伐的加快，居住在挹江门一带的居民已经不多了，但是人们并没有忘记当年发生在挹江门周围的一幕幕悲惨情景。

吴殿飞，1924年12月生，住在五所村79-8号，沦陷时全家逃难到姜家圩路边用竹竿搭起的草棚子里。家里有爷爷吴一九，时年74岁，父亲吴庆宝是拉洋车的，母亲吴张氏是家庭妇女，弟弟吴三根5岁，那年他14岁。回顾起当年的遭遇，他气愤难平地说："在下关圣公会后面用石头铺成的小马路上（今称黄泥滩）日本兵杀了很多人，有刺刀挑的、刀砍的，也有枪打的。在路两边和马路上都是死人。姜家园一带马路上也死了很多人。是我亲眼看见的。我爷爷从姜家园回家，到五所村看家里的房子，他顺着圣公会西侧的路刚走到后面，就被日本兵抓住，日军用刀砍他的头，颈子被砍掉一半，还连着一半，血流了很多，人当时就歪倒在地，当场身亡。爷爷早上出去，到晚上还不见回来，家里人很着急。父亲和我去找，又过了几天才找到爷爷的尸体。邻居家有个人被抓夫，日本兵给他发了个牌子，让他参加收埋尸体。他和我的父亲一起，将爷爷的尸体用芦席卷起来，埋在姜家园的空地上。……我的小弟弟吴三根，我们叫他三根子，刚刚5岁，被两个日本兵砍了两刀，头被砍一刀，横着一刀，当场死了，尸体埋在姜家圩。我的哥哥吴殿宪，时年17岁，在南京城沦陷后的第5天，被日本兵抓走，从此再也没有回来。一同被抓的还有邻居家一个姓王的人。那时我在跟前，我才14岁，个子比较矮，日本兵没有抓我。有个中国兵姓胡，换上便衣，在我家附近晒太阳。日本兵对他砍了两刀，耳朵砍豁了，头上一刀，当时受伤未死。"[1]

据世界红卍字会南京分会救济队掩

---

[1] 朱成山主编：《侵华日军南京大屠杀幸存者证言》，社会科学文献出版社2005年版，第332页。

埋组于1938年3月统计，自1937年12月至1938年3月，在下关的姜家园、石榴园、挹江门城墙根下掩埋尸体6086具；1938年2月21日，在幕府山旁收殓尸首147具掩埋在下关石榴园；1938年2月25日，在下关各处收殓尸体85具掩埋在姜家园；1938年2月26日，在幕府山边收殓1902具尸首掩埋在下关石榴园；1938年3月1日，在幕府山边收殓3904具尸首掩埋在下关石榴园。

又据崇善堂1937年12月26日至28日统计，该掩埋队在挹江门以东收殓尸首392具掩埋在城根下。

统计表明，埋在这里的遇难同胞遗体除了在挹江门附近遭到日军屠杀之外，还有部分尸首是从幕府山、江边等地收殓来。

根据碑文的记载，大屠杀遇难同胞挹江门丛葬地还包括"姜家园、石榴园等地"，我们又寻访了姜家园、石榴园等处，但是由于城市建设与发展，姜家园一带高楼林立，占地面积2.85万平方米、建筑面积5.20万平方米的南京医科大学第二附属医院于20世纪末在这里建成。石榴园原址已不存，据推测，应为21世纪初建成的明城墙下小桃园公园附近。

不该遗忘的三汊河惨案

日军在下关地区的暴行罄竹难书，除已立碑的中山码头、挹江门、草鞋峡、鱼雷营屠杀地外尚有多处，三汊河惨案便又是一例。

与挹江门相距二三公里的三汊河，位于城西秦淮河入江口，因秦淮河、清江河、惠民河（21世纪初被填埋）与长江在此形成Y形江汊而得名。其附近原有一座法云寺，建有放生池，俗称放生寺。

南京沦陷后，法云寺及其所建的佛教慈幼院成为一处难民收容所。

南京保卫战老兵骆中洋是在法云寺幸运获救的难民之一。他1921年7月出生，广东惠州市人，1936年入伍，抗战期间随第八十三军由广东开赴上海，亲历了淞沪会战和南京保卫战。在侵华日军南京大屠杀的屠刀下侥幸逃生，后来加入中共地下组织，潜伏在国民党部队中收集情报，并为往来南京的地下党员保驾护航。新中国成立后，他成为南京下关公安分局的一名民警。1997年赴日本讲述南京大屠杀经历，

2001年12月赴美国旧金山参加"侵华日军南京大屠杀史实赴美展",他经常说自己就是活的"证据"。因他年事已高,我们不想打搅他平静的生活,没有去采访他,仅把他的口述录后:

> (12月12日夜)到江边时,还停着几艘大轮船,可是船上的人已经挤得满满的,不可能上船了。由于无法过江,我跟着零散的部队,向上新河方向冲杀突围,没能成功,于是转向水西门方向,走到了半路,看见了一万多名手无寸铁的同胞被100多名日本兵包围着。在这里,我也被俘虏了。在这之前,我已把军装脱了,换上百姓服装,因为自己是炮兵,没有常备武器的,所以,看起来就像是一名普通老百姓。这时已是13日上午7时,天已经亮了。
>
> 日本兵用很多机枪,成排架好,枪口对准人群,并限令大家面朝枪口,个个要跪下。我心想,如果日本兵突然扫射,跪在地上的人,恐怕一个都跑不了。我劝周围的人赶快离开现场逃命,可是得到的回答是:"国际法是不许杀害俘虏和无辜百姓的,不要怕。"我只动员了两个人,和他们慢慢移动,走走停停,趁日军不注意离开了现场,到附近的居民草房里躲避下来。
>
> 我在草房中注视着日军包围的人群。过了一阵,日军的增援部队来了,加强了外层包围,步枪上全上了刺刀,枪口一律对准人群作射击姿势。……我们被赶到三汊河木桥以西数百米的南面河边,日军没有在河边实施屠杀,而是把人群赶到岸上,这里是大同面粉厂的广场。广场上人群黑压压的一片,估计应该有两万多人吧,比我们一个军一万多人集合时候占的地方都大。这时,很多人都已经意识到自己将要被屠杀,不想受日军屠刀之辱,有的用头撞墙,有的跳入河中自溺而死,有的会游泳,想从河里逃生,被日军射击而死在水中。
>
> 大约是上午9时,一名很矮小的日军头目通过翻译向

人群狂喊:"现在问你们想怎么死?是用机枪扫射、用步枪打、用汽油烧还是用刺刀刺死?"

人群中有的号啕大哭,有的喊冤枉,哀鸣声震天之际,日军头目宣布采用刺刀来杀人,并且马上开始行动了。他们从人群的前面排头,每次10个人,用绑腿布绑成一排,押到河边,用刺刀刺死,尸体倒在河水中。我离排头位置只有十几米,看样子很快就要绑到我了。于是,我灵机一动,从人群的前沿很快移动到了人群最后,蹲在后面的空地上,靠近一户居民的茅草房。那时候人穷啊,芦苇扎在一起,糊上泥巴就是墙了,因为人多挤压,墙上的泥巴掉了,露出了芦苇。

日军一排一排地刺杀,到下午4时多的时候,已经有70%被杀害了,推倒在水中。日军看到天就快黑了,于是改变了杀人的方式,把剩下的人赶到河边用机枪扫射。我和另外两个人乘机扒开芦苇墙进了草屋,进入隔壁暂时躲了起来,伺机再逃。这时,河边频频传来机枪射击的声音。

我们三人躲在草屋里……到了第二天即14日深夜两点,手脚并用从墙洞里爬出,避开日军的灯光和哨兵,沿着三汊河,向上游爬。河边尸体更像山峰起伏一样成堆地排列着,河水中也漂满了尸体,随着河水的流动,汇入长江。还有少数人没有被杀死,不能动,只能大声喊叫……我和同伴一路上胆战心惊,来到了法云寺难民所。[1]

幸存者徐吉庆,当时被日军从难民所带出来,与其他人一起被日军押解到三汊河,但他幸运地从死人堆里爬了出来。1984年,他对调查人员述说他的遭遇:1937年,我住在南京山西路。日本军队进城时,我们集中住在大方巷口华侨招待所的大礼堂里,称作难民营,在那里大约住了2000人。12月中旬的一天早上,几个日本军官带领几个士兵和一个翻译来到难

---

1 赵柏恋茹、于英杰:《南京保卫战老兵藏尸体堆逃生 潜伏国民党部队》,《扬子晚报》2013年12月13日。

民营。日本军官叽里呱啦地讲了几句,翻译对我们说:"现在日本皇军要送你们回去,用汽车送你们走!"后来他们用了20辆汽车,每车大约装了40人,把这些人拖走了。后来知道,实际上是拖到下关三汊河全部枪杀了。……第三天早上,大约才7点钟,他们真的又来了,把我们1000多人,分别用绳子捆好,6个人拴在一起,押上20辆汽车,车上仍架着机枪,一直开到三汊河才停下来。我一看不好,四周全是机枪。我们6个人一排站着。当时我站在后边,又靠河边。机枪一响,我就倒了下来,其实我没中弹。夜里10点,日军还没走,他们怕有活着的,又用刺刀给每人补刀。我是在尸体下面,没被刺到。夜里一点多钟,我听日本兵说:"统统死啦死啦的!"他们走了,我慢慢地抬起头来,同时尸体里也有3个人抬起头来。我们一同爬出尸体堆,浑身上下全是血,我的鼻子也流血了,大概是由于紧张害怕的缘故。我们爬到河边洗掉血,很艰难地逃了出来。

1937年,时年17岁的龚玉昆在三汊河扬子面粉厂看守大门,亲眼看到日本兵屠杀中国同胞的暴行。1984年,他对调查人说,从三汊河到水西门,尸体遍地都是。单就这一段,万人坑就有5个:老虎门附近1个,水西门附近1个,汉中门外黄土山下1个,三汊河高鼓村对面1个,大同面粉厂后门仓库外1个。这5个坑,以后都被尸首填满了。[1]

据世界红卍字会南京分会救济队掩埋组1938年5月统计:1938年3月2日,从三汊河一带收殓尸体998具,掩埋在三汊河西南的空地上;1938年3月15日,从三汊河一带收殓尸体29具,掩埋在三汊河后边;1938年4月19日,从三汊河一带收殓尸体282具,掩埋在三汊河空地上;1938年4月19日,从三汊河一带收殓尸体1192具,掩埋下关渡固里。

但是,渡固里在下关什么地方,是否位于三汊河地区?我们在翻阅孙建国先生主编的《下关老地名》一书时,只查到"敦厚里"这个地方,位于三汊河南街内。"渡固里"与"敦厚里"语音相近,据判断,可能系不同方言的发音所致。

据此,可以推测在三汊河地区大屠杀的遇难者总数在2万以上,多数同胞

---

[1] 侵华日军南京大屠杀史料编委会、南京图书馆编:《侵华日军南京大屠杀史料》,江苏古籍出版社1997年版,第412页,第431—432页。

的尸首遭日军推入江河，随江水漂往长江下游。

如今，南京渡江战役胜利纪念馆所在地就坐落在三汊河畔，与修复如旧的明城墙、新崛起的桃园居小区相映成辉。

矗立在渡江胜利广场的大型红色群雕——"千帆竞渡"，成为南京城市的新"地标"。49根高度不等的红色立柱，分为6组拔地而起，屹立于长江之滨、秦淮河口，形如数组风帆，又似风展红旗。49颗红色五角星，连同49根大型红色立柱在江边闪耀，犹如灯塔一般指引着南京人奋勇向前。

呈双帆船形的渡江胜利纪念碑，仿佛一艘航船行进在滔滔的江面上……

下关电厂

侵华日军南京大屠杀下关电厂死难工人纪念碑

位置

中山北路576号，大唐集团公司南京下关发电厂厂区。

1947年4月立；1984年9月被列为南京市下关区（今鼓楼区）文物保护单位。

四十五位死难工人姓名

胡学仁	张义士	沈坤林	姜洪才	许颂香	陈金和
凤听贤	宋梅根	金义宝	张炳荣	全小宝	王麒麟
王剑英	朱福钜	姚锡童	高延才	孙国义	刘鸿举
朱茂忠	杨寿根	李春江	刘建文	周孝贵	王剑隐
孙长富	王世农	刘英根	窦义方	涂京生	张伯顺
袁得胜	陆礼康	张阿龙	俞磐生	王世忠	朱贵才
郭永生	毛春生	王升根	刘浩成	涂根才	尹阿大
赵东来	周雨泉	李宝松			

十

三易其址的纪念碑

己亥年二月的一天，没有太阳，也没有下雨，天空阴沉沉的。

我们从39路公交车下来，步行百米，来到中山北路576号大唐集团公司下关电厂门前。这里距离中山码头仅一路之隔，离江边也只有百米。虽然电厂的发电设备已搬迁至栖霞区靖安街道已经10余年了，高耸入云的烟筒已化作尘土，但是几棵高大的梧桐树依然枝繁叶茂，顽强挺拔地向四周伸展，仿佛在等待着前来的人们，诉说昔日的荣耀与苦难。

在惨绝人寰的侵华日军南京大屠杀暴行中，民国首都电厂下关发电所（即下关发电厂）45名工人在煤炭港附近惨遭屠戮。近80年过去了，时至今日，工厂"死难工人纪念碑"仍伫立在厂区旧址上，记录并昭示着当年工厂员工所经受的深重劫难。

站在电厂门前，这个曾经整日机器轰鸣的建设工地入口处，没等我们开口，保安就主动前来寻问。院落并不深，在保安的指引下，前行几十米，穿过一个铁门，没走几步，透过松树、柏树间的缝隙，就看到了这座纪念碑。

碑身长约5米、高2米，略带弧度，由黑色大理石镶嵌而成。4排镶嵌橙红色的大理石，总共45块，代表45名在大屠杀中遇难的工人，上面镌刻着"死难工人纪念碑"7个金字。碑墙前砌有3座黑色祭台，

1951年立的死难工人纪念碑

两边祭台为方形，中间刻着碑文的祭台斜立，石块上刻有死难工人的姓名。

值得注意的是，首次落款时间为"一九五一年六月十五日立"，后一次的落款时间为"二〇〇〇年七月重立"。从碑文与立碑时间来看，这块碑并不是首建，而是重建。首碑建立在哪年，位置在什么地方呢？我们沿着院墙走了一圈，狭小的院内没有发现疑似遗迹的地方，院墙内外大多失去当年的面貌。这座纪念碑的建立及迁址究竟是怎样的呢？

在枪炮声中坚守岗位

下关电厂的历史最早可以追溯到20世纪初金陵电灯官厂的建立。

1909年6月，为迎接首届博览会在南京举办，两江总督府在南京西华门外的旗下街（今西华巷南段）建造了"金陵电灯官厂"，供给江宁将军府与两江总督府两个衙门的晚间照明。辛亥革命爆发后，金陵电灯官厂由江苏省实业厅接管，更名为省立南京电灯厂。但是，作为南京最繁华热闹地区之一的下关大马路、商埠街一带照明仍然使用蜡烛、油灯，引起一些商家不满。于是，商会中的商董们联名向当局写信，要求在江边建立分厂。考虑到西华门交通上运煤困难，以及内秦淮河水源不足等原因，省政府决定在江边建立分厂，定名为江苏省立南京电灯厂下关发电所。分厂于1920年10月建成发电，与西华门发电所形成"一厂两所"的格局。

1927年，国民政府在定都南京后，南京市电灯厂更名为建设委员会首都电厂。由于用电量激增，省政府逐步加大了下关发电所的扩建改造，到1937年，"两所"的小型机组全部关闭，由下关发电所向全市供电。当年6月，电厂移交给扬子电气股份有限公司经营，官办改为官商合办，变更为扬子电气公司首都电厂。"官"是国民政府建设委员会；"商"是指扬子电气股份有限公司，董事长为国民政府财政部部长宋子文，总经理是潘铭新。

我们找到1994年下关发电厂内部出版的《下关发电厂工人运动史

（1909—1990）》，书中记载："1937年11月，日本侵略军侵入南京前夕，国民党军政机关开始向四川重庆内地撤退，南京大专院校和部分工厂亦做好撤退的准备。在形势紧张关头，电厂厂长陆法曾接到南京市市长马超俊打来的电话：'首都电厂的机关可以向后方撤退，职员可以疏散，但下关发电所必须坚持发电，一是为保卫南京军事上需要用电；二是可以稳定人心，如果发电所关门，则人心更慌。'当月下旬的一天，陆法曾召开全厂员工大会进行动员，传达了马超俊的要求，动员下关发电所员工坚守岗位，连续发电。会上决定，由副工程师徐士英带领84名员工留下坚持发电，每人预发4个月的双薪，其余非生产人员，因战事迫在眉睫，作暂时疏散，由厂方发给遣散费，各自回家或去别处另找工作，自谋生活。员工安排妥当后，陆法曾带领首都电厂几位主要职员及部分留守员工的家属，于11月28日乘船离开南京前往汉口。"

84名工人在徐士英的带领下，留在厂内坚持发电。

12月9日，在电厂已能清晰听到日军进攻紫金山与雨花台的隆隆炮声，一切迹象表明南京城已岌岌可危。一些留守的工人内心开始动摇了，想离开发电所。徐士英告诉工人们，没有上级的命令，不能撤退，不能停机。同时，徐士英派人向市长马超俊和卫戍总司令唐生智报告，请示何时停机撤退。卫戍总司令部断然拒绝电厂停机要求，并下令"私撤者以军法论处"。

12月13日，日军已攻入南京，沿着中山路向挹江门方向追击国民党残兵及逃难的群众。但下关发电所员工全然不顾外面发生的事，早上6时左右，仍坚守岗位，继续发电。这时，有不少逃难群众涌进了厂区，带来不少战事进展的消息，也影响到工人正常操作。这时，徐士英再次打电话请求市长马超俊，但电话已无人接听。面对这种突遇情况，为保护工人生命安全，徐士英决然地下令熄火、停机。关上厂房大门，他带领工人离开发电所，奔向江边煤炭港码头。谁知事先准备好的船只早已不知去向，他们只好随着人流撤退到英国商人开办的"和记洋行蛋厂"，权作暂且避难。

经查点人数，到"和记洋行蛋厂"避难的共53名工人，其余31人在奔逃中均已失散。"和记洋行蛋厂"厂内厂外挤满了躲避逃难的人群，老老少少，人声鼎沸，没有吃没有喝，好不容易捱过了一天，即12月14日晨，大批日军冲进"和记洋行蛋厂"，将数以千计的难民全部驱赶到煤炭港附近的江边拘押。这时，日军发现"和记洋行蛋厂"内有2辆汽车，但发动不了。"和记洋行蛋厂"内一名认识徐士英的工人向日军的一个头目推荐说，徐是机械工程师，会修理汽车和配钥匙。于是，徐士英当即被日军拖出来留在厂里修理汽车，会简单日语的赵阿荣也被留下给他们烧饭。赵阿荣想趁机喊上工友周根荣、薛和福、孙有发、李金山4人一起留下，被日军制止。

12月15日子夜，日军将被拘禁在江边的数千名难民，男男女女还有小孩，分批押到江边。难民刚踏上江堤，就遭到事先埋伏在那里的日军以机枪轮番扫射，惨死江边。崔省福后来回忆说，那天夜里，他与其他难民已经2天没吃没喝了，又饿又冷，脚被冻得逐渐失去知觉，又不知道将来发生什么，大家虽然心中都惴惴不安，但都挤靠在一起相互取暖以避寒风。此时，他突然听到机关枪的"哒哒哒"声，不知道有多少挺机枪在向人群射击，顿时，人们都惊叫起来，哭声、喊叫声、机枪声响成一片，只见在他前面、左右的人不断地倒下。就在他惊悚不知所措时，一颗子弹击中了他，只觉得耳朵"嗡"的一声就倒了下去。醒来时，天已微明，他的四周全是男人、女人、小孩子的尸体，身下的土地被鲜血浸透。他忍着剧痛，爬过无数个死人堆，死里逃生，得以生还。

其他工友则没有他那样幸运了，45名工人和数千名同胞被日军残忍地杀害，躺在长江岸边，任由江水拍打……

1945年10月25日，原南京首都电厂总工程师兼代厂长陆法曾，向南京市敌人罪行调查委员会呈报了该厂40余名员工与3000多人的被拘者同遭日军杀害的惨况，其呈文曰：

> 南京首都电厂于南京沦陷之前，奉命维持供电业务，在未得命令之前，不得停止。故在中山码头旁本厂发电厂内有工人50人，由副总工程师徐士英率领在厂维持发电

工作,迄12月13日首都沦陷后方率领工人退出电厂。但其时交通已断绝,进城既已不能,渡江舟船亦已被夺无余,乃退至煤炭港英商和记冷藏厂内暂避。因事前曾与该厂预约,并得该厂管理人员的同意,故到达时,即被收留。后敌军到达下关,并到和记厂内检查,特别严厉,除有文件证明身份确系和记公司雇员外,均被捕围禁于煤炭港下游之江边,被拘禁者约有3000之众,发电所员工51人,除有2人中途失散未曾到达和记厂外,其余均被拘禁,副总工程师徐士英得和记厂友人之介绍,为敌军配制汽车电钥,而得免难。另有赵阿荣,因曾在沪敌纱厂内工作,稍能说日语,得与敌兵谈话,而被释出为敌军煮饭。另有工人2名,又经赵阿荣之要求助理工作而被释。该被释工人正在设法营救其同仁之时,江边围禁各人忽被全部杀害。其初以机枪扫射,继即将各被害人驱入附近茅屋内禁闭,再堆积木柴浇上汽油于茅屋四周,放火燃烧,致被害人一部分有被烧死者。在枪杀群内有电厂木工2人,虽已中枪而未致命,待敌兵离去,乃得逃回和记厂内,而得更生。至电厂退出中途失散2人,其中一人避在友人之家未被害,一人则独自向下游行走,在江边遇敌兵,亦被枪杀……[1]

母亲河在呜咽,为不能保护自己的儿女而哭泣。

首块刻有死难者姓名的纪念碑

抗战胜利后,随着国民政府还都南京,扬子电气股份公司收回了被日伪霸占的下关电厂资产。1946年9月,在电厂员工及遇难工人家属的呼吁下,总经理潘铭新决定为被日军集体屠杀的45名工人建一座"殉职工友纪念碑",碑址选在电厂大门口花圃。建成后

[1] 侵华日军南京大屠杀史料编辑委员会编:《侵华日军南京大屠杀史稿》,江苏古籍出版社1987年版,第28—29页。

的纪念碑是一座高耸纪念旗杆的石础，上面刻有 45 名遇难工人的姓名和厂长陆法曾撰写的碑文。1947 年 4 月 17 日，在电厂厂庆 19 周年之际，举行纪念碑揭幕典礼，时任南京市市长沈怡亲到现场揭幕。

我们从《下关发电厂志》和《南京下关发电厂志》见到了当时立碑的资料，"殉职工友纪念碑"碑文为：

> 中华民国二十六年 8 月，沪战爆发，11 月终，首都濒危撤退，本厂奉命维持供电，员工志愿留守着逾百人。迨 12 月 13 日晨一时，日军已攻破光华门发电所，留守人员因环境危急，不得不停止送电。翌晨六时，率领工友往煤炭港英商和记洋行避难。翌日日军驰至搜查，乃被驱至江边拘禁，同时逮捕者已达数千人，既遭风霜之威胁，又忍饥渴之痛苦，历两昼夜，本厂得救者仅 5 人。迨 15 日夜，敌用机枪扫射而死，我工友殉难者 45 人，受伤而未致命者 2 人。总经理潘铭新命建纪念旗杆，并勒碑石，将殉难工友之姓名铸列于上，以志不忘。爰为文记。

纪念碑上落款为"首都电厂厂长 陆法曾"，日期"中华民国三十五年 9 月 19 日"。

中华人民共和国成立后，扬子电气公司首都电厂收归国有，并更名为"南京下关发电厂"。1951 年，由于电厂建设需要，发电厂决定将建在生产区的"殉职工友纪念碑"迁移到工厂生活区大门口，予以重建。同年 6 月 15 日，新址纪念碑落成。为悼念死者，教育后人，工厂把在 1950 年 2 月遭国民党飞机轰炸时牺牲的 2 名职工的姓名及牺牲经过列入碑文，碑名改作"死难工人纪念碑"。

纪念碑为一座下宽上窄的青灰色的四面柱体，柱体不高，正面刻有 1951 年 10 月 1 日题写的"死难工人纪念碑"7 个金字，背面刻有 45 名死难工人姓名；下方是二级基座，刻上纪念碑文；底部是三级台阶。

下关电厂遇难同胞纪念碑碑文　　　　　　　　　　　　　韩娃丽_摄

纪念碑三易其址

　　为满足南京及苏南地区用电，作为百年老厂，下关电厂在中华人民共和国成立以后不断扩容改造。1957年第一次在原址扩建改造，三期工程至1961年全部竣工投产，装机容量达11.5万千瓦，为当时江苏省装机容量最大的火力发电厂，承担了全省三分之一的发电任务。1993年12月，省电力公司独家投资又对电厂进行技术改造，拆除旧机组，新装2台12.5万千瓦机组，引进芬兰烟气脱硫装置，采用四电场静电除尘。1997年，引进了国内第一套炉内喷钙炉后加湿活化脱硫工艺，两台12.5万千瓦机组分别于1998年12月、1999年7月竣工投产，是中国容量最大、投产最早、运行最稳定的干法脱硫城市环保示范电厂，为不断增长的南京乃至全省供电需求作出特殊的贡献。2003年国家电力体制改革，下关电厂划归全国五大发电集团之一的大唐集团，并对工厂2台机组进行现代化改造，增容为27.5万千瓦。为改善城区环境，扩大产能，经国家发改委核准，2009年，电厂实施搬迁扩建计划，迁至栖霞区靖安街道。

　　由于工厂改造，2000年7月时，"死难工人纪念碑"再次被拆除重建。重新设计建造的纪念碑，由生活区门口移至厂区大门附近。碑址与曾作为孙中山迎榇奉安大典临时指挥部和电厂办公用房的"小红楼"相邻，保持了1951年重建时的碑名、碑文与题款，只是形状发生了改变，由柱体变为曲面体。碑文比较长，留有过往时代的深刻印迹，此录后：

> 这座纪念碑，是我们电厂工人为纪念被蒋匪帮和日寇迫害而死的45位工人弟兄，以及在美蒋飞机轰炸下，英勇殉职的两位同志而建立的。
>
> 1937年冬，日寇攻战南京前夕，反动官僚资本家宋子文和他的帮凶潘铭新等，为了保全他们的私产扬子公司首都电厂，竟灭绝人性用尽欺骗恐吓威逼利诱手段，迫使我们工人替他卖命留守，如当时原打算携家撤退的工人李春江，就被那些狗腿子硬逼着留下来，李大嫂想找她丈夫商量避难的事，也被那些走狗阻挠着，不许他们夫妻见面。
>
> 12月18日，南京沦陷后5天，被迫留守的工人中李春江等45人惨遭日寇杀害了，与此同时，蒋匪帮的那些反动头子和他们的奴才走狗，早已逃到四川和香港，他们正在那里盘算着向日寇卖国投降的阴谋。
>
> 更其可恨的，抗战胜利以后，豪门走狗潘铭新又一次施行他的欺骗手段，竟然假仁假义，在厂里的旗座上，立起一块碑，说是纪念我们死难的工人弟兄的，其实他的目的是要麻痹我们工人的阶级仇恨心和削弱我们工人的斗争意志，这种行为，真是阴狠毒辣到了极点。
>
> 感谢毛主席和共产党解放了我们！两年来在毛主席和共产党的抚养教育下，我们职工弟兄的阶级觉悟程度普遍提高了，大家认清楚了反动统治者的狠心鬼脸，因此，在今年三月展开镇压反革命运动中的一次群众大会上，全场职工齐声怒吼："我们要铲除掉反动遗留下来的什么碑记，再不能让我们被迫害而死的弟兄们含冤受辱了呀！"大家万分悲愤地一人一铁锤，粉碎了那座侮辱我们工人的旗座。

下关电厂死难工人纪念碑　　　　　　　　　　　　　　　　　　　　　　　　韩娃丽_摄

<u>紧接着，在我们工人阶级取得了辉煌胜利的红旗底下，用我们工人阶级自己的力量，为纪念和安慰死去的被迫、被剥削、受难牺牲的弟兄们，来建立起这座具有历史意义的纪念碑。</u>

<u>在建碑过程中，同志们一致提出，为追念 1950 年 2 月 28 日，在美蒋飞机轰炸我厂时，因坚持工作岗位而光荣献出生命的张余海和赵春富两位同志，为纪念他们的革命英雄表现，永垂不朽，我们谨以崇敬和痛惜的心情，在这座纪念碑上，题上他们的名字与事迹。</u>

碑刻的醒目之处，刻有 45 位死难工人姓名：胡学仁、张义士、沈坤林、姜洪才、许颂香、陈金和、凤听贤、宋梅根、金义宝、张炳荣、全小宝、王麒麟、王剑英、朱福钜、姚锡璋、高延才、孙国义、刘鸿举、朱茂忠、杨寿根、李春江、刘建文、周孝贵、王剑隐、张伯顺、王世农、刘英根、窦义方、徐京生、孙长富、袁得胜、陆礼康、张阿龙、俞磐生、王世忠、朱贵才、郭永生、毛春生、王升根、刘浩成、徐根才、尹阿大、赵东来、周雨泉、李宝松。

碑文与 1994 年下关发电厂内部出版的《下关发电厂工人运动史（1909—1990）》基本一致，但就工人如何被留下则与"殉职工友纪念碑"内容出入较大。

"死难工人纪念碑"是南京第一座企业所建，并刻有死难者姓名的侵华日军大屠杀纪念碑，它是日本法西斯在煤炭港屠杀平民百姓的重要内容与实证之一。1984 年 9 月，"死难工人纪念碑"被列为南京市下关区（今鼓楼区）文物保护建筑。

南京下关电厂的变迁见证了中国电力工业的沧桑巨变。

据悉，原址将与现存的民国建筑，依托"铁路文化博物馆"整体配套工程，以滨江商务、文创旅游为重点，建设成为一个集人文、历史、娱乐、休闲等众多属性于一体的综合体，继续为南京社会经济的发展留下浓墨重彩的华章。

守诺祭扫 18 年的清洁女工

1937 年 12 月 13 日凌晨,是个令人久久难忘的日子。枪炮声不绝于耳,日军攻破中华门及中山门向南京城内冲杀,中山北路沿线人流如潮,疲于奔命,涌向下关。为稳定人心,支援抗敌前线,84 名留守员工响应工厂号召,坚守生产岗位,继续发电。

再次寻访"死难工人纪念碑"时,我们巧遇了邓成翠老人。

"他们本来可以逃生,但最后都留下来坚持发电",满头白发、今年 70 岁的老人——鼓楼区保洁女工邓成翠慢慢俯下身子,抚摸着位于下关电厂老厂区一角的"死难工人纪念碑"上的名字说,"这批工人一直坚持到南京沦陷以后才停止发电,当时他们以为躲进英国人的地方会安全,哪知道……"她叹息道。

1965 年,她的丈夫与解放战争时期电厂的护厂工人是战友,退伍时他承诺战友,每年代为祭拜战友在南京大屠杀中遇难的先人。

邓成翠的丈夫于 1961 年入伍当兵。当年才 20 岁出头、意气风发、英姿飒爽的小伙子,结识了一群志同道合的好战友。大伙承诺,今后有福同享有难同当,把各自的亲人当做自己家人对待。1965 年,邓成翠的丈夫退伍留在了南京。临分别时,战友告诉他,自己的先人在南京大屠杀中遇难,埋在了下关电厂,问他能否今后每年都去代为祭拜。邓成翠的丈夫毫不犹豫地答应了。之后几十年,不管烈日当头,还是寒冬腊月,他每周都会去下关电厂死难工人纪念碑祭拜逝去的"亲人"。

"下关发电所设备不能拆迁,他们坚持发电到最后一刻",2001 年,邓成翠和他结婚后第五天,丈夫就带着她来到下关电厂死难工人纪念碑前,给她讲了 45 名工人遇难是为保卫南京,保证军需用电,更为了稳定人心而死的故事。从此,每周来祭拜就变成了两个人的事儿。

2016 年丈夫被查出胃癌。临进手术室之前,他拉住了邓成翠。"他和我说,他还有一个心愿:希望我之后还能定期去下关电厂祭拜。"老伴儿最终还是因为病情过重,永远离开了她,但是,为实践自己的诺言,她已默默祭扫 18 年。

邓成翠在祭扫中　　　　　　　　　　　　　　　　　　　　韩娃丽＿摄

年月久远，邓成翠也记不清亡夫战友的亲人姓甚名谁，但每周来祭扫，却成了邓成翠雷打不动的习惯。"老伴儿向来低调，这事儿我们谁都没告诉，连子女都不知道，不知不觉已经18年了。"

如今下关电厂早已拆迁，为了保护纪念碑，四周被绿幕围墙包裹着，进出的小门被保安用铁锁给锁住了。

"一开始工地保安怕不安全，愣是不让我进。我就和他们说我是义务过来清扫纪念碑的，久而久之保安也就放心了。"现在，一见到邓成翠拿着大扫帚来到工地侧门时，保安还会和邓成翠打个招呼，然后打开门放邓阿姨进去打扫。

负责该区域的保安告诉我们，虽然不清楚邓成翠的故事，但是经常看到她来清扫。提到她，同事们都说她人蛮好的。他还表示："邓阿姨什么事都抢着做，早上我们七点半上班，六点多钟就看到她在打扫卫生了。"

"老头子的战友不在南京，年龄也快80岁了。早些年还会回南京祭扫，近几年已经不常回来了。"邓成翠坦言，自己70岁了，虽然身体健朗，但说不定哪一天就干不动了，等到那天到来时，不知道谁可以接过这把责任感满满的扫帚，继续清扫纪念碑。

2019年3月，经群众推荐，邓成翠入选江苏省文明办"好人榜"。

中山码头

侵华日军南京大屠杀中山码头遇难同胞纪念碑

位置

鼓楼区江边路13号，1985年南京市人民政府立。

中山码头乃侵华日军南京大屠杀遗址之一，当时避居国际安全区之青壮难民，在此惨遭杀害者，共达万人以上。其中，一九三七年十二月十六日傍晚，日军从避居于原华侨招待所之难民中，捕获所谓有"当兵"嫌疑者五千余人，押解于此，用机枪集体射杀后，弃尸江中。十二月十八日，日军又从避居于大方巷之难民中，搜捕青年四千余名押解于此，复用机枪射杀。在此先后，日军还于毗近之南通路北麦地和九甲圩江边，枪杀我难民八百余人。悲夫其时码头顿成鬼域，同胞罹难枉死，其情惨矣！呜呼，政暗国弱，何可安全？欲免外侮，惟赖自强。今虽时殊势异，仍当"前事不忘"。爰立此碑，勖勉后人：牢记历史，振兴中华。

十一

顿成鬼域的中山码头

中山码头是南京中山路的起点。沿着中山北路，到鼓楼后，南行是中山路，到达新街口后，继续往南是中山南路，而往东是中山东路。出中山门后，最后到达中山陵。这是1929年孙中山先生奉安大典灵榇经过的路线。1925年孙中山先生逝世后，为保障奉安大典顺利举行，迎接灵柩，国民政府决定在下关江边建设码头，定名为津浦码头首都码头。

中山码头，曾是联结南来北往的重要通道，但随着长江大桥的通车，这时已是"门庭冷落车马稀"了。如今，只有一些怀旧之人或是两岸居民为图方便在此登船渡江。喧嚣繁华的中山码头，从此慢慢安静下来。

从下关电厂出门右拐，沿着临江步道东去，下关滨江风光带尽收眼底。放眼望去，波涛粼粼的江水、拖着青烟行走的油轮、长江大桥、对面的浦口码头一览无余。江边建有供游人休息的"揽江台"，这处亲水平台是利用老码头的趸船改造而成，风格有点类似上海的"外白渡桥"，充满了浓郁的民国风情。

防汛墙面上，一块名为《下关记忆》的铜质浮雕引起大家注意。

浮雕长29米，高3.5米，场景逼真，人物栩栩如生。在鼓楼区党史办工作的顾悦告诉我们，这是目前南京最大的铜质浮雕，记录了下关厚重的历史文化，并再现了民国时期南京下关车站、《南京条约》签约地静海寺、繁华的商埠街等场景。

侵华日军南京大屠杀中山码头遇难同胞纪念碑就坐落在江边路与商埠街的交叉口,靠近江堤的一侧。纪念碑底座为3层红色台阶,碑高5164厘米,为1937、77、1937、1213等4个数字相加而来,寓意着1937年7月7日抗战爆发、1937年12月13日侵华日军占领南京的日期。碑身呈立体的三"人"字形,象征南京30万遇难同胞的白骨。正面雕有一个170厘米的圆形大花环,碑廊的里一圈是青松,次一圈是地冬青,外侧的一边就是长江大堤。此碑由华东水利学院(今河海大学)郭发宁设计。

这又是一处日军占领南京后实施大屠杀的铁证。

碑文介绍了我同胞在中山码头惨遭杀害的过程,告诫后人欲免外侮,唯赖自强,牢记历史才能振兴中华!

是啊,仇恨是可以放下、忘记,但历史是不能忘却的,知耻方勇!

下关的沦陷

下关码头曾是南京最繁华的地区之一,也是南京最早的开放地区。

自金陵关开关,国内外商家便蜂拥而至,英、德、日等国也纷纷在仪凤门、惠民河搭建栈房,开设内河和远洋码头。宣统三年(1911),清政府在下关设商埠局,名噪一时的商埠街由此得名。沪宁铁路和津浦铁路通车,南京下关车站和长江客运码头的建成,进一步推动了下关商埠走向繁华。濒临长江、北连津浦线、南接沪宁线的下关,成为海上、陆上重要的交通枢纽,是当时国内最繁华的港口和最繁忙的铁路运输线。教堂、学校、酒楼、戏院相继在商埠街建立,城堡式的邮务大楼、规模宏大的航运大厦、别具风格的大西洋手表眼镜公司、庆华鞋帽洋货庄,在江边拔地而起。一时间车水马龙,国人与洋人杂处,汽笛声声,迎来送往了多少四方游子。南京大外滩,是令人炫耀的黄金江岸……

但是,随着日军的侵入,大批建筑设施被付之一炬,下关在呻吟,商埠在鸣咽,历史一下倒退了半个世纪。

惨绝人寰震惊世人的中山码头大屠杀就发生在这条街上。

1937年12月，中国守军防守阵地逐渐被日军无情地撕破，12月12日下午开始被迫撤退。在占领南京东、南、西各城门的同时，日军迅速从城东、西两面向下关攻击，欲图迅速截断中国军队渡江北撤的退路，以实现将中国军队围歼南京城下的战略目标。

13日凌晨，接到日军第十六师团发出向下关进击的命令，各联队迅速向下关攻击前进。步兵第三十八联队及配属的轻装甲车由紫金山北麓地区向西北进发，占领和平门、中央门及红山高地后，留下少数警备兵力外，主力继续向下关突进。日军第三十三联队也于下午进抵至下关。担任第六师团左翼主力的步兵第四十五联队12日下半夜占领了江东门后，一边与遭遇的中国军队激战，一边向下关急进。

日本《步兵第四十五联队史》记载说："……联队命令第三大队为第一线，向南京水西门以西约三公里的上河镇攻击，第二大队担任预备队。第三大队在上河镇与敌人遭遇，双方激战至傍晚，但未能突破该地……敌军从下关向扬子江和水西门方向蜂拥而来。13日早晨，第二大队正向下关前进，当时，附近弥漫着大雾，四周是莫愁湖等大小湖泊和沼泽。从城外到扬子江一带到处都是敌兵。部队一边击溃敌军，一边向三汊河南面挺进。……敌人的抵抗极为顽强。这时，取道上海登陆，接着又追赶大队的机枪中队和大队炮小队赶了上来，并协助攻击。配属的速射炮小队也协助第一线中队发起攻击。敌军终于再次向下关方向撤退。敌军隔着河进行最后的抵抗，我军在20米宽的沟渠南北两侧与敌激战。敌军虽有迫击炮的支援，但还是遗弃了大量尸体撤退了。"

13日傍晚，第六师团步兵第四十五联队、骑兵第六联队进抵下关，与先行抵达的日军第十六师团所属部队会合。日军第十军所属之国崎支队也从安徽太平以北慈湖镇渡过长江，沿长江北岸向浦口进击，在击退了中国军队的抵抗后，于13日下午攻占了下关对岸的浦口。与此同时，日本海军第三舰队第十一战队，在旗舰"安宅"号的率领下，突破江阴、镇江等地数道封锁线后，于13日下午2时许进抵下关江面，并以舰炮和机枪封锁江面。下午5时，日军第十一战队舰艇也抵达下关码头，守军渡江北撤的退路被彻底截断。

抵达下关的日军对正在渡江或准备渡江、放下武器的中国军队及逃难的平民，或用机枪扫射，或用炮轰击，一时间，江上江岸血肉横飞，尸首遍布。

"佐佐木支队"支队长佐佐木在《一个军人自传》中这样说："12月13日，拂晓前，我先头部队插入敌人阵地，接着紧追敌人；轻装甲车在上午10时左右向下关挺进，聚集于江岸，或扫射在江面上逃跑的败敌，大约打完了15000发子弹。在此期间，步兵第38联队占领了靠城北的五个城门，截断了敌人的退路，联队长和第33联队的大队一起赶上装甲车，然后进入西面挹江门附近，间或同逃跑的敌人进行战斗。稍后，第6师团的一部分兵力从南边来到江岸；海军第11战队溯江而上，对顺流而下的敌船进行扫射，下午2时，抵达下关……那天，在我支队的作战区域内，遗弃的敌人尸体达一万几千具。此外，还有在江面上被装甲车击毙的士兵和各部队的俘虏，如合在一起计算，仅我支队就已解决了敌人2万以上。"[1]

日军第十六师团步兵第三十三联队在《战斗详报》也有记载："下午2时30分，前卫尖兵到达下关搜索前面敌情。结果发现扬子江江面满是船、木筏及所有能漂浮的东西，无数残兵败卒正用之不断地顺流而下。联队马上将前卫部队及速射炮展开在江岸上，猛烈射击江面上的敌军。据判断，两个小时消灭的敌军不下两千人。"[2]

时属日军第十六师团步兵第三十三联队的士兵町田义成回忆说："我们中队到下关车站广场的时候，日本友军的炮弹连续不断地落下来。……他们已经失去了战斗力，枪也不拿，捡了小木船、木筏、木材，乘这些东西沿扬子江顺流而下。有5—8人乘的小船，也有30人左右乘的船，船里还有女人与孩子，没有能力抵抗日本兵。前方20—30米处有逃跑的败兵，这边的日本兵都举起机枪、步枪瞄准他们'哒哒哒'地射击。小船、木筏上是穿着普通百姓衣服的中国人；畏缩着身子尽

---

[1] 朱成山编著：《侵华日军南京大屠杀外籍人士证言集》，江苏人民出版社1998年版，第255—256页。

[2] 张宪文主编，王卫星、雷国山编：《南京大屠杀史料集11·日本军方文件》，江苏人民出版社2006年版，第255—256页。

下关江边尸体堆积

量多乘一些人顺江漂去。船被击翻了，那边的水域马上就被血染红了。也有船上中国人被击中后跳入江中，可以听到混杂在枪声中的'啊啊'的临终惨叫声。……但对方并没有全部都死，也有顺流而去的中国败兵。我身边的士兵们对我说：'不用担心，在下游有部队在等着他们，一个不留，全部射死。让他们下去吧。'就这样，射击了不到两小时。"

时属第十六师团第三十三联队第一机枪中队的佐藤睦郎说："在下关的步兵各个部队都在到处射击。同时扬子江岸大量的中国人拥挤进来，人数不断地在增加。没有逃到对岸的人群集中在岸边，已经有数千人以上。我们对着那里，不管他是谁，只管用92式重机枪连续射击。机枪中队每一小队有两挺重机枪，一个中队有八挺，我们拼命扣扳机（扣一下子弹就飞出来）。港口挤满了大量的人，男女老少都有。……我们可怜他们的话，就不是战争了。我们马上接到小队长'射击'的命令。（只要是中国人都杀）这个命令，大概是师团长发出的。"[1]

粗略统计，日军进攻到下关的当天，中山码头一带的长江边至少有2万以上的守军官兵及百姓饮弹长江南岸江边，死于日军的枪炮之下。

难民区内的疯狂"扫荡"

占领下关的几路日军对江上、江岸上的军民毫无人性地枪杀之后，又返回主城区内进行"扫荡"。他们肆意闯入机关、民宅、学校和难民区，毫无顾忌地进行强奸、杀人、掠夺、放火，将从各处搜查出来的"军人"集中起来押到江边进行集体屠杀。

中山北路一带难民所比较集中，主要有交通部、小桃园南京语言学校、金陵大学附中、华侨招待所、司法部、金陵大学蚕桑系、金陵大学图书馆、山西路小学、金陵大学宿舍等。从12月14日起，日军中岛部队反复进入这一带难民区"扫荡"，先后搜查出上万名放下武器的国民党士兵及平民，押到中山码头附近先后遭到屠杀。

---

1 【日】松冈环编著；新内如、全美英、李建云译：《南京战·寻找被封闭的记忆——侵华日军原士兵102人的证言》，上海辞书出版社2002年版，第48—65页。

日本无条件投降后，1946年1月19日，远东国际军事法庭在日本东京成立，开始对第二次世界大战中日本首要甲级战犯进行国际大审判。1946年4月8日到1949年2月5日，国民政府在上海、南京、广州、北平、徐州、汉口、沈阳、济南、太原和台北等10个地方设立了军事法庭。

国民政府还都南京的当天，蒋介石即发表公告，号召市民用信函的形式，向政府陈述南京大屠杀及其他日军暴行信息及证据。同时，国民政府先后成立"南京调查敌人罪行委员会""南京市抗战损失委员会""南京大屠杀案敌人罪行调查委员会"3个调查机构，为东京和南京军事法庭提供证据。这批保存完整的资料，经中国第二历史档案馆、南京市档案馆和"南京大屠杀"史料编纂委员共同努力，由江苏古籍出版社于1987年11月出版，记录和保存了受害者在中山码头日军集体屠杀中的斑斑血泪……

1945年12月22日，时年63岁、住在集庆路160号的徐康氏，其39岁的儿子在这次屠杀中遇难。在呈文中，她说："……长子徐文鑫，今年39年（岁），煤炭界为业，事变时服务于本京东关头久孚煤炭厂副经理之职。不幸国难当头，敌入侵我国土，是以上海事变，敌人终于二十六年农历冬月十一日沦陷我首都。当时氏夫率领全家避居于难民区内，居住大方巷兵工署内一小房中，连同氏子、店中同事共有20余人。不想敌人入城后，奸淫妇女，屠杀良民，实为惨无人道。敌人于次日，即声言检查中国兵为题，搜索青年。搜至氏之房屋中，将氏子及其同事三人强说是中国兵，氏情急之下奋不顾身，即率领七岁、三岁二孙女跪地哀求，不意敌人兽性大发，不容辩诉，即行带走。全楼中共搜去二百余人，无有下落。约一星期后，有隔房居住之张有仁逃回，言说所被搜去之人次日用汽车装至下关中山码头，当时就拣下十余人，余者完全用机枪扫射后将尸身推入江中，所拣下之人用原车装回中岛部队，留作奴役，本人逞（趁）夜间跳墙逃回。氏闻言之下心甚惨痛，即率领儿媳、孙女向国际委员会投救，承蒙派员调查确实，恳为救济……"[1]

杨绍荣也是幸存者之一。他出生于

---

[1] 中国第二历史档案馆、南京市档案馆编：《侵华日军南京大屠杀档案》，江苏古籍出版社1997年版，第103—104页。

1912年，镇江人，是家中的长子。1937年10月奉命参加南京保卫战的军队路过他家乡时，要求村中的青年去当兵。村里青年谁也不愿意去，保长决定用抽签的办法决定谁家男孩去当兵。三次抽签过后，他家都没有投到写着"去"的纸片。碰巧，他的邻居家抽到"去"后，男孩却跑了。保长只好又到他家，要求他们指定一个男孩当兵。杨绍荣回家后得知，17岁的三弟去当兵了，于是跑到保长家，以自己换回了三弟。在上海郊区的金山训练1个月后，从镇江乘火车来到下关，被补充到南京卫戍部队中的第八十三师。之后，他随八十三师到句容设防，与日军苦战8天后，被迫撤退到南京。从中华门到下关，想乘船逃走，但江边无船，无奈随部队再折回头到了鼓楼。12月13日，日军在城区"扫荡"时，他不幸成了日军俘虏。

2002年，在日本女教师松冈环采访他时，他说："到晚上让我们排成队，带到下关的长江岸边。队伍里的人排得长极了。到了中山码头，日本兵把俘虏反绑了，3人一组强行赶往长江边。我因为在最后，就按'坐下'的命令坐着，没有被绑。天已经完全黑了，周围什么也看不见，我悄悄解下自己的皮带绕在手腕上，装着被绑的样子。接着，日本兵抓住我的手把我拉起来，我的假装也被发现了。日本兵发火了，叫嚷着用刺刀扎我的头。现在还留着3个伤疤。扎过后，日本兵重新用电线把我的大拇指绑住，再用绳子捆了。已经走投无路了。日本兵的做法是让我们3人一组朝江边走，再开枪打死。尸体渐渐堆了起来，日本兵就在上面浇灯油点火。慢慢快轮到我们了，因为反正是死，我们就3人一组自己朝前走。在眼前的人'啪'的一声被枪杀的同时，我自己也往前倒去……因为手被绑着，我就脚下用力，一点点朝长江边爬去。我想着到水里就不会被烧死了，慢慢地、慢慢地爬进了长江。脚下是尸体，头上也是尸体，肚子贴在岸边，这样我没有被发现。"[1]

幸运的是，在经历一番大逃亡之后，他最终回到了镇江，而他的许多战友或战死在疆场，或被屠杀在江边。

扫荡中，日军三五成群，逐家逐户搜查躲藏在屋内的居民，凡是青壮年，

---

[1] [日]松冈环编著，沈维藩译：《南京战·被割裂的受害者之魂——南京大屠杀受害者120人的证言》，上海辞书出版社2005年版，第92—94页。

不问其是否军人都被押走，将其杀害。更有甚者，日军还纵火烧屋，迫使居民向外跑出，或诱使其他居民出来救火时乘机将之杀害。中山北路几乎每条小街都裸露着三五具或数十具尸体。许多居民因恐惧而四处奔跑，或在黄昏后为巡逻的日兵所捉，都有就地枪杀的可能，被杀害的居民不计其数。

曾经担任守军营长、沦陷后在南京躲避3个月之久的郭歧，死里逃生后，撰写《陷都血泪史》一书。书中他这样记述："南京所有的池塘里都堆满了尸体。有的头在外面，有的拳在外面，血肉模糊，惨不忍睹。竹林里面，马路旁边，遍地死尸。兽兵川流不息地一群去了又一群来，所有的大门，都非开着不可。因为兽兵终日骚扰应接不暇，开门稍迟，则刀枪随之，街道上无人敢走，一见抄手走路，便一枪打死，他说你袖管藏着炸弹；见了逃跑的也一枪打死，他说你是中国兵，见了躲藏在防空壕的，不分皂白杀掉。那几天，城里不是三八式的步枪声，就是重机关枪的扫射声，每听一声，即少了一个同胞。……唉！那种残酷真是亘古未有的！"

扬子江的江面都变窄、变红了……

在持续数周的"扫荡"中，无数难民倒在血泊之中，中山码头成为众多难民最后张望的地方。

日军举行入城仪式的前夕，即12月16日，将在山西路难民区中搜查到的4000多名青年拉着长长的队伍，一起押解到中山码头附近实施屠杀。

时年24岁、当年8月刚结婚的裁缝刘永兴与父母、弟弟同住在张家衙，日军攻入南京以后，全家为了躲避战火都躲到了大方巷的华侨招待所的难民区。他也是这次大屠杀中幸存者之一，1984年，面对调查人员询问，刘永兴仍心情难以平复。他说：

> 冬月十四日（公历12月16日）是一个大晴天，我们全家躲在屋子里面，不敢出来。下午三时左右，一个日本

兵闯了进来，向我和弟弟挥了挥手，要求我们跟他走，我们只好跟他走，因为我们看到一个姓钱的私塾先生因不听日本兵的命令而遭到了枪杀。出门后，一个汉奸翻译官对我们说，要我们到下关中山码头去搬运东京运来的货物。我们发现，同时出来的还有我家附近的三十多个人，我们先被带到一个广场，天快黑时，广场上坐满了人。日军叫我们六个至八个人排成一排，向中山码头走去。

我和弟弟走在平民队伍的前头，我看到一小队拿着枪的日军走在最前面，接着是三十多个被俘的国民党军警，后面才是被抓来的平民百姓。队伍的两旁有日军押着，还有用马拖着的三十几挺机枪，队伍的后面是骑马的日军军官。一路上我们看到路两旁有不少的男女尸体，大部分是平民百姓，也有一部分是中央军。

到了下关码头江边，发现日军共抓了好几千人，日军叫我们坐在江边，周围架起了机枪。我感到情况不妙，可能要搞屠杀，我心想，与其被日军打死，不如跳江寻死，就和旁边的人商量一起跳江。日军在后边绑人以后，就用机枪开始扫射。这时，天已经黑了，月亮也已经出来了，许多人纷纷往江里面跳，我和弟弟也跳了下去。日军急了，除继续用机枪扫射外，又往江里面扔手榴弹，跳江的人有的被炸死了有的被炸得遍体鳞伤，惨叫声、呼号声响成一片。一阵混乱之后，我和弟弟失散了，以后再也没有找到弟弟。我随水漂流到军舰旁边，后来我又被波浪冲回岸边，我伏在尸体上，吓得不敢动弹。突然，一颗子弹从我背上飞过，划破了我的棉袍。猛烈的机枪声，把我的耳朵震聋了，至今还没有好。机枪扫射之后，日军又向尸体上面浇汽油，纵火燃烧，企图毁尸灭迹。夜里面，日军在江边守夜，看见江边漂浮的尸体就用刺刀乱戳，我离岸较远，刺刀够不着，才免一死！

天快亮时，我从江边爬上岸来，看到侥幸活下来的人不足十人，岸边的人，一个个被烧得焦头烂额，惨不忍睹。当时，我在江里泡了一夜，全身麻木，也不知道害怕了。我换了一身死人的衣服，爬到一个农民挖的防空洞里面，在洞里面躲了一天，一天没有吃东西，也没有喝水，又饥又渴，（冬月十五日）天快黑时，我又从防空洞里爬出来，由于不识路，只好乱跑。我跑到三所村，那儿有个尼姑庵，庵附近住了不少农民，我跟他们说好话，才住了下来。后来我又被日军抓去做苦力，烧茶做饭，直到阳历十二月二十八日才回家。[1]

居住在难民区鼓楼三条巷三号楼上的市民徐进，是这场屠杀中的幸存者，在1946年1月的呈文中，他说："民国二十六年12月16日下午约二时，有持枪日军数名侵入室内，令窃民及全屋居民凡男子均须到大门外站队，挑剔年轻者另站入青年人队。该队系由居住鼓楼、大方巷、五条巷、挹华里、四条巷、聚槐村、三条巷、合兴里等处青年顺序组成，共约千人。由持枪日军二十余人监督前进，经过聚槐村、云南路、阴阳营、宁海路、山西路，沿中山北路出挹江门，过中山桥到中山码头，向右首转弯沿江边马路约距中山码头五百米处，突令站住，由押队日军二十余人，将事前准备的草绳，将全体同胞两手背绑。是时约午后五时，队前部忽然一片悲哀凄惨的哭声震起，接着机枪、步枪一阵紧似一阵，这时日寇逼迫每四人为一组向江中跳。这千余赤手空拳的同胞，两手又被绑住，无法与敌人拼命，情知是死，皆高呼：'打倒日本帝国主义！'可怜这千余同胞就在激昂的呼声中被暴敌残杀了。窃民排在队尾，下江时天已大黑，江边已填满，只好伏在尸堆上，枪弹如雨点般落在无辜同胞的身上，射击究竟有多少时间已不知道。其时已骇晕了，惟心中尚明白身上未曾中弹，直至火笠帽（汽油烧在军人遗下的笠帽上）投到身上，才惊醒过来，赶快钻入尸堆中。此全身皆浸蚀在水中，寒风吹来冷彻骨髓，突闻岸上枪声连发数响，系未死

---

[1] 侵华日军南京大屠杀史料编委会、南京图书馆编：《侵华日军南京大屠杀史料》，江苏古籍出版社1997年版，第408—409页。

者上岸,被看守日寇打死。此时离窃民不远,有两三人低声讲话,窃民爬去替他们将绳子解开,始知有一人未中枪,一姓窦者住聚槐村六号中三枪,另一人中一枪,然皆未中要害,仍伏在尸上。直至次日(十七日)天色将晓,大雾弥江,日寇见一夜无事,早跑开原防(地)烧火取暖。四人乘此良机上岸,爬过马路,经过一块空地,跑入英人房屋,与看房子中国老者相商,暂时留住。"[1]

在这次屠杀中多处受伤、幸免于难的梁廷芳,曾出席日本东京远东国际军事法庭和南京军事法庭,用肩上的伤疤和目睹事实作证。在南京军事法庭上,他控诉说:"当日军占领南京时,我们在一个难民营里。16日,日本士兵把我们押到下关的长江边。我们4人一排,队伍大约有3/4英里长,我估计有5000人。当我们到江边时,日本士兵命令我们站成一排,前面是机枪,日本士兵将机枪对着队伍。两辆卡车运来了绳子,人们被5个一组反捆着手腕。我看见第一个人被步枪打死,然后尸体被日本人扔到江里。大约有800名日本士兵在场,包括军官,其中一些在轿车里。我们在江边排着队,在我们的手腕被捆之前,我有朋友说他宁愿跳江淹死也不愿这样死。……离开难民营,大约在7点到江边,捆俘和开枪屠杀一直持续到凌晨2点。当时天上有月亮,我看到所发生的事情,我戴着手表。在屠杀持续了4个小时后我和我的朋友决定逃跑。我们冲到江边,并跳了下去。机枪向我们开火,但我们没有被打中。江边有一陡坡,我们发现水只有齐腰深,我们躲在陡坡下,阴影使得日本鬼子看不到我们,但他们用机枪向我们扫射,并打中了我的肩膀。上面的屠杀一直持续到凌晨2点。由于失血,我昏了过去,当我在早上醒来时,我的朋友已走了,他后来告诉我,他以为我死了。然后我爬上江堤,躲在附近的一个草棚里,时间大约在2点,天还没有亮。我在小棚里待了三天,没有食物和水。后来,来了一个日本士兵,烧那个草棚。当草棚被点燃后,我爬了出来,那个日本士兵发现了我。一名日本军官审问我,我告诉他我是一个平民,是日本士兵雇来挑东西的苦力。这个军官没有问我受伤问题。该军官给

[1] 中国第二历史档案馆、南京市档案馆编:《侵华日军南京大屠杀档案》,江苏古籍出版社1997年版,第104—105页。

了我回家通行证,我就回来。"[1]

曾根一夫1937年参加日军上海派遣军,参加了淞沪战役和攻占南京战役,在《我所记录的南京屠杀(续)》中,他写道:"我记得大概方位是从下关沿着扬子江边下游方向过去一点的一个空地。空地地势有点高,扬子江混浊的江水就从旁边流过。就在那块空地上,每一百人左右为一组拖出来,然后用机枪扫射。……我看到了被成千上万的鲜血染红的大地,看到了漂浮的尸体横陈江中,多得似乎使扬子江的江面都变窄了,因此不难想象事件当时的情形。听一开始就在现场看的人说,当被带到空地的中国人背对扬子江站好后,机枪就从前面扫了过来,三分钟不到,一百多人就倒下了。当所有人都倒下后,再驱赶下一批被杀者过来,让他们先把尸体拖着扔进扬子江后,再把他们杀死。就这样不断反复进行,半天时间内杀了恐怕有上万人。"

当年只有12岁的季和平,住在下关,被日本兵抓到后,强制去捞江中的尸体。他说:"在宝塔桥现在有派出所的地方,我碰到一个日本兵,被他抓到了一号码头。到那里一看,中山码头上上下下全是尸体,密密麻麻的,连长江水都看不见了。那真是可怕。接着,日本兵把铁丝交给我,命令我把尸体一个个系起来,串成一串,日本兵用船把尸体往下游方向拖去。这是因为长江里全是尸体,船不能通行了。只有我一个人干活,在最冷的时候叫我从早到晚干了整整一天。周围有许多日本兵,但没有人下水。有头的人用铁丝扎住脖子,没头的人用铁丝扎进手脚系住。一根铁丝扎一个人,把铁丝(十到二十具)算一组,交到日本兵手上,日本兵把铁丝系在带马达的船后,把尸体拖走。船有两条。水中全是尸体,又浮着轮胎和木板,这种情况下船是不能往来的。尸体在冬天也是臭的,颜色什么的记不住了,都胀得大起来了。收拾的时候又扔来了新的尸体,虽然我稍稍收拾了一下,但还是没个完。这一带尸体多得连水都看不见的状态持续了一个月左右。我在大冷天里光着脚回去,路上也全是日本兵。路上也躺满了尸体,用长军刀砍脑袋也看到过。尸体里有无头的,有被枪杀的。尸体有女

---

[1] 张宪文主编,杨夏鸣编:《南京大屠杀史料集7·东京审判》,江苏人民出版社2005年版,第132—133页。

人、孩子，有老人，有年轻人。水里的尸体基本上是有头的，宝塔桥一带看到的尸体大多是无头的。尸体本来横七竖八分散在路上，为了开辟道路，就在路边堆起来，堆得有一个人那么高。"[1]

1947年，南京军事法庭对战犯谷寿夫的判决书及附件中对这一屠杀事件予以认定，并列在附件中：

> 民国二十六年12月18日（即农历十一月十六日），在大方巷难民区内，将青年单耀亭等四千余人押送下关，作机枪射杀，无一人生还。[1]

九甲圩：小巷深处的悲情

九甲圩距中山码头百米之遥，是一个临近江边小巷。

与我们同行的学者晓沧，他的妹妹和婆婆曾居住于此。

这里的原住民非常少，口音很杂，大多为苏北、皖北和山东逃荒来宁的难民。由于地势低洼，长江经常发洪水，住在这里的百姓常受到洪涝影响被迫临时迁徙，洪水退后，再居此处。直到改革开放初期，这里仍是大片的棚户区。21世纪来临之际，政府对这里进行了拆建改造，一座座新楼拔地而起。

在一个花草葳蕤的新小区门前，我们遇到了几位洋溢着幸福笑容的耄耋老人，问到他们是否还能记起日军在这里的烧、杀、抢时，他们脸色顿时就变了。

九甲圩原是长不过百米的小巷，日军在这里屠杀了近千名无辜的难民和百姓。

"我小的时候这里还是大片的农田，听老人讲，当时日本人把居民从家里就是赶到这里杀的，南通路、九甲圩街头巷尾全是被日本人杀害的尸体，惨不忍睹！"一位上了年纪的婆婆指着惠民大道旁已辟成小游园的地方对我们说。

1

[日]松冈环编著，沈维藩译：《南京战·被割裂的受害者之魂——南京大屠杀受害者120人的证言》，上海辞书出版社2005年版，第97—98页。

据调查，1937年12月15日下午2时，日军在姜家园南首的南通路一带，将无辜的居民圈禁起来，不容分说地用机枪扫射，致使300余名同胞无一幸免。时隔数日的1937年12月18日，又将抓捕来800余名难民及放下武器的军人在与南通路相距不远的九甲圩残忍杀害。

暴尸多日后，市民胡春庭于心不忍，召集街坊多人予以就地收埋。抗战胜利后，他在1945年12月1日给市政府的一份结文中写道："民国二十六年11月16日（1937年12月18日）亲见日本军人将我国军人及难民等300余名，集合在南通路之北麦地内，用机枪射杀，无一生还，将尸体抛弃麦内。余联合有力难民，就地屈（掘）地埋葬。后有日本人挑土垫海远（军）码头，致将所埋尸骨痕迹毁灭无余。"[1]

时住商埠街的殷南冈是一名红卍字会会员，1945年12月1日，在陈述日军在姜家园南首屠杀居民的结文中说："余于民国二十六年服务下关红卍字会，敌部队进城大肆屠杀，我同胞之惨死实难述尽，余因服务慈善机构，加以年重，故未遭日寇杀害。13日下午因公赴挹江门，见敌寇将我姜家园南首居民300余名集中一处，以机枪扫射或纵火烧毙，惨不忍睹，居民中无一生还。余只得潸然泪下，铭记于心。今抗战胜利，大可与日寇算此一笔血债。"

时住宝善街的姜鑫顺，也是红卍字会会员，他亲身参加了九甲圩江边遭日军屠杀同胞的掩埋工作。在一份结文中，他说道："民国二十六年日寇侵华，余充（红）十会员，在其时由15至18日间工作，计抬埋死尸500余名，其中军人多数，均抬至仁丹山、姜家园南首等处埋葬。"[2]

1945年，经中国审判战犯军事法庭周密调查，查证：民国二十六年（1937）12月15日下午2时，（日军）在挹江门姜家园南首，将居民300余人集中，用机枪扫射，或纵火烧毙，无一幸免。[3]

为何军事法庭只提到姜家园南首遭屠杀的300余人，而对与此不远的九甲

---

[1] 孙宅巍著：《澄清历史——南京大屠杀研究与思考》，江苏人民出版社2005年版，第223页。

[2] 中国第二历史档案馆、南京市档案馆编：《侵华日军南京大屠杀档案》，江苏古籍出版社，1987年版，第110页。

[3] 中国第二历史档案馆、南京市档案馆编：《侵华日军南京大屠杀档案》，江苏古籍出版社1987年11月版，第133页。

圩屠杀未能作出判决？我们已不得而知。

在南通路，我们拐上江堤，眺望着曾被鲜血染红、奔流不息的长江，曾经芦苇丛生乱石遍地的滩涂，已成岸柳成行的滨江大道，一景一物，心情异常沉重。

虽是沧桑变迁，人事代谢，又怎能带走那段沉淀下来无法忘却的历史！

煤炭港

侵华日军南京大屠杀煤炭港遇难同胞纪念碑

位置

碑座位于下关东炮台街的路旁，1985年8月南京市人民政府立，现为国家级文物保护单位。

侵華日軍南京大屠殺
煤炭港遇難同胞紀念碑

南京市人民政府
一九八五年八月

煤炭港係侵華日軍南京大屠殺主要遺址之一。一九三七年十二月十七日，日軍從各處搜捕我已解除武裝之士兵及平民三千余人，拘禁于煤炭港下游江邊，以機槍射殺，其傷而未死者，悉被押入附近茅屋，縱火活焚致死。內有首都電廠職工四十五人，即死于此難。茲值中國人民抗日戰爭勝利四十周年，特立此碑，悼念死者，永誡后人，銘念歷史，振興中華。

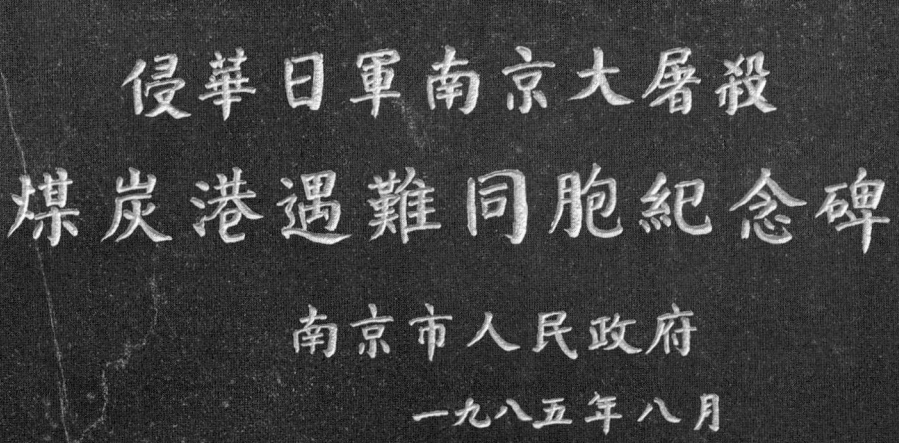

煤炭港系侵华日军南京大屠杀主要遗址之一。一九三七年十二月十七日，日军从各处搜捕我已解除武装之士兵及平民三千余人，拘禁于煤炭港下游江边，以机枪射杀，其伤而未死者，悉被押入附近茅屋，纵火活焚致死。内有首都电厂职工四十五人，即死于此难。兹值中国人民抗日战争胜利四十周年，特立此碑，悼念死者，永诫后人，铭念历史，振兴中华。

十二

煤炭港上空的冤魂

沿江边路从中山码头向长江下游，经老江口前行 1000 余米，不多远就到了煤炭港。

地名煤炭港，顾名思义。清代末年，这里有一条汊河与长江相通，徐州贾汪等四家煤矿在此装卸煤炭，逐渐形成了专门储运煤炭的港口。后来，人们便称这个码头为"煤炭港"，进出码头的马路也叫作"煤炭港路"。沪宁铁路通车后，这里成为下关车站货场的中转站，江边建有车站货场码头，实行铁路、水运联运。民国二十二年（1933），南京铁路轮渡桥建成通车后，为便于北煤南运转运，在这里又建设了几个大型露天和室内的库房。迨至 1968 年，南京长江大桥通车后，轮渡所和专用线才逐步"下岗"。20 世纪 90 年代后，几条企业专用线先后停用，煤炭运输业务结束。近年来，由于下关滨江风光带的建设，道路重新规划，原煤炭港路的通道作用基本丧失。我们寻访到这里时，拆迁改造和建设工程正在紧张地进行。

煤炭港遇难同胞纪念碑由南京市政府设立，1985 年建成。碑座依江堤防洪墙而建，有三层台阶，第二层正中斜靠一个直径为 30 厘米混凝土制成的花圈，碑身长 135 厘米，高 90 厘米，整个碑体庄重、朴实、简洁、大方。简洁明了的碑文告诉我们，煤炭港系侵华日军南京大屠杀主要遗址之一，1937 年 12 月 17 日，日军从各处搜捕我已解除武装之士兵及平民 3000 余人，拘禁于煤炭港仓库或江边露场，以机枪射杀，其伤而未死者，悉被押入附近茅屋，纵火活焚致死。

碑文所记旷世未闻，兽行暴虐令人震惊，站在碑前我们思潮久久难以平静。

煤炭港遇难同胞纪念碑碑文　　　　　　　　　　　　　韩娃丽＿摄

狮子山炮台：最后沦陷的土地

坐落在南京下关火车站附近的煤炭港与狮子山隔护城河遥遥相望。

"民国时狮子山上还没有阅江楼"，晓沧指着远处的阅江楼感叹地对同行的顾悦说："狮子山炮台是抗日战争中南京最后沦陷的地方。"

坐落于长江边的狮子山，因形似狮子而得名，扼守着南京市区的"北大门"。山名为明太祖朱元璋所赐。洪武七年（1374）朱元璋曾登上此山并赋诗一首，诗曰："远观近视，实体狻猊之状，故赐名曰狮子山。"如今，得名 600 余年的狮子山成为著名的阅江楼风景区的核心地带，以临江风景秀丽而闻名海内外，山顶更建有著名的阅江楼及古炮台遗址。

史料记载，清末时任两江总督的李鸿章看重狮子山险要的地理位置，下令在山上建炮台，作为江防的重要组成部分。清光绪二十一年（1895），也就是甲午海战的次年，在海战失利、有海无防的背景下，两江总督张之洞在南京成立江宁要塞，重修、扩建了"金陵狮子山炮台"，换装了先进的火炮。后来成为"辛亥名人"的黎元洪，曾担任过狮子山炮台的总教官。狮子山炮台在南京的近现代史上一直占据重要位置，有专家认为，在南京数座炮台群中，狮子山炮台是见证最多历史风云的一座。1911年辛亥革命光复南京之役，狮子山曾爆发过激烈的战斗；1912年，孙中山先生视察过狮子山炮台；1929年孙中山奉安大典，狮子山炮台鸣放礼炮101响，以示肃穆尊崇之意……

抗日战争初期的1935年，民国政府对南京各炮台实施了扩建，相继建成了龙（乌龙山）、虎（老虎山）、狮（狮子山）、马（马家山和清凉山）、雨（雨花台）5座炮台。狮子山炮台为当时南京最大的炮台之一，这里的炮火不但能威慑长江，也能控制城北部分地区。全国性抗战爆发前，又增添了两座现代化高射炮台，成为南京保卫战中江宁要塞部队的主要力量。中华人民共和国成立以后，狮子山炮台被陆续拆毁，如今的狮子山上，几乎找不到炮台遗迹，好在还有老照片能看清这座老炮台曾有的历史细节。

南京地方志专家胡卓然在《南京1937：血光之中的不屈瞬间》中写道："1937年12月13日，就在日军攻占南京的这一天，南京的土地上还有一片没有沦陷的区域，就在城市西北边江岸的狮子山上。"[1]

史料证明：1937年12月12日午后，南京守军开始陆续撤退，日军从东面和南面两个方向进入南京城。但是直到12月13日晚，炮台依然在向水西门、上新河一带的日军开火，掩护友军撤退。

《波士顿环球晚报》1937年12月15日第13版报道："日本陆军发言人在此间谈到日军对南京地区尚未完全占领，因为中国军队在狮子山要塞的大炮并未沉寂，西面山上的炮群仍在开火。"

又据1937年12月16日《纽约时报》报道："12月13日，在这座城市（南京）的西北角，狮子山要塞仍在中国军队的手上。那里的大炮依然在向日军开火。"事实有力地证明，在12月13日南京沦陷后，狮子山炮台的官兵并没有撤退，依然坚持战斗。

日军步兵第三十三联队12月13日仍在攻击狮子山炮台，在其战斗报告中

---

[1] 胡卓然：《南京1937：血光之中的不屈瞬间》，新浪网《新浪历史》2014年5月23日。

写道:"在城内西北角的狮子山上构筑有坚固的工事",山上的中国守军"固守于此抵抗至最后"。

作为首都和军事要地,布置在南京城的炮台自然不少。在清末和民国时期,南京沿江和周边山丘制高点上,例如狮子山、老虎山、乌龙山、幕府山、钟山、清凉山、雨花台、马鞍山、富贵山和八字山等地都设有炮台。

老虎山炮台位于狮子山炮台的东边、下关上游,北临长江,西接象山,东连幕府山,现为驻军所在地。如今,老虎山炮台主体格局和地下隧道基本保留完整,主要有4个炮台,包括2个主炮台、2个前沿炮台;3处半掩体;连接炮台的地下隧道两路。地面炮台全部呈圆形下沉半地穴式样,钢筋水泥混凝土砖砌结构,炮台内边沿有一个隧道入口和一个输送口,炮台下沉护沿立面留有一圈储弹槽。现场可以看到,这4个炮台位都对着西北长江水面,其中山上两个主炮台安放的当是大口径火炮,按照弹槽尺寸估计,火炮口径应在100—200毫米之间,显然是为了控制江面目标而建。应该说,狮子山和老虎山炮台都是坚持到最后一刻的,并给侵华日军以沉重的打击。南京保卫战爆发之时,日军的进攻路线多避开了狮子山炮台的炮击范围,不敢正面与之抗衡。

如今,众多炮台中,比较完整留下的只有清凉山及老虎山两处炮台,乌龙山炮台还剩下一些遗迹,狮子山、雨花台炮台都不见踪迹,只剩下"东炮台""西炮台"的地名。

正因为狮子山炮台战斗到最后一刻,南京沦陷后,这座炮台被日军报复性地彻底摧毁,"片瓦无存"。日军还对炮台失陷后俘虏的官兵和难民进行了疯狂杀戮,以发泄对顽强抗战官兵的愤恨!

3000余名遇难者中的幸存者

煤炭港遇难同胞纪念碑位于长江浛河口遗址的桥头,右边是当年日军关押和杀害俘虏及难民的遗址。

日军占领南京后的第二天,就在城郊内外进行所谓"扫荡",烧杀强掳,枪杀无辜,将抓来的俘虏和难民关押到各个临时收容点。煤炭港几个偌大的空仓库，都关押了大量的俘虏和难民。

潘开明当年20岁，住在玄武区双井巷六号，父母早亡，留下他及弟妹8人。由于生活贫苦，潘开明白天给人理发，晚上出去拉黄包车。日本攻陷南京进城之时，他躲在二条巷难民区中一座小洋楼里。13日上午八九点钟时，他想到外边去看看情况，不期出门就遇到了3名日本兵，他被先带到大方巷口的华侨招待所的一间小屋里，然后又押往煤炭港。

对于这噩梦般的经历，他回忆说："13日上午八九点钟的样子，我出门去看看，碰上三个日本兵。他们把我带到大方巷口的华侨招待所。日本兵把我和另外七八个人关在一间小屋里，三天不给吃不给喝。16日下午，日本兵把我们赶出小屋，用绳子一个个地反绑起来。排好长的队伍后，又用长绳子把队伍两旁的人的膀子与膀子连起来。为了防止我们逃跑，日军叫我们走在马路中间。他们在两旁监押，相隔一米左右。大约快到四点时到了煤炭港。日军把人集中起来用机枪扫射。在日军扫射的时候，我眼冒金花，昏了过去。后来，死尸把我压在底下，直到晚上九十点钟时，我才醒过来。当时虽然月光很亮，但我还是不知道自己是否活着？我问自己：我是人还是鬼？我心想，日本兵用机枪扫射我们，我还能活着吗？我可能不是人了！我使劲用牙齿咬咬自己的舌头，还疼痛，我知道自己没有被日本鬼子打死。于是，我就慢慢地移动掉压在自己身上沉重的尸体。我爬起来抬头一看，还有7个人坐着，有的被绳子捆着，有的没有捆。我说：'老总，救救我吧，我没有死，把我的绳子解开。'我们互相解开绳子以后，就各奔东西，有的抱着木盆过江，有的跑到和记洋行。我是本地人，家里还有姑母和弟弟，我不能逃走。我顺着铁路，走到火车轮渡的中山码头，先到江边把身上的血洗掉，然后到附近人家要了一件坏衣服穿起来。那时已经是半夜了，我实在无法走了，就蹲在人家房屋边上。天亮以后，我往火车站方向走，走到热河路，碰到四个日本兵，他们问我是干什么的。我说是给'日本先生'拖东西来的，他们又问我有条子没有？我说没有。他们就写了一张'苦力我已使用过'的条子给我。我跟着他们进了挹江门，走到'铁道部'时，他们进去了，我顺着察哈尔路翻山逃走。"[1]

陈德贵也是这场大屠杀中的一名幸存者。日军进攻南京时，他年仅15岁，在珠江路一家车行当学徒修脚踏车。在南京即将被攻破时，陈德贵与他哥哥随大批难民逃到"和记洋行"避难，以为英国人开办的这家工厂能给他们带来安全。下关沦陷后，日军发现了他们这一批难民。第二天早晨，来了200来个日本兵，从几千难民中抓出2800多个年轻人。其中包括陈德贵，他的哥哥被日军抓走当挑夫，给日军烧水做饭。当时，日军要他们排成4人1排的队伍，并要大家交出手表和银元等贵重物品。搜身后的当天下午，将他们一起押到煤炭港的一间仓库关起来。两挺机枪对着大门，并有日本士兵站岗。他们没有料想到3天之后日军竟没有人性对他们下毒手。

后来陈德贵在接受作家徐志耕采访时说："十五日上午，日本人进来了，先是要洋钱、手表、金戒指。难民区3000多人分三个地方，日本人放了三只搪瓷脸盆，叫大家把这些值钱的东西都往脸盆里丢，连妇女的耳环子和老太太的簪子也都搜罗去了。到了下午四点多，来了200多个日本兵，都扛着枪，叫我们都跪下来，四个一排。然后把我们押到煤炭港的货房里。机枪在大门两边堵着，还有上了刺刀的日本兵一边一个管着我们。……第四天早上，来了个翻译说：'现在出去做工，十个人一批！'大门口的十个人先赶出去了。过了十多分钟，枪响了。我知道坏了！外面是河汊子，没有通路，这下要死了！两三个日本兵进来赶出去十个人，外面江汊子边穿黑衣服的日本海军三四十个人一人一支步枪等着。一阵枪响，第二批人又完了！我是第三批，我排在前面，出去时我就站在江边。都站好了，我知道快要开枪了，日本兵刚举枪要打，我一个猛子拱到长江里去了。这时，枪'嘣嘣'地响，我只管拼命往对岸拱。我早做准备了，我在货房里就把裤子的纽扣都解开，裤带也解掉了，裤腰一卷掉不下来。江汊子有四丈多宽。我水性好，钻到水里先将衣服裤子都脱光，身上精光滑脱拱得快。……一会儿我就钻到对岸了，正好有节货车厢翻倒在江

---
[1] 侵华日军南京大屠杀史料编委会、南京图书馆编：《侵华日军南京大屠杀史料》，江苏古籍出版社1997年版，第406—407页。

边,我就躲在货车肚子下,看着对岸十个一批十个一批地用枪打死。死人多了,河汊口的那只小汽艇开几下,把尸体冲走。日本兵那天中饭是轮流吃的,不停地杀。一直打到下午四五点钟还没有杀完。冬天五点多钟天就黑了,后来扛来了几挺机枪扫,把好几百个人一起赶出来在江边扫死了!……又冷又饿。我躲到了扬州班轮船码头边的桥洞下,桥下都是难民的尸体。我在死尸堆中找了一条破毯子把身子一包,就在桥洞里躺下了。……那天我哥哥也被日本兵抓走了,他当挑夫,烧水做饭,一直到句容,夜里把水桶扔在井里跑回来了。他叫陈金龙,我叫陈德贵……唉,那时的人老实,都不敢动,叫跪就跪,叫坐就坐下。大货房里3000多人只有3个日本人看管,大门开着,又都没有绑,一起哄,3000人至多死几百个,2000多都能逃出去,可就是没有人出头,都胆小,都怕死!"[1]

时住下关宝塔桥的市民何守江,目睹了日军在煤炭港仓库的暴行,他回忆说:"日本兵把两千多人赶进煤炭港的一个大仓库里。在房子上泼了汽油,放一把火,把两千多人都活活烧死了。只有一个青年人,知道仓库墙角有个下水道,把十指抓出了血,才从水道里爬出来,没有被烧死,这是唯一的一个幸存者。"[2]

2007年5月,在抗战损失调研中,住在名士埂105号的向远松老人对我们说:"日本人进南京城时,我9岁。我们一家住在宝塔桥董家巷392号。当时妈妈带着我和小姐姐躲到宝塔桥的观音庙里。……哥哥向远高已经工作,在公交汽车公司上班。哥哥有文化,家里有两盒子书(用旧时装肥皂的纸盒装的),他得过天花,是麻子脸。妈妈叫他也躲一躲,'不要让日本人当作是国民党兵给抓了'。哥哥说他自己是麻子,谁会把他当作兵,就没有躲到观音庙里。邻居告诉我妈,12月14日看到哥哥在家门口小巷子被日本人抓走了,妈妈听讲被抓的人都给关到煤炭港,一两天都杀了。16日左右,我和妈妈去找哥哥尸体,煤炭港铁路边全是尸体,哥哥当时穿的是蓝衣服,妈妈

---

[1] 张连红、张生主编:《侵华日军南京大屠杀史料》25,江苏人民出版社、凤凰出版社2005年版,第234—236页。

[2] 侵华日军南京大屠杀史料编委会、南京图书馆编:《侵华日军南京大屠杀史料》,江苏古籍出版社1997年版,第411—412页。

下关江边日军将屠杀后的尸体浇上汽油焚烧

和我翻了很多尸体,我们没有找到。……他(叔叔)39岁,以卖柴为生,日本人来时他逃到江边,准备过江被日本人追上杀了。我们也没有看到他的尸体,江边上到处都是尸体,估计是顺江水漂走了。"[1]

加害者陈述:跑到码头边,去看杀中国人

时属日军第十六师团步兵第三十二联队第三大队的泽田好次是煤炭港大屠杀的加害者之一,1999年在接受采访时,他忏悔地说:"在下关码头有一大排大仓库,里面扔满了被抓来的中国男子。哪个仓库都塞满了中国人,人头黑压压一片,不知塞了几百个人。扫荡结束后,听说要处置中国人,我们就跑到码头边,去看杀中国人。仓库的入口处有9中队的一个分队10个左右的兵,架着两挺轻机枪,枪口对准仓库里面警戒着,以防发生暴动。第9中队担任监视的任务,另外两挺轻机枪是用来杀中国人的。把塞在仓库里的男人赶到外面,让他们每五人左右一批由码头往栈桥上跑,从后面用轻机枪'哒哒哒'地射击。还有的是让五人左右站起来,面对码头跑,这样反复着将他们全部杀害。……不听日本兵命令的绝对是当场被杀,往江边跑也遭射击,跳入江中的也许有一丝得救的希望,其概率是极低的。我在南京仅三天,那情景太凄惨了。"[2]

枪杀难民前,惨无人道的日军不忘搜刮难民的钱财和贵重物品。时属日军第十六师团步兵第三十二联队第三大队的境昌平说:"我们的人大致上每回从门里拉出七八名,先在旁边服务台一样的桌子那里搜他们的身。……让他们交出钱后,我们就用支那话说:'那边走。'这么一来,俘虏以为要放自己回去,就说了'谢谢',非常高兴的样子。我们说的'那边走',意思是叫他们往堤坝前方走,方向和出口相反。从仓库到堤坝大概有50米的距离,所以最初支那人并不明白堤坝下面的情况。支那人最初表情有点诧异,可还是说了声'谢谢',往前走去。刚走了

---

[1] 张宪文主编:《南京大屠杀史料集·幸存者口述续编》,江苏人民出版社2006年版,第1580页。

[2] 松冈环编著,新内如、全美英、李建云译:《南京战:寻找被封闭的记忆——侵华日军原士兵102人的证言》,上海辞书出版社2002年12月版,第87页。

几步，他们就停住了，因为他们看见了前头的景象。在前方扬子江的堤坝上，躺着成堆的尸体。于是支那人的表情起了点变化，可我们一叫'快快走！'他们又怕了，没办法，就跑了起来。哪知道堤坝下面早已经有两挺重机枪候着了。堤坝的高度大概有一米或者一米五。那支部队有两挺重机枪，所以我想可能有两个分队左右的士兵。那些士兵我没见过，所以我就问边上的人：'哪个队的？''33联队。'那人说。我再问：'哪儿的？''靖江。'那人回答……在下关处置的俘虏，尸体全扔进了扬子江，之后由军舰转动螺旋桨把尸体从下面卷上来。"[1]

时属日军第十六师团步兵第三十三联队第一机枪中队的老兵佐藤睦郎，1999年1月接受采访时说："南京陷落后的第二天，在南京城内一个仓库区，士兵带来大量的中国兵，把他们塞进仓库。说是要杀中国人'子弹已经不够了'，就在仓库周围堆上容易燃烧的东西点火。仓库里充满了烟，中国兵拼命地撞破房顶，日本兵又将他们击毙。我亲眼看到过这样的情形。现在，报上登着各种各样的说法，事实上我目睹了南京残忍无情的情形。说这样的话，也许会牵涉到政治，所以不能随便说，但那确是相当可怜的事。"[2]

对于日军在煤炭港集体屠杀的暴行，战后南京审判战犯军事法庭调查后确认："民国二十六年（1937）12月14日至17日在煤炭港英商和记公司内，将首都电厂工人许江山等45人，捕禁于煤炭港下游之江边，初以机枪扫射，继集薪油之类，堆集茅屋四周，放火燃烧，致被害人一部分有被烧死者"。军事法庭还在附录中载明："在煤炭港下游之江边，被拘禁者约有3000人……全部殉难于是役。"[3]

---

[1] 松冈环编著，新内如、全美英、李建云译：《南京战：寻找被封闭的记忆——侵华日军原士兵102人的证言》，上海辞书出版社2002年12月版，第236—237页。

---

[2] 同上书，第66—67页。

---

[3] 侵华日军南京大屠杀史料编委会、南京图书馆编：《侵华日军南京大屠杀史料》，江苏古籍出版社1997年版，第32页。

心在呐喊

随同我们一道寻访的韦银龙师傅是一位老铁路，他很小就入路了，一直干到退休。在去煤炭港的路上，他和我们说，因为年轻，煤炭港大屠杀只是听老一辈的人说过，但是自己当年在煤炭港干装卸时，还经常在港区挖出森森白骨。

如今，南京铁路轮渡所已经封闭停航，煤炭港也结束了它的使命。但是，老栈桥——也就是伸入江中的火车轮渡的引桥还在。巨型的钢梁结构，据说都是当年从英国进口的，历经 80 年风雨，依然坚固结实。只是，桥面上的铁轨枕木已经腐朽。作为下关滨江开发的新十景之一的火车轮渡老栈桥，与白石站台及历经百年的轨道，将打造成为轮渡铁路遗址公园，即今天的龙江路—方家营路的滨江地带。

站在江岸，望着已显陈旧的纪念碑，我们的心在不停地燃烧，在呐喊：为什么同胞那时会像砧板上的肉一样任人宰割！为什么时至今日，还时不时地冒出一些"精日"分子让民族蒙羞，使那些死难者在九泉之下也惴惴不安呢……

纪念碑的建立，是一个历史标记，一个未来的警示，不仅仅是昭示日军在这里对我同胞犯下的滔天罪行，更重要的是让中华民族世代不忘承受的灾难和耻辱，时刻警示着中华子孙居安思危，努力为民族的复兴、中华的崛起，而生命不息、奋斗不止。

心智强，则民族强；民族强，则国家强。

只有自尊、自信，才能经得起千锤百炼，茁壮成长，才能在成功的道路上不迷失自我。一个人如此，一个民族如此，一个国家也是如此。

草鞋峡

侵华日军南京大屠杀
草鞋峡遇难同胞纪念碑

位置

上元门水厂对面。民国二十七年（1938）7月立，1985年8月南京市人民政府重立。现为国家级文物保护单位。

一九三七年十二月十三日,侵华日军攻占南京后,我逃聚在下关沿江待渡之大批难民和已解除武装之士兵,共五万七千余人,遭日军捕获后,悉被集中囚禁于幕府山下之四、五所村,因连日惨遭凌虐,冻饿死一批;继于十八日夜悉被捆绑,押解至草鞋峡,用机枪集体射杀。少数伤而未死者,复用刺刀戳毙;后又纵火焚尸,残骸悉弃江中。悲夫其时,屠刀所向,血染山河;死者何辜,遭此荼毒?追念及此,岂不痛哉?爰立此碑,谨志其哀。藉勉奋发图强,兼资借鉴千古。

十三

呜咽的草鞋峡

草鞋峡位于南京幕府山的西麓，下关以北。过去这里并不好找，十多年前我们到了上元门，连续问了几个人，还没有找到这个地方。

如今，随着滨江风光带的建设，幕燕风景区已经建成，沿幕燕滨江大道一直往前，途经观音阁、石经苑、头台洞、二台洞、情缘广场、三台洞、梵音苑、五马渡广场等景区，约10分钟的车程，就到了草鞋峡遇难同胞纪念碑处。

一座通体白色的纪念碑屹立在幕府山的峭壁之旁，犹如一枚待发的导弹耸立在湛蓝高远的苍穹之下。碑前，我们深深地三次鞠躬，有

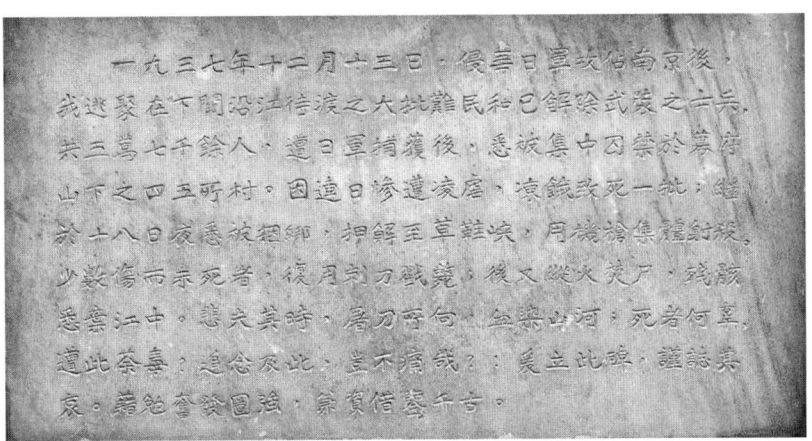

草鞋峡遇难同胞纪念碑碑文　　　　　　　　　　　　　韩娃丽_摄

人还掏出手机，把刚刚录制的国庆大阅兵的片段放在碑前播放，口中念念有词地绕碑转了一圈。

纪念碑共占地面积约 200 平方米，碑高 12.13 米，分为碑基、碑座、碑身 3 个部分，碑基为 3 层台阶，象征南京于 12 月 13 日沦陷，30 万同胞惨遭日寇杀害。碑底、碑座都为黑色，碑身为白色，高 815 厘米，隐含 8 月 15 日侵华日军向中国人民投降的日子。碑身为城堡式结构，也为 3 层，向上逐步内收。第一层顶上四角分别雕刻着谯楼，第二层正面悬塑一直径约 50 厘米的花圈，以寄托全市人民的哀思；第三层顶端是悬挂在空中的大钟，寓意警钟长鸣。碑背后数米处，围以长 10 余米、高 1 米余的弧形白色平栏，下撑 10 根白柱，象征白骨累累。这块碑是由华东水利学院（今河海大学）郭发宁、应勤杰两位老师精心设计的，凝聚了他们的心血，也展示了他们的良苦用心。

"草鞋峡"这个在 70 年前震惊中外的地名现在已不复存在，可能是它凝聚了太多的恐怖，如今深深地刻在遇难同胞纪念碑上。

"对面就是八卦洲。南与燕子矶,北与六合区隔江相望,因形似草鞋,故名草鞋洲。途经这里的长江，弯多水急,所以又叫上元门、大窝子。"同行的晓沧说,"到清代后期,草鞋洲与另一个江中小岛——七里洲合并,渐成为八卦状,故更今名。过去这里地处偏僻,人烟稀少,几乎看不到行人的踪迹。"

江边绿草如茵，江风徐徐，昔日芦苇丛生、江石林立、野舟横放的江滩之地，如今成为市民休闲娱乐，放风筝的好地方。

江面上不时有载着木材、煤炭、钢材的大型货轮徐徐通过。

四所村、五所村成为当时最大的难民收容所

在 1937 年的南京暴行中，日军在草鞋峡集体屠杀人数最多，场景尤为惨烈，手段极其残忍，令人不寒而栗。在那个可怕的冬天，5 万多名中国士兵和平民在这里被惨遭杀害，只有数人幸存。

草鞋峡是那些战俘和难民生前度过最后一夜的地方。

那一天，应该是 1937 年 12 月 18 日。

幕府山位于主城东北，是南京重要山脉之一，紧邻长江，延绵起伏，自东北向西南方向延伸，与江岸平行，全长约6公里，山有五峰，主峰北崮峰海拔205米，是拱卫南京的天然屏障。临江一侧，峭壁悬崖，自六朝后一直为军事重地。之所以命名为幕府山，其来历始于东晋。相传元嘉元年（307），司马睿任安东将军时曾在此设幕府（参谋部），故称。实际上，根据现代出土文物记载，此山在东吴时已称"莫府山"。古代"莫"与"幕"通用。幕府山虽为军事重地，名胜古迹、历史传说也有很多，有幕府登高、达摩古洞、永济江流、化龙丽地、嘉善闻经等，其中"幕府登高"为清代金陵48景之一。

1937年12月14日，日军第十三师团山田支队占据下关及幕府山一带后，即将逃至幕府山周围的大批难民及来不及渡江的被俘守军士兵，拘禁在幕府山军营及附近的四所村、五所村等处，总数达5万多人。

五所村、四所村时属第七区，今属鼓楼区建宁路街道办事处，位于建宁路的北部，中央门立交桥西面。民国时期开辟中央门通往火车站的道路时，沿途还有城河路、民生街、晓街、长平路、四所村、栅栏门、绥远路等路名。

当年的四所村、五所村一带到处是低矮的平房和农田。由于靠近江边和沪宁铁路，聚集了大批难民。日军占领下关后，将众多俘虏和难民圈禁在这里。没有水，没有食物，俘虏身上钱物也被搜括一空，许多伤病士兵和老弱难民因疼痛、饥饿难熬不断发生骚动，立即遭到日军凶残的镇压，有的难民因口渴难忍跑到附近的小沟，水还没有喝上就倒在日军的枪下。

当年刚7岁的刘贵祥，家住下关五所村，他的父亲在丁家桥国民党党部任消防队队长，家里母亲、姐姐、妹妹，还有一个刚出生的弟弟。他说："12月13日，日军进城那天，我们躲在家里。……五所村、四所村的房子都是草房，全部着了火。我的弟弟刘贵宝烧伤了。我们从屋子里跑了出来，惊慌之中，父亲只从火中将祖传的鸳鸯宝剑抢了出来。到了门外，只见十多个日本兵端着枪，将老百姓往村里的水塘里赶，我的弟弟本来已被烧伤，一遇水，很快就死了。日本兵还将我父亲手中的鸳鸯剑抢去，我父亲不依，就被当场枪杀了，倒在塘边的堤埂上，村里还有十多个青壮年男子也被枪杀了。由于我们刚搬到村里不久，所以那些人的名字也不知道。"[1]

到12月17日，短短几天，这里就关押了二三万战俘和难民，成为日军大屠杀时最大的难民关押点之一。

根据日军占领军第三师团的命令，第六十八联队于17日晚就准备下手了。

为便于对遇难者尸体的处理，他们选择上元门附近的草鞋峡作为集中屠杀地。从四所村到上元门有三四公里，沿护城河旁的一条石子马路一直向东，即可抵达。为防止难民逃脱，他们从晚上就开始准备，命令难民们相互捆绑，稍有不从即予以就地处决。

清早，在日军驱赶下，难民们四五人一排，两边是荷枪实弹凶神恶煞的日军，拉着足有数公里的长队开始出发……

幸存者、原中国军队第三十六师第二一五团火炮连一等炮手石明，亲身经历了草鞋峡屠杀中的厄难。他身中枪弹，又被刺了3刀，幸未伤及要害。他说："下午日军来到江边，这里有几万人都当了俘虏，内有很多难民。日军把我们像赶小猪一样，赶到草鞋峡开始大屠杀。先用机枪扫，再用刺刀戳，还向人堆里扔手榴弹。当时，我的头被机枪打了个大豁子，有十几厘米长，我倒在死人堆里，日本人又在我身上用刺刀扎。我的脸部挨了一刀，左手臂又挨一刀，后背被刺一刀，由于未及要害，幸免一死。"[2]

曾根一夫，1937年随日军名古屋第三师团参加淞沪会战，时任第三师团第六十八联队分队长。在他撰写的《我所记录的南京屠杀（续）》一文中，他说："杀戮俘虏是从12月17日到18日的夜里进行的。中午开始把俘虏两手反绑在背后，再一个接一个地连在一起，然后带到离收容所大约四公里路的长江边上。因为有1万多人，所以等到把他们全部押送到江边时，天已经黑了。远远可以看见江中心有一个岛，上司说：'把他们收容到那座岛上去。'然而，这时突然听到'射击！'的

1
朱成山主编：《侵华日军南京大屠杀幸存者证言》，社会科学文献出版社2005年版，第311页。

2
南京市下关区地方志编纂委员会：《下关区志》，方志出版社2005年版，第52页。

日军将城内壮年平民押上汽车运至郊区屠杀

命令，我们一齐开火，射击持续了大约一个小时之久。眼前只见俘虏们徒劳地东逃西窜，为了逃避水平射击，他们拼命地往死人堆上方爬，结果一下就堆起一个三四米高的人墙。"[1]

栗原氏所属部队编撰的《本地部队从战史》中也记载说："军部下达了'处死'的命令，但是山田梅二旅团长却决定将俘虏放到对岸去。然而，就在把俘虏分乘在十几艘船上向对岸驶去时，对岸向俘虏开了火。于是，留在岸上的俘虏开始骚乱，袭击看守他们的日本兵，于是我们开火，打死了一千来人。"[2]

屠杀过程究竟是怎样，我们已不得而知，但5万余人在这里惨遭杀害已成为铁的事实！

幕府山下的空营房

与四所村、五所村一样，幕府山下的一处空营房也成为日军关押战俘和难民的集中点，这里大约关押了2万人。一张日军随军记者当年拍摄的照片成为重要罪证。

唐广普是草鞋峡大屠杀中的幸存者之一。当年他在国民政府陆军教导总队二团三营任勤务兵。南京沦陷前夕，他跑至燕子矶想渡江逃命，因无船渡江，被日军俘虏后押至幕府山下的空营房里。这些空营房里，共集中囚禁几万人，大多为被俘士兵，另有部分警察和老百姓。日军3天3夜不给饭吃，也不给水喝，老人小孩相继饥渴而死，妇女全被轮奸。1984年，他已68岁，住在六合县竹镇南后街。他说："（1937年）12月13日，日本兵从中华门侵入南京，我跑到下关，无船渡江，就跑到燕子矶。燕子矶满街是人，抢木板、盆桶争相泅渡长江。我扛了一个肉案，想渡江到八卦洲，但由于肉案是个圆木，半浮半沉，无法泅渡。……这时疲劳极了，就找了个地方睡觉了。天还未亮，日本兵来了，把青年人全部撵到街心。有个会讲中国话的日本人说：'哪个认识幕府

---

[1] 张宪文主编，王卫星编：《南京大屠杀史料集10·日军官兵与随军记者回忆》，江苏人民出版社2006年版，第261页。

[2] 同上书，第261—263页。

山的前面带路。'于是有人站出来带路,把我们带到幕府山,关在空营房里,集中囚禁约2万人,大多为被俘士兵,另有部分警察和老百姓。……12月18日,日本人从凌晨4点钟就开始捆人,把整匹整匹的布撕成布条,先把人两手反缚着,然后再把两个人的手臂捆在一起。从凌晨4点一直捆到下午4点,然后还是那个会讲中国话的日本人讲话,问哪个认识老虎山的带路,说,要送我们回南京城去'米稀、米稀'。到了上元门大窝子江滩,叫我们一排排坐下。这时有人讲:'不好,要搞屠杀了!做鬼也要做个散手鬼。'就相互解绳子。晚上八九点钟,日本兵开始屠杀。机枪一响,我就躺倒在地,20分钟后,机枪停了,我右肩头被打伤也没有知觉,死尸堆在我身上,感到特别重。约5分钟后,机枪又开始扫射,过了一阵子,日军上来,用刺刀刺,用木棒打,然后……用汽油一浇就烧起来了。这时我感到吃不消了,尽力挣扎,爬出死人堆后,顺着江边,往燕子矶跑,在一个房子被烧、无人居住的村子里,我钻进砻糠灰里,把衣服一件一件脱下来烘干,嚼生稻子充饥。在这里我看到一个老头和小孩划了一只小舟到村里来拖稻草,我求他们,把我带到八卦洲,以后回到了江北。"[1]

日本《朝日新闻》进步记者本多胜一于1985年秋天采访过唐广普。他也不相信唐广普是从草鞋峡屠杀中逃生的,因而想请唐广普讲一讲幕府山囚禁时的房子是什么建筑材料构成的,墙是什么样的,房顶是什么材料。

唐广普答道:"那里是十几排简易营房,稻草顶,竹子梁,墙是用竹子劈开后编成的,内侧糊上黄泥,外面不糊的。"

他看见本多胜一手里捧着一本很厚的书在翻阅。唐广普凑过去一看,书中有幕府山营房的照片。他惊奇了:"你哪里拍来的这些照片?"

本多胜一说:"是当年日军随军记者们摄下来的。"

唐广普的叙述和照片中的房舍一样。据说,50年前的施害者大多不相信草鞋峡的大屠杀还会有幸存者!虽然他80多岁了,身体条件不允许长途旅行,但他还是很想来当面听听唐的诉说。

---

[1] 侵华日军南京大屠杀史料编委会、南京图书馆编:《侵华日军南京大屠杀史料》,江苏古籍出版社1997年版,第403—404页。

日军将放下武器的中国军人集中于幕府山一带准备加以屠杀

　　市民严洪亮也是草鞋峡大屠杀的幸存者之一。当年32岁的严洪亮，12月初被南京要塞司令部（司令邵伯川）抓去，担任运输工作，帮助运送弹药、药品、棉花等军用品。日军占领南京前，从守军部队逃跑出来，当时他也想逃到江北，因没船过不去。由于认识和记洋行工头徐志和，他躲到和记洋行。不料，他也被捕了。1984年，他已近80岁了，面对调查人员，情绪仍激动不已，对当年险遭屠杀的情景刻骨铭心。他说："一天早上，日军到和记洋行抓人，抓走了3000多人，我也在内。把我们押到老江口（草鞋峡），江边被抓来的有好几万人，密密麻麻地坐在地上。从上午八九点钟开始，日寇就进行大屠杀了。他们用绳子圈20个人为一扎，用机枪扫射以后，就把尸体推到江里去，这样从上午一直屠杀到晚上。天快黑时，3个背东洋刀的日军检查到我，看我手上没有老茧，说我不是'中央军'，叫我走。看守我的一个日本兵很来气，给我头上一枪拐子，打得我鲜血直流，躺在地上；接着，又用刺刀向我肚子刺来，因我练过功，随身一让，他没有刺到肚子，小腿上却挨了一刀。伤痕现在仍明显可见。我装死躺在地上，趁天黑从死人堆里爬了出来。"[1]

---

[1] 侵华日军南京大屠杀史料编委会、南京图书馆编：《侵华日军南京大屠杀史料》，江苏古籍出版社1997年版，第404—405页。

守军伤兵鲁甦因腿部被日军的炮弹炸伤,后辗转躲在上元门大茅洞。大茅洞与草鞋峡相距咫尺,亲眼看见日军在草鞋峡的暴行。1945年12月,作为幸存者,鲁甦向首都地方法院检察处调查人员做如下陈述:"侵寇进城后,将退却国军及难民男女老幼57418人,圈禁于幕府山下四、五所村,断绝饮食,冻死饿死者甚多。农历十六(即公历12月18日)夜,复用铅丝两人一扎,排成4路,驱至下关草鞋峡,用机枪悉于扫射后,复用刺刀乱戳,最后浇以煤油,纵火焚烧,残余骸骨悉投于江中,在此大屠杀中有教导总队冯班长及保安队警察郭某,将绑绳挣脱,佯仆地上,掩尸盖身,因而得免。惟冯班长左膀刺刀戳伤,郭某脊骨烧伤,逃至大茅洞由余代觅便衣更换,偷渡至八卦洲脱险。"[1]

在南京抗战人口伤亡和财产损失的调研中,我们寻访到合班村212号的杨潘氏老人。她1925年5月生,日本人占领南京时才12岁,在一户人家做童养媳,当时家里有丈夫的奶奶、老婆婆、老公公,住在渡江采石场对面的道埂上,即现在的幕燕大道上,她心酸地说:"日本人来时,我老婆婆、老公公带着我丈夫跑到江北,把我和奶奶留下来没有带走。有一天听其他人讲,在上元门那里,有中央军驻扎过的地方丢了不少生活物品,有衣服、被子、肥皂、袜子和火腿、面粉等,都是中央军和日本兵打仗时慌乱时留下的,我就一人跑去捡。当我走到上元门的小山洼时,看见有两队日本兵,我立刻躲在山洼里,看到日本兵把中央军用绳子拴起来。一个连一个地串成两排,每排有五六米长。然后日本兵把汽油倒在中央军的身上,点火烧,烧的时候我不敢看了,吓跑了,我就听见身后惨叫声一片,有人在拼命地喊救命。虽然日本人在江边杀人的时候我没亲眼看见,但是后来我到江边发现有几十个人的尸体,这儿一个那儿一个,都是日本人用刀砍的,路边壕沟里都是尸体,还有狗在吃尸体上肉,场面好惨啊。"[2]

---

[1] 中国第二历史档案馆、南京市档案馆编:《侵华日军南京大屠杀档案》,江苏古籍出版社1997年版,第87—88页。

[2] 张宪文主编:《侵华日军南京大屠杀史料》39,江苏人民出版社2007年版,第1604页。

57000多人遇害得到军事法庭的确认

草鞋峡大屠杀中，遇难同胞数量巨大，除部分尸体残余骸骨被日军抛到江里外，部分尸首遭焚外，还有部分残骸堆积在江岸和幕府山各处。在1938年2月21日至3月6日期间，世界红卍字会南京分会救济队掩埋组，分别共5次收殓尸体4296具，多数就近埋在幕府山下，部分遗体掩埋在下关的石榴园。

当年6月，天气渐暖之后，经大雨和江水冲刷，幕府山下出现大量遇难者的露骨，尸体腐烂的臭气弥漫乡里，几里路以外就能闻到。当地居民推行金国桢为代表向日伪南京市卫生局上书，要求日伪南京市卫生局出面组织人员、财力掩埋这一带遗留的尸体。

日伪南京市卫生局招募工人20余名，于6月13日至7月上旬住宿在草鞋峡沿江处，重新对遇难者尸体进行掩埋。自草鞋峡至鱼雷营沿江岸高处，在幕府山山脚下共垒起8座大坟，收瘗埋葬尸骨3575具，并在草鞋峡的一处大坟前立下"民国廿六年 草鞋峡无主孤坟墓"一块约2米高的竖形石碑。

当年，在日伪南京市卫生局给日伪南京特别市政府的报告中，如是说：

> 由六月十三日至七月六日止工作二十四天，共收瘗及迁葬尸骨三千五百七十五具。选定地势较高、离江较远之地作大型土坟一座，并竖碑一方，以资纪念。又掩埋男女尸体十二具，孩尸三十七具，施大棺十二具，小棺一具。[1]

1939年开春后，由于掩埋尸体太多，随着尸体腐烂和自然下沉，宝塔桥至草鞋峡又出现大量露骨，市民叫苦不迭，再次向日伪当局举报。日伪南京市卫生局不得不再次组织工人20余名，进行掩

---

[1] 中国第二历史档案馆、南京市档案馆编：《侵华日军南京大屠杀档案》，江苏古籍出版社1997年版，第86页。

埋，共收瘗及迁葬尸骨 3075 具。

由于无人管理，草鞋峡无主孤坟墓碑后来不知所终，如今在江东门纪念馆内，陈列着当年的复制品。

草鞋峡遇难同胞大屠杀的事实，理所当然地得到远东国际军事法庭和南京审判战犯军事法庭的确认，并将日军在草鞋峡进行的大规模屠杀分别写进《判决书》中。

南京审判战犯军事法庭判定：

> 同月（即 1937 年 12 月）18 日夜间，复将我被囚幕府山之军民 57418 人，以铅丝扎捆，驱集下关草鞋峡，亦用机枪射杀，其倒卧血泊中尚能挣扎者，均遭乱刀戳毙，并将全部尸骸，浇以煤油焚化。

远东国际军事法庭也在其《判决书》中确认，被拘禁的 57000 余人"遭受了饥饿和拷问，以致许多人都死掉了，许多未死的也被机枪和刺刀杀死了"[1]。

加害者说：屠杀是"自卫行为"

多年来，关于日军在幕府山的残虐暴行，日本右翼分子竭尽所能想抹掉这一暴行，他们或是在遇难者人数上做文章，或说是制止难民暴动的"自卫"，不顾一切地刻意歪曲事实。1984 年 8 月 7 日《每日新闻》刊登的原属第十三师团第六十五联队田山大队的栗原利一氏的证言就能说明问题，"把俘虏押往收容地点的路上，发生了暴动，为了自卫杀了他们"。

事实真的是这样吗？

曾根一夫，1937 年曾跟随日军名古屋第三师团参加了淞沪会战和围攻南京之役。作为南京大屠杀的参与者和见证人，他对国内关于"南京大屠杀事件"

---

[1] 张效林译：《远东国际军事法庭判决书》，五十年代出版社 1953 年中文版。

的争论深感不安,受良心的谴责,本着赎罪的心理,他撰写了《南京大屠杀亲历记》《我所记录的南京屠杀(续)》等回忆文章,以亲历者的身份批驳右翼分子的种种谬论。在引述前面所说的事实后,他又说:"那些俘虏,双手被绑在背后,根本无法自由活动,怎么可能进行集体暴动呢?"

时属日军第十三师团第一〇三旅团第六十五联队第四中队少尉的宫本省吾,在其《阵中日记》写道:"12月16日,警戒任务日益繁重。上午10时,第二中队来接替我们警卫,终于放下心来。然而,就在我们吃午饭的时候,发生了火灾,引起了极度的混乱,结果三分之一的兵营被烧毁。下午3时,大队决定采取极端措施,把约三千名俘虏押到扬子江边枪杀了。这是只有战场上才可能看到的场面。12月17日,小雪。今天部队举行南京入城式。部队大部分人参与了对俘虏的处决。我8时30分出发,向南京方向行军。下午参加了盛大的南京入城仪式,亲眼看见了这一庄严而具有历史意义的场面。傍晚回来,立刻出发加入了对俘虏兵的处决。由于已杀了两万多人,士兵杀红了眼,结果,竟向友军发难,杀死杀伤友军多人。我中队也造成了一死两伤的损失。"[1]

时属日军第十三师团第一〇三旅团第十九联队第八中队伍长的近藤荣四郎,在12月16日日记中记述说:"晚上,20000人的俘虏营发生火灾,我们前去与担任警卫的中队交接换班,今天最终将20000人中的三分之一,即7000人拉到扬子江边枪决。这期间,我们担任警卫工作。之后,又处决了其余所有俘虏。我们用刺刀把没有被枪打死的人刺死……在煞白的月光下,垂死的人发出痛苦的哀鸣。没有比这更让人毛骨悚然的了。这是只有战场上才能见到的情景,是我终生难忘的情景。9时30分返回。"[2]

田中三郎时为侵华日军两角部队的下士,现居日本福岛县,1984年9月《朝日周刊》报道了《朝日新闻》记者本多胜一对他的采访:

---

[1] 张宪文主编,王卫星编:《南京大屠杀史料集》9,江苏人民出版社2006年版,第32页。

[2] 同上书,第89页。

……解除了这批俘虏的武装,除了身上穿的以外,只许他们各带一条毯子,然后就把他们收容进一排土墙草顶的大型临时建筑中,中国兵管此叫"厂舍"。田中先生回忆说,这些建筑是在幕府山丘陵的南侧。

被收容的俘虏,生活极为悲惨,每天只分得一碗饭,还是那种中国餐中常用的小号"中国碗",连水都不供给,所以常看见有俘虏喝厂舍周围排水沟里的小便。

在举行入城式的17日那天,根据上面"收拾掉"的命令,把这群俘虏处理掉了。那天早晨,向俘虏们解释说:"要把你们转移到江心岛的收容所去。"……出了厂舍,命令俘虏排成四列纵队成一字长蛇,向西迂回,绕过丘陵,来到长江边,走了四五公里,顶多6公里。不知是觉察到可能被枪杀,还是渴不可耐,田中看见有两个俘虏忽然从队伍里跑出,跳进路边的池塘,但是立刻被射杀在水里,头被割下来,鲜血染红了水面……

大群俘虏被集中在江边,这里是一块点缀着丛丛柳树的河滩,长江支流的对岸可以看见江心岛(即八卦洲),江中还有两只小船。

俘虏队伍到达后三四个小时,俘虏们也注意到这个矛盾:说是要把大家送到江心岛上,可是并没有那么大的船,江边也看不出什么渡江的准备,就这样不明不白地等着,天已经快要黑下来了。然而,就在俘虏们的周围,日本兵沿江岸呈半圆状包围过来,许多机关枪的枪口对着俘虏们……不一会儿,军官们下达了一齐射击的命令。重机枪、轻机枪、步枪围成半圆阵势,对着江边的大群俘虏猛烈开火,将他们置于弹雨之下,各种枪支齐射的巨响和俘虏群中传来的垂死呼号混在一起,长江边简直成了叫唤地狱、阿鼻地狱。田中也操着一支步枪在射击,

> 失去了生路而拼命挣扎的人们仰面朝天乞求上苍,结果形成了巨大的人堆。齐射持续了一个小时,直到没有一个俘虏还站着……

  不义的杀人者都害怕败露杀人的丑行。

  日军们也知道,屠杀平民和放下武器的俘虏必将引起国际公愤。为"彻底处理",防止屠杀全体俘虏的事实传出去,这篇报道还说,日军忙乎了一整夜,确认没有人活着后又焚尸灭迹,能从杀人现场逸脱的人"可以断言一个也没有了"。

  对于这场草鞋峡遇难同胞的大屠杀,日本右翼势力极力否认,极力掩盖事实真相,随着真相逐渐大白于天下,又极力地予以粉饰,一而再、再而三地暴露出其法西斯本质,也从另一侧面暴露出日本右翼分子与当年犯下滔天罪行的刽子手是一脉相承的。

  定格的历史不容改变,无论日本怎样欺骗国民、拜"鬼",不论日本右翼分子怎么狡辩、歪曲,事实无论如何是不能被掩盖的。只有敢于正视历史,反省罪恶,中日两国才能开启真正的美好未来。

  2019年10月1日,中华人民共和国成立70周年大阅兵实实在在展现了我国军队建设的巨大成就,让国人泪奔,让国人振奋,向世人宣示我们在维护国家主权和世界和平稳定的决心和实力,警告和震慑那些敌视我国和企图破坏我国建设的人:今天的中国已不是70年前的中国,今天的人民已不是70年前的人民,今天的军队更不是70年前的军队。我们劝诫日本政府收起那一套欺骗世人的"把戏",不要为右翼分子撑腰,与他们一唱一和、沆瀣一气;更不要逆潮流而动,再做让军国主义复活的"黄粱美梦"。

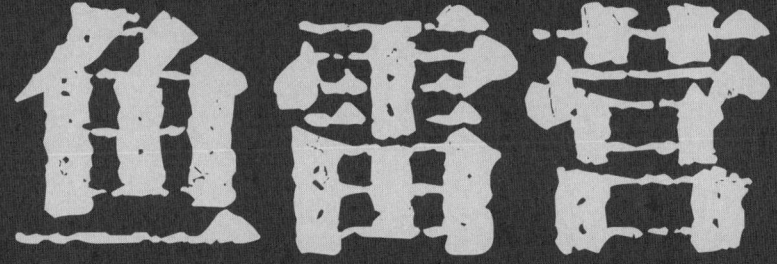

侵华日军南京大屠杀鱼雷营遇难同胞丛葬地纪念碑

位置

宝塔桥金陵造船厂内,2015年12月11日,南京市人民政府建。

一九三七年十二月十五日夜，侵华日军将被其搜捕之我市平民和已解除武装之守城官兵九千余人，押至鱼雷营，以机枪集体射杀。同月，日军又在鱼雷营、宝塔桥一带再次杀害我军民三万余人。死难者之遗骸，直至次年二月，犹暴露于军营码头等地，惨不可睹。后由红卍字会就地掩埋，仅二月十九日、二十一日、二十二日三天，埋尸即达五千余具，惨史难忘，忆往志慨，特立此碑，正告方来。

十四

曾经的鱼雷营

鱼雷营遇难同胞丛葬地是我们江边到访的最后一块地方。之所以把它放在最后,因为纪念碑建立在金陵造船厂之内,暂时不对外开放。只好约上同道之人,在联系好后共同前往。

10月中旬的一天,早上有些微凉,蓝蓝的天上没有一丝白云,这是南京最好的天气了。

站在船厂门前,我们细细打量起这座有着近70年历史的老厂,中国外运长航集团旗下最大的造船骨干企业金陵船厂。船厂原址为清政府培养水雷和鱼雷作战的海军人才机关用地,新中国成立后一度成为人民解放军海军教学用地。1952年,"长江航运管理局南京修船厂"从三汊河迁到了此地,并更名为南京金陵船厂。建厂初期,以修船为主,以后开始造驳船,造客货轮,再到造集装箱船、液体货船、滚装船。可以说,金陵船厂见证了中国造船业的发展,一艘艘巨轮从这里驶向深海远洋,在世界各大港口穿梭来往……

正在议论徘徊之余,船厂的张先生已经赶到,帮我们与门卫办好参观手续。我们边走边聊,他不无自豪地告诉我们,世界上第一艘能装载空客A380飞机大型部件的滚装船、有3800车位的国内首艘智能型汽车运输船、可以装5000标箱的集装箱船都从这里下水……金陵船厂创造了中国乃至世界船舶工业的多个"第一",出口创汇名列南京市和中国航运集团之冠。根据南京社会经济发展"十三五"规划,这里将成为船舶生产研发和创新基地,江堤将与大胜关、下关、燕子矶连成一线,真正成为南京长江滨江风光带。也许不久之后,市民就可以通过这条滨江大道来参观游览和凭吊遇难同胞啦!

谈说之间,我们一行走到了遇难同胞纪念广场。

纪念碑位于工厂的东北角,邻近长江岸边,占地约400平方米,中间一条通道,通道的尽头,就是侵华日军南京大屠杀鱼雷营遇难同胞纪念碑。与江边其他纪念碑不同,这座碑用花岗岩雕刻而成,卧倒在地,造型迥异。像一只搏击长江的江豚,又像一只在深海游弋的海豹,静静躺在江滩的基座上,以至我们也放慢脚步轻轻地走近靠前,生怕惊了它。碑文记载,1937年12月15日,侵华日军在鱼雷营屠杀9000人后,又在宝塔桥、鱼雷营一带大肆屠杀,被害者30000人以上。

鱼雷营码头:唐生智由此处渡江

鱼雷营是清代末年洋务运动中兴建的一个重要海军基地。

19世纪末,清政府在下关的土城门(挹江门)旁开办了一所江南水师学堂,作为一所军事学校,为海军培养科技人才。后来,又在距学堂不算太远的长江边上设立南京鱼雷分局,专门培养海军水雷和鱼雷作战的人才。国民政府定都南京后,沿袭旧制,在海军内部设水鱼雷营。在1937年,这里成为海军基地码头,当地百姓习惯称之为"鱼雷营"。

南京解放以后,鱼雷营码头被中国人民解放军接管,后作为中国人民解放军海军某部的教学用地。

站在鱼雷营遇难同胞纪念广场上,可以遥望到狮子山阅江楼和长江二桥。

当年,南京保卫战激战正酣,守军在逐渐收缩防线固守南京之际,发誓与南京共存亡的唐生智在12月12日的下午,在三牌楼唐公馆召开了师长以上高级将领会议,副司令长官罗卓英、刘兴,参谋长周斓等出席。会上,唐生智宣读了蒋介石发来的撤退令,命令在挹江门至幕府山一线的宋希濂第三十六师负责掩护长官公署及直属部队渡江后撤退。由于通讯不畅,许多部队都没有接到撤退命令,有序撤退很快变成了溃退,得到通知的部队纷纷奔向下关,都想趁早渡江北逃。

由于鱼雷营较中山码头稍许偏僻,便成为守军渡江北撤的重要码头。当日晚9时,唐生智、罗卓英、刘兴和周斓等先后聚集在煤炭港,登上早已停靠在这里的一艘小火轮,与长官部三四百名官兵安全抵达浦口。之后,守卫城北挹江门、下关一线的宋希濂第三十六师,利用找到的2艘汽艇和15条民船开始渡江。该部先后渡过3000余人。

第七十四军第五十一师第三〇六团团长邱维达也是从这里渡江的。当他身负重伤昏迷之际,被担架抬下战场,醒过来时,部队已撤到下关码头。在中山码头停下约一小时,从前线退下的散兵、伤员、后方勤杂部队、辎重、车辆以及眷属、老弱妇孺,把沿江马路挤得水泄不通。停在江中的日军舰艇不停地用机枪向岸上扫射,不时还有轰炸机扔下炸弹,断续升起的照明弹吓得人们四处乱窜,到处是哭声、呼救声、喊声、怨恨声,搅成一片。多少年过去后,那一幕在他的脑海中记忆犹新。在一篇回忆文章中,他说:"夜已深,仍无法过江,我的副官和卫士只好分头去找船。分开不到一刻钟,忽听江中遥远处有人在喊:'五十一师邱团长在哪里?'连续几声,犹如天降喜讯!我停住呼吸细听,喊声来自煤炭港方向。等我们赶到煤炭港,发现江中停有一艘机动船,离我们约有200米距离,船上的人声已经听得十分清楚。后来我才知道,这条船是交通部部长俞飞鹏留下给俞济时过江用的。因王耀武听说我没有过江又负了重伤,特请示了俞济时,留下船并派一位副官和两个卫士来接我的。由于岸上人山人海,船离岸尚有30米远,就有大批人跃进江里,向船游去,几乎把船弄翻。后来我被一条绳索的一头系着腰,从水中拖拉上船,才得以离开这座被血染红了的城市。"[1]

防守紫金山的国民党教导总队副总队长兼第一旅旅长周振强,所属部队在紫金山与日军殊死战斗数日,得撤退命令时,他带领部队也是从煤炭港渡江北撤的。在《教导总队在南京保卫中》文

---

[1] 唐生智、刘斐等著:《南京保卫战——原国民党将领抗日战争亲历记·正面战场》,中国文史出版社2010年版,第170页。

章中,他写道:"12日晚10时左右,我在紫金山第一峰指挥所看到南京中华门方向和下关方向都起火,打电话到总队部也打不通。……第八十八师防守的雨花台阵地已被敌人占领,并有小股敌人攻进了城,第八十八师部队很混乱,又看到粤军邓龙光部队都出了太平门。我当即赶到富贵山总队部,召集部分官兵告知当前情况,并商议决定:第三旅旅长马威龙率本旅同粤军邓龙光部一起突围,工兵团团长杨厚灿率本团到下关煤炭港、燕子矶之间准备渡河器材,骑兵团团长王翰卿率本团占领煤炭港之线担任掩护,第一旅第一团团长秦士铨率本团为后卫,从12时开始逐次由阵地撤退,留一部占领紫金山的天堡城为掩护阵地,其余部队向煤炭港、燕子矶之间方向撤退,设法渡江。我于是日夜1时率总队部特务营百余人,经尧化门到了煤炭港,即指挥队部渡江,并指定滁县为集中地点。13日,上午12时才用木排渡江,下午2时到达八卦洲对面北岸时,敌舰已突破乌龙山长江封锁线,亲眼看到渡江的我军官兵在下关一带江面遭到敌舰敌机的射击和冲撞,因而死在江中的有三四千人,情况极凄惨,目不忍睹。第二天到达滁县,共收容官兵四千多人。"[1]

从鱼雷营海军码头撤退,最终到达江北的只是南京防守部队的一小部分,由于船少人多,很多国民党官兵和逃难民众或死于日军枪炮之下,或成为日军俘虏,或换装隐藏在难民区。这些放下武器的军人,绝大部分死于日军的集体屠杀之中。

鲜血浸透了这片土地

南京沦陷后,日军在"扫荡"的同时,对这里进行了大搜捕。解除武装的士兵,头上有圆形帽痕、肩上有背枪压痕,或者身上有背囊的难民及任何被怀疑为军人的百姓统统被抓走,分别圈禁关押。

1937年12月15日晚,日军将下关沿江一带搜捕到的平民和放下武器的军人9000余人,由老虎山炮台山下的收容

---

[1] 唐生智、刘斐等著:《南京保卫战——原国民党将领抗日战争亲历记·正面战场》,中国文史出版社2010年版,第189—190页。

处驱赶去上元门，后又押往鱼雷营附近。行进途中，不断发生难民逃跑，不断发出枪击和刺刀劈杀之声。当队伍缓慢地走到鱼雷营江滩低洼处时，突然遭到事先埋伏的日军机枪密集扫射，刹那之间，难民们成批地倒在血泊之中……由于这次有预谋的屠杀在夜间进行，因而只有少数人幸免于难。

殷有余当时与他父亲都在要塞炮台当伙夫，日军向下关"扫荡"时，他们与炮台的国民党官兵没有及时撤离而被日军所俘，是鱼雷营集体屠杀中极少数的幸存者。1946年10月，南京审判战犯军事法庭检察官对受害人殷有余进行了询问，在此摘录部分对话：

问：你们当时被俘虏的有多少人？

答：我们炮台上官兵300多人一齐被俘虏。

问：那一天共被俘虏有多少人？

答：这一天连官兵带老百姓一共被俘9000多人。

问：这些人被带到什么地方？

答：一齐带到鱼雷营。

问：带到鱼雷营以后怎么办呢？

答：日本兵用四挺机枪扫射，只漏下9个人没有打死，我也是漏下来的一人。

问：你那时受伤没有？

答：我因为压在其他的死尸底下，所以没有受伤。

问：你后来是什么时候逃出来的呢？

答：在当天晚上10时以后鬼子就去了，有一个36师的陈班长也是漏下来的没有死，他就把我的绳子解去，一同逃走。那时同逃出来的其他7个人都受了很多的伤。

问：这些人都是被机枪扫死的吗？

答：那些人都是扫死的，只有我父亲年岁大走不动路，在路上就被日本兵用刀杀死了……[1]

---

[1] 张宪文主编，胡菊蓉编：《南京大屠杀史料集》24，江苏人民出版社2006年版，第223—224页。

目击者杨开基时任燕子矶第五保保长，住在上元里，亲眼见证了日军这次屠杀。在1945年12月向国民政府首都地方法院检察处公函中，他写道："民国二十六年农历十一月十三日（公历12月15日），忽有中岛部队兵士数人到上元里将农民4人连同其他村平民多人驱于鱼雷营地方，施行集体机枪扫射，尸积如山，惨不忍睹。"[1]

鱼雷营西边的宝塔桥建于明代，原名称小复成桥，位于今长江大桥之南的金川河上，毁于日军占领期间。相传，刘伯温奉明太祖朱元璋之命，为镇经常在龙湾河兴风作浪的河妖而建。石桥为拱形，桥上建有四方三层飞檐宝塔，东西两门可供行人通过，上层设有瞭望塔，可以观察敌情。沦陷后，这里也是日军集体屠杀的场所。

12月15日，日军杀害9000余人后，又在鱼雷营和宝塔桥一带杀害我军民30000余人。

何守江是目击证人之一，当时他住在下关宝塔桥桥东。据他所见，日军到达下关时，宝塔桥一带没有来得及逃走的难民，有四五千人。他说，日本兵到下关的第二天，把700多个中国人陆续不断地赶到宝塔桥上，强逼他们往下跳，桥那么高，先跳下桥的人，大部分都摔死了。后跳下桥的人，没有摔死的，日本兵就用机枪扫射，无一人幸存。[2]

时住北祖师庵23号的张陈氏，其夫张家志在宝塔桥遇难。1945年12月，对国民政府调查人员陈述当时的惨状："余为死者之妻，于南京事变时，不得遁逃，遂避身难民区，不幸于14日军藉词搜查国军，遂将我夫及大批壮丁逮捕，并解至宝塔桥由日军机枪扫射身死，其悲惨情况，目不忍睹。"

陈文惠，女，生于1917年，全家住在宝塔桥附近。当年她正好20岁，怀着身孕，与父亲一起在和记洋行的蛋厂做工。因缺少粮食，她与十多个女孩一起到离住地远一点的田地去摘菜，不料碰上了日军，由于怀孕，跑得慢，与其他5个女孩被日军逮住，惨遭强奸，但她

[1] 中国第二历史档案馆、南京市档案馆编：《侵华日军南京大屠杀档案》，江苏古籍出版社1997年版，第141页。本节未注明的证词引自该书第139、78—79页。

[2] 侵华日军南京大屠杀史料编委会、南京图书馆编：《侵华日军南京大屠杀史料》，江苏古籍出版社1997年版，第411—412页。

捡回了一条命。她说:"日军进城后过了一个月,日本海军军人(穿蓝军装)来了,把钱付给一个单身留在和记洋行的英国人,委托他处理尸体。父亲是工厂的主任,于是就带着七八十个男人,去处理散布在从长江岸边的草鞋峡到宝塔桥和下关一带的尸体。从2月到4月,用两个月的时间,处理被日军杀死的尸体。路边的尸体埋葬在幕府山的山脚下。长江岸边的尸体像山一样,就在金陵造船厂挖大坑埋葬。一个坑满了,再挖一个,一共挖了几十个坑。有男人女人的尸体,有中国军队士兵的尸体,有穿农民衣服的,各种各样都有。长江边上的尸体已经烂了,不能就那样搬,所以是用铲子铲到木板上搬走的。说不清有多少万人的尸体。"

1938年3月4日,德国驻华使员罗森在给德国外交部的报告中写道:"红卍字会在为埋葬众多尸体而慢慢努力。部分尸体是刚从水塘和地下掩体(以前防空袭的掩体)中成堆成堆地打捞和挖掘出来的。……郊区小港口下关尚有3万具尸体,这都是大恐怖时期集体处决的。红卍字会每天埋葬尸体500至600具。"这一档案,藏于德意志联邦共和国档案馆波茨坦分馆,为当年德国驻华使馆人员向德国外交部报告有关侵华日军南京大屠杀情况的档案。德国在第二次世界大战中,与日本是轴心国。这些档案真实地记载了日军南京大屠杀的惨状,并说"日军在南京的所作所为,为自己竖立了耻辱的纪念碑"。

鲜血染红了江水,浸透了这里的每一寸土地。

历史的定格

日军在鱼雷营和宝塔桥大屠杀留下的遇难者尸体,除了部分随江水流走外,大部分尸体直到1938年初仍堆积在江岸边。1938年2月,世界红卍字会南京分会救济队掩埋组去收埋时,仍有大量尸体裸露在外。据统计,自2月19日至2月22日,仅在鱼雷营码头就收殓尸体6398具,其中2月22日收殓尸首5226具,并在鱼雷营发现和埋葬的遗骸有5824具……另外,中国红十字会南京分会掩埋队也在这一带收殓过尸体,并留有记录。

日军在下关江面将尸体拖入江中使其漂走

鉴于日军在鱼雷营、宝塔桥一带多次进行大规模的屠杀，被害同胞的情况不能局限于一二天的统计。为此，抗战胜利后，南京大屠杀敌人罪行调查委员会特派人做了详细调查，于1946年10月1日作出结论：日军在鱼雷营、宝塔桥一带，共残杀军民3万人以上。

经南京审判战犯军事法庭查证，最终认定：民国二十六年（1937）12月间，在城外宝塔桥及鱼雷营一带，屠杀军民3万人以上，尸横遍野，惨不忍睹。[1]

1947年3月10日，南京审判战犯军事法庭在谷寿夫判决书"关于集体屠杀"附件，第二宗和第二十一宗集体屠杀记录中明确记录："民国二十六年12月15日夜间，有平民、官兵共九千余人，被日军俘获，押往海军鱼雷营，用机枪集体扫射，除殷有余等九人逃出外，其余全体牺牲。""民国二十六年12月间，在城外宝塔桥及鱼雷营一带，屠杀军民三万人以上。"

日军的罪行罄竹难书。扬子江在哭泣，为她的儿女们被强盗野蛮屠杀而日夜呜咽。

有铭无碑成为过去

为反击日本政府的倒行逆施，驳斥日本右翼分子否定南京大屠杀的言论，1983年，南京市政府成立了南京市大屠杀编史、建馆、立碑工作领导小组，在编纂南京大屠杀史料和筹建纪念馆的同时，准备在集体屠杀发生地和遇难同胞丛葬地竖立纪念碑。经过考证及充分论证，在1985年首批立碑13处地方就包括"鱼雷营"区域。但是由于诸多原因，到20世纪末，其他纪念碑都已建立起来了，唯独这个碑完成了碑文的撰写，却没有建成。理由看似也很简单，下关地区已经建遇难同胞纪念碑多处，鱼雷营的遗址已建成船厂生产作业区……

2006年，已被列入全国重点文物保护单位的此处遗址，仍然是有铭无碑。

---

[1] 侵华日军南京大屠杀史稿编委会：《侵华日军南京大屠杀史稿》，江苏古籍出版社1987版，第21页。

鱼雷营遇难同胞纪念碑。 韩娃丽 摄

2012年,大学生志愿者调查南京丛葬地时发现此处无碑,向有关部门反映。南京市地方志办公室的抗战史学者胡卓然也投书《新华日报》呼吁建碑,《新华日报》随后刊发多篇报道追踪此事,并向省市文化部门反映。多位南京大屠杀史研究者也极力推动立碑,引起社会的广泛关注和相关部门高度重视,专门给金陵船厂发函,希望船厂能提供便利,尽快将纪念碑竖起来。

2014年,国家首个公祭日前夕,鱼雷营纪念碑终于列入金陵船厂的议事日程。相关单位请来东南大学的周琦教授主持设计。周琦教授开始提出2个选址方案和4个纪念碑方案,分别为金陵船厂外围的采石场遗址处和金陵船厂江边滩涂地,纪念碑则有新生、火炬、灯塔、眺望4种样式,并把方案上报给国家文物局审批。

不久,方案通过国家文物局的审批。纪念碑选址采用了第二套方案,即建在金陵船厂东北角江边滩涂地,其环境及位置与真实的历史场景信息高度吻合,但纪念碑样式均未采用上述4套方案。主要是考虑到侵华日军南京大屠杀遇难同胞纪念馆已经有大规模的纪念馆和纪念雕塑,又要跟江边的建筑群呼应,所以鱼雷营纪念碑没必要建得过于宏大。最终,侵华日军大屠杀鱼雷营遇难同胞纪念碑采用卧式花圈式,材质选用福建产花岗岩。

纪念碑于2015年10月18日开始建设,当年12月13日落成,结束了鱼雷营有铭无碑的历史。碑前设有甬道,周围有围墙和绿化环绕。碑呈卧式,高1.5米,宽5米,上刻石质花圈和碑文。设计者介绍说:"这个高度便于参观者站在碑前俯视、默哀,仪式感比较强。"

鱼雷营遇难同胞纪念碑碑文　　　　　　　　　　　　　　韩娃丽_摄

依据南京市社会经济发展"十三五"规划，已有 70 多年历史的金陵船厂，在完成原址生产搬迁关停工作后，将同步发展新兴产业，打造总部经济和产业创新中心。在滨江大道江边景观整治计划中，将从金陵造船厂江堤修建一条参观路线，一直延伸到金陵造船厂的东南侧，便于市民参观游览和凭吊遇难同胞。

南京大学

侵华日军南京大屠杀金陵大学难民收容所及遇难同胞纪念碑

位置

南京大学校园内,南京市人民政府1996年5月立。

一九三七年十二月，日军侵占南京时，留在南京的外侨代表，为了收容我未及撤离的大批难民，以原金陵大学等处为中心，在城内设立了"国际安全区"占地约三点八六平方公里，内设二十五个难民收容所，收容难民约二十五万人，其中，原金陵大学校园本身就是较大的难民收容所之一，收容难民多达三万余人。

原金陵大学附近，也是侵华日军对我遇难同胞实施集体屠杀的场所之一。一九三七年十二月二十六日，日军以办理难民"登记"为由，将避难于原金陵大学图书馆内之两千余名难民，迫令集中在网球场上（现该地已建为地质实验楼），从中搜捕了三百余名青壮年，驱至五台山及汉中门外悉加杀害。

原金陵大学校园范围内，也是我遇难同胞尸骨丛葬地之一。据当时慈善团体红卍字会埋尸资料记载：一九三八年一、二月间，该会曾先后在城北各处收殓，于金银街原金陵大学农场及阴阳营南秀村埋葬遇难者尸体达七百七十四具。五十年代，南京大学在南秀村建设天文台时，还曾掘出过这批尸骨。

前事不忘，后事之师。今立此碑，永志哀痛，藉慰死者，兼勉后人：自强不息，振兴中华。

十五

高等学府里的"万人坑"

南京大学鼓楼校区被誉为"江南最美的大学"。

校园里,爬满爬山虎的老建筑静静地待在校园里,安静得让人随之恬静,继而产生一种肃穆与感动。作为一所百年老校,那些老建筑,那些名人故居,或藏匿于僻静的校园角落,或隐身于现代建筑之后,雕刻着沧桑岁月的斑驳痕迹,铭记着过往时光的历史风云。

最负盛名的代表建筑,恐怕非北大楼莫属,它既是南大的地标性建筑,又是南京民国建筑代表、新金陵四十八景之一。其实,北大楼与北京大学没有任何关系,指的是金陵大学的北大楼,与东大楼、西大楼相对而言。金陵大学为南京大学的前身之一,是1888年美国基督教在南京创办的教会大学。最初由汇文书院和宏育书院这两所教会学校合并而成,1915年更名为金陵大学。1927年,国民政府定都南京后收回学校教育权。1952年院系调整,金陵大学并入南京大学。北大楼南边,一方"金陵苑"碑刻,记述了金陵大学的光辉历程。

这天下午,我们沿着中山北路,经鼓楼公园来到南京大学。由于城市建设和高等教育的发展,校园不敷使用。2009年9月新辟的仙林校区开学,这里已改称南京大学鼓楼校区。

1937年12月,金陵大学西迁四川后,原址被"南京安全区国际委员会"设为难民区难民收容所。因工作关系,过去我们常到这里来。

纪念碑位于南大北园西门外的一座小院的西北方向一角。碑座坐北朝南，有点类似于下关发电厂死难工人纪念碑，但更简洁。整个碑座由祭台、碑座和扇形碑身三部分组成，高约3米，砖石结构，其底座由三级半圆形台阶组成，碑身由方形毛石砌成。碑身的上部和下部各镶一块黑色的长方形大理石，上面一块刻着"侵华日军南京大屠杀金陵大学难民收容所及遇难同胞纪念碑"，1996年5月，南京市人民政府在这里建立。

一九三七年十二月，日军侵占南京时，留在南京的外侨代表，为了收容我未及撤离的大批难民，以原金陵大学等处为中心，在城内设立了"国际安全区"，占地约三点八六平方公里，内设二十五个难民收容所，收容难民约二十五万人。其中，原金陵大学校园本身就是最大的难民收容所之一，收容难民多达三万余人。

原金陵大学附近，也是侵华日军对我遇难同胞实施集体屠杀的场所之一。一九三七年十二月二十六日，日军以办理难民"登记"为由，将避难于原金陵大学图书馆内之两千余名难民，逼令集中在网球场上（现该地已建为地质实验楼），从中挑出了三百余名青壮年，驱至五台山及汉中门外惨加杀害。

原金陵大学校园范围内，也是我遇难同胞尸骨藏葬地之一。据当时慈善团体红卍字会埋尸资料记载，一九三八年一二月间，该会曾先后在城北各处收殓，于金银树原金陵大学农场及阴阳营南秀村埋葬区难者尸体达七百七十四具。五十年代，南京大学在南秀村建设天文台时，还曾掘出过这批尸骨。

前事不忘，后事之师，今立此碑，永志哀痛，籍慰无者，兼勉后人：自强不息，振兴中华。

南京大学永建
一九九六年五月

金陵大学难民收容所及遇难同胞纪念碑碑文　　　　　韩娃丽_摄

20世纪50年代，南京大学在南秀村原金陵大学农场建设天文台时突然发现数百具杂乱的尸骨，引起人们的关注。经考证，尸骨均为侵华日军南京大屠杀遇难者的遗骨，且有人指证，此地为遇难者丛葬地之一。金陵大学校园是当时的"国际安全区"，这传播文化、培养文明礼仪的神圣之地，怎么也会变成血腥之地呢？这要从"国际安全区"的建立说起。

杭立武与"国际安全区"建立

"南京国际安全区"的发起人是当时金陵大学校董会董事长杭立武。

杭立武（1904—1991），安徽滁县人。1923 年毕业于金陵大学，1929 年获英国伦敦大学博士学位，归国后受聘为中央大学政治系教授兼系主任。由于工作上的关系，他与许多美国人、英国人、德国人等相互往来。淞沪会战一结束，日军即部署了对南京的进攻。在日军疯狂进攻下，嘉兴、苏州、广德、芜湖、无锡、江阴要塞等相继失守，日军即将兵临南京城下。

在南京岌岌可危之时，杭立武从报纸上得知一名饶神父在上海设立安全区，保护了不少妇女儿童。考虑到日本进攻南京后，城内必然还有大量平民无法撤离，便萌生了效仿上海成立难民区的想法。1982 年 9 月台湾出版的《传记文学》第 41 卷第 3 期刊登了杭立武的回忆文章《筹组南京沦陷后难民区的经过》。文章中，他写道："1937 年 11 月，我在南京看到报纸报道上海有一个饶神父，在上海设难民区，容纳很多妇女和小孩。我忽然动脑筋，觉得日本将进攻南京了，我准备成立一个南京安全区国际委员会，并设置一个难民区。那时我是金陵大学校董会的董事长，认得金陵大学的许多美国人，同时我也是中英文教基金会的总干事，和许多英国人、德国人有来往。我约了一二十个外国人，我说我们要设一个难民区，他们都同意，他们认为这是一件人道的事情，应该赞同。我们这个难民区很自然地就把金陵大学、金陵女子文理学院划进去，一直到鼓楼、新街口。划好后，我们就写信给上海饶神父，请他把地图给日本的司令看，请他同意我们成立难民区，并且答应以后不要骚扰难民区。"[1]

在南京安全区国际委员会第一次会议上，公推德国人约翰·拉贝为主席，总干事是美国基督教青年会干事乔治·费奇，副总干事是杭立武。安全区采用和上海南市难民区相同的标记：白底红圈中间一个红十字，并划定安全区的范围：东面，沿中山路往西北从新街口到山西路广场为界；北

---

[1] 唐生智、刘斐等著：《南京保卫战——原国民党将领抗日战争亲历记·正面战场》，中国文史出版社 2010 年版，第 335 页。

面,从山西路广场往西到西康路(即新住宅区的西南界路)为界;西面,沿西康路向南至汉口路交界(即新住宅区的西南角),又向东南成直线到上海路与汉中路交界处为界;南面,以汉中路与上海路交界到原起点的新街口为界,总面积大约3.86平方公里,设立25个难民区。

  国民政府也支持安全区的建立。时任国民政府外交部部长、军事委员会秘书长的张群,把他居住的宁海路5号的私宅交给德国大使馆,由大使馆转交给南京安全区国际委员会使用;首都卫戍司令长官唐生智应国际委员会的要求,拆除了难民区范围内一切军事设施。南京市市长马超俊于11月30日致函安全区国际委员会,先后拨给大米3万担,面粉2万袋,以及食盐和10万美元现金,并把难民区的行政权交给了国际委员会。在杭立武面见张群时,张群向他提出了转运朝天宫故宫文物博物院的意见,这个意见得到在苏州督战的蒋介石的赞成,复电指示杭立武尽力投入文物抢运工作。权衡后,杭立武把难民区的事交代给了他人,自己担当了搬运文物的重任。

  从1937年11月20日到12月8日短短的19天里,杭立武动用了一切力量组织文物的抢运工作。抢运分水、陆两条路线,陆路由军委调拨车辆,沿着津浦铁路转陇海线到宝鸡,再换装卡车入川;水路方面,由于国内轮船找不到,只好最后租到一家英商轮船,溯长江运到汉口再转运四川。就在南京沦陷的前二天,14571箱故宫文物水陆并进运往了安全的大后方,抗战胜利后全部运返南京,为保护中华文明瑰宝安全作出极大贡献。抗战期间,他任国民参政会参议员、美国联合援华会会长,国民政府教育部常务次长。国民党败退台湾后,他随国民党退至台湾,1991年2月逝世。

  1937年12月13日,南京最黑暗的一天。

  日军破城后,先后在太平门、江边、幕府山、汉中门、江东门、南京东郊等地大肆屠杀市民、放下武器的国民党官兵,一时间血雨腥风,尸首遍地,惨状触目惊心,人人恐慌,南京已成为一座"鬼城",一些幸存的人纷纷逃往安全区,希望能在安全区内逃过日军的"魔爪"。25个难民区顿时人满为患,共收留难民约25万人,其中金陵大学空房较多,收容难民多达3万余人。

善良的民众天真地认为躲在难民区内是安全的,但是他们没有料到日军公然破坏国际法准则,肆无忌惮到难民区内进行抢劫、强奸、杀人,安全区竟成为日军对无辜百姓无所顾忌尽情施虐的场所。

"良民登记"的谎言

从南京沦陷开始,大批放下武器的国民党官兵被日军从难民区搜出,被押到江边等地屠杀。在这以后的很长时间里,安全区内的难民仍然是日军搜查的重点,有不少难民死在日军的屠刀之下。时任安全区总干事的乔治·费奇目睹了日军的暴行,他在日记中说:"星期二,12月23日。今天,索恩遭到粗暴对待,他在史密斯的房子里,发现(日军)一名军官和一名士兵刚取下一面美国国旗和日本大使馆的通告,他们还强迫那里的难民全部迁出,说这里已决定作为登记中心了。索恩肯定受到了极为粗暴的对待,最后他被迫在一张纸上签了名,同意将此处让出供他们使用一个星期。索恩不是一个善罢甘休的人,最后,一张抗议书送交了日本大使,让日本兵迁出了这个地方。在金陵大学农业专修科收容所,有70人被拉出去枪杀了。毫无道理可言,士兵们可以随意逮捕他们认为可疑的人。手上长老茧,即作为当兵的证明,立刻处死。人力车夫木匠和其他劳动者常被抓走。中午时分,有一名男人被抬到办公处,头部烧焦,眼睛和耳朵没有了,鼻子剩一半,形态可怕。我急速用车把他送医院,但不久即死了。原来情况是这样的:几百人被绑在一起,用汽油浇身,然后点火,他刚好是靠外的一个,汽油只浇在头部。稍后,另一个类似的病人送进医院,烧得更为严重,也死了。从这些事例中可看出,日本人先是用机枪打,但未全部打死,因为第一人身上无枪伤,而第二人却有。更迟一些,看到了第三人,同样是胳膊和头部烧伤,躺在鼓楼对面通向我家的路角处。很明显,他在死亡之前经过长时间的挣扎。令人发指的暴行!"

费奇接着写道:"这天(15日)晚上我们'安全区'委员会开会时,有消息说,日本人从办公处附近一座收容所里拉走枪杀了1300人。我们知道其中有许多是缴了械的中国军人。锐比在下午曾从日本一官员处得到保证,这些人的生命将被赦免。现在一切都清楚了,他们要干些什么。人们是排着队,被捆绑在一起,约100人一组,由手持刺刀枪的日本兵押送着。他们中凡戴有帽子的都被扯下丢弃在地上。我们借着汽车灯光看见他们正排着队走向死亡。这群人默默地走着,绝无咽呜。我们的心沉得像铅一样。4个从南方长途跋涉而来的广东青年在其中吗?昨天,他们在我面前不情愿地放下武器。还有那个从北方来的高大强壮的军士,在作出缴械这个致命的决定时,他那疑惑的眼神一直在追寻着我。我是多么愚蠢呀,曾告诉他们日本人会赦免他们的生命!我们曾坚信日本人会信守诺言,至少在某种程度上,他们到来时会恢复秩序。我们做梦也没有想到看到的却是残忍与野蛮,这在现代社会里实属罕见……"[1]

1938年1月,费奇托人把日记带到南京,交给在上海的英国《孟却斯德导报》记者田伯烈保存。当年3月,田伯烈根据乔治·费奇、贝德士、马吉等人提供的日记、书信、报告等第一手资料,完成了《外人目睹中之日军暴行》一书,并于当年7月在武汉出版。郭沫若先生作序并亲笔题写书名,其英文版也在伦敦同时出版。1967年,乔治·费奇在美国将日记整理,出版了《我在中国八十年》。

日军在大批屠杀这批难民和俘虏以后,兽性没有收敛,又施行所谓的"良民登记",继续搜捕放下武器的军人。1937年12月22日,日本宪兵司令部发布布告,谓:自12月24日起,宪兵司令将签发平民护照,以利居留工作。凡各平民均须向日军办事处亲自报到,领取护照,不得代为领取,倘有老弱病人,须家属伴往报到。无护照者,一概不得居留城内,切切此令。

"登记"分别在金陵大学、宁海路、上海路、金陵神学院、金大附中等处进行。12月26日,金陵大学登记点开始"登记",难民区男性难民约3000人,被集中在金陵大学史威斯纪念堂前的网球场上。日军翻译首先演说半小时,要求"以前当过兵的或做过伕役的,都走到后面去""如自动承认",可以保全生命,可以获得工作。如

---

[1] 中国第二历史档案馆、南京市档案馆编:《侵华日军南京大屠杀档案》,江苏古籍出版社1997年版,第654页。

不老实登记,一经发觉,将"立遭枪决"。在日军的恐吓、欺骗下,有两三百人走出了队伍,其中有的人从未当过兵,只因受了恐怖气氛的影响以及对"伕役"二字的含意没有搞清,竟承认曾经当过兵。于是,他们便立即被押解出去加以屠杀。

金陵大学教授、南京国际安全区委员贝德士博士在其笔记中对此事件做了细致的记录:

> (12月26日)将近下午5点钟,这二三百人被宪兵分两批带走。第二天早上有一个身带五处刺刀伤的人来到金大医院。此人两次很明确地说他曾是住在图书馆大楼的一个难民,但是他没有到网球场集合。他在街上被抓加入确实是从网球场上来的一群人中。那天傍晚(不知是在牯岭寺以西还是附近),大约有130个日本兵用刺刀捅死了500个类似的俘虏中的大多数。这一受害者恢复知觉后发现日本人走了,就在夜间设法爬了回来。
>
> 27日上午又有一个人被带到我这里。他说头天傍晚被带走的200-300人中大多数都被杀害了。他是从死亡中逃出来的30-40人中的一个。他想要我给他和一两个同伴在当时还在继续进行的登记中帮帮忙,可我那会儿被宪兵包围了,只得将实际情况明白地告诉他:当时当地的登记仅限于妇女,此刻最好不要再谈这件事。后来我3次设法与他或他的同伴联系,可没有得到回音。另有谣传说,那些被带走的人已遭杀害,可那些说法似乎都不具体。我后来与一个逃出来的人交谈过,证实了以上的说法。
>
> 这一天和第二天(即27日和28日),我听到并核对了一些间接的,但显然是仔细而详尽的报道。这些报道说,被带走的部分人被5个一组和10个一组地捆绑起来,叫他们一组一组地从一个大屋子的第一个房间走到另一个生了一团大火的房间或庭院。当每一组人向前走时,他们的呻吟和哭声能够被其余的人听到。但是没有枪声。原有的

60人中剩下的大约20人，在绝望中冲垮后面的一堵围墙，通过毗邻的一所房屋逃走了。从金陵大学带走的那些人中，据说有一部分由于住在附近的教士们的恳求而得救了（这组报道都清楚地说明是在五台山附近）。26日接近傍晚时M. R. 就听到过类似的消息，可这消息来得早了些，不会是出自同一件事。报道上的这种混乱和复杂情况简直令人沮丧，可每天又都有其他紧迫的任务和问题要处理，虽然几次试图对这些情况做进一步了解，可没有得到什么结果。

今天（31日）有两个住在附近的人前来向一个可靠的助理求援，并对他讲述了他们的经历。助理提出，如果我想要，他可以带他们到我这儿来，以证实某些情况。其中一人承认他从前当过兵，这种坦率使人断定他诚实可信。他们二人说，从金大带走的200—500人被分成不同的组，他俩先被带到五台山，然后被带到汉西门外的运河堤，那里，一挺机枪对他们扫射。他们倒下了，其中一人受了伤。他们倒在死者身上，沾满了死者的鲜血。这些情况在我后来亲自的采访中完全得到了证实。[1]

日军在安全区内不断地残杀难民，使南京安全区委员会感到深切不安，不断向日本使馆提出抗议。但一次次的诉求，都被日军更加暴虐的行为所击破，无奈的抗议变成血泪的证词！翻开1937年12月16日至27日金陵大学非常委员会致日本大使的函件，眼前的文字顿时变得模糊起来：12月15日，本校新建藏书楼大厦中收容难民1500人，有妇女4人当场被奸，2人掳去，奸后释回，3人被掳去迄今未归，另1人被掳去，为大使馆附近贵国宪兵所阻碍释回。兵士此种举动，使被掳者之家属、邻居，以及此间附近之华人皆深感痛苦，倍觉惊惶。今晨安全区域中其他各处向余报告同样性质之事件竟有100余件之多。……12月18日，兵士奸淫掳掠，仍未改其态，各处之困

---

[1] 中国第二历史档案馆、南京市档案馆编：《侵华日军南京大屠杀档案》，江苏古籍出版社1997年版，第683—684页。

苦惊惶,一如往日。本校中所收容之难民已逾17000人,多数皆为妇孺,亟盼早获安全。此外由他处纷纷投奔本校者仍源源而来,盖他处之中在最近24小时中之纪录,上尘(呈)清听。……在本校附中,一震骇欲狂之幼童被杀于枪刺之下;另一幼童受重伤将死;8名妇人被蹂躏;本校职员数人,因欲救护此不幸之妇孺,给予食粮,皆被兵士无理由加以痛击。兵士昼夜爬墙出入校地者不可计数。多数人经此惊扰,震骇惶惧,不能阖目者已有3昼夜。倘此震骇与失望任其延长,或兵士侮辱妇女时,激起反抗因而造成大规模屠杀之惨剧,其责任当由贵当局负之……[1]

安全区里的"万人坑"

时年20岁、在金陵兵工厂的军需厂做工的王金福,南京沦陷时也逃到了难民区,亲眼看见日军在金陵大学屠杀难民的惨景。他说:"12月20日(应该是26日)去登记的那天,我听到金陵女子大学北面广场上的机枪扫射声,那是登记时被怀疑是中国兵的人。第二天,我见到五六十个红十字会(据考,应为红卍字会)的人在搬盖着席子的尸体。有许多尸体。两个人搬一具尸体。在阴阳营那个地方挖了大坑,深有三米多,宽有六七米,相当的长。是红十字会挖的坑。非常大非常深的坑。尸体就用席子包着扔进那里。那时我问过那个红十字会的人有多少尸体,那个人说至少有两千人。朝坑里一张望,都要吓瘫了。看到绳子松开全身是血、连头上也沾满了血的光身子尸体,心情很坏。"[2]

当年在金陵大学负责工程管理工作的毛德林回忆说:"当难民区将要解散时,在原金陵大学范围内,有两个尸骨坑,一个在天文台西面,是东西约十米、南北约三米的土沟,所埋尸骨不知是何处运来的,覆盖黄土约两米高;另一个在北京西路南侧,现南京大学木工厂东首,

---

[1] 中国第二历史档案馆、南京市档案馆编:《侵华日军南京大屠杀档案》,江苏古籍出版社1997年版,第608—611页。

[2] [日]松冈环编著,沈维藩译:《南京战·被割裂的受害者之魂——南京大屠杀受害者120人的证言》,上海辞书出版社2005年版,第186页。

是约五米直径的圆土坑，覆盖约高三米。这个土墩在日伪统治时期就已经拉平。那时，我们都说它们是'万人坑'。"[1]

据世界红卍字会南京分会救济队掩埋组在1946年上报的统计表之二中写道："1938年1月26日，在云南路西桥塘内收殓125具尸首，其中一具是女性，埋藏在金陵大学农场荒地；同年2月19日，在牯岭路及金陵大学等数十处收殓尸首672具，埋在阴阳营南秀村安义地，其中有小孩20具。同年2月27日，从三牌楼及妙乡等10余处收集尸首337具，埋在阴阳营北秀村安义地。"[2]

不安全的"安全区"

除上面提到并立碑的集体屠杀地以外，在山西路、大方巷和阴阳营安全区内也发生过多起惨案。

受害者周凤英住在阴阳营二条巷难民区，全家10口人，被日本兵野蛮残杀了5口。她回忆说："冬月14日，早上8点多钟，有七八个日本兵将我们院子里的难民100多人都赶出来，用铁丝网围着，一个一个进行检查，看头上有帽箍的，手上、肩头上有老茧的就拉出来，讲是'中央兵'，叫另站一旁。我家男人们是在止马营种菜的，他们弟兄和叔公手上抓钉耙，肩上挑担子，当然老茧是很厚的。日本兵叫我叔公周必富，夫兄永春、永寿、永财、永林等五人都站出来，说他们是中央兵，'死了死了的'。太阳快落山时，七八个日军将拉出来的百十个人都赶到阴阳营一个塘边，用机枪扫射死了。几天过去了，都无人敢收尸。直到十多天后才由红十字会将死尸掩埋。"[3]

家住鼓楼挹华里、肚子上留有长长刀印的曹学森，1921年1月出生，沦陷时，全家也逃进安全区，目睹了日军在北阴阳营的集体屠杀。她说："当时北阴阳营

1

张宪文主编：《南京大屠杀史料集25·幸存者调查口述》，江苏人民出版社2005年版，第270页。

2

孙宅巍编：《南京大屠杀史料集》5，江苏人民出版社2005年版，第40—41页。

3

《侵华日军南京大屠杀史料集》（纪实、证言专辑），江苏古籍出版社1985年版，第416页。

有两个水塘，一个大一些，一个小一些。有一次，有100多个男的手被反捆着，再用绳子一个连一个捆在一起，被日军赶到北阴阳大塘边，用机枪射杀，没有死的或被打伤的，就被日军扔到大塘里活活地淹死，非常残忍，大塘里的水全变成了红色。我还记得，当时南京最高法院的对面有一个水塘，日本兵用刺刀强迫几个中国人把一家5口塞进麻袋里，并让他们把几个麻袋口扎紧，用枪逼着这几个人把麻袋扛在肩上，向水塘中走去，当水淹到他们胸口时，日本鬼子就向塘里扔手雷，一边扔一边大笑，麻袋里面的人和扛麻袋的人全部都被活活炸死了。日军称这种残忍的游戏为'炸活鱼'……"[1]

徐嘉禄的儿子徐静森也在大方巷广场旁的池塘被日军杀害，作为受害者，他在给南京特别市政府的呈文中说："窃民世居本京经商为业，民国二十六年首都告急之际，乃率同家室走避难民区中，居住于鼓楼五条巷四号。不久首都沦陷，民等匿避家中，讵料是年12月16日上午，突来敌兵四名，臂套'中岛'字样之臂章气势汹汹。入门之后，专事搜捕一般青年为对象，顷刻之间，同居十数青年一一被驱室外，经由敌兵各别检查之后，即行掳带而去。当时民睹小儿无故被捕，乃夺门以察究竟，只见敌兵把守要道，断绝行人，成群青年俱为敌人蜂拥押来，置集于大方巷一广场上。迫至黄昏，仅该广场一处之地，计有青年数万之众（事后金陵女大美人华群小姐，有正确统计）。敌除在此青年中择其衣履不周者四五百名，以机枪残杀于附近池塘者外，其余悉为掳带而去。一时为母为妻哭子唤夫者有之，奋不顾身尾追于后而为敌兵枪杀者有之，厥状之惨，空前绝后。"[2]

市民俞仲铎、俞朱氏的17岁儿子俞顺贵也在这次屠杀中遇难。在致首都地方法院呈文中，他说："窃民在本京贡院西街，向业状元红烟兑店，兼售航空奖券业务。……敌未入城前，民借率眷属携带行囊，赴本京指定云南路难民区避难，城陷后，讵于是年12月16日上午，来有敌兵，臂套'中岛'字样之臂章撞

---

[1] 朱成山主编：《侵华日军南京大屠杀幸存者证言》，社会科学文献出版社2005年版，第321页。

[2] 中国第二历史档案馆、南京市档案馆编：《侵华日军南京大屠杀档案》，江苏古籍出版社1997年版，第117页。

门而入，一面捕逮青年，一方搜什物。是时民子俞顺贵年17岁，因系壮丁市民，曾在第一区第五分队受过壮丁之军事训练，并奉给有社字第11795号社会军事教育证，此时敌寇见民子顺贵具有军人姿态，目为中央军，威胁逮捕去。民与妻跪地泣求，不独未邀于恤，反而拳足交加，备受创楚。子被逮去，当见敌寇把守要隘，断绝行人，所有被逮青年均使集合在大方巷广场之上，有数千人之众，但有一部分，被敌四面包围，以机枪扫射，当场殒命，其未殒命者被敌寇如驱猪羊均皆赶走。迄今八年踪迹音信即在不知，生死存亡，尤在未卜。居此不明之中，应请查明实况，并知究竟。"[1]

目击者王苏氏、徐琦在1945年12月，向调查人员陈述说，民国二十六年（1937）12月16日上午，突来敌兵4名，臂套"中岛"字样之臂章，入门后大肆搜捕青年。当时石岩等正在家中，卒为敌兵驱出室外，先经个别检查之后，即行掳捕而去，置集大方巷一广场上。时至黄昏，计该广场上被捕青年有数万之众，除选择衣履不周者数百人以机枪残杀附近池塘外，其余悉为掳走，时历八载迄无消息。其后据一逃回青年云："敌将彼等抑至下关煤炭港地方，用绳绑起，即以机枪残杀后推入扬子江中，彼当时系应声而倒，故足部负伤。[2]

时住琅玡路11号的幸存者程金海说："1937年阴历冬月的一天，我和邻居三人上街看看，恰巧被日军发现，将我们三人检查了一番。他们见我长得像当兵模样，就把我双手倒背用绳子绑起来，带到大方巷口难民区，将其他两个人放了回去。从早上九点起，凡被抓的人，都送到这里集中，到下午四点以后，被抓来的人就有好几百。我从早上九点被抓来以后，双手一直被绑着，大小便只好解在裤子里。四点以后，日军用机枪向我们进行疯狂的扫射。我因在后面，又被前面的死者压在底下，所以没有中弹。我还听到，机枪扫射以后，又用步枪对没死的人进行补枪，我躺着不动，日本兵以为我死了。日军走后，我爬起来走出不多远，遇到姓黄的邻居，他帮

---

[1] 中国第二历史档案馆、南京市档案馆编：《侵华日军南京大屠杀档案》，江苏古籍出版社1997年版，第119页。

[2] 同上书，第144—145页。

我把绳子解开,我回到了家里,就这样幸存下来了。"[1]

目击证人和受害者数不胜数,据慈善团体红卍字会埋尸资料记载,到民国二十七年(1938)1月26日,还从西桥塘内收殓125具难民尸体,在阴阳营一带掩埋尸体1009具。

国民政府国防部审判战犯军事法庭认定:12月16日,日军在大方巷广场射杀徐静森等10人,将军民石岩、陈肇委、胡瑞卿、王克林等数百人驱赶至广场用机枪射杀,将平民谢来福、李小二等200余人押至大方巷水塘边射杀。12月27日,日军将邓荣贵等数百名中青年男子用绳子捆连,押至大方巷塘边用机枪射杀,塘水被染红。此外,在12月间,大方巷一带还发生多起规模达数百人的集体屠杀。

南京人的"活菩萨"

离开南京大学前,我们特地来到南大南园的东南角小粉桥1号。

这是一处有一座美丽的西式砖木结构的二层小楼,青灰色砖墙黑瓦,白色的窗棂,屋顶还有欧式的老虎窗,属于民国时期的现代派风格建筑。这里就是当年南京安全区国际委员会主席、拯救了几十万中国人生命的德国商人、被誉为"南京辛德勒"的约翰·拉贝先生的故居。

拉贝纪念馆于2006年秋天对外开放。走近这绿树掩映、宁静而凝重的院落,我们想得很多,在日寇实行野蛮、残暴的南京大屠杀期间,拉贝先生以自己的正义、忠诚、人道、无私与热忱,与其他国际友人一道,拯救受苦受难的中国人民。他的这一英雄壮举真可谓惊天地、泣鬼神,是永远屹立在中国大地和中国人民心中的巍巍丰碑!

约翰·拉贝,1882年11月23日出生于德国汉堡,早年丧父,初中毕业就离开了学校,在汉堡一家出口商行当伙计。1908年,他辗转来到中国在西门子洋行任西门子南京办事处经理。在大多数德国同胞早在日军到达南京之前就离开中国之时,拉贝却选择留在中

---

[1] 侵华日军南京大屠杀史料编委会、南京图书馆编:《侵华日军南京大屠杀史料》,江苏古籍出版社1997年版,第413—414页。

国,其理由极其简单而又十分感人。他说:"我在中国生活30多年了,我的儿子和孙子都是在这里出生的。我在此生活愉快,事业有成。中国人民待我很友好,即使在战争时期也是如此。"其实,拉贝留下不走,尚有他个人的原因:他觉得自己有责任保护中国雇员的安全,他们是西门子公司的机械师,维护着南京主要发电厂的涡轮机、各部门的电话系统和时钟、警察局和银行的报警器。作为南京安全区国际委员会主席,如果不是他亲口所说,谁也不知道他竟然是一位1931年自愿加入的德国纳粹党党员,而且还担任着纳粹党南京地区的负责人。

11月22日下午5时,国际委员会开会讨论成立一个南京平民中立安全区,可能是对拉贝先生忠诚敬业精神的仰慕,也可能是对他德国纳粹党人特殊身份的看重,大家一致选举拉贝担任主席。金陵大学的美国教授斯迈思博士任秘书,成员有美国人梅奇牧师(美国圣公会)、毕戈林(美孚煤油公司)、贝德斯博士(金陵大学)、密尔士牧师(美国长老会)、德利谟(鼓楼医院)、李格斯(金陵大学)、英国人福娄(亚细亚火油公司)、希尔滋(和记洋行)、麦寇(太古公司)、里恩(亚细亚火油公司)、德国人潘亭(兴明贸易公司)、史波林(上海保险公司)、丹麦人汉森(德士古火油公司)等。杭立武奉命离开南京后,总干事由金陵大学历史系教授贝德斯博士担任。

有关建立安全区的建议得到德国大使、英国大使和美国大使的同意。该建议将通过美国大使馆电台发给上海美国总领事,再转交给日本大使,要求承认难民区的中立地位。

在拉贝的主持、领导下,南京安全区于12月11日起,在宁海路5号设立事务局,开始接纳难民;12月8日难民区内首次悬挂起具有特殊标志的旗帜——白色旗子上圈以红圆圈的红十字。

安全区虽然建立,但日军拒绝承认安全区。拉贝觉得只有向更高当局求助,才能解决问题。1937年11月25日,他给希特勒发去一份电报,请求元首"善意从中调停,要求日本政府承认为未参加南京战斗人员而设立的安全区"。同时,拉贝也发一份电报给他的朋友、总参议克里贝尔先生,"请真诚支持我对元首之请求,否则将酿成一场不可避免的大屠杀。"

拉贝（中）与南京安全区国际委员会部分成员在安全区总部门前

希特勒和克里贝尔虽然没有答复拉贝。但此后，日本飞机轰炸南京的方式发生了微妙的变化，不再狂轰滥炸，只空袭军事目标，拉贝感到一丝欣慰。但是，他的胜利感很快就烟消云散。各种危机接踵而来。特别是大量难民如潮水般地涌进安全区，在很短时间内，整个安全区密密麻麻挤满了25万难民（最多时达29万人），简直成了"人类蜂窝"。拉贝和他的同事们为解决安全区的卫生及食品问题而日夜操心。

1937年12月12日晚8时，拉贝在自己的住宅看见火光映红了整个南面的天空。这时，他听到有人砰砰地疯狂敲着院门：一群中国妇女和儿童哀求着放他们进来。一些大胆的男人干脆从德国学校翻过墙头到他的花园里来，想寻求保护。炮弹和炸弹在不停地呼啸着，越来越密集，越来越近，到处是山崩地裂的声响，拉贝和他的中国助手、好心的韩先生，都戴上了钢盔在院子里跑来跑去，在人群之间穿梭，在这儿训斥两句，在那儿安抚一下，最后大家都乖乖地听他的话，安静下来了。

12月13日早饭后，拉贝来到了国际委员会总部宁海路5号。在街上，拉贝看见安全区内所收容的中国士兵惨遭背信弃义的日本军人的杀害，亲眼看见南京的几个池塘已被死尸填满，更是悲愤已极，忍无可忍！利用自己是南京安全区国际委员会主席和德国纳粹党南京地区负责人的身份，他一封接着一封地给日本大使写信。但是，拉贝得到的答复都是千篇一律："我们将会通知军部。"几天过去了，每天带来的都是新的令人发指的暴行。

拉贝实在没有别的办法，只好利用自己是日本盟国官员的身份作为护身符，驱车开始在城内到处"打游击"，打算以个人的力量去阻止日军的暴行。他把自己的住宅和办公室腾出来当作安置西门子公司雇员家属的避难所。把数百名妇女安置在他后院里的小茅坑，还和妇女们商定一套报警系统来保护她们不受日本兵的骚扰。只要日本兵有人提出抗议，拉贝就把他的纳粹袖章在他们面前一晃，并指着上面的标识问他们知道不知道，这在德国是至上的"勋章"。拉贝这一招还真灵，日本人对南京的纳粹分子都非常尊重，有时甚至有点害怕。

拉贝的勇气和慷慨赢得了国际委员会其他成员的敬佩。对纳粹主义深恶痛绝的罗伯特·威尔逊大夫,在家书中这样赞扬拉贝:"他在纳粹的圈子里很突出;我在过去几周里与他交往密切,才发现他是一个那么卓越的人物,他有一颗那么博大仁爱的心,以致很难把他的这种品格和他对希特勒的崇敬奉承结合起来。"

1938年新年这一天,西门子难民收容所的难民们,在院子里排着整齐的队伍,向约翰·拉贝先生三鞠躬,献给他一块大红绸布,上面写着:"您是几十万人的活菩萨。"难民们用这种中国传统礼节和朴素无华的语言来表达他们对拉贝救命之恩的感激之情。

1938年2月23日,拉贝应召回德国,登上英国炮艇"蜜蜂"号于26日驶抵上海,乘坐意大利轮船抵达柏林。在离开中国前,拉贝向送行的南京人保证,他要把日本人的暴行在他的祖国公之于众。他是这么说的,也是这么做的,一个纳粹党员关于日军在南京的暴行,通过报刊文字、广播消息、电报、信件在德国和欧洲逐步传播,他也因此遭到纳粹的迫害。但是,他无怨无悔,依然深情地爱着热爱和平的中国人。

在他去世47年后,掩埋在历史尘埃之中,具有重要文献价值的日记,由他的孙女厄休拉·莱因哈特公之于世。52万多字的《拉贝日记》(1937—1938)首版于1997年8月由江苏人民出版社、江苏教育出版社出版,这一年正是全国性抗战爆发60周年,各大新闻媒体纷纷报道了拉贝的业绩及其日记。著名历史学家、全国政协副主席胡绳亲自撰序,他指出:"《拉贝日记》是近年发现的研究南京大屠杀事件中数量最多、保存得最为完整的史料。这部日记所记述的,都是拉贝的亲历亲见亲闻,非常具体、细致和真实,无人能否认其可信度。"

清凉山

侵华日军南京大屠杀清凉山遇难同胞纪念碑

位置

河海大学校园内，1985年8月南京市人民政府立。

一九三七年十二月,侵华日军制造了震惊中外的南京大屠杀事件,我数以千计的无辜同胞在本院境内,即清凉山附近之原吴家巷、韩家桥等地遇难。为纪念死者,激励后人,振兴中华,维护和平,特立此碑。

十六

清凉山下的暴行

清凉山古名石头山、石首山,居于南京城西隅,广州路的西端,今为清凉山公园所在地。三国时,长江直逼清凉山西南麓,由于江水冲击拍打,形成悬崖峭壁,成为阻北敌南渡的天然屏障。吴大帝孙权随即在此建立石头城,作为江防要塞。相传诸葛亮称金陵形势为"钟阜龙蟠、石头虎踞",这只蹲踞江岸的老虎就指今清凉山。唐代以后,长江西徙,雄观不再,但清凉山上的清凉寺、崇正书院、扫叶楼、驻马坡等名胜古迹随处可寻。据说,南唐时每到夏天,李后主李煜常留宿于此,其"德庆堂"的匾额为后主亲笔所提。寺内旧藏董羽画龙、李后主八分书和李霄远的草书,合称该寺"三绝"。

久负盛名的河海大学西康路校区就坐落在清凉山脚下,沦陷时,这里也被划入国际安全区的范围。然而,就是在这里,侵华日军屠杀了千余名中国平民。

侵华日军南京大屠杀清凉山遇难同胞纪念碑位于河海大学西康路校区内,纪念碑用水磨石打造,有3米多高,造型像是甲骨文的"鼎",碑座为3层圆状的红色台阶,正面阴刻着"居安思危"4个大字,碑身三面刻有"侵华日军南京大屠杀清凉山遇难同胞纪念碑"的中、日、英3种文字。碑顶、碑身为白色,碑身三面为3个"人"字形,碑顶是一个直径为66.6厘米的三足鼎。

纪念碑下

———

十六

清凉山下的暴行

清凉山遇难同胞纪念碑　　　　　　　　　　　　　　　　　　　　　韩娃丽＿摄

清凉山遇难同胞纪念碑碑文　　　　　　　　　　　　　　　　　　　韩娃丽＿摄

纪念碑为何建在河海大学校园内？

带着疑问，我们查阅了《河海大学校史》。据记载，民国四年（1915），近代著名教育家、实业家张謇创办了河海工程专门学校，时居丁家桥，后几经迁移，南京解放后迁来此地。1937年时，原址还较为偏僻，与吴家巷、韩家桥相邻，有农田，有池塘，有小桥，附近还有一座可容纳数百人的防空洞。1985年，在纪念抗日战争暨世界反法西斯战争胜利40周年立碑之际，河海大学还称作"华东水利学院"。

"问佛之处"的惨案

杨吴顺义四年（924），清凉山公园即建起了一座兴教寺。作为南唐首刹，清凉大道场是南京佛教传统文化、清凉山精英文化、金陵地域文化的重要代表，"清凉问佛"更是流传久远的"金陵四十八景"之一。

侵华日军占领南京之时，清凉山下问佛之处的惨案不断发生。

鼓楼区志载，民国二十六年（1937）12月18日，日军用"发路费回家""给找工作"的欺骗方法，用5辆军用卡车将被骗的中国人拉走。每辆约装50人，武装押送一个下午。日军将中国人拖到广州路西火葬场两山之间的一条路上，等人下车，车开走，日军用机枪扫射，然后把死人拖到水塘里。时年25岁的铁匠王鹏清，亲历了虎踞关一个水塘边的集体屠杀，他说："有200多名百姓，4人一排被捆在一起，日军居高临下，用机枪、步枪一起向我们扫射。一颗子弹从我头上擦过，鲜血直流，我只觉得头上挨了一闷棍，顿时倒了下去。后来待到深夜，日军离开后，才从尸堆中爬出来。"[1]

文中提到的火葬场，位于今广州路江苏人民医院附近，20世纪中期迁往石子岗，今已不存。南京沦陷前，为防范日军飞机的滥轰乱炸，国民政府动员城乡居民在家前屋后挖了不少防空洞，也在城中挖了一些防空洞。当时在金陵大学农业专修科难民收容所担任小组长的刘世尧，亲眼看见了日军将数百名难民赶到清凉山下的一个大防空洞活活烧死的惨无人道行

---

[1] 南京市鼓楼区地方志编纂委员会编：《鼓楼区志》，中华书局出版社2005年9月版，第1506页。

径。他说:"冬月十几的一天上午9点左右,突然来了几个日本军人,一进收容所就开枪打伤一人,随即抓走数十人。到晚上,只见太平路、中华路一带火光不绝,日本兵开始杀烧淫掠。冬月14日(12月16日),我在(金陵大学)农业专修科二楼,看见日本军队在云南路口抓人,凡是路过此地的中国人都被拦住。到10点钟,把集中起来的数千名中国人带走,到中午的时候,听到机枪声不绝于耳,真是'只听枪声响,没见一人归'。收容所后面有一个小塘,日军把从湖南路抓来的中国人,五人一排跪在塘边,开枪杀害。过了几天,在塘中发现83具尸体。另一次,日本兵将数百名中国人带到清凉山附近的一个大防空洞里,把人推入防空洞中,先用汽油燃烧,再用机枪扫射,将数百人活活烧死。"[1]

厨师金家仁,时年二十四五岁,是日军清凉山屠杀的幸存者。当时他住在宁海路,在日军的搜查中,因为年轻,手掌中有老茧,被日军认为是国民党士兵,从人群中被拉出来捆绑,经历了生死瞬间。回顾起这段心痛的往事,他说:"日本兵看我年轻,手上又有老茧,就把我从人群中拉出,立即绑起来。并说:'你是中国兵。'这时已经绑了很多人。我的妻子当时在金陵女子大学难民区避难,四邻看到我被绑以后,跑去告诉她。她立即赶来,抱着我哭喊着说:'我丈夫不是当兵的,他是厨子。'正在这时,一个日本军官走过来,问干什么的,日本兵说'中国兵',我妻子说我是个厨子。日本军官问我:'你到底是干什么的?'我说是厨子。他在我身上反复检查了几遍,也没查出什么名堂。这时我说:'我真是厨子,不信你看我的裤带,上面都是油。'没料到我的话刚说完,那个日本兵就狠狠地用大皮鞋朝我妻子的小肚子上踢了一脚,妻子被踢到老远的地方,休克过去了。我被带走,和其他被绑的人一起送到清凉山,用机枪进行屠杀。我从死人堆里爬出来被人松了绑以后,立即去看妻子,并把她送到鼓楼医院去抢救。我妻子只住了三四天医院,抢救无效而死亡。"[2]

[1] 侵华日军南京大屠杀史料编委会、南京图书馆编:《侵华日军南京大屠杀史料》,江苏古籍出版社1997年版,第469—470页。

[2] 同上书,第462页。

时年 25 岁的铁匠王鹏清，在日军占领南京前全家从居安里搬到古林里难民区居住。他躲在家里，被进门搜查的日本兵发现手上有打铁留下的硬茧，日军不容分说就要带走他。他的母亲哭着说："他不是当兵的，是做铁匠的"，并拿出铁匠工具给他们看，但日本兵根本不理睬，恶狠狠地用枪托把他的父母打倒在地，吆喝着强行带走。他向调查人哭诉道："到了虎踞关，我们被赶到一个凹地上，旁边有一个水塘，日本兵在四周居高临下架起机枪，几十个日本兵将我们围在中间。这时已经是下午三四点钟了，日军军官一声令下，机枪、步枪齐向我们射击，一颗子弹从我头上擦过，鲜血直流，我只觉得头上像挨了一闷棍，顿时倒了下去。停止射击后，我隐约听到用脚踢尸体的声音。当踢到我时，我没有动，后来就昏过去了。当我醒来时，已是深夜，日本兵早已走了。我从死尸堆里慢慢爬出来，满身是血污。我顺着原路摸回家，路上一个人也没有。到家后我敲门，母亲起来开了门，她见我回来，又惊又喜，赶紧把我头上的血洗干净，敷上香灰。这次总算死里逃生，侥幸活下来了。"[1]

1945 年日军投降后，国民政府还都南京，市民纷纷向国民政府相关机构呈文，控诉日军的滔天之罪，要求国民政府对日寇严惩并给予自己抚恤。当年 11 月，市民石养喜在为其兄石养才等被日军刺死致南京市政府的呈文中控诉："（12 月）14 日，在清凉山附近，胞兄石养才（年 49 岁）、嫂徐氏（年 44 岁）、次侄小二子（年 9 岁），被日寇中岛部队暴兵用刺刀戳死……"[2]

清凉山一带不仅成为日军的屠杀场，也是遇难者埋尸之处。

据南京慈善团体及世界红卍字会南京分会是年 12 月 22 日资料记载：在清凉山收兵桥一带收殓 129 具尸体葬于清凉山后山。翌年 2 月 6 日，在龙蟠里一带收殓 49 具尸体葬于清凉山坟地。

又据世界红卍字会南京分会救济队掩埋组 1938 年 5 月的掩埋尸体的统计，掩埋组分别在清凉山后山、清凉山坟地、

---

[1] 中国第二历史档案馆、南京市档案馆编：《侵华日军南京大屠杀史料》，江苏古籍出版社 1997 年版，第 414—415 页。

[2] 同上书，第 209 页。

西仓荒山共掩埋尸体327具。

"天下第一戒坛"成为侵华日军的屠场

古林寺位于南京师范大学随园校区不远的清凉山北侧,今已不存,其遗址在今北京西路的江苏省委机关大院一带。该寺始建于梁代,名为观音庵。明代时,与香林寺、毗卢寺并称为南京城内三大名寺,被奉为"中兴戒律第一祖庭",有"天下第一戒坛"之称。

日军侵占南京后,这一方净土也变成日军屠杀之地。

1937年12月底,日军不断将从国际安全区内搜捕来的青壮年数十人、数百人分批地押至古林寺后的山坡上处死。因为救济难民的需要,约翰·马吉经常来往下关和宁海路5号国际委员会总部,多次目睹日军从金陵大学难民区将他们认定的"中国士兵"抓捕到江边或是其他地方处死。在日记中,他记道:"几天前,日本兵去了金陵大学,那儿大约有4000名男性难民。日本人向他们宣布,如果中国士兵主动站出来,不仅不会杀害他们,而且还要1937年12月30日给他们工作。日本人给他们20分钟的考虑时间,然后叫中国士兵向前一步走,有200多人走了出来,接着他们被带走了。在路上日本人又抓了一些不是士兵,但日本人认为是当兵的人。他们被带到位于金陵女子文理学院和下关之间的古林寺附近,在那儿他们全被刺死。"

时任国际安全区委员会成员、金陵大学教授斯迈思在12月27日致家人的书信中也有同样的记述:"日军占领南京已经两周……昨天金陵大学登记的过程中,有二百多人志愿承认他们过去当过兵或当过部队的夫役(这两个名称对于被征用的平民劳力来说区别并不明显),因为日军许诺,如果他们承认,他们就会获准工作;而若不承认就会被枪毙。今天早上有个人身上带着五处刀伤来到大学,他说他们一群人被驱至古林寺,在那儿被130名日本士兵用作刺刀靶子。他当时被刺昏了过去,醒来时日本人已离开,于是他挣扎着回来。威尔逊说他有一处伤口太严重,不可能保全性命。我们听了这些,午饭就吃不下去了。我们中有些人因为这些事连早餐也没咽下去。"

加害者日军第九师团步兵第七联队第二中队上等兵井家，在12月22日的日记中记载了古林寺发生的又一次屠杀事件。他说："下午5时天快黑时去大队本部集合，听说是去杀死败兵。过去一看，只见161名中国人老老实实地待在本部院子里，他们望着我们的行动，全然不知死神的降临。一路连打带骂地拉着160余人出了外国人居住的街区，来到古林寺附近筑有地堡的要塞地带。夕阳西下，仅能分辨出晃动的人影。这里只有不多的几所民宅。将他们关进池塘边一间单独的房子里，然后5人一组地带出来用刺刀刺死。有的哇哇叫着，有的边走边嘟囔着，有哭的，有的知道死到临头而失去了理智。吃败仗的士兵最后的归属就是被日本军杀死。用铁丝捆住他们手腕，扣住脖子，用木棒敲打着拉走。其中也有勇敢地唱着歌迈着大步的士兵。有装着已被刺死的，有跳入水中咕嘟嘟挣扎的，也有为了逃命，紧紧抱住屋梁藏起来，任凭怎么喊也不下来的士兵。于是我们就浇上汽油烧房子，两三个被烧成火人的人刚跑出来就猛然被刺刀捅死。昏暗中，嗨、嗨，憋足劲呐喊着用刺刀捅着，捅死要逃走的家伙，或用枪砰砰地打。片刻间这里成了人间地狱。结束后，往遍地的尸体上浇上汽油点着火。看到火中还有活动的家伙就打死。后面的房子燃起熊熊大火，房顶的瓦片掉了下来，火花四下飞溅。返回途中回头看了看，熊熊大火还在燃烧着。"

由于这一带环境偏僻，日军除了就近将安全区抓捕的难民成批带到这里处死，还经常将在街头抓捕的零散难民押到这里屠杀。1938年春，日军将十余名被疑为"便衣兵"的平民，一个个活活地钉在古林寺的院墙上……

据慈善团体世界红卍字会南京分会救济队埋尸资料记载，1938年2月14日，在古林寺旁收殓尸体109具，掩埋在古林寺山上；1938年2月20日，在龙池庵收殓尸体154具，掩埋在古林寺后山上；1938年2月22日，在西康路上收殓尸体30具，掩埋在古林寺后山上。[1]

---

[1] 中国第二历史档案馆、南京市档案馆等编：《侵华日军南京大屠杀档案》，江苏古籍出版社1987年版，第481页。

安全区内女难民

金陵文理学院与她的守护女神

清凉山北侧的南京师范大学宁海路校区原为金陵女子文理学院。

日军占领南京前,时任金陵女子文理学院校长的吴贻芳把学生们送出城转移到安全的地方,将学院交由她所信任的美籍明妮·魏特琳女士带着几个中国人负责管理。

明妮·魏特琳(1886—1941),中文名华群,美国传教士。出生于美国伊利诺伊州西科尔小镇。家境不宽裕的她,从小养成了吃苦耐劳、勤奋勇敢的个性,靠打工挣取上大学的学费。1917年考取伊利诺伊州师范大学,毕业后在伊利诺伊州中学开始教学生涯。1919年,魏特琳来到金陵女子大学掌管校务,并筹建新校园。南京大屠杀期间,这里成了日军实行性暴力的重要目标,作为该难民所的负责人、代理校长,明妮·魏特琳将校园设为避难营,保护了1万多名中国妇女和儿童,使他们免受日本人的伤害。

值得一提的是,在日军占领南京前,明妮·魏特琳就收到美国大使馆的通知,让她尽快回国。但明妮还不打算离开,她在日记中写道:"我在金陵女子文理学院18年的经历,使我能够担负起一些责任,这也是我的使命,就像在危险之中,男人们不应弃船而去,女人也不应丢弃她们的孩子一样。"拉贝先生在他的日记中曾经形象地评价魏特琳女士,像抱窝的老母鸡带小鸡那样保护着他们。

面对一群比野兽更为凶残的日本侵略兵,美国教会学校的牌子、国际安全区的布告,根本没有任何约束力。魏特琳一面组织校内教职员工巡逻校园,一面请来在"国际安全区"服务的外籍男士轮流守夜。她自己更是日夜操劳,不是守在门房,就是被叫去阻止进校来奸掠的日兵,从他们手里夺回中国妇女。不少日兵因此恼怒,拿着血迹斑斑的刺刀威胁她,还有的野蛮地打她耳光。

南京沦陷时,学院开始时只收留了4000余人。后来,越来越多的人被允许进入,不得不在野外露宿。到12月22日时,避难人数达到1万左右。魏特琳和她的同事们不再给新来的人分配房间,并敦促她们自己想方设法找块地方安顿下来。所有教室都住满了难民,有的睡在

魏特琳（前左四）与金陵女子文理学院难民营工作人员

室外的地上，除了留下走路的地方，全住满了人。

1938年1月26日，魏特琳特意抽出时间，走出金陵女子文理学院去清凉山察看龚贤故居。龚贤为清初著名画家，其住宅位于虎踞关附近的清凉山。这里已成一堆烧焦的木头和焦黑的瓦砾。年老的看房人出来向她讲述了日本兵偷走他家一头牛，并纵火烧了屋子的凄惨情况。烧焦的木头和遗下的牛骨架证实了他的说法。离开那座废墟，在一位熟悉的妇女带领下，她又来到杨家附近山谷池塘边，池塘边有许多具焦黑的尸体，尸体中间还有两个煤油或汽油罐。这些人的手被铁丝绑在身后。有多少具尸体？他们是不是先被机枪扫射，再遭焚烧？她当然是不得而知的。她亲眼看到，在西边小一些的池塘里有20—40具烧焦的尸体，山丘上到处有尚未掩埋的尸体，穿的都是平民而不是军人的鞋子。

一直生活在和平环境与工作在学校中的魏特琳第一次目睹了日军令人发指的暴行，感到震惊与愤怒。在奋力保护妇孺之际，魏特琳用日记记录下日本侵略者的残暴行径。这些饱含悲悯之心的文字，成为揭露侵华日军性暴行最具说服力的证据。

在日记中，她写道，"12月16日（星期四），我不知道今天有多少无辜、勤劳的农民和工人被杀害。我们让所有40岁以上的妇女回家与她们的丈夫及儿子在一起，仅让她们的女儿和儿媳留下。今夜我们要照看四千多名妇女和儿童。不知道在这种压力下我们还能坚持多久，这是一种无以名状的恐怖。……今晚一辆载有8—10名女子的车子从我们这儿经过。当车子开过时，她们高喊'救命，救命'。街上和山下不时传来的枪声，使我意识到又有一些人遭受悲惨的枪杀命运，而且很可能他们不是士兵。……12月17日（星期五），又有许多疲惫不堪、神情惊恐的妇女来了，说她们过了一个恐怖之夜。日本兵不断地光顾她们的家。从12岁的少女到60岁的老妇都被强奸。丈夫被迫离开卧室，怀孕的妻子被刺刀剖腹。"

每天都有成批的日军或从校门口强行入校，或爬过围墙入校。魏特琳一会儿守在大门口，拦阻呵斥企图强行入校的日军，一会儿又赶到校内其他地方赶走偷爬进墙的日军。

一次，她看见一个中国小男孩戴着日本国旗的臂章来给住在金女大的姐姐送饭，便上前对那小孩说："你不用佩戴太阳旗，你是中国人，你们的国家没有亡！你要记住是哪年哪月戴过这个东西的，你永远不要忘记！"说着，她帮那个男孩把那臂章取了下来。

殚精竭虑地度过数十个日日夜夜，过度的疲劳和长期的精神压力严重地损坏了魏特琳的身体，她患上了严重的精神抑郁症。1940 年 5 月 14 日，她不得不离开南京回国治病。

在美国治疗期间，她在写给朋友的信中说："多年来我深深爱着金陵女大，并试着尽力帮助她。""倘若有第二次生命，我仍愿为中国人服务。"为了表示对魏特琳的感谢，1938 年国民政府授予她奖励外侨的最高荣誉——蓝、白、红三色襟绶——采玉勋章。不幸的是，1941 年 5 月 14 日，在她自己的家中，她打开煤气自杀了。

20 世纪 80 年代中期，人们在整理档案资料时发现了魏特琳日记原稿。90 年代初，经耶鲁大学神学院图书馆特藏室的斯茉利女士整理，魏特琳日记原稿制成了缩微胶卷，供历史档案学者研究使用。

2002 年 12 月 12 日，在如今南京师范大学随园校区，即金陵女子文理学院原址，魏特琳塑像落成。2019 年 3 月，《魏特琳日记》由江苏人民出版社出版。如今，这位南京大屠杀"守护女神"的雕塑静静地坐落在那片小树林里。塑像旁，她当年留下的几株蜡梅，犹有暗香。

五台山

侵华日军南京大屠杀五台山遇难同胞纪念碑

位置

南京五台山体育馆内,1988年7月南京市人民政府立。

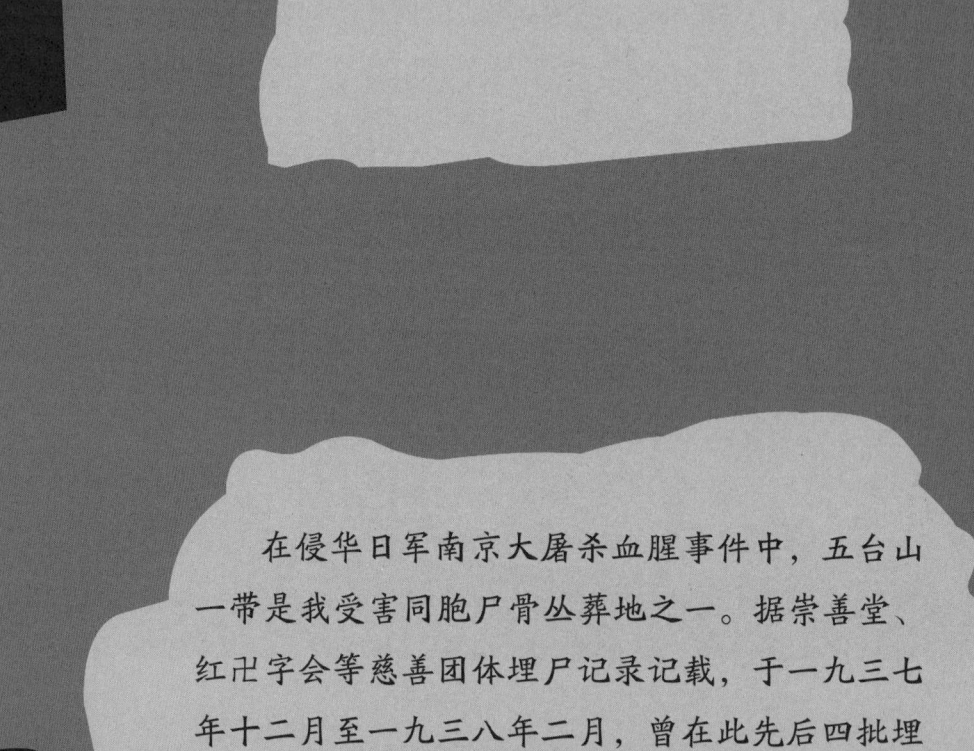

在侵华日军南京大屠杀血腥事件中,五台山一带是我受害同胞尸骨丛葬地之一。据崇善堂、红卍字会等慈善团体埋尸记录记载,于一九三七年十二月至一九三八年二月,曾在此先后四批埋葬我被害同胞尸骨共二百五十四具。特立此碑,以志悼念。

十七

五台山：建在白骨上的"大庙"

对于一些南京人来讲，五台山体育中心到底有多少个门，可能永远搞不清楚。从任意一个口出去，你可能就置身广州路、上海路，也可能在拉萨路，而这四周，又交织着数量不少的小路。初见是茫然的，但熟悉了之后，很快就会觉得这里的一切是那么亲切，草木、小路、体育场、学校、咖啡馆，好像每样都是刚刚好的尺度和距离。

五台山，海拔32.5米，由5个小山岗相连，山顶平坦开阔，犹如5个土台，故名。但这个五台山与山西的五台山有天壤之别，仅有一点相似，就是都建有寺庙。五台山东侧，有一座始建于南朝梁天监（502—519）年间的永庆寺，相传为梁武帝之女永庆公主因痴迷于佛，舍宅为寺，故称"永庆寺"。只是寺庙屡被战火焚毁，至民国年间仅剩下硬山顶，小瓦屋面，抬梁式木结构佛殿一座，1995年时被拆除。

五台山周边有百步坡、峨嵋岭坡道，以及广州路上那一段高到几乎垂直的石阶，还能看出些旧时山岗的痕迹。

作为南京体育中心，我们都不止一次地到访或参观五台山，但主要是观赏体育比赛或参加体育活动，对这里的文物立标情况还不大清楚。听地方史学者晓沧的提醒，大屠杀遇难同胞五台山丛葬地和日军所建的"神社"同居一处，且已立标。

沿五台山体育馆5号门进入，经一条石板路不多远就是五台山遇难同胞丛葬地立标之处。这是一处不太显眼的地方,碑也不像其他碑那样高高耸立,而是卧倒在一面墙的后面,如果没有人指引,想找到它真不容易。

纪念碑设计也比较独特,基座是 5 块由大到小依次垒起的方形石板组成的金字塔似的形状,长 3.1 米,宽 2.75 米,五级通高 0.9 米;碑身断裂成两块,上半截斜靠在台阶上,下半截在台阶下。石碑上满是刻痕,凹陷部分还有些深红色的印记,上半截石碑上刻着"纪念碑"3 个金色大字,右上角刻着"侵华日军南京大屠杀遇难同胞五台山丛葬地",左下角刻着"南京市人民政府立于一九八八年七月"。躺着的那块石板上以隶书阴刻着碑文:在侵华日军南京大屠杀血腥事件中,五台山一带是我受害同胞尸骨丛葬地之一……

五台山遇难同胞纪念碑碑文　　　　　　　　　　　　　　韩娃丽＿摄

碑文所产生的错觉

日军进攻南京时,五台山为中国守军的高射炮阵地,由国民政府宪兵和警察驻守在这里,五台山小学是当时安全区内难民收容所之一。

纪念碑给人一种错觉,似乎这里仅仅是遇难者丛葬地,而没有发生大规模屠杀。事实是怎样的呢?

1937年12月13日，南京陷落后，上海派遣军与第十军各师团、旅团及联队按照松井石根《攻占南京要领》的指令，逐级下达了"扫荡"命令，并划分了各部队在城内的扫荡区域。

日军步兵第七联队的3个步兵大队负责在城西部地区展开"扫荡"。其"扫荡"区域大致为：东至中山路、鼓楼一线；北至山西路、模范马路一线；西至西康路、清凉山一线；南至汉中路一线。

从12月13日夜到24日，日军步兵第七联队反复在鼓楼及五台山一带进行"扫荡"，枪杀无辜。未及撤退、驻守在五台山负责防空的近千名炮兵和警察被包围在五台山附近。史料记载，战士们被迫缴械后，当即被日军就近圈禁起来，后来大部被押往江边屠杀，还有一部分与难民一起被集中枪杀在五台山阵地附近。

时属步兵第七联队第一中队的一等兵水谷庄在日记中写道："（12月16日）上午，和中队长两人去宿舍北边山上的寺院。这像是历史悠久的古寺，首先就被其巨大的规模所震撼。从遗留的文件、物品判断，这里曾是敌人宪兵第二团所在地，储存了很多不像是宪兵队而是战斗部队的武器弹药，还发现了一挺水冷式重机枪。其他还有数不清的未开包的被服等物资，都堆放在巨大的古树下。下午，中队去难民区扫荡。在难民区街道的交叉路口安排上了刺刀的哨兵并封锁了交通，各中队按照分配好的区域扫荡。所有引人注目的年轻人几乎都被赶了出来，按孩子玩开火车游戏的窍门，都被圈在绳子围成的范围内，周围押送的士兵端着上了刺刀的枪。各中队都抓了几百人，第一中队人数虽然少得可怜，也强行拉来了一百几十人。紧接着就来了许多像是母亲、妻子的家人，哭泣着哀求放人。立刻放了被认作市民的人，枪毙了36人。他们都拼命地哭着乞求饶命，但也没办法，即便分不清真假，这也是不得已的，多少也会有些可怜的牺牲品。因为军司令官松井大将发布了命令，要彻底扫荡抗日分子和残兵败卒，所以扫荡是极严厉的……"[1]

该联队第二中队的上等兵井家又一在12月16日的日记中也记载："上午10

---

[1] 张宪文主编，王卫星编：《南京大屠杀史料集9·日军官兵日记与书信》，江苏人民出版社2006年版，第135页。

日军在被其杀害的中国人尸体旁留影

时出去扫荡残敌,缴获了一门高射炮。下午又出去抓来335名年轻的家伙。抓走了难民中像是败兵的人。这些人中间也可能确实有军属……350名败兵被带到扬子江边,让其他士兵把他们全枪毙了。在这冬月十四的皎洁月光下,是什么原因让这些人踏上不归路的呢?是作为宣扬皇道的牺牲品而去的吧。日本军司令部命令,杀死所有的年轻人,以防止他们再度成为抗日的力量。"[1]

日军步兵联队战斗详报所附"步兵第七联队12月13日—24日在南京城内扫荡成果表"记载,"扫荡"期间,该联队共"(刺)杀残敌6670名",并缴获大量武器装备。

当时躲避在五台山小学的姜永和,目击了日军在五台山的暴行,他说:"那时我们全家都去了五台山小学的难民区……记得是日军刚进城就来到了这个难民区。日军把男青年带到外面,让他们排好队,检查头上帽子的痕迹、手掌和肩上的茧子什么的。稍微有点疑问的人就被从队伍里拉出来,集中在别的地方,留下的人发给'良民证'。女人们说'那个人是我的丈夫''是我的儿子',把有些被拉出的人救了下来。有个女人见到一个男人被抓,就把她妈叫来,自己装成媳妇,母女俩一起求情救下了他。有家属的人被放了回去。虽说是难民区,但绝不是安全的……有消息说,从队伍里拉出来的人被送上卡车带到挹江门外,用机枪打死了。这是从邻居的大人那里听来的,因为害怕,我没敢去看。"[2]

时年15岁的受害人夏瑞荣回忆说:"日本兵进南京的第三天,也就是15日,几个日本兵带着一个汉奸来了。汉奸说:'大家都到五台山难民区去!'我们被日本兵用枪逼着,不得不马上离开了家。一家五口和邻居们一起去三公里外的上海路五台山小学避难。……从家里去难民区的路上,到处都是尸体。在严冬的大冷天里被剥了衣服的裸体妇女肚子剖开着,肠子流了一地,大肚子的女

---

[1] 张宪文主编,王卫星编:《南京大屠杀史料集9·日军官兵日记与书信》,江苏人民出版社2006年版,第159—160页。

[2] [日]松冈环编著,沈维藩译:《南京战·被割裂的受害者之魂——南京大屠杀受害者120人的证言》,上海辞书出版社2005年版,第180页。

人也光着身子死了。我看到了几十具尸体，一路上都有。在珠江路，我看到许多烧焦的尸体，汽油味直冲鼻子。路边挨在一起的房子都在烧，火星乱飞。傍晚到了难民区五台山小学。教室和走廊里男女混杂，难民挤得动也不能动，躺也不能躺。这个学校是美国基督教办的学校，现在还保留在原来的地方。第二天16日，十几个日本兵进了教室，把二三十岁的男人从房间里拉出去，开始检查有士兵嫌疑的人。我因为是15岁，也被拉了出去，和年轻人一起检查有没有帽子痕迹，手上有没有老茧。我因为没有帽子痕迹，总算没事。被枪逼着排在操场上的男人上了两三辆卡车的车斗，挤得满满的。三个武装的日本兵拿着上刺刀的枪，乘上卡车。人一满，卡车就出发了。他们被带到哪里去不知道，但大家都在传，说他们被机枪杀了。下一天17日，日本兵又来了，和昨天一样把年轻人拉出去，用枪逼着乘上卡车跑了。我从教室里看着操场上的情形，被带走的男人一个也没有回来……"[1]

目击者称，五台山周围堆放的尸体有2米多高，鲜红血液带着浓浓的腥味汇成小渠，从高处不断流下……

无数同胞在这里化成了烟，化成了灰

在五台山地区的屠杀中，还有一些幸运的人，他们从死人堆里爬了出来。

幸存者陈家寿在难民区因饥饿难忍出去找粮食，在五台山小学发良民证的附近被日本兵抓住，与穿制服的中国警察一起被押到上海路旁边的池塘边枪杀，他幸免于难。他说："在那里站着等了一阵，日军带来了200来个穿制服的中国警官。他们排好队，我排在最前列，悄悄往后一看，只见最后面的日本兵架着机枪。我想这下完了。枪声一响，我马上倒在地上，被打中的人一个个倒在我上面。机枪扫射了一阵，人的叫声终于没了。因为这个原因，我成了尸体的垫子，把身子藏了起来。我一直保持着这个样子静静地倒在地上，过了很长

---

[1] [日]松冈环编著，沈维藩译：《南京战·被割裂的受害者之魂——南京大屠杀受害者120人的证言》，上海辞书出版社2005年版，第187—188页。

时间。到了晚上,我才爬着从尸体堆里站起身来,身边响着还没有死透的人的呻吟声。"[1]

这 200 余名警官放下武器,是受到《日内瓦公约》保护的。不幸的是,他们遇到的不是敌人而是禽兽,如果他们预先知道此结局,一定会奋起反抗的,决不会成为"禽兽"砧板上的"肉",只是他们太天真、诚实了。

时年 22 岁的幸存者蒋坤,原住在南京大中桥边,沦陷时全家逃到阴阳营安全区的一处空房子避难,还按照中国的习惯排成队在路边迎接"欢迎"慰劳日军。但是没过几天,就看到日本兵不断地来阴阳营检查,拉走一批一批的青壮年男人。他害怕了,正准备第二天中午搬走,但还是在家门口被日本兵抓住了。他痛苦地回忆说:"日本兵把我们抓住,分头乘了四辆卡车。嫂子的妹夫也被抓了,他乘在第三辆卡车上,我乘在最后一辆(第四辆)。都是年轻男人。前三辆卡车都朝前面去了,只有最后一辆开到上海路。我们在那里下车,集中在田里,都跪着排好。我后面正好有一棵柳树。年轻人的人数有七八十个。突然,机枪扫射了,我也中了弹,昏过去倒在地上。后来才知道,这时活下来的只有我一个人。后来,收集尸体的红十字会的人来了,为了搬运浑身是血的尸体,他们用力地拉手脚,因为我在呼吸,那时他们才知道我活着,救了我的命。我求他:'母亲在金陵女子大学避难,送我到那里去吧。'他们避开日军的眼睛,把我送去了,那时母亲和我抱在一起哭个不停。"[2]

被带到下关的三辆卡车上的年轻人后来怎么样了,他并不知道,但他嫂子的妹夫和别的人一个也没有回来。他是幸运的,死里逃生,只是更多的无辜者死在日军的枪口之下,而无人知晓。正如蒋公毅在《陷京三月记》中所记载:"塘填满了,巷子里垛不下了,山上山下埋满了死人,而中山路和中央路上还堆积着无数尸骸。日军的卡车和工兵也出动了,卡车装着成千上万冤魂运到了五台山。一堆一堆的死尸上,泼上了一桶一桶的汽油。火焰冲天,浓烟滚滚。千千万万无辜的中

---

[1] [日]松冈环编著,沈维藩译:《南京战·被割裂的受害者之魂——南京大屠杀受害者120人的证言》,上海辞书出版社,2005年版,第 282 页

[2] 同上书,第 165—166 页。

国人，化成了烟，化成了灰。"

当年五台山荒地很多，因而也成为遇难者尸体的掩埋地。

世界红卍字会南京分会救济队掩埋组在1938年3月统计记录中，清楚地登记：在1938年2月2日，在汉中路及汉西门内一带收殓尸体19具，掩埋在五台山荒地；同年2月11日，在上海路一带收殓尸体20具，其中有小孩4具，掩埋在五台山荒地。崇善堂也曾在这里掩埋受害者的遗体，据崇善堂掩埋队的登记："1937年12月26日至28日间，掩埋1队在沐府西门至估衣廊一带收殓尸体124具，其中小孩6具，女人22具，掩埋在五台山荒地；掩埋3队在新街口以南收殓尸体91具，其中小孩1具，女人7具，掩埋在五台山荒地。"[1]

鼓楼区志记载："民国二十六年（1937）12月，侵华日军第九师团某联队将被困于五台山上的近2000名中国警察、炮兵和难民全部枪杀，掘坑两个掩埋。日军以办理'良民登记'为由，将原金陵大学难民收容所的难民100余人用麻绳捆上，三人一排，四五十人一批，押往五台山用机枪扫射杀害。当月，慈善团体崇善堂曾分两批将城内各处的215具难民尸体埋在五台山坡，其中女尸29具，孩尸7具。民国二十七年2月，红卍字会分两批将39具尸体埋在五台山，其中女尸2具，孩尸4具。"[2]

其实，据我们调查，五台山遇难难民何止2000余名，仅日军第九师团第七联队就在鼓楼、五台山一带杀害了6670多名。

沦陷区规模最大的"神社"

沿着永庆巷朝体育馆东门步行大约300米，一座门牌为五台山1号、明黄色墙壁、赭黄色窗户建筑挡住了我们的视线。该建筑坐北面南，一层砖木结构，柱跗式台基，方形外廊柱，宽而矮的歇山顶、黑瓦、杏黄色的墙壁。正门及侧门两侧，均有保留完好的石狮子。

1
张宪文主编，孙宅巍编：《南京大屠杀史料集》5，江苏人民出版社2005年版，第152页。

2
南京市鼓楼区地方志编纂委员会编：《鼓楼区志》，中华书局出版社2005年9月版，第1506页。

门楼上装饰着"江苏省建七公司"红色大字,从门厅向里望去,经理室、办公室等字样的铜牌有序地挂在房间的门旁。若不是门厅外的碑刻,过客往往以为这只是一处普通原办公用房。

我们正在大殿门厅前嘀咕,一位穿着制服的姑娘迎了出来。当她得知我们的来由后,十分肯定地说:"这就是日本人建的'大庙',那边是'小庙'!"顺着她指引的方向,果然在大殿左侧,还有一处与"大庙"类似的建筑。"我们称'庙',日本人称'神社',都一回事,反正现在是我们的办公室。你们可以在外面随便看看。"我们连称:"打扰,打扰!"

门前的碑刻告诉我们,该建筑建于民国二十八年(1939),原为侵华日军仿照东京靖国神社而建的"南京神社",为同类建筑中规模最大的一处。两栋砖木结构的建筑,均为日式和风建筑风格,其中坐北面南者为正殿,坐东面西者为侧殿。主体建筑322.66平方米,黑瓦、飞檐、丹柱、柱式台其基,歇山顶,方形外廊柱。"小庙"在"大庙"的东南方,规模略小坐东朝西,两殿之间相距约100米,建筑面积124.5平方米,门牌号为五台山1号建筑–2。院内草坪上,散落着若干个有些年份的石质构建,道路两旁的旧式路灯底座装饰着雕花纹饰。

侵华战争时期,凡是被日军占领的地方,日军都会在那里修建"神社"。南京五台山"神社",是全国规模最大的一处。这处"神社"之所以选在五台山,第一是因为五台山地势较高,视野开阔;第二是因为日军在清凉山有一处火葬场,阵亡日军在火葬场火葬后,直接就将骨灰送到这处"神社"。南京师范大学经盛鸿教授所著的《南京沦陷八年史》记载,1939年10月,日本"中国派遣军总司令部"在南京成立后,日军总部着手在南京建立一座在中国占领区内规模最大的"神社"。1940年2月,日方出动了两个大队士兵监督民工开始建设。在开挖地基时,突然发现地基下有两处层层叠叠的尸骨。原来,被困于五台山上的2000多名中国警察、高射炮兵与难民被杀害后,就被掩埋于此。

这真正是一处建在被屠杀的南京军民的白骨上的"神社"!

仿照东京靖国神社的规制和格式建设的"南京神社",于1941年底竣工。正殿的殿中,原供奉日本神道教的天照大神像及在战争中阵亡的校官以上军官灵位。侧殿，则用于供奉尉官以下军官和普通士兵灵位。南京沦陷期间，占领军经常在这里举办祭祀仪式，其中最隆重的一次，是1942年12月底举办的。当年12月18日，日军第十一军司令官冢田攻大将所乘坐的飞机，在安徽大别山上空被中国军队第四十八军一三八师四一二团三营九连的高炮击落，成为抗日战争期间被中国军队击毙军衔最高的日军将领。后来，冢田攻和随从将佐的骨灰运到五台山的"南京神社"供奉。颇具讽刺意味的是，冢田攻正是1937年12月进攻南京的日"华中方面军"参谋长，是"侵华日军南京大屠杀"的元凶之一。

大庙改为"中国抗战阵亡将士纪念堂"

1945年8月，日本战败投降，"日本神社"被改建为"中国抗战阵亡将士纪念堂"。据中国文史出版社《鼓楼民国建筑》（2006年版）记载，日本战败投降后，国民政府曾将此处作为军官训练团驻地，后又改作中国童子军总部。"神社"内原来的日军牌位被扫地出门，"神社"的"大庙"被改为"中国抗战阵亡将士纪念堂"，换上在抗战中牺牲的中国军队将士的灵位。附属建筑也被辟为陈列室，展示中国军队接收自日军的战利品。"小庙"则专门用来陈列中国军队从日军手里缴获的战利品。何应钦曾经在此树立过纪念抗战的石碑，可惜今已不存。如今"神社"的"大庙"前的草坪上还有一块石碣，上面写着"国民政府主席蒋中正手植"，旁边是一棵黑松，据说是蒋介石亲手种下的。

中华人民共和国成立以后，围绕"日本神社"的去留，社会各界争论了许久。后来成为江苏省体育局（原江苏省体委）的办公场所。1980年，省体委扩建时，曾计划将此建筑拆除，经著名建筑学家童寯多方奔走，最终得以保留。与南京菊花台的日军"表忠塔遗迹"一样，五台山"日本神社旧址"不仅具有特殊的文物价值，而且提醒着后人永远不要忘记日寇发动侵华战争的那段历史。

1992年3月，"日本神社"旧址被列入南京市文物保护单位。但是，文物保护单位的名称却羞涩地写着："南京五台山1号建筑"，似乎不大情愿刻上"日本神社"的字样。在中华书局2006年3月出版的《鼓楼区志》记载的全区46处重点文物保护单位中，也仅有这一处是以地址作为建筑名称的。

古话说，知耻而后勇。一个知耻、敢于直面耻辱的民族，才是一个有希望的民族。

2011年12月，在社会各界及有关专家的呼吁下，记录着国耻的"日本神社旧址"作为南京重要近现代建筑被列为"江苏省级文物保护单位"，升级为江苏省文物保护单位。

如今，"神社"建筑多被拆除，只剩下正殿和侧殿。2005年10月，第十届全国体育运动会在南京举办期间，小庙曾作为志愿者培训中心。2012年2月，为利用建筑的基本功能，大庙租给省建七公司作为其办公场所，省体育局老干部活动中心移到了小庙。好在使用单位对这个建筑还注意保护，"神社"的结构和原有风格保存完好。如有参观者光临，新主人也能简单介绍建筑物的由来和些许故事。

汉中门外

侵华日军南京大屠杀汉中门外遇难同胞纪念碑

位置

虎踞路与汉中门大街交界的西北侧，南京市政府1985年立。

一九三七年十二月十五日下午，避难于国际安全区之本市平民和已解除武装之军警共二千余人，遭日军搜捕后，被押赴汉中门外用机枪扫射杀害，其伤而未死者或乱刀补戳，或纵火活焚，尸骸蔽野，惨绝人寰。至次年二月十一日、十八日两天始由慈善团体南京红卍字会收殓得遗骸共一千三百九十五具，掩埋于汉中门外广东公墓及二道埂子一带。悲夫！今人孰料于此熙来攘往之地曾是往昔日军肆虐之场而有众多同胞罹难于此者乎！爰立此碑以志其事，庶我国人牢记惨史，毋忘国难，居安思危，奋发图强，同心同德，振兴中华。

十八

汉中门：街头变为刑场

汉中门位于南京城西南，繁华的虎踞路、汉中门大街在这里交界。

这又是一处侵华日军在闹市区交道口屠杀无辜市民的遗址。2019年12月初，在第六个国家公祭日将到之日，我们寻访到这里。

纪念碑立于秦淮河汉中门大桥桥头的西北侧，踏上汉中门大桥，就看到矗立在人行道一旁的纪念碑，几束鲜花、花圈整齐地摆放在碑前，这大概是前两天市民到这里悼念所留下的。

在纪念碑前，我们停下脚步。环顾四周，各种各样的汽车在大桥上川流不息地奔走，每一个红灯亮时，都要拦下数以百计的汽车和电动自行车。桥下的秦淮河，还在静静地潺流，但曾经的汉中门和巍峨的明城墙却湮灭在过往的历史中。不过，当年朱元璋在建明城墙时，也没有在此留下城门。民国二十二年（1933），为改善首都交通，国民政府将这里的城墙开辟为西式三券门洞，命名为汉中门。20世纪50年代末，汉中门城门连同近百米的城墙被拆除，但汉中门作为地名沿用至今。

如果不是这块纪念碑，过往的人们再也不会记起1937年12月至次年2月，日军曾在这里杀害3000多名无辜难民的惨案。"昭昭前事，惕惕后人"，为永矢弗谖，祈愿和平，南京市政府于1985年在这里立下纪念碑。四方形的碑身，水泥围栏，"侵华日军南京大屠杀汉中门外

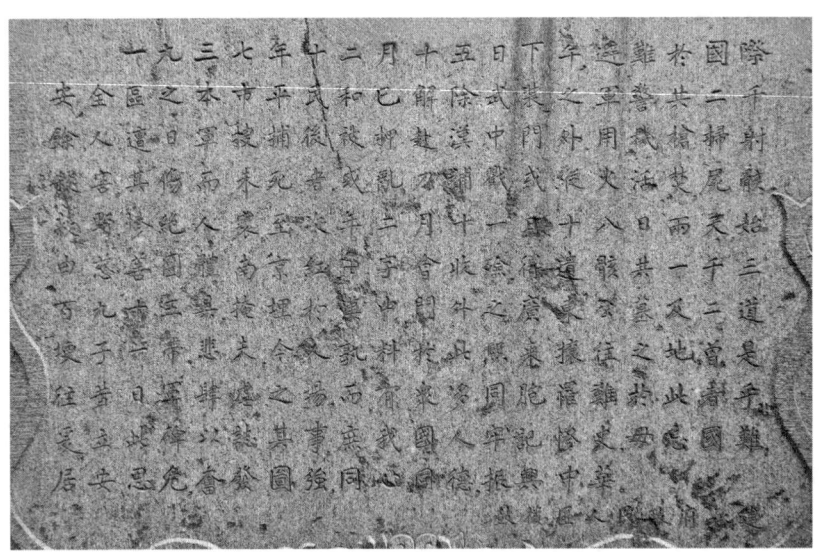

汉中门外遇难同胞纪念碑碑文　　　　　　　　　　　　　韩娃丽_摄

遇难同胞纪念碑"碑文为绿色字样，顶部正反两面镌刻着硕大的菊花。

日月如梭，物是人非。不堪回首的惨痛历史，如同岁月在这碑身上刻下斑驳的痕迹。

绝处逢生的伍长德

鼓楼区志记载：民国二十六年（1937）12月15日，日军将平民和解除武装的军警2000余人押至汉中门里，自下午1时起，即以每批100人押往城外秦淮河边用机枪疯狂扫射，对未射死者用刺刀捅死和浇上汽油焚烧。当晚又有王华、鲍关位等100余名被房军民，被驱赶至汉西门外二道埂子一民院内，用刺刀乱刺，复又用煤油焚烧，除王、鲍少数生还者外当场共被杀死、烧死96人。12月间，日军还将四五百名难民押至汉中门外，迫令立于河水中，用机枪射杀。民国二十七年（1938）1—2月间，日军以"良民登记"为由，将华侨路兵工署大院内的青年难民装满三大卡车，拉至汉中门外河边，用机枪射杀。

伍长德先生是鼓楼区志记载的幸存者之一。他当年是一名交通警察，日军攻下南京之后，他换上便衣躲进中山北路的国民政府司法院难民所，以为日军会遵守《国际法》，不会对安全区进行搜查。但是，没让他想到的是，沦陷的第二天，他就在中山北路司法部的安全区被日军抓捕了，与2000多名难民押解到汉中门外枪杀。日军开枪时，他扑倒在乱尸堆上，从秦淮河潜回，死里逃生。1984年时伍长德还健在，他解开衣裳向调查人员露出那场灾难留下的伤疤，详细地叙说了自己绝处逢生的经过：

> 1937年12月，当日本军队接近南京时，家里的人（父母、妻子、大儿子）都疏散到苏北去了，留我一人在南京看家。那时我在南京当警察。日军侵占南京后，见人就杀，百万人口的南京几乎成了座空城。我躲进了受到国际委员会"保护"的司法院难民区。
>
> 12月15日上午八时左右，忽然来了十几个日本兵，用刺刀把青壮年男子全部赶到外面，并集中到马路上，共2000人以上。十一点左右，我们全体排着队被押着出发，走到首都电影院（现胜利电影院）门前时，从队伍后面开来了几辆卡车，运来了日本士兵和机枪，并由这几辆卡车在我们队伍前面开路，从首都电影院继续出发。下午一点到达汉中门，要我们这2000多人都在城门里停下来，并命令坐下。接着，两个日本兵拿着一根长绳子，一人手持一头，从人群中圈出100多人，周围由大批日本兵押着，带往汉中门外，用机枪扫死。就这样，我眼看着这些被抓来的人，每批一二百人，被用绳子圈起来，又一批一批地被带到汉中门外枪杀掉。偶尔有个别人吓瘫了，不能动弹的，也被就地杀掉了。到了下午五点多钟，我本人也被圈进去了，日本兵把我们带到护城河边上，赶到河堤斜坡下面。我见到河堤两侧，架着两挺机枪；再定神一看，眼前横七竖八全是倒卧着的尸体。我急了，就情不自禁地向前跑了几步，纵身一扑，扑倒在乱尸堆上。恰恰就在我扑倒的同时，机枪响了，人们接二连三地倒了下去，我就被埋在别人的尸

体下面了。

　　机枪射击声停止后,接着又响起了步枪声。等到步枪声停止后,我感到尸体堆上像是有人在走动。因为我是冲着河岸方向脸朝下抱着头趴着的,通过背上的尸体,传来有人走动的压力。这时冷不防,我的背上却挨了一刀,火辣辣地疼。原来是日本兵在尸体堆上刺杀尚未断气的活人,刀尖穿透我背上那个人的尸体,扎到我身上来了。在这以后,我又连续听到两阵机枪声响,大约还屠杀了两批人。接着,日军就放火烧尸,我被浓烟烈火逼得受不了,就趁着天黑,冒着危险,忍痛跳进了秦淮河,幸好河里水不多,以后又偷偷地沿着河向南爬去,爬到了水西门旁,躲藏在瓦厂街九号一带一个宅院的厨房里,正好地上有一摊稻草,就倒在稻草上昏昏睡去了。大约过了头10天,我想总不能老是躲着,就用锅灰抹了抹脸,装成要饭的,好不容易逃回到了难民区,后来被送进鼓楼医院,住了50多天才医好了刀伤。现在背上还留有一条五寸多长的伤痕。"

1946年5月,在远东国际军事法庭审判战犯时,他作为见证人之一,到东京出庭作证,以亲身受害的经历和亲眼所睹的事实,控诉了日本侵略军的暴行。

当时,躲在三条巷的汤正有先生也被日军从家中搜出,押送到汉中门外枪杀。庆幸的是,他与伍长德一样从日军的枪口下捡回了一条命。他回忆说:"民国二十六年(1937)冬,我家住在鼓楼三条巷1号。在日军占领南京不久的一天,突然开来了一辆日本军车,从车上跳下几名日本兵,在我家住的那一带抓走了三四十名青壮年,我也是其中之一。上车后,汽车开到汉中门外河边,日军逼我们下了车,赶我们到河的中间。因为是冬天,河里水不太多。只见河两岸站了几十名端着枪的日本兵,我们被夹在当中。河里站着的中国同胞至少有四五百人。不一会,日本兵的哨声响了,机枪开始吼叫,惨绝人寰的大屠杀开始了,手无寸铁的平民百姓悲惨地倒在血泊中,喊叫声、呻吟声、怒骂声响成一片。我却因被跌倒的人群绊倒在地，幸而没被机枪打中。日本兵走后，我挪了挪身子，发现自己还活着，全身都被死难同胞的鲜血染红了，也沾满了泥巴。我壮着胆子，从死难同胞的尸体中爬出来，看看四周，迅速离开了杀人现场。沿着汉中门、龙蟠里、清凉山，提心吊胆，躲过日军的盘查。傍晚时分，终于回到了自己的家。这时，我已筋疲力尽，好像再世做人。当年日军杀人的惨景及我本人这种九死一生的遭遇，至今记忆犹新，永远难忘。"[1]

发生在汉中门一带的"扫荡"

从12月13日夜开始，占领南京的日军各联队在城区开始反复"扫荡"，烧杀抢掠，枪杀无辜，手段残忍，骇人听闻。记者林娜在《血泪话金陵》中写道："日军抓到我们的俘虏，就命令他们自己挖坑，叫第二批人去埋第一批的，又迫第三批人去埋第二批。"

时年30岁、织锦缎机房的曳花工李学成就经历了这样一次厄难。日军进城后的不几天，他在水西门被抓去，一共被抓的有二三十名年轻人。这些人被押到汉中门外的护城河边后，日军命令他们每人挖一个深坑，然后叫他们一个个跳下自己挖的坑中，再让别人推土活埋。在他落入坑中时，他猛然想起了一个理发的朋友曾经教过他一句日本话，就大声喊："阿列阿多。"日军闻听，嗯了一声，看看他："你的，阿列阿多？"他点头又重复了一句。日军便招手叫他爬出坑，给他一张路条，"你的，开路的。"一句日本话使他侥幸活下来，而其他青年都被活埋。

一向车水马龙的汉中门、莫愁路一带变得冷冷清清行人稀少，犹如空谷旷野。一声咳嗽，远方立即回音。昔日繁荣的中华路已被烧成残垣断壁，一片荒凉！曾经生意兴隆的瑞丰和绸布店、大中华百货店、同仁堂药店、宝庆银楼等有名的商店以及福利大戏院都化为灰烬！

时年17岁、在汉中门外靠织芦席和卖芦柴度生的高秀琴，在南京沦陷时因生活困难没有去难民区，而与众多穷

---

[1] 侵华日军南京大屠杀史料编委会、南京图书馆编：《侵华日军南京大屠杀史料》，江苏古籍出版社1997年版，第400—401页。

纪念碑下

———

十八

汉中门：街头变为刑场

遭日军抢劫焚烧后的南京街景

人一样，随父亲留在家里，目击了日军在汉中门的屠杀。1984年，她向调查人员陈述说："日军侵占南京后，经常到城外我们的住处找吃的，见到猪、鸡就抓走。我们躲在自己挖的地洞里，清楚地听到地面上鸡飞狗叫声和杂乱的皮鞋声。有一天，我到城里去，看到日本兵把手上有茧的人抓了八九辆卡车，拉到汉中门码头用机枪扫射死了。从上午九十点钟左右到下午二时许，一直听到汉中门码头传来密集的枪声。枪声停止以后，我们合伙跑到那里，亲眼看到死尸堆满码头，惨不忍睹。过了一段时间，才由红十字会在淘炼厂附近挖了两个大坑，把尸体埋掉。"[1]

1918年出生、时住汉中路南面金家院的邱金华，沦陷时全家躲到了难民区，在金陵女子文理学院对面的培德里，自己搭了一个遮雨的地方以安身，2002年他已84岁高龄。提起当年汉中门的惨案，他记忆犹新："在难民区的时候，我家隔壁的一个人被日本人抓去，那时日本人说有中国兵，要搜查，让大家去认领，如果没有人认领的就说你是中国兵。他被抓去后，正好他的嫂子来了，就对她说，你不要说是他嫂子，就说是他的妻子。她去认领了，才使他免于一死。而一个篾匠由于手上在做活的时候留下了老茧，又没有人去认领，就把他给带走了。第二天早晨他又回来了，大家就问他怎么能够回来的。他说，他被带到汉中门码头口，在河边日本人用机枪扫射，前面的人都倒下了，当到他的时候，他先倒下了，子弹从他的面前飞过。全部杀死后，一个日本军官用脚在尸体上踢踢，看有没有还活着的人，踢到他的时候，他也没有动，后来日本军官就坐车走了。晚上，汉中门开了一道缝，日本人透过这道缝看河边的动静，如果还有人活着，就会动，日本人就会把他们杀死。等到夜里两点多钟，门全部关上了，他才慢慢在尸体中爬行，爬到河里，又小心地划行，一直到对岸。上岸后，把衣服脱下拧干，晾起来。天亮的时候，他从水西门趁着人多的时候挤了进来，又回到了难民区。那里死的人什么人都有，老百姓、警察、军人。"[2]

---

[1] 张宪文主编：《南京大屠杀史料集25·幸存者调查口述》，江苏人民出版社2005年版，第38页。

[2] 张宪文主编：《南京大屠杀史料集27·幸存者调查口述》，江苏人民出版社2006年版，第519—520页。

两个多月的"扫荡",疯狂的抢劫与杀戮同时进行。

汉中门周围及全城所有商店、住宅都被日军劫掠一空。他们不仅抢劫钱财、首饰、古董、字画,还强行"征发"粮食、牲畜、被褥、衣服等。德国侨民、南京安全区国际委员会委员、金陵大学历史系教授贝德士博士在远东国际军事法庭审判时出庭作证时说:"开始占领南京时,约有5万个日本兵从难民那里拿走了许多被褥、厨房用具和副食品。在占领的6个星期内,他们几乎侵入了市内的所有建筑物。有时,他们的掠夺行为是非常有组织地进行的,他们动用了许多军用'卡车',在军官的指挥下进行。银行的保险箱,特别是德国人保管的私人保险箱等也被他们用'乙炔'割开了。"[1] 约翰·拉贝在日记中也记载了他亲眼所见的日军抢劫罪行:"日本人每10人至20人组成一个小分队,他们在城市中穿行,把商店洗劫一空。如果不是亲眼看见,我是无法相信的。他们砸开店铺的门窗,想拿什么就拿什么,估计是因为他们缺乏食物。我亲眼看见了德国基斯林糕饼店被他们洗劫一空。……中山路和太平路上的几乎每一家店铺都是如此。一些日本兵成箱成箱地拖走掠夺来的物品,还有一些士兵征用了人力车,用来将掠夺的物品运到安全的地方。"[2]

抗战胜利后,目睹汉中门大屠杀惨剧发生的首都警察陈永清,向国民政府调查人员陈述说:"兹于二十六年(1937)12月15日,日本中岛部队在南京难民区境内之司法院,查出军民以及警察人等合共2000余名,用轻机枪12架将一解人等押送汉中门里,每行每列用绳捆圈住,赶至城外用机枪对其扫射,已死者及伤者都被该日军用木柴汽油焚烧之。"[3]

写到这儿,我们的心再次犹如电击一般,真想高举双手问苍天,这是为什么?如此多的生命被残害,是民族的不幸还是当时国民政府的悲哀?

---

[1]
[日]洞富雄著:《南京大屠杀》,上海译文出版社1987年版,第141页。

---

[2]
[德]约翰·拉贝:《拉贝日记》,江苏人民出版社、江苏教育出版社1997年版,第176页。

---

[3]
中国第二历史档案馆、南京市档案馆编:《侵华日军南京大屠杀档案》,江苏古籍出版社1997年版,第94页。

记入家书的证词

难民的尸首暴露在河边两个多月,直到 1938 年 2 月才由红卍字会收殓掩埋。在红卍字会南京分会掩埋队 3 月的统计表中明确登记:1938 年 2 月 11 日,从汉西门外大街一带收殓尸首 272 具,掩埋在汉西门外广东公墓。1938 年 2 月 18 日,在汉中门河边收殓尸体 1123 具掩埋在汉中门外二道杆子……

不同证人相近的证词都说明,众多的无辜难民在这里被日军残忍地杀害。1947 年 3 月 10 日,南京审判战犯军事法庭判定:

> (1937 年)12 月 15 日下午 1 时,我军警 2000 余名,为日军俘获后,解赴汉中门外,用机枪密集扫射,饮弹齐殒,其负伤未死者,悉遭活焚。

2015 年 10 月 9 日晚,总部位于巴黎的联合国教科文组织在官方网站上公布了当年最新入选"世界记忆名录"的项目名单。包括汉中门惨案的相关档案一并被收入联合国教科文组织"世界记忆名录"。据联合国教科文组织官方网站显示,中国提交的南京大屠杀档案共分三部分,分别包括 1937 年至 1938 年,日本侵略军占领南京期间大肆杀戮中国军民的档案;1945 年至 1947 年,对日本战犯调查和审判的档案;以及 1952 年至 1956 年,中华人民共和国司法机构提供的文件。

世界记忆遗产又称"世界记忆工程",作为世界文化遗产的延伸,旨在抢救世界范围内正在逐渐老化、损毁、消失的文献记录,使人类的记忆更加完整。

在南京大屠杀档案入选"世界记忆名录"的项目名单之前,普通南京人就已经开始了让后人记住侵华日军南京大屠杀历史记忆的朴素做法——立碑、家书。除前面介绍的湖山村苏国宝、西岗头裔文钊村民外,家住南京水西门外的赵玉尧老人也是这样。南京沦陷前,赵玉尧先生在水西门外引河边小桥西开了一家烟货商店,1937 年 12 月 13 日,日军不仅抢夺他家的财产,自己还被日军关在焚烧的屋内差点遇难,父亲也在日军"扫荡"中被日本兵用刺刀无辜捅死。1985年,年迈的赵玉尧知道自己时日不多,去世前他给儿子赵可芝留下遗书,告诫他不要忘记这段痛苦的往事。在家书中,他写道:

> 可芝儿,你的爷爷是在1937年冬月11日下午,在水西门外河边被日本兵用刺刀捅死的,当时有丁大爷亲眼所见,也亏他报的信。因为一家人都跑散了,我也被日本兵弄到屋子里放火烧,幸免脱险。水西门外引河边小桥西门朝北第一家,三间两层门面房,就是我的家。当时我们家经营烟酒杂百货。我在上新河干木工。出事后那个地方由姓杨的居住,叫杨月风,儿子叫杨春才,孙子叫杨志林,现在还在。切记。1985年9月25日[1]

从"档案文献"到"记忆遗产",体现出国民对历史问题认识上的提高。这不仅是历史档案文献的丰富,更由一个国家和民族的历史档案上升到人类的共同记忆财富。

---

[1] 朱成山主编:《侵华日军南京大屠杀幸存者证言》,社会科学文献出版社2005年版,第384页。

江东门

侵华日军南京大屠杀江东门丛葬地纪念碑

位置

水西门大街418号江东门纪念馆内，1985年8月15日南京市人民政府立。

一九三七年十二月十六日，日军将被解除武装之中国士兵和平民万余人，囚禁于原陆军监狱院内，傍晚押至江东门，藉放火焚烧民房照明，骤以轻重机枪向人群猛烈扫射，受害者众声哀号，相继倒卧于血泊之中。遗尸枕藉，盈衢塞道，直至蔽满江东河面，且抛露风日之下，久无人收，情至惨烈。迨逾数月，因天暖尸腐，始由南京慈善团体收尸万余具，掩埋于就近两大土坑内，故称"万人坑"。爰立此碑，藉志其哀，悼念死者，兼励后人，热爱祖国，奋发图强，反对侵略战争，维护世界和平。

十九

仅仅成为地名的江东门

南京江东门,原先是南京明城墙中外郭的一个城门的名称,现在只是一个地名。

江东门是南京明城墙中外郭的18座城门之一,处于南京城市的西南部,因城门临近长江以东而得名。它东往水西门,西通上新河,有河道径流流入长江;自明代以来,一直是南京城外西南部商业和交通中心,粮食、木材的主要集散地。而今,随着南京城市的建设发展,它已经成为城市中心区域。

如今江东门已经不复存在,空留"江东门"之名,但它的记载却留在历史的记忆之中:明外郭始建于明洪武二十三年(1390),是明太祖朱元璋为弥补和加强南京明城墙京城的防卫而建造,城垣本体以丘陵、垒土为主,只在城门等防守的薄弱地段加筑城砖,城高大概在8—10米,城墙上则宽6—8米。消失年代大约在清末民国时期。也就是说,我们再也找不到江东门的痕迹了,它原先在哪个位置?是什么样子?好像也有指认,但说法不一,有人确切地说,江东门的城门旧址位于今茶亭东街,纪念馆围墙外。并说江东门门外还筑有江东桥。不管怎么说吧,如今江东门的城门、石桥遗址均已不存,只是地名沿用至今,好在我们还知道曾经几何,毕竟还有过江东之门,不然真要愧对江东父老了!

我们查找了有关江东门的历史，有两条吸引住我们的目光：

一是，1930年国民党在此建立中央军人监狱，又称军政部军人监狱、中央海陆空军人监狱。著名共产党人恽代英于1931年4月29日在该监狱中央操场被杀害，就义前他写下了豪气冲天的诗篇："浪迹江湖忆旧游，故人生死各千秋。已摈忧患寻常事，留得豪情作楚囚。"

二是，1937年12月日本侵略军进攻南京，部分被俘的中国守军和中国百姓一起在江东门被日军用机枪射杀。1985年，中央批准南京市在位于江东门附近的侵华日军南京大屠杀江东门万人坑遗址，建立侵华日军南京大屠杀遇难同胞纪念馆，该纪念馆已成为揭露日本军国主义侵华罪行和进行爱国主义教育的重要基地。是中国首批国家一级博物馆，首批全国爱国主义教育示范基地，首批国家级抗战纪念设施、遗址名录，也是国际公认的二战期间三大惨案纪念馆之一，2013年4月经国务院批准成为全国重点文物保护单位。

今日南京老百姓口口相传的"江东门"，所指大约包含两个方位：一个是说以江东门为圆心、方圆约800米到1000米的范围；另外一个，也是最明确的含义就是指称的"江东门纪念馆"，全称为"侵华日军南京大屠杀遇难同胞纪念馆"。

无法想象的丛葬地

在一个冬雨飘零的下午，我们来到了南京江东门。在江东门北街和水西门大街的中间，我们看到肃然屹立在风雨之中的侵华日军南京大屠杀遇难同胞纪念馆。进入纪念馆后，鹅卵石广场路边，竖立有一块小型石碑。这块石碑上写着"侵华日军南京大屠杀江东门遇难同胞纪念碑"字样。

碑文记载了侵华日军在南京江东门的暴行，侵华日军在南京实施大屠杀中一个案例。震惊中外的南京大屠杀是日本侵华战争初期日本军国主义在中国首都南京犯下的大规模屠杀、强奸以及纵火、抢劫等战争罪行与反人类罪行。暴行从1937年12月13日攻占南京开始，持续6周，直至1938年2月。据二战后远东国际军事法庭和南京军事法庭的有关判决和调查，在大屠杀中有30万以上中国平民和战俘被日军杀害，财产损失不计其数。在被惨遭杀害的30万中国平民和战俘中，有万余人死于江东门。当年江东门的惨烈状况，无法想象！

已经被证实了的事实，在日本却总是有人在否定，中国平民和战俘的生命和血痕也一次次地被抹去。1982年，日本文部省审订通过的历史教科书将"侵略中国"的记述改为"进入"。日本在教科书事件里美化其侵略历史的行为激起了中国人民的义愤和世界爱好和平的人们的关注。

历史还真的像翻书一样，有的时候我们确实要翻回到前页，再一次重读和温习历史的真实和教训。历史也还真的像钟摆，有时我们就要让它停在历史的关键时刻，让后来人反反复复地铭记。侵华日军在江东门集中屠杀中国平民和战俘万余人与其在南京屠杀总计30万人的事实，早在1946年二战后远东国际军事法庭和南京军事法庭的有关判决和调查中已经被证实，而在之后的几十年中，侵华日军在南京、在江东门的罪行又一再被新的发现所证实，铁证如山，几个逆历史而动的跳梁小丑的信口雌黄就能否定掉历史的真相吗？

我们知道，侵华日军南京大屠杀遇难同胞纪念馆选址就在江东门这个被侵华日军集中屠杀中国平民和战俘万余人的地方。1982年，南京文管会进行文物普查，将大屠杀遗址纳入普查范围中来。在此地的发掘中相关方面就发现了当年被侵华日军屠杀的中国平民和战俘尸骸。1983年底，经中共江苏省委和省人民政府批准，南京市人民政府开始筹建纪念馆，因选址于南京大屠杀江东门集体屠杀遗址及遇难者丛葬地，故又称江东门纪念馆。在建馆过程中的1984年，曾发掘出大量的遗骨，当时由于条件所限。未能就地按原貌陈列，只将部分遗骨移往之后建成的纪念馆室内安放，供人瞻仰。

1998—1999年两年间，在该遗址上，在170平方米的掘面内陆续清理发掘出208具表层受难者骸骨。这些骸骨分布零乱，呈现出非正常死亡后仓促集体掩埋的特征。遗址地势低洼，无墓穴且大部分无葬具，并出土4颗日军子弹壳（弹头）和部分遇难者遗物。经过考古学者、历史学家、法医和医学专家，从不同的角度进行了科学的勘察、技术鉴定、化学分析以及多种仪器验证，确认这些是当年被日军杀害者的遗骨。特别是从埋葬现场观察和考证，遗骨埋葬密集，交错重叠，男女老幼无序群葬；遗骨扭曲变形、头颅分离移位，并有刀枪刺伤痕迹，这些情况均证明其非正常死亡的性质，此骸骨无疑为南京大屠杀遇难者的遗骨。侵华日军江东门屠杀现场"万人坑"从此浮出水面，立即引起相关方面的关注，也被确定为侵华日军南京大屠杀遇难同胞纪念馆的重要展陈内容和组成部分。

到了2006年纪念馆扩建时，有关人员在纪念馆扩建工程东面、西面和纪念馆内原"万人坑"遗址的西北处，再次发现遗骨23具。经过两次专业的发掘和考订，发现有的遗骨有明显的枪刺刺伤痕迹，有的遗骨还残留着钉入人体的铁钉，部分遗骨严重扭曲变形、头颈分离移位，这些遗骨呈阶梯状交错重叠掩埋，分布密集，相距长短不一，性别杂乱，年龄跨度较大，绝大部分遗骨无棺具，所有遗骨无墓穴等，充分体现战争状态下仓促掩埋和处理大批尸体的特点。侵华日军的罪行一次又一次地被证实、被揭露。

骇人听闻的"尸体桥"

在江东门这一带的侵华日军大屠杀中，有关"尸体桥"之说，简直骇人听闻！这还要先从"江东桥"说起。江东门东面入江水道（有称江东河）上本来有一座桥，桥以门命名，叫江东桥，建于明朝。这座桥上还有一个传说，说是当年朱元璋大战陈友谅即在此桥附近。此桥在当时是南京西郊的重要交通枢纽呢。而国民党中央陆军监狱离该桥不远。在国民党军队抵抗入侵南京日军失利后，炸毁了江东桥。日军为了过河，竟然丧心病狂地将大批尸体填堆在河道里，上面铺上木板、衣被等，成了中外战争史上鲜见的、只有侵华日军能残忍地想到并做到的"尸体桥"。

朱成山先生等人在他们的文章和著作中无不愤慨地都提到这座"尸体桥"，他们列举出相关证人证词：孙殿炎，当时家住江东桥头，家与桥相距10米左右。他回忆说,日军建的尸体桥呈台形,由于垫得不平整,还有晃动之感。一次,他见到一辆日军军车在过桥时滑落河中,为了打捞,日军把他家的房子点燃作为照明,并用另外一辆卡车来拖拉落入河里的军车。何玉峰也看过尸体桥,他说在江东桥被炸后,日军用尸体填平河道,上铺门板、芦席搭成桥,人走在桥上不停颤动,惨不忍睹!朱有才说用来垫桥的不仅是尸体,还有没有死的活人!实在让人毛骨悚然。我们也不能不提及这座"桥",因为它是我们南京乃至中国的"耻辱桥",我们要铭记已经进入历史的这座"尸体桥",铭记挨打的教训。曾几何时,有人在争辩说我们南京不是"悲城",而是"胜利之城",或者说是"英雄之城",因为说"悲城"实在影响人们的情绪,我们认为,悲而不怒、悲不图强固然消极,但悲而后勇、悲而奋进也不失为一种积极的人生态度,也只有如此,我们才能把南京塑造成"胜利之城""英雄之城"。

经过进一步调查,他们还把杨新华先生在1984年核实的日军杀人祭马的罪行公布于世——

1937年12月,侵华日军分三路包围南京。其中从芜湖方向来的一支数百人的骑兵队,一路扫荡,奸淫掳掠,经双闸乡逼近棉花堤。国民党军队抵挡一阵后撤退了。日军在棉花堤对手无寸铁的无辜居民进行了血腥屠杀。一时间,棉花堤尸横遍野。日军的两匹军马,拴在当地居民郭光贵家(现雨花钢窗厂内)的屋角,被流弹打死了,日军硬逼着街上的方斗斗、熊顺尧、邓银苟、高来生等老人,把马抬进郭光贵家后院,逼他们挖坑葬马。与此同时,他们又从附近居民家中抢来了几床棉被,抓来了木匠宋士波,迫令宋士波做了两块有门头高、一尺宽的木牌位,用日文写上军马之墓。随后,日军用刺刀逼令宋士波、方斗斗等9人,用棉被把马包好,放进已经垫了棉被的土坑里,培上土,插上牌位,像安葬达官贵人一样,做了两个大马坟。善良的宋士波、高来生等老人满以为没有事可以走了。岂知杀人成性的日本侵略军,竟惨无人道地把9位老人的头砍了下来,一字儿排在马的坟前,用以祭马。9位老人中,高来生的儿子小春当时逃难在外,回来后亲眼见到父亲等9位老人的头并排在军马坟前,痛不欲生,在另外几个人的帮助下,他们把身首异处的尸体掩埋了。[1]

此刻,站在"侵华日军南京大屠杀江东门遇难同胞纪念碑"前的我们,没有更多的话语。由于没有携带雨具,身上的衣服早已淋湿,遍地的鹅卵石经过雨水的默默洗礼,闪动着一片片褐色光芒,这是他们还在诉说和呐喊吗?

江东门"万人坑"的发掘

在我们看到的相关南京大屠杀江东门遇难者和"万人坑"遗址的资料中,印象较深的是陈平、朱成山两位先生的文章。

曾参与江东门"万人坑"发掘工作的南京市文物局原副局长陈平先生在回忆中说道:"我们还找到了一位当年参与遇难同胞遗体掩埋的红十字会工作人员。"寻找"万人坑"的进展,并没有那么顺利,虽然南京市文管会迅速抽调了骨干力量,并联合公安、规划、地方志等部门的工作人员一起寻找,但时过境迁,江东门一带地形地貌都发生了变化。"那位红十字会工作人员说尸体数不胜数,现在地形变化了,但应该是江东门这一片。那边有一棵树,他比较有印象。"挖掘了十多天,工作队一直都没有找到遗骸,偏偏这时天又下起了雨,大家士气都有些低落,有人提议,这么大雨,先停工吧。这时有人说:"下雨天泥土变得疏松,干脆,大家冒雨继续挖一下?"有时候打消畏难情绪就是一句话的事。工作队又冒雨干了起来。这时完全被现场的情形震蒙了:"纵面下去应该是 5 层尸骨,但由于参与发掘的人员保护意识不强,最上面的一层被捡拾到了一旁。尸骸排列得非常整齐,看了一下就发现骷髅上有弹洞。同时,在坑里,我们还发现了日本人的皮靴靴底、啤酒瓶和皮带扣。"发掘的时候,很多老百姓都围了过来。有一个老大娘,一下瘫坐在坑旁边,号啕大哭。她对着发掘出来的尸骸,一边不停地磕头,一边悲伤地哭泣。原来,1937 年,日本人进城的时候,她才 19 岁,住在江东门一带。家里人在家附近挖了一个坑,让她躲在里面,

---

[1] 江苏文史资料编辑部:《腥风血雨——侵华日军江苏暴行录》,《江苏文史》80 辑,1995 年版,第 46 页。

并叮嘱她,没有家人的呼喊千万不要出来。当天,她听见外面有枪声,吓得不敢出去。一直到傍晚,外面没有了动静,才爬出坑洞。然而她见到的,却是全家人的尸体。

陈平先生的回忆仿佛把我们带回当年的发掘现场,并让我们仿佛亲眼看见了那一场极其惨烈的灾难。

朱成山先生曾任侵华日军南京大屠杀遇难同胞纪念馆馆长、研究员,是一位南京大屠杀方面的研究专家。对于江东门的屠杀情况,他予以深入研究。我们先后读过他的《略论南京大屠杀江东门遇难者遗骨发掘》《初论南京大屠杀江东门遇难者遗骨发掘与考证》《再论1998—1999年南京江东门"万人坑"遗址的发掘、考证保护和展示》等论文。在这些论文中,他列举强有力的论据,通过科学论证,全面证实江东门惨案的事实存在,当时在全国,以及世界相关方面引起了强烈反响。这些论文有力地反击了日本极少数右翼分子为侵略战争的翻案,回击了他们对南京大屠杀的否定,特别是对他们的这批遗骨是中国方面制造的假象、并非当年遗存的胡言进行了迎头痛斥。

《血证》:章章是血

为了避雨,我们来到一条走廊下,阴沉的天空下,飘飞着零乱的雨水,馆外不远处的几幢高楼仿佛也陷入沉思之中,空旷的鹅卵石广场寂无一人,只能听见传递而来的水西门大街上来去车辆发出的奔驰之声。我们还是互相交谈起来,因为我们彼此都感觉到心头的压抑,我们不仅谈到侵华日军在江东门的这次集体屠杀所犯下的罪行,还谈到当年他们在江东门这一地区的滥杀无辜。当时在雨花台区文化局工作的杨新华先生所撰写的《血证》,是他在征集该地区大量史实之后满怀愤怒写出的一部专著,其间揭露了侵华日军惨无人道的暴行。

翻开《血证》[1]——

刘世海,原国民党陆军第八十八师士兵。他们一行50多人,从三汊河来到江东门,准备向芜湖方向突围。他回忆说:

---

[1] 骆嘉刚、杨新华主编:《血证》,江苏古籍出版社1995年版。

"一路上看到许多尸体横陈,一根电线杆上挂着七八具尸体,还有小孩。再往前走,死者更多。我们在中央军人监狱门前,被一队日本兵拦住,把我们强行赶到监狱东边菜地里,命令我们站成一排,周围有五六十名日本兵……"然后,日本兵涌上来,用军刀朝他们乱砍乱杀。刘世海的脖子上被砍了一刀,他说他只记得有个日本兵高举军刀向他砍下来时的凶恶形象,然后就什么也不知道了。等他醒过来的时候,天已经黑了,他的身上压着两个死人,他使劲推开硬撑着站了起来,趁天黑赶快逃命,后来躲进了防空洞,才幸免一死。在回想起这段经历的时候,刘世海异常悲痛地说:"我们同行的 50 来人,只有我一个幸免,现在脖子上还有刀痕约 10 厘米。"

杨余氏,当时家住江东乡凤凰西街。她回忆说:"日军侵占南京时,我有 7 个孩子,大的 10 岁,小的不满周岁。一个女儿放在弟弟家寄养。日军进南京城后我带着 6 个孩子,还有邻居家的一个 15 岁女孩,躲在离家不远的一个防空洞里。哪晓得躲不住,很快被日本兵发现了,他们先用机枪向防空洞里扫射,后又对着防空洞火烧烟熏。等到日本兵走后,可怜我那 6 个孩子,还有邻居家 15 岁女孩全都死了,就剩下我孤零零一人爬出来。黑夜里,我又急又怕,慌乱中抱了一床被子逃命,抄直路一口气跑到我弟弟家。我丈夫从外地赶回家后,估计我们躲在防空洞里,就赶忙去找,不巧迎头撞上了日本鬼子,被鬼子用长军刀活活劈死了。我家破人亡,后来寄养在我弟弟家的那个女儿,不久也病死了。"

陈万珍,江东乡河南村积善二组的农民,1984 年 6 月,笔者去采访时,61 岁的她说:"1937 年农历冬月 12 日上午,鬼子抓走了我的伯伯,随后又把他押送到积余村附近的王华明家里,王家的三间房子当时已关满了难民。过了一会,日军就把这些难民押到附近的一个大茅坑里,用几张大桌子压在人头上面,然后在桌子上面加上干柴点着火,使得桌子和人一道化为灰烬。日本鬼子走后,我找伯伯时,他已和所有的受难者被活活烧死在茅坑里。"

许金凤,家住南京柴油机厂宿舍,1938 年时 27 岁,住在沙洲圩。她说:"1938 年 1 月的一天,日本鬼子进了圩,我丈夫急忙躲进一个大橱里,日本鬼子放火烧房子时,他无法再藏身了,只好跑了出来,鬼子发现后,把他拖到了塘边,一刺刀戳进了他的心脏,又向他头部打了一枪,子弹从左边进去,从右边出来的,脑浆都流出来了,这还不算,鬼子还把他的尸体扔进塘里。下午四点多钟,鬼子走了,我请人把丈夫的尸体捞上来,正准备埋葬,哪晓得日本鬼子又回来,放火把他的尸体烧掉了。还有我的侄儿,16 岁了,1937 年冬月 12 日,他正在赶鸡,被鬼子从远处一枪打中,当天半夜就死了。"

余朝贵,江东乡荣亭村北圩二组的农民。他说:"1937 年 12 月的一天下午,两个日本鬼子来到我们村,随手抓了一个木匠,拉到打谷场上,要他跪下,一个鬼子叫另一个鬼子开枪打木匠,我们几十个人在旁边求饶也没有用,结果,木匠被他们打死了。腊月廿六,我大哥余朝荣、二哥余朝华,被鬼子抓差到芜湖刚放回来,又被两个鬼子抓住,硬逼着他们把上衣脱下,因为膀子上有牛痘疤,就说我哥哥是中国兵,把他们带到凤凰东街淌水沟边上打死了。1938 年初的一天,五六个鬼子来到我们村,轮奸了刚生过小孩的许大姐。鬼子走了,许大姐已经奄奄一息,被邻居们架着走动,才被救活。"

邱荣贵,江东乡积善二组的农民。他说:"1937 年 12 月 17 日、18 日,有 100 多名难民被捆绑在一起,都给鬼子打死了,然后堆放在积余村王华明、王月德家后面的大粪坑里。那天,我也被抓去,后来我溜到积余村河边的一片芦苇中,没让鬼子看见,才免于一死。20 日前后,鬼子又把我和王明才抓去,替鬼子划船。忽然,鬼子看见了一个妇女,马上就把她抓来,糟蹋得死去活来。"

当地居民孙殿元说:"由于国民党军队阻止日军直进,炸断了江东桥,我们家搬到凤凰西街。12 日国民党军队离开三汊河,准备过江,受阻未过,两军在现在的清江、茶亭、凤凰西街开战。当时,我们躲在地洞里。日军进行了两次冲锋,第一次冲锋后停了二三十分钟,随后占领了中央军人监狱。日军用小钢炮对凤凰街轰击,距地洞不远爆炸,我们差一点丧生。炮轰结束,我们钻出地洞,见死的人难以计数,形态很惨。第二天,日军骑着大马来,又打死无辜的百姓后离去。第三天,日本兵不知在哪里押来很多人,关在中央军人监狱,因大雾笼罩,只听机枪响。江东桥被炸,日军架临时桥,用尸体铺,中央军人监狱的死人很多……大约过了20天,局势稍稳定,我们回江东门,那时我还小,随着大人去中央军人监狱,仅四个院落内,死尸有好几千。日军侵占南京两个月以后才有红十字会的人来收尸。尸体运到监狱对门,埋在一条长约200米、深1.5米的战壕和两个砖砌的大坑里,一层又一层,不计其数。这就是今天所说的'万人坑'。"

……

《血证》可谓章章是血,页页是泪。有时真不敢、也不想再翻看下去。这都是侵华日军南京大屠杀暴行的铁证。面对罄竹难书的罪恶,能说否定就否定掉了的吗?同样,谁说忘记就能忘记掉了吗?

2006年,在南京市再一次拉网式侵华日军罪行普查中,6月至8月间,南京市建邺区有关部门组织力量,对当年侵华日军南京大屠杀中的受害者、幸存者、目睹者再行调查。查到11名见证人,均为男性,年龄最大为时年92岁,最小的为75岁。下面我们来看看这些新发现的口述资料——

端广林:1937年,我10岁,日本人当时下乡打鸡、打猪。我父亲端恩前(时年30多岁)被日本人抓夫送鸡,第一次给了张条子,放他回来了,没有条子不行,不然别的(日本兵)会抓他。第二次他又被抓夫,就没给条子,结果在回家的路上被两个日本兵抓住,抬起来往地上掼,头脸都被掼破,当场就昏死过去。他在地上一动不动,日本人以为他死了才走。他被掼伤了,在40多岁就去世了。我认识的狄志贵家父亲狄连柱(时年30多岁),被日本人抓夫,在回来的路上,由于走路手一前一后摆动,被日本人一枪打断右手三根手指,变成残疾,后来也在40多岁就去世了。日本人拿人不当人,想打你就打你;妇女看到日本人都害怕,他(日本人)会污辱。双和那条路的房子当时都被他们烧了,大概有三户人家,七八间草房,我家的房子也被烧了个洞;日本人还在村里抢猪、鸡、鸭,还要老百给他们送过去。[1]

吴福松：1937年时，我13岁。我看到李永泰的亲哥哥李老四（20多岁），从圩里向上走，正好有2个日本兵从圩上往下走，叫住他，看他的手上是否有茧、额头上是否有帽痕，然后二话不讲用刺刀将他戳死。我叔叔吴少宏被抓差送猪，就再也没回来。另一个叔叔吴少棠，有心脏病，日本人攻城打炮，一震就发了心脏病死了。南京市百货公司的一个女的，"跑反"时到此地，被3个日本兵发现，要对她污辱，她不肯，跳进塘里，结果被日本人开枪打死，当时我在放牛，为亲眼所见。我的姑妈（30多岁），住在工农村，被日本人打死。陈迎风的老婆在河套塘，现在的沙洲中学门前水塘那边被两个日本兵污辱；吴福荣的大妈、陈德荣的老婆、狄连锦老婆也被奸污。日本人随意掼摔、殴打中国人，中国人被打后摔在地上不敢动，当时老百姓非常害怕。在日本人进城的两三天后，我放牛经过螺丝桥地区，看到日本兵俘虏了一个排的当兵的，当时他们把枪都缴了，中国士兵以为能走，结果被关在一个草房里，全被烧死。路边上的尸体很多，小行河上的桥被炸了，尸体在河上漂了一层，有时人过来过去都从尸体上走。江东门那边的尸体非常多，江东门河南大街那边有条河，日本人的车都是从尸体上开过。当时很多国民党兵都死在新河口附近。我家前面的金善潮家的三间草房被烧了，河二队有家姓狄的一家房子也被烧了，其他还有很多人家房子被烧。日本人找花姑娘，找不到就烧房子。许敬棠家和高德荣家分别养了一百多只鸭子，全被日本人抢了。我家的猪和鸡都被抢走，日本人把我放的牛一枪打死，砍下牛腿就走。邓府山那边，我丈母娘家养的三头猪、一头驴、鸡都被抢走。[2]

---

[1] 张宪文主编：《南京大屠杀史料集38·幸存者口述续编（下）》，江苏人民出版社2007年版，第1567页。

[2] 同上书，第1574页。

肖兴荣：1937年时，我8岁，本村的"小鸽子"（十七八岁）躲到地洞里，听到日本人抓鸡，探出头看了一下，被日本人一刀把头砍掉了。肖兴发（20多岁），当时躲在树根那边，被日本人发现，隔着一里多远用枪打死。肖兆云（20多岁），日本人要拉他当夫，他不肯，被一枪打死。肖老五（30多岁），他有一条船，日本人要把他的船拖走，他舍不得船，就跟着日本人，被用刀砍死。本村一位颜姓男子（40多岁），被日本人拉夫，他不肯，被枪打死。当时村里有个招来的女婿，被拖出去就再也没有回来。侯中福的父亲侯老四被日本人一枪打死后，尸体还被踢进塘里。村里有一个妇女卓×氏，被日本人霸占，有一天日本人要把她捆起来杀她，她跑，被一枪打中胳膊。沙楼门桥那边很多"跑反"的老百姓被打死。我家的三四间草房被烧，当时我们肖姓一门就有20-30户房子被烧。日本人当时抢鸡、鸭、猪，我家的一头猪也被抢走了。我家叔房姐姐当时13岁，个子长得很高，被日本人看中污辱了，后来没过几年就去世了；有一位城里来"跑反"的姑娘，因为手很白，被日本人污辱得直叫，这是我亲耳听到的；我的姑妈也被侮辱了。我父亲20多岁，挑盐到城里去卖，在中华门城门被日本人毒打了一顿，以后腰一直直不起来，40多岁就去世了。有一天一个日本兵到我家抢了一袋糯米，放在我家门口，结果被另外一个日本兵拿走，第一个日本兵就诬陷我偷的，要杀我，在我奶奶的求情下，才没有杀我。殷山矶子那边是个万人坑，在中和一队对面，在那边挖了个坑，平安后把尸体都往那边填，当地人都知道有这么个万人坑。[1]

发掘，再次发掘；罪行，还是罪行！我们在残酷、阴暗、血腥的场景中，悲悯、愤恨、怒不可遏，又在冷风、凄雨、寂静的氛围里，凝重、沉静、陷入思考。

---

[1] 张宪文主编：《南京大屠杀史料集38·幸存者口述续编（下）》，江苏人民出版社2007年版，第1575页。

我们不可能再用侵华日军同样的暴行还击他们，但我们完全可以用尊严和正义警告他们：历史上丑陋的、无耻的一页绝不能重演！尽管日本极少数右翼分子还在遗传、膨胀着这种劣根。

江东门遇难地完整地保留着南京大屠杀尸骨现场，它是侵华日军屠杀中国人民的铁证，有力地驳斥了日本古翼分子的谬论，它提示每一个来到过现场的中国人一定要勿忘国耻，发愤图强，反对侵略战争，维护世界和平！

江东门的雨还在下着，而且越来越大。但我们却看到不远处的那片草地绿意勃发。

上新河

侵华日军南京大屠杀上新河地区遇难同胞丛葬地纪念碑

位置

建邺区河西滨江公园棉花堤渡口、公交车棉花堤渡口终点站。1985年8月南京市人民政府立,2006年5月定为全国文物保护单位。

一九三七年十二月，侵华日军攻占南京后，我大批解除武装之士兵和群集上新河一带之难民，共二万八千七百三十余人，悉遭日军杀害于此处。日军屠杀手段极其残酷，或缚之以溺水，或积薪而活焚，枪击、刀劈，无所不用其极，对妇女乃至女童，均先强奸而后杀害，惨绝人寰，世所罕见，致使尸积如山，血流成河。劫后，湖南木商盛世征、昌开运两先生目睹惨状，于心不忍，曾由私人捐款收埋一批遗尸，嗣于一九三八年一月至五月，又经南京红卍字会在上新河一带收埋死难者遗尸计十四批，共八千四百二十九具。

分记如下：一月十日，葬于黑桥九百九十八具；二月八日，葬于太阳宫四百五十七具；二月九日，葬于二道埂子八百五十具；二月九日葬于江东桥一千八百五十具；二月九日，葬于棉花堤一千八百六十具；二月十四日，葬于中央监狱附近三百二十八具，二月十五日，葬于观音庵空场八十一具；二月十六日，葬于凤凰街空场二百四十四具；二月十八日，葬于北河口空场三百八十具；二月二十一日，葬于五福村二百一十七具；三月十五日，葬于甘露寺空场八十三具；三月二十三日，葬于甘露寺空场三百五十四具；四月十六日，葬于贾家桑园空地七百具；五月二十日，葬于里桥五十七具。

前事不忘，后事之师，爰本此旨，特立此碑，藉慰死者，兼勉后人，爱我中华，强我祖国，反对侵略，维护和平。

二十

河西父老眼中的大屠杀

河西新区,随着江北新区的建设与开发,这几年已经成为旧称。

这天上午,天气晴好,我们再次来河西新区,寻访上新河遇难同胞遗址。

河西新区位于南京主城区西部,穿境而过秦淮河的西岸,故称河西。20世纪末,包括上新河、宝船遗址、奥体中心在内的南京河西一带还是农田遍野,交通不便,几乎没有什么高楼的荒凉之地。历经20多年的风云变幻,在"沿江开发""拥江战略"的背景下,一个集行政、会展、金融、文体、商贸于一体,以银行、保险、证券等传统金融业为主体,功能完备多元化发展的格局已初步形成。作为极具国际水准、地标性的金融企业集聚区,河西CBD正在成为泛长三角区域金融中心和南京现代化国际性城市中心核心区,成功获得"江苏省现代服务业集聚区""江苏省创业投资集聚发展示范区""江苏省金融改革创新试点区""江苏省政府投资基金集聚区"等殊荣。

上新河一带遇难同胞纪念碑坐落在滨江公园棉花堤旁边的一处院中,丛葬地遗址分布在黑桥、太阳宫、江东桥、棉花堤、军人监狱、观音庵、凤凰街、北河口、五福村等处。由于近年来的建设,很多遗址已面目全非,有的仅空剩一个地名。

纪念碑造型十分普通,砖红色底座,灰白色的长方形碑。碑的正面镌刻着"侵华日军南京大屠杀上新河地区遇难同胞纪念碑"金字,背面则记录着丛葬地的由来和梗概。纪念碑旁,另立着一座水泥的碑刻,写着"全国重点文物保护单位 2006 年立"。

站在碑前,可以一览对面正在建设的江心洲生态科技园,眺望浩瀚平静流淌的夹江和号称"南京眼"的跨江大桥。

矮松环绕,江风凄凄。曾几何时,就是这条不算太宽的江面,阻断了多少人求生的欲望,而惨遭日军的屠杀!

上新河遇难同胞纪念碑碑文　　　　　　　　　　　　　　　　韩娃丽_摄

古镇眨眼成为人间地狱

上新河古镇,紧靠长江,明清时期就是长江下游著名的木材集散市场,也是江南最繁荣的码头之一。早在三国东吴时期,上新河地区就有木材贸易的记载,但"上新河"名称到明朝才有。相传,为满足运输事业需要，明代中期在这里接连开了几条河，先开的河在上游，遂称上新河，后开的两条河，分别称为中新河和下新河。中新河与上新河相通，是停泊官船的地方，下新河则是木商贩运木材的地方。随着新河的开辟，长江上游的木材、毛竹、木竹柴炭以及米豆杂粮等农副产品、土特产品源源不断地运到这里，成为大宗商品的集散地。清代诗人周宝瑛在《金陵览胜诗考》中说，"在上新河，为南北要津通漕，运竹木及米薪百货，又龙江烟雨为金陵四十景之一。"

如今，随着长江隧道的建设、城市的发展和河西大开发，上新河一带已成为河西新城最繁华的地方，奥体中心、绿博园、科技园、天正滨江的建设，让这个地区成为南京中高档社区居住地和高端商业产业区，这样的发展也继承了这个地区当年的商业精神，也算是对得起这片土地了。

当年，许多徽商在这里因经营木材而发财致富，腰缠万贯。他们不仅在上新河建徽州会馆，每年还举办盛大的灯会。甘熙在《白下琐言》中描述道："徽州灯皆上新河木客所为。岁四月初旬，出都天会之日，必出此灯，旗帜伞盖，人物花卉鳞毛之属，剪纸为之，五光十色，倍极奇丽，合城士庶往观，车马填阗，灯火连旦，升平景象，不数笪桥。"明代小说家冯梦龙将上新河作为一个悲剧故事发生的地点，写进了小说。在《警世通言》中，他以"乔彦杰一妾破家"故事，警告世人休要"饱暖思淫欲"。可见当年上新河在文人心目中的地位。

晚清以后，南京开埠，上新河镇贸易集散地位渐微。侵华日军南京大屠杀使许多世代定居于此的居民遇难，上新河几成荒野。

1937年12月11日，日军分三路包围南京，在西南郊首先占领了板桥、大胜关和上新河一线，一些军事要塞也相继落入敌手，进而对南京形成包围态势。其中，从芜湖方向来的一支数百人的骑兵队，一路扫荡，奸淫掳掠，经双闸乡逼近棉花堤。据1938年2月出版的日本《国际画报社》记载："1937年12月9日，长野、山田（指第一一四师团66联队山田常太中佐）的突袭部队到达当涂以东，特别是冈本（镇）部队（指第6师团36旅团23联队冈本镇臣大佐）出现在通往芜湖的交通要道上，并占领了离南京很近的西善桥及其附近要地。""12

上新河遇难同胞纪念碑　　　　　　　　　　　　　　　　　韩娃丽_摄

月11日,竹下部队(指第6师团36旅团45联队竹下义晴大佐)继续进攻南京城的西南角,冈本(镇)部队与竹下部队一起在城西的莫愁湖畔与中国军队激战。""12月12日,在西南方向,冈本(镇)部队在工兵队的多次爆破后过桥,渡护城河(指集庆门附近的秦淮河),也进入城内。"

12月12日下午,南京卫戍司令唐生智下令弃守南京,分头突围后,由于驻守部队临时组建,阵地分散,通讯不畅,许多失去联络和指挥的守军,溃逃聚集在自上新河、大胜关的沿江一带。成千上万的当地村民、商贩也随着不绝于耳的枪炮声,没有目标地杂集在逃难队伍中,遭到日军无情的追杀。一时间,棉花堤周围尸横遍野。

1930年出生,板桥镇石闸湖施家凹村民徐建陶,亲眼看到日本人把1万多难民和俘虏赶到现在的江宁区与南京公路交界处(岔路口附近),用机枪集中屠杀。他说,"当时我家就住在此地,那时的地名叫道儿关。我看见有万把人集中在离本村不远处,用机枪扫射。我听到枪声就拼命往村外跑,事情发生后,我回来听说,日本人把人集中在一起屠杀,没有杀死的就用汽油加火烧。当时是1937年11月20日左右。"[1]

在日军的追射下,从雨花台、集庆门、江东门等处溃退而至的大量士兵无处藏身,或被俘或遭戮杀,江东门、汉西门、凤凰街、广播电台、自来水厂、新河口、拖板桥、菩提阁、菜市口、荷花池、螺丝桥、江滩、棉花堤、双闸、东岳庙等地,无处不见遇难者的尸体。

村民苗学标来不及躲避,被日军捉住做挑夫,他在回忆上新河大屠杀的情景时说,日本兵把几百人抓起来,一个一个地摸他们的头、肩、手、腿各部,一直折腾到下午4点多钟,把挑出来的300多人说成是中国兵,用机枪射杀死,然后叫他们把尸体扔进塘里。"以后,日本兵又把我带到水西门外抬死人,水西门外的那座大桥有五个孔,我亲眼见到抬去的死尸,足足填了两个孔。"

短短数日,在日军的屠刀下,曾经繁华兴盛的上新河,"尸横遍野,人血染

---

[1] 张连红、张生编:《南京大屠杀史料集25·幸存者调查口述》,江苏人民出版社2005年版,第152页。

地，凄惨万状"……

湖南木商出钱雇工掩埋尸体

由于幸存者人心惶惶，不能自保，再加上上新河地区偏离主城，直到第二年开春，这一带成堆的遇难者尸体无人掩埋，任由日晒雨露，蚁唼鼠咬。

1938年1月，战事稍许平静，时住钓鱼台91号的上新河湘鄂籍木材商盛世征、昌开运等人，"在死尸丛中逃出"后聚集在一起，偷偷商量如何掩埋无辜乡民及同乡的遗体。后来，他们又找到南京红卍字会讨得一面红卍字的小旗帜，取出多年积攒下来的数万元法币，招募十余名身强力壮的乡民，以每具尸体法币4角的工价，带领乡民冒着恐怖和艰苦，从上新河码头开始掩埋遇难者尸体。

1946年1月15日，盛世征、昌开运将遇难者尸体掩埋情况向南京抗战损失调查委员会提出了报告，呈文称："日本军杀害我国被俘军人及逃难人民，共计28730余人，毙命于上新河地区。自民国二十六年（1937）12月（不记日）当时日军将被俘军民以铅丝缚手脚，推下河水中，有的盖上柴草倒下煤油烧死，妇女幼女被奸死者众。此外，以手榴弹、机枪、刺刀等武器处死者更多。国军及逃难人民，尸横遍野，人血染地。当时本地居民早已逃避一空，因我等是湖南木商，为财产关系，未有离去。尸体由我湖南木业商掩埋，因各处尸横遍野，人血染地，抛尸露骨，见之不忍，遂将尸体掩埋。"[1] 文中，他们还指明制造城西南方向暴行的日军部队"记日寇罪首，中岛部队（第16师团）、猪木部队（第6师团骑兵第6联队）、水野部队、大穗部队、烟中部队、德川部队等，杀人放火、奸淫掳掠，无恶不作"。

资料记载，盛世征、昌开运均为客居上新河的湖南木商。我们造访了坐落在上新河螺丝桥大街上的江汉公所，寄希望在江汉公所发现他们的相关材料。江汉公所是当年上新河古镇一所重要的

---

[1] 江苏省政协文史资料委员会、南京市政协文史资料委员会编：《腥风血雨——侵华日军江苏暴行录》，江苏文史资料第80辑，1995年版，第42页。

世界红卍字会南京分会掩埋遇难同胞尸体地点之一：上新河二道埂子

会馆，也是湖南、湖北和江西木商聚众商讨大事的地方，2006年定为市级文物保护单位。但是，参观后，我们大失所望，坐落在上新河中学里中心广场附近的江汉公所，仅仅为保存较为完整的一栋晚清风格的精美建筑，内部空空如也，没有找到任何有价值的文字资料。学校政教处的一名负责人告诉我们，早些年，江汉公所居住着几户人家，后来随着河西地区的开发，住户被迁移出去。由于多年失修，会馆房屋已经摇摇欲坠，靠近最东侧的几间房屋屋顶已经坍塌。2009年，上新河中学扩建，"江汉公所"正好位于上新河中学校大门的主要通道上，为了保护这一晚清建筑，建邺区、河西指挥部和市文物局多次对"江汉公所"保护进行论证，最后一致同意将"江汉公所"向西整体平移进行保护。后来，会馆平移到今天的位置，原有四进，现为两进，现为学校的书法、美术展陈中心。

离开江汉公所，我们又前往木商们当年所建的太阳宫寻访。玄武湖畔太阳宫可谓无人不知，而河西绿博园里也有个太阳宫，知晓者就不多了。太阳宫始建于明末清初，当时上新河镇作为南京重要木材集散地，在夹江边停靠大量木排，常遭火灾，为祈求火神照应，这些木材商便共同出资修建了太阳宫，敬立太阳火神，太阳宫由此得名。这座300余载的古老建筑历经沧桑，较好地保存下来，经过精心修复，重新展现在世人面前。2006年6月10日，被立标为南京市文物保护单位。太阳宫坐东朝西，面向大江，原有占地达6万平方米。可惜后来还是遭遇了火灾，主体被焚毁殆尽，清末重建时规模已缩小近一半。抗战中，太阳宫再次遭到烧毁，胜利后太阳宫再度重建。太阳宫既是文物古迹，附近也是遇难者丛葬之处，我们寻访到此。作为绿博园的一部分，太阳宫附近遇难者丛葬处已荡然无存，但看到绿树成荫、满园锦绣的情景，我们的内心还是感到无限欣慰。

虽然我们没有找到盛世征和昌开运生平的相关资料，但还是为他们的善举所感动。他们从家乡湖南来到南京西郊上新河从事木材生意历年有余，因家务、财务尽在南京，为财产计，在沦陷前后，没有离开上新河。在大屠杀后，盛世征、昌开运等人"可怜死者抛尸露骨"，冒着危险，挺身而出，尽施积蓄，"助款雇工将尸掩埋"。

木商们经常议事的江汉公所

上新河太阳宫丛葬地（今摄）

据粗略计算，二人共花法币 1 万余元，这在当时可是一笔不小的财富啊！多么善良的木商，多么可敬的中国商人！他们以自己的行动，记录了对日军暴行的憎恨，表达了同胞之殷殷深情，践行了中国商人的经商之道！

屠杀，屠杀，还是屠杀

上新河一带是侵华日军施行暴行的重灾区之一，自 20 世纪末至今，市、区政府和相关学者先后多次在这里进行调查。

上新河地区也是地形地貌变化较大的地区之一。近年新建开通的江东中路，北起汉中门大街，南至江山大街，全长约 7 公里，双向 10 车道，成为河西新城区的重要干道。由于城市建设的飞速发展，21 世纪末的江东、北圩、积善、兴隆、中保、积余、茶亭等村名一个个都变成了街区或马路的名称。为叙述方便，我们还是使用调查时的地名。

黄文龙，沙洲街道中和村村民，他说："1937 年时我 10 岁，冬月初五，3 个日本兵到村里来，叫陈福忠、陈福忠的妹夫莫启道（24—25 岁）带路。走出不到 100 米，陈福忠弯腰整理绑腿，日本人就突然开枪将莫启道打死，将陈福忠打伤。莲花村那边，有陈福堂的兄弟、陈福根的兄弟，被日本人打成一死一伤。冬月初十，我的父亲莫启山（35 岁）、莫启宝（33 岁）、'小皮匠'（17—18 岁）、莫春生（18 岁）、吴春文（40 多岁）、周某等 14 人被抓差到安德门，一共杀了 12 人。本村一共有 5 位被杀，有一位没有被杀的人跑回来告诉村里人。在第二年二月份，才把尸体找回来。当时所有的尸体都被埋在安德门十字路口那里，一个坑里大约有 40—50 人。我四爷爷的儿子莫启雪（22 岁）冬月初八被日本人抓后也没回来，在西善桥开杂货店的莫老四与莫启雪在同一天被抓，也没回来。1938 年日本人还打死本村很多人，我知道的就有许德才的妈和莫达兴。1938 年 4 月份，我到上新河口，看到很多尸体，木行的木排上有好多尸体。……我家的房子是冬月十八被日本人烧掉的，一共 7 间草房，家里的粮食、床、家具都没有了。同一天莲花村的汪长富家的房子也被烧，西善桥那边房子被烧得很多。在 1938 年时丁家埂有好多房子被烧，丁如钱家5间瓦房3间草房被烧。日本人来抢猪、牛、驴，用枪逼迫老百姓送，多数人送到后就被杀了，家也被烧个精光。西善桥莫老四家是开杂货店的，为了防抢把货物搬到我家旁边，结果还是全部被抢光了，有桂圆、蜜枣、糖等。日本人经常来污辱妇女，我的小婶婶（莫启宽的老婆），当时刚结婚，18岁，被带到西善桥污辱，第二天早晨才放回来。"[1]

杨长金，沙洲街道中和村村民，男，1931年10月生，他回忆说："1937年时我6岁。当时我家门口有两个人被杀，一个叫戚福海（30多岁），一个叫戚福洲（40多岁），他们是弟兄两个，就死在友谊桥那边，那里过去是个荒地，后来就埋在那，具体是为什么被杀的我不是很清楚。日本人向来就不讲理，走过来就杀人。我的父亲杨如华（30岁），正月初六，日本人来抓差到安德门，要他带路、喂马，后来被日本人一刺刀砍在头上，他逃回来后，在正月初十，就带着我们兄弟姐妹'跑反'到江宁，用一个担子挑着我们姊妹三个。我一直记得我父亲头上有条白色长疤，他活到73岁才死。我家岳父也被日本人杀了，在梅山那边，我爱人5岁就没了父亲。那时候，村子里房子被烧的多呢，被烧了十几家，戚福湖家、戚福海家、姓周的家等等，当时人家里面一般一家三间草房，过去叫'鸭屁股房'，中间一个正的，两头是尾巴，叫披子。"

西善桥乡梅山村代销店退休职工梅福康回忆说："1937年12月的一天下午，200多个日本兵来到梅架子村。这是个只有6家20多人的小村。日本鬼子一进村，就拳打脚踢地把全村人赶到外面。他们把年轻妇女集中起来关在一间房子里，把男人关在另一间房子里。深夜，女人们趁日本兵打瞌睡时偷偷跑了。第二天早晨，日本兵发觉了，把男人们毒打了一顿。后来，日本兵又甩手榴弹在塘里炸鱼，用刺刀逼我二哥和其他人下塘去摸鱼。我二哥这时正发高烧，又气又冷，从塘里上来时，浑身发抖，口渴得难受，想喝水，就在日本兵烧的火堆旁倒点热水，正要喝时，被一个日本兵夺过碗来向二哥头上砸去，把二哥砸得头破血流。我们村外的田地中间有个小土堆。日本兵吃过鱼以后，

---

[1] 张生、吴凤照、费仲兴编：《南京大屠杀史料集39·幸存者调查口述续编（下）》，江苏人民出版社2006年版，第1571页。

将我家祖母、父亲、二哥、外甥女、3个堂兄和我8人，加上4个邻居，总共12个人，一起赶到小土堆旁，要我们围着土堆脸朝外排成一圈，然后用布条将12人的手连在一起捆绑，捆好后，日本鬼子就残酷地向人圈里摔手榴弹。手榴弹爆炸后，还唯恐我们没死，又跑过来用刺刀在每人身上捅几刀。可怜我的小外甥女，被刀刺痛得难忍，叫了起来，一个日本兵随即赶过来把她卡死了。我的耳根周围、额部和舌根都被炸伤，又被捅了三刀，胸部两刀，屁股一刀。幸存的只有我和一个邻居。日本兵以为我们全部被炸死了，就开始放火烧房子。我大哥原已被日本兵抓到邻村烧饭，看到村里起了火，跑回来，发现我还没死，就把我抬到附近山上，每隔两三天换一个地方，过了20来天才脱离危险。"[1]

教导总队士兵乔祖贵，在退却下关时被流弹所伤，与队伍失散，后落户于江东乡茶西四队。他回忆说："当时我的右脚两个小趾被流弹所伤，疤痕至今尚存。由于脚受伤，行走不便，趴在坟堆上，日军由中华门入侵，向江东门方向逃跑的十余百姓全被击中，我亲眼看见。尔后，我躲入一空房，里面睡有十多个国民党兵，我单独用乱草盖身。第二天天亮，日军入屋叫出十多人，出门就枪杀，我未被发觉幸存。民国二十六年（1937）阴历十一月十一日，现在的地址是招待所，过去的鬼门头，来此处的四名日本人骑着大洋马，打死十几个中国人，全是男的。……十三日上午又逃到别处一家，三间草房，在厨房里有八个中国兵被日本人用机枪打死，当时我隐蔽在床底下……"

村民回忆的屠杀，有的显然应该都不在盛、昌二人的掩埋之列，可以想象河西一带遇难军民远远不至28370人。

日军在进行大规模屠杀的同时，还大肆奸淫妇女。妇女只要被日军碰上，无一幸免。中保村中保一组，1911年出生的张泽换老人说："1937年冬月21日，水西门中街有个十八九岁的姑娘，躲在我们江东门小南圩。下午，两个日本鬼子撑船到我们这儿来，问我要花姑娘，我说没有，他们就搜我身，又问我要烟抽。下午四点多钟，那个姑娘以为鬼子走了，就跑了出来，被鬼子发现，鬼子叫别人全部

---

[1] 江苏文史资料编辑部编：《腥风血雨——侵华日军江苏暴行录》，1995年版，第47页。

走开,叫我站住,说我良心大大地坏了,死了死了的。接着从腰里掏出手枪,咬牙切齿地对我就是一枪,没有打响。摸了摸枪,又对我打了一枪,结果还是没有打响。这时,那个姑娘跑上来,拖住鬼子的手说,不能怪他,我躲起来他不知道,那个鬼子把枪一拉,退出两颗子弹,朝我头上一砸,抓住那个姑娘就撑船走了。"

又发现一处遇难者丛葬地

2005年,在全市抗日战争伤亡人口和财产损失拉网式普查中,建邺区共调查100多人,采集11名见证人口述资料,均为男性,其中年龄最大为1914年10月生,时年92岁,最小的80岁。调查的收获之一是新发现了殷山矶大屠杀遇难者丛葬地。2006年9月8日,侵华日军南京大屠杀遇难同胞纪念馆召开新闻发布会,宣布新发现的侵华日军南京大屠杀遇难同胞丛葬地遗址及对该遗址的考证结果。[1]

殷山矶遇难同胞丛葬地位于河西南河大桥东南方,宁芜铁路东侧,宁芜公路与绕城公处附近的一处山坳中,当地村民俗称"大坟"的地方。这是一处呈实态形状丛葬地遗址,据档案记载,在1937年底至1938年初惨绝人寰的南京大屠杀期间,侵华日军在当时的沙洲圩大中和村、中和村和平良村杀害当地村民34人,被捕后下落不明的4人。侵华日军还烧毁当地村民草房209间、瓦房60间,抢走村民猪大小50头、牛2头、驴骡8匹。大中和村、中和村及平良村就是现在沙洲街道的沙洲村、中和村、双和村、莲花村。随即,区委党史工作办公室相关人员在沙洲街道开展重点调查。

在双和村走访中,村民刘贵有第一个介绍了殷山矶"大坟"的情况:1937年侵华日军大屠杀期间,沙洲圩及附近地区,尸横遍野,惨不忍睹。为防止尸体腐烂污染环境,由民间自发地组织起来,将这些无人认领的尸体拖运到殷山矶的山坳中集中埋葬。

刘贵有的祖父刘增华在南京大屠杀期间被侵华日军枪杀,其祖母一直守寡,

---

[1] 曾永明:《殷山矶遇难同胞丛葬地的发现》,载于《南京党史》2007年第6期,第15—17页。

历经艰难困苦将几个孩子拉扯大。1964年出生的刘贵有在回忆自己少年时代时说,每到夏天纳凉的时候,祖母总是爱和他讲述当年侵华日军的种种暴行和村民遭受的灾难,其中也常谈到"大坟"的来历。少年时代他常和伙伴们到殷山矶一带去玩,因为知道"大坟"里埋的人多,有些害怕,往往天未黑时就赶紧离开那里。中年以上的村民,都很熟知他们从父辈、祖父辈那里了解到的关于殷山矶"大坟"的口传史料。

区委党史办有关同志会同沙洲街道对全街道70岁以上的老人调查中,又获得一批重要的材料:

双和村村民赵福有,生于1921年7月,当年曾见到了很多亲人和同胞被杀的恐怖场面,并亲自参加殷山矶"大坟"的掩埋工作,是"大坟"的见证人。据赵福有介绍,1937年日本鬼子攻到西善桥后,兵营就驻扎在小行的南京生物药品厂附近。当时,几乎家家房子都被烧了,他家当时三间草房也被烧了,只好住在圩子里。村里的鸡、鸭、猪等全部被鬼子抢走了。他还被逼为鬼子送过两次鸡,送完鸡后,鬼子很晚才叫他走。他当时心里非常害怕,就想跑,但又怕引起鬼子怀疑在背后开枪,就只好慢慢地走开。除了他,村里还有不少人被鬼子叫去送家禽牲畜,有的回来了,有的去了就没回来。邻居家有个十几岁的哑巴姑娘,日本鬼子看见她叫她过去,她因为不会说话,就"啊啊呜呜"地叫着摆手,还跑着要躲起来。日本人拖她出来,她不肯,结果被一枪打死。赵福友大伯的老婆躲在采莲蓬的木盆里,被日本鬼子发现后也被一枪打死。在日本鬼子驻扎的这段时间里,村里被日本人杀死的不下几十个。

赵福有说,大坟内遇难中有男有女,有军人也有老百姓,有些人被绑带捆绑着手臂,三四个人绑在一起。他们用独轮车和箩筐把尸体运到山坳,掩埋工作大约前后持续了半个月,坟内大约埋了100人。他知道名字的死者就有村里25岁的赵新贵和他的老婆赵顾氏、24岁的杨小二,还有23岁的赵杨氏等。

沙洲村和双和村相邻,1923年出生的村民肖兴荣也是大屠杀的见证人。据老人讲,日本人进村后他家有三四间草房被烧,当时他们肖姓一门就有20—30户房子被烧。日本人还抢鸡、鸭、猪,他家的一头猪也被抢走了。他父亲20多岁,挑盐到城里去卖,在中华门城门被日本人毒打了一顿,以后腰老是痛,直不起来。

殷山矶"大坟"坟高约5米,三面环山,直径约10米,坟堆上长满了各种灌木,面临一口大水塘和宁芜铁路,四周丛林茂密。这一相对封闭的环境使其得以完好地保存至今。

2006年8月底到9月上旬,侵华日军南京大屠杀遇难同胞纪念馆、南京大屠杀史研究会的有关专家多次到殷山矶"大坟"实地考证,并走访了沙洲街道双和村的知情者。在此基础上,结合有关档案、文献资料进行综合考证,确认殷山矶"大坟"是一处埋有100多名南京大屠杀遇难同胞的丛葬地,而且已完整保存了近70年,没有受到扰动。

侵华日军南京大屠杀遇难同胞纪念馆原馆长朱成山认为:殷山矶遇难同胞的加害者当为谷寿夫指挥的日军第六师团冈本镇部队及中岛今朝吾的第十六师团及其他日军部队。考证依据主要来自1938年2月1日出版的日本国际画报社刊,1947年3月12日,原侵华日军第六师团长、日本战犯谷寿夫在狱中致时任国民政府国防部长白崇禧的一封呈文,以及1946年1月9日,家住南京钓鱼台91号的上新河湘鄂籍木材商盛世征、昌开运给南京市抗战损失调查委员会的呈文。

遇难的中国军人应为俞济时的第七十四军第五十一师和第五十八师官兵,且主要为第五十八师官兵。根据国民政府军事委员会会战史编的《淞沪抗战》中记述,1937年12月8日午后,南京卫戍司令长官唐生智曾下达命令:"第74军第58师,着移西善桥附近,对芜湖方面及沿江之警戒。第51师于本(8)日晚放弃方山及淳化镇阵地,改守麻田桥、河定桥之线。"从这条命令中看,第58师当时曾在西善桥附近与日军交战。第74军方面:"(12月12日)20时奉命突围后,即令第51师残余官兵,与58师共同协同突破城南敌人包围线,激战良久,卒排险敌之抵抗,到达双闸镇,至13日拂晓渡江完毕。除51师残余官兵大部渡过外,第58师到达长江左岸者,仅得三分之一。"第五十八师有2/3的官兵,在南京城西南一带牺牲。遇难民众大部分为外地难民，但也有少数本地居民。

在证人赵福有老人的证言中，有名有姓地指出了当地人遇难的有赵新贵（男，25岁）、赵顾氏（女，24岁）、杨小二（女，24岁）、赵杨氏（女，23岁）等4人。需要指出的是，赵福有老人所证言的杨小二与《谷寿夫战犯案件起诉书之附件》第94件相吻合，该附件中记载："杨小二等二人，于（民国）二十六年阴历11月17日至20日，在沙洲圩青石埂，被枪杀。"根据该案总表中列举，傅兆元17日被枪杀，杨小二于20日被枪杀。

朱成山认为这是南京的第五处侵华日军南京大屠杀遇难同胞丛葬地，也是一处呈实态形状丛葬地遗址，其发现意义非凡。

花神庙

侵华日军南京大屠杀遇难同胞花神庙地区丛葬地纪念碑

位置

南京功德园东侧高岗，1987年11月，南京市人民政府立，现为全国重点文物保护单位、爱国主义教育基地。

1937年12月13日南京沦陷后，侵华日军即进行血腥大屠杀，尸横遍地，惨不忍睹。南京红卍字会和崇善堂的慈善团体，自1937年12月22日到1938年4月18日止，在中华门外雨花台、望江矶、花神庙一带，共掩埋遇难同胞尸体27239具。南京市民芮芳缘、张鸿儒、杨广才等组织难民30余人，于1938年1至2月的40余日内，在花神庙一带，掩埋中国军民尸体7000余具，其中难民尸体5000余具，军人尸体2000余具。特立此碑，悼念遇难同胞，永志不忘历史，振兴中华。

二十一

血染没胫的花神庙

花神庙地处南京城南凤台路望江矶附近，距中华门城堡约5公里。

历史上，花神庙曾是皇家御用花园。相传，朱元璋定都南京后，为了让皇宫一年四季都有鲜花装扮，朝廷派人四处寻找培育鲜花的宝地。因为城南丘陵一带土质、气候和地势都比较合适，而被选中专门从事苗木的生产，这便是花神庙村的由来。但是花神庙有庙，却是清代的事了。《江宁县志》记载，花神庙建于清乾隆年间，占地约5亩，庙内有一间大殿和10多间配殿，供奉着花神百余尊，主供三头六臂的善事菩萨，并在庙外的广场上建有"凤凰大戏台"，每年农历二月十二百花生辰和九月十六菊花生辰，当地花农齐聚花神庙，举着旗幡，携带香烛祭品，虔诚膜拜，祈求花神保佑赐福。如今，庙已不存，但这一带仍有一连串以花命名的道路，诸如菊花台、花露岗、郁金香路、紫荆花路、玉兰路……

侵华日军南京大屠杀遇难同胞花神庙地区丛葬地纪念碑，坐落在南京功德园东侧的高岗处，出中华门在雨花西路坐44路公交车，经安德门、望江矶6站后到花神大道，下车右拐不远就是。

一块巨大的花岗石，似一头仰首向上吼叫的坐狮，簇拥在苍松翠柏葱绿之中，长达30余米的上面碑廊上镌刻着"侵华日军南京大屠杀遇难同胞花神庙地区丛葬地纪念碑"金色的大字，周围镶嵌着已知的千余名遇难者的姓名。一名功德园的工作人员告诉我们，该碑于1987年由南京市人民政府立，2001年12月结合环境改造进行了重新建设。这几年，由于前来祭祀的人们不断增加，特别是为满足中小学生德育教育的需要，在第五个国家公祭日后，再次进行了改扩建。新建成的纪念广场依山而成，花团锦簇，绿树成荫，可同时容纳数千人活动。

花神庙遇难同胞纪念碑碑文　　　　　　　　　　　　韩娃丽＿摄

数万军民惨遭集体屠杀

　　花神庙村早在十多年前就随着城市的改造与发展不复存在了，取而代之的是一处处现代化的住宅小区和工厂。

　　花神庙、凤台门一带称凤台乡，是日军由南进攻南京的必经之路。

　　1937年12月9日，沿京芜铁路来犯的日军占领大胜关后，防守牛首山的中国军队不得不向后撤退。

　　12月10日，守军从安德门到雨花台的十多公里的战壕刚刚挖好，日军就迫近了凤台门。在安德门一带，日军遭到顽强抵抗，猛烈的进攻，一次次地被守军打下去。日军随即集中数十门重炮，在飞机、坦克配合下，再次向守军阵地进攻，阵地瞬时被浓重的硝烟笼罩。一次次的进攻被打退后，日军增援部队不断向安德门、雨花台一带聚集，守军阵地浓烟四起，火光冲天。枪炮声中大批官兵为国捐躯，不得不收缩阵地，向雨花台方向靠拢。

　　遭到顽强抵抗和挫折的日军第六师团和一一四师团，在凤台乡、花神庙一带大开杀戒，疯狂地用机枪、刺刀屠杀无辜的市民。分散在花神庙附近的田野和山林里的两三万军民来不及退却，遭日军搜索驱赶。日军分批集体杀害他们后，又一把大火把花神庙的庙堂和村舍花房烧得精光。

一时间，万木焦枯，百花凋零，花农们赖以生存的鲜花基地，成为一片焦土。在日军的屠杀下，整个花神庙地区"哀声震地，尸积如山，血染没胫"。

迨至次年初，自中华门外、安德门、凤台路到花神庙一带仍是尸横遍野，一片狼藉……

时住城南辇柏村14号、时年31岁的花匠芮芳缘，雨花台32号36岁的农民张鸿儒和雨花路102号35岁的商人杨广才，见众多乡亲父老及抗日军民陈尸野外，于心不忍，见红卍字会因人手不足一时顾及不了散布在当地的尸骸，遂组织义务掩埋队，并主动与红卍字会联系。在取得红卍字会的标志后，于1938年1月7日起自中华门外至凤台乡一线，开始掩埋乡亲们的尸体，此后一直工作到2月中下旬，共40余天，掩埋遇难者尸体计7000余具。

1945年12月8日，芮芳缘、农民张鸿儒和商人杨广才，联名具结，陈述1938年初掩埋遇难军民尸体的情况，其结文称：

> 忆26年古历11月13日，日寇中岛部队入城后，民等由沙洲圩避难回归，眼见沿途尸横遍野，惨不忍睹，乃于初四日由芮芳缘至中国红卍字会接洽，拟办理掩埋工作。当由红卍字会负责人介绍至第一区为所救济组领得红卍字旗巾及符事情等件，报即集合避难归来之热心人士30余人，组织义务掩埋工作。由南门外附廓至花神庙一带，经40余日之积极工作，计掩埋难民尸体5000余具，又在兵工厂内宿舍二楼、三楼上（经）掩埋国军兵士尸体约2000具，分别掩葬雨花台山下及望江矶、花神庙等处，现有骨堆为证。[1]

---

[1] 孙宅巍编：《南京大屠杀史料集5·遇难者的尸体掩埋》，江苏人民出版社2005年版，第200—201页。

中国国防部审判战犯军事法庭认定:"民国二十六年12月间(即农历十一月间),难民5000余名,士兵2000余名,在南门外附近凤台乡、花神庙一带被屠杀,所有尸体,由芮方(芳)缘、张鸿儒、杨广才等,会同红卍字会分别掩埋于雨花台山下及云江矶、花神庙等处。"[1]

1947年2月4日,由首都地方法院检验员宋士豪、陈文洗、代法医潘英才联名签署了对中华门雨花台一带挖掘尸骨的鉴定书。他们曾于1月29日和31日,随同相关工作人员,在中华门外国善堂后山、兵工厂后山,分别挖得尸骨千余具,经鉴定,各尸骨均有刀砍、弹击、钝器击伤之痕迹,被认定为当年南京大屠杀遇难者之尸骨。

1984年6月23日,日本《朝日新闻》报道,侵华日军陆军坦克部队的上等兵中山重夫回忆道:"我忘不了进入南京城前两天,在郊外雨花台见到的情景。日军士兵让打着白旗来到这里的中国人坐在壕沟边,然后逐个用刺刀捅死,对于一刀未刺死痛苦挣扎的人,则用军靴踢到壕沟中用土埋上,这场不分老幼的杀戮,持续了4个多小时……我当时是机械兵,在修理坦克的沿途看到累累的尸体中,夹杂着许多无论如何也不会成为战斗人员的妇女和老人尸首,这使我感到不可思议。"在当日报道中,还同样报道了另一个叫官本淳的日本兵证词,他说:"在中华门外用刺刀杀了不少奔跑的人,杀到后来,执刀的手都颤抖起来,这时长官的命令不许停刀,但也只好违命了。"

还原大屠杀时的花神庙地区

雨花台位于南京市主城南部,北倚浩荡长江,南临秦淮新河,四通八达的水路、铁路,成为连接皖南、皖北重要交通枢纽。如今,包括原凤台乡在内的雨花台区已成为中国软件名城的核心区,国家重要的软件产业和信息产业中心,中国软件产业基地,中国的通讯软件产业研发基地,并荣获"国家科技进步先进区"等称号。花神庙一带,是南京主城东进南延的重要发展区域,重要创新基地和现代服务中心,包括著名的华为集

---

[1] 胡菊蓉编:《南京审判》,江苏人民出版社2006年版,第398页。

团在内的国家重要的软件产业中心、软件企业总部基地和先进制造业、新兴产业研发的聚集基地，坐拥雨花台风景区、将军山风景区、浡泥国王墓等著名风景名胜，城市化率高达93%，森林覆盖率26%，绿化覆盖率48.3%，再也看不出当年的荒凉凄惨情景。

抗战损失调研期间，我们走进一户户居民的大门，叩开已赋闲在家老人们尘封多年的记忆。调研人员不辞辛苦先后走访了数百户原住民，采集了43位80高龄老人的口述资料，丰富了原有普查情况，完整地还原了侵华日军在花神庙地区的大屠杀情景。

花神庙村村民翟忠，因花神庙村几乎全部被日军烧光，无家可归，"跑反"到龙都。他回忆说："我父亲是在'跑反'途中死的，当时我只有13岁。我跟舅舅在回家的途中看见河边有黑色烧焦的尸骨，全部用铁丝串起手腕后活活烧死，有三四百人。我亲眼看到后来收尸时一直收了一年多，在长干那里挖了八个坑，把死尸一道埋起来，还能看得出来。现在我们乡食品厂那里当时两个大土堆子，一堆埋有千把人，加起来有万把人。"[1]

时年仅有10岁、家住中华门外西羊巷13号的孙育才，1937年12月13日下午大约5点钟，他和父母家人一家5口及邻居躲在马房下的地洞里，被日军踢开马房发现。日军往洞里放火。他说："藏在洞里的人受不了，一起而出，鬼子把他们押在一起，用刺刀挨个戳。弟弟被提起来活活摔死，父亲头上和肩上都挨了刺刀，倒在地上的姐姐肚下也挨了一刀。见家人都倒下了，我也趁势倒了下去。一旁的母亲以为家里人都死了，转身就往家里跑，结果被一个鬼子追上去，一刀砍中左脸下颌处，牙齿砍落了几颗，一大片肉倒挂在脸上。"下半夜时，孙育才从尸堆里爬起来逃跑了。后来知道，当时躲在地洞里的27人，除了孙育才家4人和另外一人幸存外，其余全遭毒手。

1917年出生的铁心桥粮库退休工人张朱氏，时住铁心桥吴尚村，在日军侵犯南京时，随丈夫张文华和2个女儿避难住到贾家洼。在南京沦陷时的一天早晨，日本兵巡逻到村上把张文华抓

---

[1] 张连红、张生编：《南京大屠杀史料集 25·幸存者调查口述》，江苏人民出版社 2005年版，第141页。

去，押到江东门毛公渡的桥上枪杀。她痛苦地回忆说："那里就是日军杀人的屠场，当时桥下遍地都是尸体。……我丈夫就随即倒在桥下的尸堆上死掉了，死时他才32岁。由于贾家洼不安全，我只好带着两个女儿继续逃难。当时我正怀着孕，怕遇见日军再遭殃，所以白天不敢走，只得在晚上偷偷赶路，整整用了两个夜晚才到了牛首山下的赵家洼。在那里碰巧遇到了我的二弟朱万炳和三弟石全子。刚到没多久，日本兵又来了，他们不容分说把我三弟石全子从赵家洼抓到毕家洼的一个山坡上，一个络腮胡子的日本兵把他吊在树上，从他腿上割下一尺左右的肉，石全子疼得惨叫了两声，就昏了过去，鲜血顺着腿直往下流。狠心的日军又举起东洋刀往他头部猛劈，头被劈成了两半，脑浆迸出，活活被砍死了。他死时年仅22岁。二弟朱万炳，不久也被日军枪杀，死时只有26岁。"[1]

时年31岁、当年住在西善桥窑厂村民傅左军回忆说："这年冬天的一个下午，村里有人大声喊着日本鬼子要进村了，于是大家纷纷躲藏起来，我和母亲、妻子跑到了附近的山上。大约三点钟，母亲要我回家看看房子。黄昏时，快到家了，遇到村里的一个熟人，他劝我不要回去，说日本鬼子到处杀人放火。我半信半疑，于是躲在草堆里往村里看，果然，我家的房子和几家邻居的房子都被烧着了，而且机枪乒乒乓乓响个不停。回到山里，决定和妻子到岳父家里躲一躲，当夜赶到岳父家。第二天下午三四点钟，日本鬼子又跟着来了，岳父叫我们快跑，他却不愿走守在家里，结果被鬼子一刀砍下了头。岳母跪着扑了上去，被鬼子一枪打中脚后跟，由于兵荒马乱，没钱医治，烂了几年，以后也死了。我侄儿当年12岁，和他奶奶隔河相望，吃饭时，他要到奶奶那边去，刚跑上桥，日本鬼子一刀把他的头砍了下来，滚到河里去了。日本鬼子在南京杀人无数，有一家13口，大大小小全被杀完了。我还亲眼看到日本鬼子把几百个老百姓，集中到现在的锅厂（雨花镇窑岗村）的空地上，用机枪扫射，全都死了。"[2]

---

[1] 张连红、张生编：《南京大屠杀史料集25·幸存者调查口述》，江苏人民出版社2005年版，第51页。

[2] 江苏文史资料编辑部编：《腥风血雨——侵华日军江苏暴行录》，1995年版，第50页。

梅山铁矿矿区的红梅桥17幢14号的刘庆英是南京糖厂的退休工人，时年24岁，她说："1937年12月13日这一天，我永远忘不了。日本人打进了南京，打死居民，抢夺财物，烧掉房屋，强奸妇女，使南京人民处在水深火热之中。我的一家就是侵华日军南京大屠杀的受害者。我家原有四口人，丈夫韩老六、儿子韩小斌、儿媳妇和我。我儿子当时20岁，和房东张老板的两个儿子躲在屋内，日军搜查时，查到了他们。房东家大儿子张老大，因脚上长疮已烂，用纱布缠着，二儿子张老二当过兵，手上有老茧，我儿子和他们在一起，鬼子硬说他们是新四军（应是中国兵），三个人当场被杀害。张家兄弟被砍掉头，死在家门前，我儿子被鬼子用洋刀捅了九刀，肚子两边各四刀，臂膀上一刀，最后，鬼子用棕绳捆住我儿子手臂上的伤口，把他拖到大门口，儿子就死去了。我丈夫韩老六这时也被鬼子抓住，但看到儿子被害的惨状，难过得直朝儿子身边爬去，这下惹火了日本鬼子，就把他举起来，摔进了水井里，接着又用大石头往下砸，就这样死在井里了，死时只有45岁。一天里头噢，我家和房东张老板家被活活杀死了四个人，这使我伤心了一辈子，一辈子也忘不掉。"[1]

翻开侵华日军南京大屠杀事件白下区见证人登记表，每一页都记录了日本侵略者残暴屠杀中国人民的兽行和中国同胞充满血泪的控诉。如今读来，仍令人无比愤慨。

赛虹桥街道小行社区的王秀美，1926年5月生，当年住在柿古冲（现凤凰村）。她回忆说："鬼子来后，烧杀抢掠，放火烧了村里40多户人家，姜光宝、姜平旺被日本人用枪杀死，汪索桂也被日本人打死。我嫂子娘家住在火葬场边上，一家8口被鬼子杀了7个，连大媳妇肚子里的孩子也被鬼子用刺刀挑了出来，全家只剩下一个老奶奶。"[2]

小行社区的张明泉，1937年12月生，他回忆说："1937年日本鬼子进入南京，当时我家住在南京双桥门铁路边上，家中有爷爷、奶奶、父亲、母亲，以及伯

---

[1] 江苏文史资料编辑部编：《腥风血雨——侵华日军江苏暴行录》，1995年出版，第51页。

[2] 张生、吴凤照、费仲兴编：《南京大屠杀史料集39·幸存者调查口述续编（下）》，江苏人民出版社2006年版，第1641页。本节未注明的证词均引用于该史料集，第1641、1645、1646页。

父一家。鬼子来时全家都跑，只有奶奶没有跑掉，被鬼子用竹刷扎进下身。我们家6间房子被鬼子点火后，把奶奶扔到火里活活烧死。"

1924年2月出生，天后村天后一组的蒋明达，目睹了日军在江东门将100多名俘虏枪杀的过程。他回忆说："这100多名俘虏由2个日本兵押着，带到这边的宪兵楼（当时有4间平房2间附房）后，叫中国士兵互相绑起来，到房子那边讲话，可进了房子就把房子锁起来，用机枪疯狂扫射，全部杀死了。过两天，日本人在附近的一个庙宇中发现2名中国士兵和一名要饭的后，立即用刺刀对三人进行刺杀，其中两人当场死亡，另一个后来被对岸的老百姓救走。日本兵回来时发现少了一具尸体，就到处搜索，因为没查到就放火将附近老百姓的房子给烧了，烧完后，又将我叔叔和另一个姓孙的两个一起给带走了。他们挑着抢夺来的物资到水西门附近住下来。没过两天姓孙的那个人想逃走，被发现，抓回后当场将其肚子剖开、杀死。我叔没有敢逃，直到半个月后，与日本人熟悉后，趁他们没注意也逃了回来。"

在日军攻入南京后，全城一片恐慌，铁心桥街道尹西村凤翔组的陈元康，携家老小随四处逃散的人们逃到东善桥一带，亲眼见到了日军当街奸淫、轮奸妇女的残暴行径。他回忆说："当年我还小（1929年生），但已开始记事，在逃离途中，曾遇到过日本人，我和父亲躲在草垛中，亲眼见到了日本人的残暴行径，当街奸淫、轮奸妇女，以此为乐，烧、杀、抢、劫无所不为。听祖辈们说，当时日本鬼子大屠杀何止30万人，枉死的人不计其数，有的被活活埋了，有的带到江边站成一排，用机枪扫射，再一个一个用刺刀刺杀，看看到底有没有扫死，真是一个都不放过，最后再将尸首抛入江中。有些没抛到江中的，就浇上汽油，当场焚烧。"现在回忆起当时的情景，他恨得咬牙切齿说："请你们一定要将日本鬼子的暴行公布于世！"

札记：市民自发掩埋尸体4.3万余具

据调查，在南京大屠杀期间，除芮芳缘率领的城南市民掩埋队埋尸7000余具，盛世征、昌开运二人为首组织的城西市民掩埋队埋尸

28730 具，北家边的村民掩埋队埋尸 6000 具外，市民群体自发组织的掩埋队还有鸡鹅巷清真寺王寿仁等负责的回民掩埋队。

回民掩埋队由鸡鹅巷清真寺的伊玛目王寿仁等负责，组织于 1938 年 2 月前后，主要成员有阿訇张子惠、沈德成、麻子和、沈锡恩等人，队部设在豆菜桥 28 号。回民掩埋队以收埋回民尸体为主，为减少麻烦，持有"南京回教公会掩埋队"和"南京市红十字会掩埋队"两面旗帜，主要在五台山、东瓜市、峨嵋岭一带埋葬。前后共活动 3 个多月，收埋尸体 400 具左右。

据统计，仅城南、城西、北家边及回民掩埋队在内的 4 支市民掩埋队就收埋遇难者尸体 4.3 万余具，尚不包括其他零星和私人的掩埋数。

普德寺

侵华日军南京大屠杀普德寺遇难同胞丛葬地纪念碑

位置

雨花台风景区西北,共青团路高架桥一侧的高岗上,1985年南京市人民政府立,现为全国重点文物保护单位。

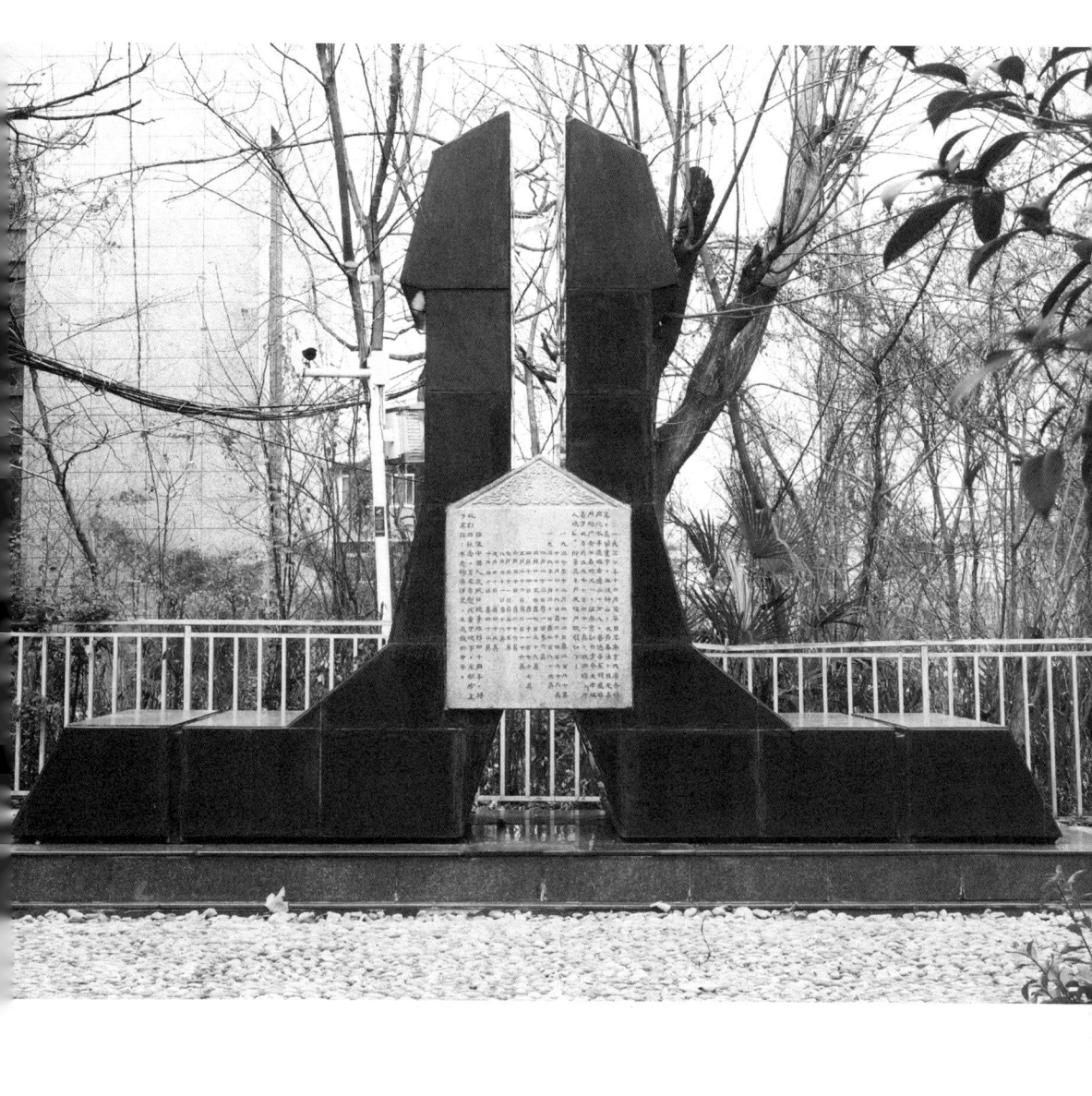

一九三七年十二月侵华日军南京大屠杀惨案,震惊寰宇,血沃钟山,水赤秦淮。我无辜同胞不幸遇难者逾三十万人。普德寺系我遇难同胞尸骨丛葬地之一,经南京红卍字会先后埋葬于此者共达九千七百二十一具,故亦称"万人坑"。附录其年月及埋尸记载如下:一九三七年,十二月二十二日葬二百八十具;十二月二十八日葬六千四百六十八具;一九三八年一月三十日葬四百八十六具;二月二十三日葬一百零六具;三月二十五日葬七百九十九具;四月十四日葬一千一百七十七具;五月二十六日葬二百一十六具;六月三十日葬二十六具;七月三十一日葬三十五具;八月三十一日葬十八具;九月三十日葬四十八具;十月三十日葬六十二具。

兹值中国人民抗日战争胜利四十周年,特此刻石纪念,旨在告慰死者于地下,永励后生于来兹:不忘惨痛历史,立志振兴中华。

二十二

普德寺：山坡下的丛葬地

普德寺位于雨花台风景区西北的普德村，距中华门地铁站约2公里，沿共青团路前行不远就到。

始建于南朝萧梁天一年间（502—519）的普德寺，明代敕赐古刹，清初时尚有基址10万平方米，田地山塘近5万平方米，山门前有龟趺一对，全长3米，宽1.7米，体形硕大，形象生动。殿堂四进，第一进为寺门，第二进为天王殿，殿内供弥勒、韦陀和四大金刚，第三进为大雄宝殿，供金身如来，周列五百铁罗汉。大殿两角设钟、鼓楼，东西两侧各有月门，东通大厅，为寺僧会客之所，厅前有小天井，内有雨花泉一眼，再东小楼，为方丈楼；西通大院，有僧房十余间。第四进为无量佛殿，中供大铁佛一尊，高6米，人称伽蓝神。日军占领南京的当天，即12月13日，寺僧悉遭屠戮，普德寺也被强占为日军军营。日军占领期间，寺存文物遭到极大的破坏，五百铁罗汉也被盗走三尊运往日本，后以泥塑取代。

历经战火和岁月沧桑，普德寺只剩下一片废墟，残存大雄宝殿、无量佛殿和石龟趺、雨花泉石井栏各一。遗址位于原金陵橡胶厂厂区内，今普德村二号小区1栋北约50米处。1982年被列为南京市文物保护单位，但在南京地图上，甚至找不到它的踪迹。

葬有近万名遇难同胞的普德寺丛葬地遗址，已经被新建的居民小区包围。沿共青团路向雨花南路方向，高架桥旁一处台阶拾级而上，右手边的一段水泥小径并不是十分显眼。上台阶右拐再往前走，便是一段20多米长的石子路，路的尽头，便是被一圈灰色铁栏围着的侵华日军南京大屠杀遇难同胞普德寺丛葬地纪念碑。虽然碑身上水渍斑驳，但整个纪念碑区域内干净整洁。

纪念碑为混凝土制成，大理石贴面，碑呈双手祈祷状。远远看去，整个纪念碑像是一双合十的手，"指尖"正对着天空。寓意僧众双手合十诵经，超度遇难者的亡灵，告诫后人，这里默默安息和埋藏着我们的同胞、冤屈的亡灵，不能忘却那段不堪回首的往事。

普德寺遇难同胞纪念碑碑文　　　　　　　　　　　　　韩娃丽_摄

雨花台：战场、刑场、坟场

　　普德寺与雨花台风景区紧密相连，位于雨花台高地的西北。雨花台旧称"聚宝山""玛瑙岗"，相传1400多年前的南朝梁武帝时，一位叫云光的法师在东岗之巅讲经说法，感动苍天，落花如雨，变成宝石，因而得名。雨花台是南京城南的一处制高点，地理位置十分重要，历来有"金陵南大门"之称，兵家必争之地。东吴孙策破刘繇、南宋金兵入侵、太平天国保卫战、辛亥革命讨伐清兵都曾在此掀起连天烽火。1927年，"四一二"反革命政变后，国民党在雨花台残酷杀害了众多共产党员和各界爱国志士，使雨花台的每一块山石都浸透了革命先烈的鲜血，每一寸土地都埋葬着革命烈士的忠骨。

　　1937年12月10日至13日，这里又爆发了抵抗日军壮烈的保卫战。

　　日军沿京芜铁路侵占大胜关、牛首山后，中国军队不得不后撤至雨花台一线。

　　守卫在雨花台一线的是第七十二军，辖第八十八师，由军长孙元良兼师长，左以第八十七师等部，右以第五十一师阵地相邻。12月10日，日军迫近雨花台，担任正面进攻的是日第六师团第十三、二十三和第四十五、四十七4个联队。向雨花台猛烈进攻，一次次地被守军第七十二军八十八师官兵打下去。旅长高致嵩"多次率众奋勇逆袭，与冲入我军阵地的日军白刃格斗，杀得敌人胆战心惊，败退而归"。与第二六四旅并肩战斗的第二六二旅旅长朱赤亲率敢死队奋勇杀入敌阵，打败了日军多次集团冲锋，使日军伤亡惨重，遗尸累累。当天，雨花台右翼阵地被敌突破，中华门城门来不及关闭，就被300余敌军冲入。守军当即与敌人进行激烈的巷战，终于全歼这股敌人。

　　守在左翼山头的五二八团与日军冲杀肉搏，昼夜血战，杀声动地，热血涌满了山岗。12日晨，日军集中大批飞机与数十门重炮，配合数千步兵，再次向雨花台阵地发起集团冲锋。守卫雨花台主阵地的第八十八师官兵浴血奋战，第二六二旅旅长朱赤、第二六四旅旅长高致嵩、团长韩宪云、华品章、李杰等先后壮烈牺牲，大批官兵为国捐躯。

　　中午，雨花台主阵地失陷。退入城门的八十八师和守城的五十一师官兵拼力用机枪、步枪和手榴弹阻击，许多勇士成为不朽的鬼雄。从正午起，开始不断有小股日军冲上城墙，双方近距离生死肉搏，战斗空前惨烈。"万千无秩序的士兵，自发自动地迎冲过去，把他们的身体当作城墙，因此，得以阻遏一下敌人的长驱"。

临近中华门的安德门、赛公桥（即赛虹桥）、水西门等处也爆发了激烈的战斗。12日拂晓时分，"赛公桥为敌突破数次，守军官兵英勇与敌肉搏，经三小时之恶战，终将赛公桥阵地完全恢复。"直至卫戍司令长官唐生智下达撤退命令时，赛公桥上空仍然高高飘扬着中国军旗。是役，第五十一师三〇二团团长程智阵亡，营长以下伤亡1700余名。

中国守军英勇而悲壮的抵抗，使日寇付出了沉重的代价。据日方资料记载，仅日军第六师团谷寿夫部队在进攻中华门的战斗中死亡230人，伤1041人。

从13日清晨，日军谷寿夫、中岛、末松等部队以坦克车开道，潮水般地涌入南京，枪炮和手榴弹爆炸声响成一片，疯狂地向在中华路、中山东路、中央路、中山北路等马路上逃命的人群猛烈扫射，成群结队老人、妇女和儿童，以及混杂在难民中的国民党军队的散兵和伤员，纷纷倒毙刀枪之下。

短短数日，中华门内外的大街小巷、庙宇楼台、庭院房室、码头车站，到处是被残杀的尸体。炸毁的汽车、燃烧的房梁、残缺的遗尸，东一堆西一摊布满街道……

日军还大肆搜捕青壮年，押到郊外进行集体屠杀。其手段残忍，骇人听闻。

有的在难民身上先浇上汽油，迫其逃跑后，再用机枪扫射，枪弹落处，火光随之燃起；有的把难民杀后割下人头，挑在枪上，漫步街头，嬉笑取乐；有的故意放火诱人救火，再捉住用绳子绑起抛入火中；有的把人捆在电线杆上，下面堆起干柴，慢慢烧烤，待人烧焦，才狂呼而去；有的割去难民的耳鼻，有的挖出难民的眼睛，有的把难民当成活靶……

疯狂大屠杀持续了40多天。

中国审判战犯军事法庭1947年度审字第一号判决书认定："12月12日，乡妇王徐氏，在中华门外下码头，遭日军枭首焚尸。同月13日，乡民魏小山，因谷寿夫部队在中华门堆草巷纵火，驰往施救，致被砍死。同日，僧隆敬、隆慧及尼真行、灯高、灯元等，亦于中华门外庙庵内，悉遭屠戮。14日，市民姚加隆携眷避难于中华门斩龙桥，又遭日军将其妻奸杀，八岁幼儿、三岁幼女，因在旁哀泣，被用枪尖挑入火中，活焚而毙。同月13日至17日，时值严寒，驻中华门外日军，勒令乡民30余人，入水捞鱼。从则冻毙，违亦遭戮，并将一老叟，绑悬树梢，以枪瞄准，作打靶练习，终至命中，绳断跌毙。"[1]

红卍字会在难民区成立了掩埋组

由于要举行入城仪式，日本大使馆特务安村三郎找到安全区国际委员会，要求他们迅速组织清理马路上的尸体。自1937年12月22日起，世界红卍字会南京分会在难民区成立了掩埋组，开始从事收埋尸体工作。

世界红卍字会总会1922年设立于北京，最早的领导人是前清道台杜秉寅，后为徐世光、熊希龄、王正延等人。在全国各省市共设分会、支会300余个，互为平行关系，均直属总会领导。南京及其近郊设有南京分会、南京下关分会、八卦洲分会、上新河分会等数家。南京分会成立于1923年，会址设在小火瓦巷24号，会长由陶锡三担任。该会设董事长1人，副董事长2人，常务董事5—6人，均由会员大会推举，下设总务、储计、防灾、救济、慈业、交际等6股。在1938年5月18日填报的一份《南京红卍字会难民区办事处员夫名册》中，"会长"项下依次并列陈冠麟、许定一（别名澄之，即许传音）、杜肖岗三人。

入土为安是国人对丧葬的重要礼仪。

参加收埋尸体者，着深蓝色褂或背心，其前胸后背都印有白底红十字，或佩戴特制袖章；后来埋尸体人多了，来不及制作衣服，便以袖章为记。由于红卍字会的埋尸活动可以帮助日伪当局整理市容、清扫卫生，从而也使得日军大

---

[1] 秦孝仪主编，"中国国民党中央委员会党史委员会"编：《革命文献第一〇九辑·日军在华暴行——南京大屠杀（下册）》，台北"中央文物供应社"1987年版，第271页。

屠杀的罪证不再继续公开暴露于市井，因而得到了日军的同意和批准。

尽管掩埋队不断雇用人员，夜以继日地工作，但大街小巷和马路上的尸体太多了，根本来不及掩埋。而日军司令部催促"恢复交通"的命令一个接着一个。只好将死人一个接着一个地叠起来。先从马路上抬到巷子里，沿着墙壁往上垛，野狗、野猫和老鼠在尸堆中觅食做窝。一到夜间，犬吠猫叫，阴风凄凄。

掩埋尸体不仅量大面广，而且每天都要忍受着心灵的折磨和煎熬。

当年17岁的南京红卍字会的掩埋队员左润德在接受作家徐志耕采访时说：

> 我收尸都在城南，这一带有100多。破肚拖肠的看得多了，中华门、光华门到处都是。一辆车上三个人，两个小工，收一个记一个。一具死尸一张席子两报绳，一卷一扎就完了。江东桥是国民党军队撤退时修的。日本兵过河，就用尸体填。汽车一开，往下塌，又加上土。桥下全是尸体，数不清妇女是最惨的，大多是被强奸以后杀死的。评事街一条巷子里面有一个女尸，被日本兵四肢捆在床上，下身塞着一个"正广和"的汽水瓶。我给她解开了手脚，我哭了。[1]

尸体有的在防空壕里，有的在路边，有的在家里堂屋，有的还在床上，大多是被枪打死的，有的是被刀刺死的，许多泡在水里的尸体不成个儿了，一钩，膀子、腿掉了……

世界红卍字会南京分会又称万国红卍字会、南京红卍字会。在该会于1945年呈报的《民国二十六年至三十四年慈善工作报告书》中称："自二十六年12月13日南京沦陷以后，城内外被敌日残戮之军民，遗尸遍地，臭气熏天，既碍卫生，又违人道，得敌日之商许，及沪会援助，扩永久掩埋组，增派员夫达600名，分配城郊各处，逐日从事掩埋。惟原存棺木千具已罄，改用芦席包裹，撒以石灰漂粉消毒，

---

[1] 张连红、张生编：《南京大屠杀史料集25·幸存者调查口述》，江苏人民出版社2005年版，第248页。

分区丛葬，共计义冢70丘，掩埋尸体43121具，历4月之久工作完竣。斯为世界红十字会有史以来掩埋工作之最大记录。"[1]

由于遇难者众多，许多尸体无法就地掩埋，后来掩埋队选中了中华门外普德寺附近的低洼处作为新的掩埋地。1937年12月22日，在此葬280具，12月28日葬6468具，以后又陆续在掩埋。

根据档案记载，当时的慈善机构在江边收集了很多尸体，然后就用卡车一车一车运送到普德寺这一带埋掉。但是，他们为什么要纵穿南京城，将遇难同胞的尸体从城北运到城南来呢？

通过查看民国时期的地图，我们看到，民国时期普德寺一带人烟相对稀少，有大片的山地洼塘，可能是掩埋尸体比较方便，才会有这么多全城各处运来的尸体。除了普德寺一带的尸体外，埋葬的近万具遇难同胞尸体，应该来自南京城的许多地方，甚至从城北长江边运送过来。

据世界红卍字会南京分会统计，该会12月22日开始，第一天在清凉山埋葬尸体129具，在中华门外望江矶等处葬尸体650具。12月28日，一次收殓6468具，埋葬在中华门外普德寺，后来逐渐增加到9721具。工作陆续做到第二年夏天还没有完结，到10月底，才把数字做一总结，共埋葬男女尸体43071具。对照该会战后呈送审判战犯军事法庭的统计表，其数字稍有出入。经逐一核正，自1937年12月22日至1938年10月30日的10个月中，共在城内收埋尸体1793具，其中男尸1759具，女尸8具，孩尸26具；在城内外收埋尸体葬于城外者41330具，其中男尸41235具，女尸75具，孩尸20具；总计收埋尸体43123具。

曾参加世界红卍字会南京分会尸体掩埋的高瑞玉悲愤地对徐志耕说："雨花台的坟山都是我埋的，现在还在嘛，那地方以前叫宪兵操场。一个坟山埋千把人，你算算，百十米长，3米深，一个人宽，10个人一垛，正好1000人一个坑。我们那个队埋了1个大坟、2个小坟，有1个小坟堆埋的是女尸。每

---

[1] 孙宅巍编：《南京大屠杀史料集5·遇难者的尸体掩埋》，江苏人民出版社2005年版，第75页、第76—81页。本节未注明出处的证词均引自该史料集，分别为第177、187、497、198页。

天早上去,晚上回来,我们队有4部车子,工人不少是从江北招来的。收尸的满城都收,汽车上有白布红卍字旗子,坟山埋人时也插上卍字旗。我们埋了几个月。我管理尸的,每天埋了多少,用自来水笔记下,回来报告给账房。账房叫周建玄,大个子,胖胖的,今年活着的话有90多岁了。"

据当事人回忆,由于尸体太多,许多尸体残缺不全,衣衫不整,有的泡在水中,腐败变形……他们先挖好坑,坑上架着跳板,拉尸车一来,钩子钩,芦席卷,10个一排垛起来,一排一排垛过去,上面堆上土。有时候日本兵也有来帮忙掩埋的,是工兵部队,人不多。他们胆子大,在尸体身上到处摸,摸出手表、钢笔、金戒指、大洋、钞票,都往腰包里装,发了死人财。人死了,本来要烧纸钱,给他们到阴间里用。日本人连阴间的钱也不给他们带到地下去。人烂了,死尸身上的银洋钱变成黑色,钞票颜色淡了,还有一股臭味……

1945年2月6日下午2时,在南京中山东路励志社国防部审判战犯军事法庭审判谷寿夫时,当宪兵们把一袋又一袋从中华门外发掘的人头骨倒在长桌上,全场沸腾了,红卍字会副会长许传音历数了他目击的日军罪行。他说:"红卍字会统计的埋尸4万余具,实际数字远远超过,因为日军不准我们正式统计。"

挖地建房时,发现下面全是白骨

虽然时移世易,但那段惨痛的历史并没有被遗忘。

1982年,雨花台区中学教师杨心佛被抽调来区从事文史调研,后来他写了一本《普德寺万人坑》,介绍了这处丛葬地前后发现的经过。当时,根据各乡镇报来的线索,文史研究员访问了曾目睹掩埋的老人王国璋,他原住普德村125号。1937年侵华日军在南京大屠杀后,他从江北来安回来,见家里房屋已被烧光,便在附近搭了两间草房,靠种菜糊口。大约在1938年春天二月底、三月初,看见万国红卍字会,从城内各地运来被侵华日军屠杀的同胞尸体,堆在雨花台西边山沟里,在沟上挖了一个约25米见方的大坑,尸体是五个一排,五个一堆,横竖地铺在坑里，像火柴盒装火柴棒似的密密麻麻压在一起。红卍字会是用大卡车和小板车连续运了三四天，估计有几千具尸体。地点就在当时普德村125号烈士陵园职工住宅楼的后山，他是亲眼看见，记得清清楚楚。居住在普德村的老工人宋宝太再次实地指认，与王国璋老人所指的方位相同。他补充说，掩埋的尸体很多，不止几千具。

经过深入调查，1985年，南京市人民政府正式在这里立下了侵华日军南京大屠杀普德寺遇难同胞丛葬地纪念碑。

站在普德寺遇难同胞丛葬地遗址纪念碑旁，一边是南京武警部队的营房，一边是宽阔的共青团路高架桥，再远一点是新建的南京市第一医院南院，周围完全被居民小区的高楼所包围，似乎没有一点掩埋万人的丛葬地痕迹。

在普德寺二村小区寻访时，一位当地老人张大妈告诉我们，她从20世纪70年代就居住在普德寺一带，提起普德寺丛葬地，她便打开了话匣子。"应该是1983年左右，这一带开始挖地建房，"张大妈说，"当时，民工向下挖了没多久，就发现地里根本没什么土，全都是人骨。"

"那时我也就30岁左右，害怕得厉害，不敢凑近看，远远看见民工抬出来的，都是一筐一筐的人骨。"张大妈说。

南京市第一医院南院保安李大爷，也居住在普德寺一带。他说，"原来这里是连片的山坡，纪念碑也不在现在的地方，后来共青团路拓宽改造，切断了烈士陵园与普德寺之间的山冈，又削去了一断山坡，纪念碑向南移了一段距离，才成了今天要上台阶的样子。"后来，查询资料发现，移碑的时间应当是1997年前后。

札记：慈善机构收埋尸体约151550具

在调查和研究南京大屠杀的规模及遇难者人数的时候，最大问题是缺乏足够的统计资料。在屠杀现场，被屠杀同胞是受害者，即使有人侥幸存活下来，也因恐怖地挣扎在死亡线上，很难说清较为准确的数字；日本侵略军是血腥屠杀的执行者，当然不愿意也不会给历史留下什么可靠的凭据。同时，在面广量大的分散、零星屠杀中，遇难者的人数很难求证。

但我们知道,"人死了,总有尸体;有尸体,就需要掩埋和处理。而在掩埋和处理尸体的过程中,又必然要涉及人力、时间、经费、工具等多方面的因素,这就会自然地形成一批档案和口碑资料。"

省社科院民国史专家孙宅巍是这样认为的,也是这样做的。他在潜心研究档案资料的发现的同时,结合中日双方的口述资料,不断深化大屠杀遇难者埋尸的统计和研究,丰富与完善了尸体掩埋与处理的组织架构。

据调查,遇难者尸体的掩埋和处理,当时主要有慈善团体、市民群体、伪政权与日军部队4条渠道。除世界红卍字会南京分会收尸43123具以外,参加遇难者尸体掩埋的慈善团体有:

中国红十字会南京分会,收尸22691具;世界红卍字会八卦洲分会收尸1559具;崇善堂,收尸112266具;南京同善堂,收埋军民尸体7000余具;南京代葬局,收尸1万余具;明德慈善堂,收尸700余具;顺安善堂,收尸约1500具。粗略统计,共收尸198839具,扣除相互交叉的世界红卍字会八卦洲分会收尸1559具,南京同善堂收尸体7000余具,南京代葬局收尸1万余具及市民收尸28730具,共151550具。

中国红十字会初创于清光绪三十年(1904),光绪三十三年(1907)与国际红十字会缔结同盟,1932年12月,国民政府公布《中华民国红十字会管理条例》,经国民政府行政院明定,其依军政、海军两部之指定,畏助陆海空战时后方卫生勤务,并依内政、外交两部指定,分任国内外赈灾、施疗及其他救护事宜。中国红十字会在南京原有两处分会,一处1912年开设于下关,一处1927年开设于城内。抗战爆发后,城内分会于南京沦陷前迁往重庆,下关之分会办事处于南京沦陷后,则以中国红十字会南京分会的名义,从事施粥、掩埋、施材、施医送药等项慈善救济工作。其时该机构共有员工80余人,由施医送药所所长郭子章任理事,义务小学校长陆伯衡任干事。会址设于下关绥远路乐善堂内,另于城内难民区宁海路25号设立办事处。该会在1938年7月的一份工作报告中写道:本分会掩埋队自26年12月间起,即在下关沿江及和平门外附近一带从事掩埋工作,综计在此6月内,共掩

南京崇善堂掩埋遇难同胞尸体地点之一:雨花台至外花神庙

埋军民尸体22371具。此项尸体多数系据土掩埋，用棺木者只有数百具，现仍在下关沿江岸一带捞取上游飘（漂）来浮尸，随时加以掩埋。此项掩埋夫役系由于分会所收容难民充任，仅共令宿，不付工金，故本分会在此6月内，仅付出伙食、杂支费数百元而已。

该会收埋尸体工作，始于1937年12月24日，分两队进行。分会掩埋组夫役长由方传台担任。据现今完好保存的该会埋尸统计原始资料记载：在1938年1月5日以前，掩埋一队已在和平门外联合乡人，共埋军民尸体5704具；掩埋二队已在下关一带掩埋军民尸体3245具。两队合计收埋尸体8949具。后因得到日军正式许可，遂自1938年1月6日起，有了按日、按月并载明发现地点的精确记录。其收埋尸体的地域，以下关为主，有时也展延到外围地区，东至迈皋桥，西至水西门，南至鼓楼、新街口一带。掩埋一队的按日记录，自1938年1月6日起，至5月31日毕，共计埋尸7007具；掩埋二队的按日记录，自1938年1月6日起，至3月31日毕，共计埋尸6735具。两队总计收埋军民尸体22691具。

世界红卍字会八卦洲分会成立于1941年3月3日，会长刘蓝田，责任副会长赵静仁，副会长董嘉珊，会址设于燕子矶八卦洲乡乡边缘路街商场内，惟施药、施棺、办学为常年慈务，每年冬临时施放馍馍、大米、玉秫及法币等物，办有八卦洲第一、第二小学。1937年南京沦陷前，城内成立安全区、红卍字会南京分会成立救济队时，由哥秀山（1941年病故）、易都权筹备现款、米麦，发起组织红卍字会八卦洲分会，下设收容所、赈济队、运送队、掩埋队，曾于城陷前夕，组织船只，连续7昼夜，运送撤守官兵3.7万余人过江至江北，收容、治疗、资遣伤兵23人，掩埋沿江尸体1559具，设立粥厂10余处。

南京同善堂成立于光绪二年（1876），由缎业同仁集团开设。堂址设于中华门外雨花路，负责人黄月轩，以埋葬、施药、施材为主要活动内容。南京沦陷前专收死殇婴孩，为之更匣殓埋葬，有房产50余间，专为停棺之用。南京沦陷后，同善堂为埋葬被日军屠杀同胞尸体，专门组织了掩埋组，组长刘德才，副组长戈长根，在城南一带从事掩埋遇难军民尸体工作。臂章上印有醒目的红十字符号，加盖了"南京雨花台同善堂图记"长戳，并写有"南京市同善堂掩埋组组长刘德才"字样。该堂共掩埋军民尸体7000余具。1947年1月，该堂掩埋组长刘德才曾在审判战犯谷寿夫的军事法庭上出庭作证。他说："我同戈长根两个人所经手掩埋的尸首就有7000多了。区公所后面所埋的2000多人都是老百姓，东干长巷2000多有军人有老百姓，兵工厂300多，水台200多，还有多个人衣服被脱光了，关在制造局的楼上用火烧死的。杨巷两个地洞内的人是被日本人用森砂和草将洞口堵塞在内边烧死了的，还有个学堂内也烧死了几十个人。"

南京代葬局成立于清光绪二十九年（1903），由地方士绅创办，主要慈善业务为施材、代葬、掩埋、停柩等。1935年时主持人为刘友伯；1936年重新立案，主持人为艾善濬，有财产9100元。局址设保泰街十庙口。南京沦陷后，该局曾自行掩埋被残杀军民尸体，后随其掩埋队长夏元芝供职于伪南京市自治委员会救济科及伪督为南京市政公署卫生处（局），其掩埋队亦受雇于伪政权相关机构，继续从事掩埋工作。夏元芝，约于1890年出生于南京，抗战前为南京市代葬局董事，南京沦陷后，初任伪南京市自治委员会救济组组长、救济科查放主任，后任伪督为南京市政公署及伪南京市政府卫生处（局）第一科调查主任，兼掩埋队队长，1939年5月曾受伪督为南京市政高冠吾之命，前往灵保寺东之无主孤魂墓致祭三千被屠杀军民，1940年（亦说1941年）卸伪职，改当律师。抗战胜利后曾以汉奸嫌疑被拘押，旋因有掩埋遇难军民之功而未以汉奸论处。

顺安善堂由绅民筹办，成立于清同治年间，堂址设在燕子矶镇，民国初年先后由缪鲁南、萧石楼主持，慈业主要有送诊、施药、施材、施茶、冬赈等。据1947年1月25日《国防部审判战犯军事法庭关于同善堂掩埋尸体的调查笔录节录》中，周其芳、区长萧石楼所做的调查登记表："迨至南京事变后，对于掩埋沿江野岸遗尸露骨，人工费用，约去陆佰元。施材一项，以本年计算，约有柒佰贰拾元。"按照当时在南京城内外收尸的费用、支付方法，若按计件工资计算，600元应收埋1500具尸体；若按计时工资计算，一般说来，平均每个工应不止只收埋1具尸体，尤其像顺安善堂这样的小慈善机构，非在尸体大量堆积时期,不会花钱雇工专门从事这项工作。如此分析,按保守的方法计算,顺安善堂花费600元雇工埋尸,其最低的收尸数字应为1500具。

明德慈善堂于清同治初年（1862）始于长沙,民国十五年（1926）设分堂于南京,1932年起以南京堂为总堂,堂址洪武路洪武新村,堂长陈家伟,主要慈业为施药、送诊、施材、掩埋、散米、施医、设学校工厂等。在同一天,堂长陈家伟填报的表格中,清楚写明,"二十七年（1938）春,掩埋700余具"。

广东山庄

抗日粤军烈士纪念碑

位置
中央门外张王庙40号广东山庄内。
1937年建，2000年12月重建。

一九三七年，爆发震撼中外"八一三"淞沪抗战之役。我粤健儿浴血奋战，伤亡甚为惨烈。伤者多留医南京城内八府塘后方医院。是年十二月十三日，日寇攻陷南京，留医伤者均遭屠杀，其后由广东同乡会率人草草掩埋于山庄内。公元二〇〇〇年七月，为弘扬中华民族精神、振奋后人，经广东山庄理事会研究，筹资重建烈士陵园以慰先驱。抗日粤军无名烈士永垂不朽。公元二〇〇〇年十二月重建。

二十三

广东山庄里的英魂

中央北路上的"广东山庄"始建于清道光年间,为广东同乡会、两广会馆向旅居于南京的广东籍人士募捐购置,原址在南京市三牌楼广东路北端的洪庙。

早春二月,下着小雨,我们来到位于中央门外张王庙40号——北崮山与中央北路交叉口处的广东山庄。20世纪70年代以前,这里还十分偏僻,那时中央北路还没有开辟,从中央门到这里要越过宁沪铁路,再翻过小市镇的一处高坡才能到达。如今,这里已成为南京城北的交通要道,从中央门乘坐公交汽车只有两站,1、25、35、42路汽车都经过此处。

说起来称山庄,实际上应称之为公墓更为准确。有近2个世纪历史的广东山庄墓园中埋葬着数千名旅居南京的广东籍人士,包括民国时期政界、商界一些有影响的人物,其中不乏亡故军人。

一块纪念碑就是一个丛葬地!

这是南京仅有的一座南京大屠杀遇难军人纪念碑。

可能是天气不好,又不是节假日,路上行人不多,山庄牌坊前的铁门紧闭,想进入墓园只能走一边的侧门。在树木葱茏的墓园深处,矗立着一块方尖碑,上书"抗日粤军烈士墓"7个鎏金大字,碑下埋有74具迁葬的遇难者遗骨。整个墓葬呈椅子状,"椅背"处碑文为繁体汉字,醒目地记着"先伤后亡,惊怒吾邦。无以厚葬,是为国殇"。

碑文告诉我们,1937年,参加淞沪战役英勇抗击日军而负伤的粤军官兵由前线运至南京后,他们在城南八府塘后方医院治疗时,遭日机轰炸,50余名粤籍负伤军人与众多伤员遇难。日军攻陷南京后,在对南京军民进行疯狂屠杀同时,20名粤籍重伤军人又惨遭杀害。二批遇难粤籍军人的遗体,均被广东同乡会义工安葬于广东山庄墓园中。

山庄内,一处小石碑上记载着广东山庄迁来此处的历史:本庄旧址在(南京)城内三牌楼。于民国三十年(1941)被日本涡川部队征用,遂募资购地移建于此。

每块纪念碑都浸染着一段伤痛记忆!

广东山庄遇难同胞纪念碑碑文　　　　　　　　　　　　　　韩娃丽_摄

沦陷时从三牌楼迁来

广东山庄的建立要从太平天国时说起。由于太平军起事广东,官兵广东籍居多,义军抵达南京后他们大多随军居于三牌楼一带。不久,他们在三牌楼自发成立了两广会馆和广东同乡会。两广会馆初设于今天的三牌楼大街,广东同乡会位于广东路。后来,两会又在洪庙巷建立广东山庄,用于存放阵亡的两广籍太平军将士灵柩。洪庙,相传是太平天国时期为天王洪秀全建立的生祠,山庄位于洪庙一侧,外观为青瓦红墙、雕梁画栋、回廊曲幽，金川河水环绕，门口耸立金碧辉煌的牌楼。故此，也有人称三牌楼地名是因广东人在广东路口所立的牌楼而得名。

清同治三年（1864）四月初六，洪秀全服毒而亡后，清军攻陷南京，太平天国灭亡。湘军入驻南京后，纵火焚烧了两广会馆和广东山庄，数日不息。事变后，广东同乡会努力恢复山庄，惨淡经营，继续尽心尽力地为众乡亲服务。国民政府定都南京后，身居要职的广东籍达官显贵陆续入主政府部门。据老人口述，国民政府许多要人、名人以及孙中山的亲信侍卫们对广东山庄都厚爱有加，使广东山庄再度兴旺起来。

南京沦陷后，因广东山庄背倚金川河，地势较高，院内绿树成荫，并建有围墙、走廊、祭堂、厢房等，被日本占领军涡川部队看中，于1941年初强行霸占改建为日军伤兵医院。广东乡亲前往祭祀祖先、凭吊先人，均受到日军的百般阻挠。清明节的当天，在广东山庄理事会的组织下，100多名两广籍人在日军屠刀的淫威下，坦然在广东山庄门口再度进行祭祀，祭祖敬宗，悼念先人，思乡思亲。虽然参加的人数不算太多，但是祭祀仪式照常，主祭、陪祭净手，供点香烛，诵读祭文、宣读族训，上鸡虾、鳌龙牲品，敬水果茶饭，叩首鞠躬，宗亲讲话，奏礼乐，各种仪式一样不少。致使围观的日军卫兵和伤员也受思乡情结所致，为之动容。

此时，汪伪政府已经建立。因汪精卫是广东番禺人，早年参加同盟会，他本人也一直以孙中山的学生自居，对广东山庄理事会收回山庄的要求却爱莫能助。以后，在日伪政府要员的协调下，广东山庄理事会组织众乡亲再次募捐置地，将三牌楼洪庙路段的广东山庄全部墓穴整体迁到中央门外北崮山南麓。

新牌坊由时任华北政务委员会委员兼治安总署督办、伪华北绥靖军总司令齐燮元题名。抗战胜利后，此人作为汉奸被国民政府逮捕，1946年在南京被处决。

迁址重建的广东山庄占地1.9万平方米。每年广东同乡会都要在此举行公祭。抗战胜利后，粤军部队曾专程前来祭扫葬于此处的粤籍抗日遇难军人，并立有"抗日烈士之墓"的碑刻。

牺牲在南京空战中的粤军伤员

1937年8月15日，侵华日军在猛烈进攻上海的同时，开始对民国首都南京进行猛烈的无差别空袭。是日晨，日本海军第一联合航空队所辖的木更津航空队的16架96式陆上攻击机，从日本本土长崎附近的大村航空基地起飞，经近5个小时的飞行，于下午2时50分到达南京，冒着中国战机的拦截与地面防空火力，强行冲入市区上空，对明故宫机场、大校场机场等军事设施和第一公园、大行宫、新街口等商业区与人口密集区，进行猛烈轰炸与扫射，造成了平民的重大伤亡。

此后，日机对南京的空袭日益加剧。当年8月26日，日机猛烈轰炸国立中央大学、国民革命军遗族学校及志成医院，再次野蛮轰炸了南京城南的八府塘地区。这是一个没有任何军事设施的城市贫苦平民居住区，"一带贫苦者的家，一带劳动者的街巷，没有财富，没有银行，没有楼厦，没有会堂，没有闹市，没有大商，没有机关，没有库房，没有军事设施，没有大炮机枪，没有重兵官佐，没有军需堆藏，没有轰炸目标，没有施放燃烧弹的对象"。然而，"这地方，终于变成残暴者的屠场，那天是，八月二十六日的午晌"。诗人沙雁以那天他亲身经历、亲眼看见的空袭惨景，写成叙事诗《忆八府塘血火》，诗中写道："轰！轰！轰！雷般的爆炸声响，震动了整个石城，撼摇了百万市民的心房！之后，紧接着，砖，瓦，血，肉，泥土交杂着飞扬！绝叫声中，可不是又燃起了冲天的火光！八府塘，就这样遇了难，遭了殃！无数间茅屋，火烧得凄凉，百余条无辜的生命，全数在炮火中埋葬！全数在敌军惨绝人寰的炮烟中埋葬！"

在历时3个月、100余个血与火的日子里，英勇参加淞沪抗战而负伤的100多名粤军官兵与其他伤员由前线运至南京后，住进城南八府塘后方医院治疗。治疗期间，广东同乡会及社会各界前往慰问，后部分伤兵伤愈出院，还剩一二百人留院继续治疗。

根据《中苏互不侵犯条约》和中国政府的要求，1937年12月1日，苏联援华航空志愿队H-16-6型战机23架秘密飞抵南京，首次正式参加南京防卫战，击落日机5架，俘获飞行员4名。随后，SB-2型轰炸机 20 架飞抵南京，2 日轰炸了长江上的日本军舰和日军机场。12 月 5 日，"敌机十余架次又猛烈轰炸南京贫民区，在逸仙桥一带投掷硫磺弹及爆炸弹 20 余枚，炸伤 20 余人，毁房 50 余间"。12 月 6 日，日机 30 余架次轮番轰炸南京，在浦口投弹 10 余枚，炸死 20 余人。12 月 7 日，日本陆军航空队与海军航空队猛烈轰炸南京市内外军事阵地。在淳化镇与牛首山的争夺战中，"我空军及苏联空军志愿大队的轰炸机及战斗机，奋勇向来犯的敌机反击，空战激烈，敌机被我击落两架"。[1]

至 12 月上旬，驻防南京地区的中国空军飞机已不足 20 架，但空军将士们奋勇杀敌的意志仍坚不可摧。在南京沦陷前夕的最后空战中，中国空军第四大队队长乐以琴献出了自己年轻的生命。12 月 4 日，中国飞行员董明德驾驶南京机场剩下的唯一一架中国驱逐机升空，向正在行进中的日军地面部队发动了最后一次空袭。此后，所剩苏、中战机全部撤退出南京。

据日军总部发表的公告称：从 8 月 15 日到 12 月 13 日日军攻占南京，在这长达 4 个月的时间中，日机空袭南京 50 多次，参加空袭的飞机达 800 多架，投弹 160 多吨。而据中国专家不完全统计南京共遭受日机空袭 118 次，投弹 1357 枚，市民死亡 430 人，重伤 528 人，房屋全毁 24 所，1607 间。此人员伤亡数据仅指南京城区的普通市民，未统计军人及郊区农民，保守估计，日机空袭造成南京军民伤亡当在 3000 人以上，造成的财产、房屋损失则难以计数。据不完全统计，自日机第一次轰炸起，迄 12 月 13 日城陷前夕，南京城遭受敌机袭击近 1000 架次。截至 9 月底的 113 次空战中，中国空军击落了日机 81 架，中国空军和南京防空部队，在力量对比强弱悬殊的情况下，给予来犯的敌机以迎头痛击，沉重地打击了日本侵略者的嚣张气焰，鼓舞了南京和全国人民的抗战意志。[2]

八府塘后方医院屡遭日机轰炸，由于资料散失，我们已不可能知道准确的时间，只能猜测大概在 8 月 26 日或是 9 月 25 日，在那两次大规模的空袭中，50

---

[1] 中国人民政治协商会议全国委员会文史资料研究委员会：《南京保卫战》，中国文史出版社 1987 年版，第 143 页。

[2] 中共南京市委党史办公室编：《南京地区抗日战争史》，中共党史出版社 2015 年版，第 156 页。

余名粤籍负伤军人和其他伤员遇难。遇难的粤籍负伤军人被广东同乡会义工安葬于广东山庄墓园中，他们的姓名与所在部队番号也被一一记录留存。

300多名重伤军人惨遭杀害

参加南京保卫战的粤军部队主要有以叶肇为军长的第六十六军，下辖第一五九师与第一六〇师；以邓龙光为军长的第八十三军，下辖第一五四师与第一五六师。第六十六军自1937年9月下旬起编入第十九集团军薛岳所部的序列参加淞沪抗战，11月上海失陷后，又先后转战于吴福线与锡澄线，经由句容、丹阳等地，撤至南京外围，参加南京保卫战。该部在淞沪地区及沪宁沿线的作战中，历经猛烈战斗，伤亡甚巨。第八十三军1937年组建，其一五四师参加淞沪抗战，一五六师于11月由汉口东下，抵达苏州、江阴，先后编入第十九集团军薛岳部及江防部队刘兴部，参加无锡、镇江阻击战。南京保卫战中，先后参加水西门、光华门战斗。

在南京沦陷前，全市约有8所部队医院收治伤病军人，最多时有1万多人，后来随着战事吃紧，多数轻伤员相继转移江北及大后方。包括八府塘后方医院在内尚有为数不少失去了战斗力的重伤兵，他们留在南京随时都可能遭到日本侵略军的屠杀和伤害。城陷之时，留守医院想了不少办法。军医蒋公榖在《陷京三月记》中记载，12月9日，"祁、杜、宋三院集合外交部，冷、尤、李三院集合军政部（宋、李二院，工作人员均已走散，只有光杆院长）"，八府塘医院由杜保忠院长负责，123医院由祁明镜院长负责与李义璋院长负责率3院重伤员集中于外交部。12月11日，"下关江边所有一切船只，都经卫戍部统制集中煤炭港看管，伤兵出城渡江，亦须得卫戍长官的手令，才可放行。处长因感觉到情形既然这样严重，重伤的士兵，实在无法可以尽量运送过江了。乃于下午二时，亲赴国际救济委员会，向该会主席拉贝氏提议组织国际红十字会医院，冀其收容重伤兵，俾他们可以安全住院。答称：须电敌方，征得同意后，方有保障。处长当即慎重声明：我们来请求设立医院,并非为了战事的如何变化,亦非是贪生怕死;这纯然是根据红十字会条约为人道而发的合理的请求,所以希望贵会亦应该有合理的办法。理直气壮,该主席为之肃然。"12日,晨起后蒋公毂即赴外交部祁院办公。这天天气颇清朗,两三架敌机时刻在城空环绕侦察,伤兵陆续地被送进院来,他看见外交部的草地上,伤员"有坐卧曝日的,也有由看护小姐扶陪着散步。当事者的工作是紧张的,在这圈子以外的一切情况,仍然极煦和安详"。

伤员们的命运得到了以拉贝为主席的南京安全区国际委员会的同情和关注。12月12日,世界红卍字会南京分会建立,约翰·马吉牧师担任该会主席。该会成员、金陵女子文理学院教授魏特琳女士在日记中写道:"(12月13日)贝茨大约在11时过来,他说国际红十字会已经得到了5万美元,用以建立伤兵医院,第一所医院将设在外交部。已经组建了一个17人的委员会。"

在中方卫生部门和安全区国际委员会的合力运作下,八府塘后方医院的伤员遂被移送到外交部临时伤兵医院中,作临时安置。兵荒马乱,硝烟弥漫,伤员时刻将面临凶残日军的任意屠杀。在混乱和危险的情况下,一部分伤兵一度不敢回到外交部的临时安置点。安全区国际委员会主席拉贝在12月13日的日记中写道:委员会的3个成员乘车前往设立在外交部、军政部和铁道部的几所军医院,通过他们的巡视,我们确信了这几所医院的悲剧状况……我们迅速弄来了一面红十字旗挂在外交部的上空,并召回了相当数量的人员,他们在看到外交部上空飘扬的红十字会旗后才敢回到医院。

但是,随着日军疯狂"扫荡"与屠杀,中山北路大方巷的外交部很快成为日军杀害军民的屠场。拉贝先生目睹了日军残害伤员的经过,他在日记中写道:"12月16日,我带着满载伤员的救护车来到外交部,当我们设法使能动的伤员往台阶上走的时候(另一些用担架抬),一些日本兵来了,其中有些像是野兽,我正扶着一位可怜的伤兵,他痛苦地向前迈步,一个日本兵把他从我身边拉开,猛地扭他受伤的膀子,把他的手捆在一起,并把另一位伤员的手捆在一起。"[1]

---

[1] 【德】拉贝:《拉贝日记》,江苏人民出版社1997年版,第171页。

300多名转移到外交部伤兵医院的重伤员最终都没有逃脱日军毒手,其中20名为粤籍伤员。在数日后,得知外交部附近有粤籍伤兵遇难,广东同乡会的义工冒着危险,将他们的遗体收殓,运送到广东山庄墓园中安葬。

对于这批惨遭日军杀害的遇难官兵,广东同乡会每年都要举行公祭。抗战胜利后,粤军部队曾专程前来祭扫,缅怀抗日烈士。

粤军烈士墓园的重建

南京解放后,在宋庆龄先生以及江苏省人民政府的关怀下,广东山庄得到妥善保护。墓园内树木葱茏,花草繁茂,基本保持了原有风貌。

山庄大门是由大块青砖砌成的高大厚实的门楼,其顶部为拱形,门楣处有"广东山庄"4个繁体红色大字,门外两尊石狮分立左右。原广东山庄迁墓理事会于1941年10月所立的纪念石碑依然安放在大门内的一侧。

遗憾的是,"文化大革命"期间,墓园管理受到冲击,原保存的粤军遇难官兵的资料被毁掉。1997年,在相关部门的关心下,广东山庄理事会将南京大屠杀中遇难之官兵的74具遗骨加以清洗、消毒,重新归葬于一处。

2000年12月,广东山庄理事会筹资专门划出一块墓区重建烈士墓园,并立"抗日粤军烈士墓"碑。重建后的烈士墓园,坐北朝南,以青灰色为基本色调,呈一巨型的传统座椅状,墓园的中、后部围壁恰如座椅的两边扶手与椅背。中、后部围壁的顶部,均为半圆形波状纹,似有无数花圈簇拥。墓地设有7级台阶,拾级而上,于"椅座"即墓地正中,矗立着下方上尖形的柱状墓碑,正面自上而下凸起镶嵌着"抗日粤军烈士墓"7个魏碑体鎏金大字,碑座与祭台为黑色。

墓碑后的"椅背"正中,镶嵌在长方形黑色大理石上。"先伤后亡,惊怒吾邦。无以厚葬,是为国殇"鎏金碑文,擦去往日的灰尘,气势恢宏,庄严醒目。

我们再次来到这里时,墓碑依旧,只是院子里杂草遍地,西侧立着一幢拆了一半的楼房。在一排墓穴尽头,还散落着破碎的砖头。

对于眼前的这一切,墓园里的一名工作人员表示,"你看,这里的树长得多好,就是整体环境不好,我们在这里工作都感觉不舒服。"作为城区内少有的墓园,广东山庄更像是一处荒废已久的院子,大片空地闲置着。

现任广东山庄管委会主任徐立告诉记者,南京解放以后,在宁广东人自发组织起来成立了民间组织,对这处山庄进行管理。后来,"老广东"渐渐力不从心,于1986年将此山庄交由南京市侨联管理。

广东山庄内现有墓穴千余处,安葬在这里的均为在宁的广东籍人士。墓园内除了安葬的74位抗战官兵,还有孙中山卫士廖德鎏和冯俊、一代名谍鲍君甫、民族音乐家卢冲夫妇等。鲍君甫与钱壮飞、李克农、胡底一样,长年战斗在国民党要害部门,为党搜集情报,屡建其功,但长期以来却鲜为人知。1929年8月,叛徒白鑫出卖同志,彭湃等著名共产党员被捕。鲍君甫查知后,仔细地探悉了白鑫的行踪,使"特科"在白鑫意图逃往意大利之前将其击毙。

陵园经营部的一名工作人员告诉我们,早在1997年,南京市侨联就曾有意对山庄进行开发、改造,可惜20多年过去了,这处墓园依然如故。据了解,为促进广东山庄的改造,经与南京市侨联协商,南京市殡葬管理处成立金陵华侨广东山庄陵园经营部,对其进行联合管理。但是由于种种原因,改造项目仍停滞不前。他说:"侨联是土地使用方,殡葬管理处是管理方,另外需要引进投资方,三方共同开发、改造广东山庄,又有一些历史遗留问题没有解决。"

2012年,南京市行政区划调整前,原下关区政府又曾有意将广东山庄打造成爱国主义教育基地。但是新鼓楼区成立后,有关墓园的规划就一拖再拖,至今尚未列入规划。考虑到整体规划,目前陵园内的墓穴开发工作已经被叫停,并暂停销售,维持现状。

近年来,作为南京唯一的大屠杀遇难军人纪念碑,侵华日军南京大屠杀遇难同胞墓葬地,广东山庄内的"抗日粤军烈士墓"逐步进入南京大屠杀史研究者视野,参观悼念的市民也越来越多。有关专家学者也多次呼吁,"抗日粤军烈士墓"纪念地理应得到应有的重视,在提高广东山庄的整体环境的同时,让更多市民了解这座碑承载的历史,彰显军人在南京保卫战中的付出与贡献,暴露日军无视国际公约、任意屠杀负伤军人的残暴行径,维护和平,捍卫正义。

浦口抗日蒙难将士纪念碑

位置

江北新区新炭场新华街顺河里,现为区文物保护单位、爱国主义教育基地。

今南京港务局第三经营公司所在地，俗称"新炭场"，在日本侵华期间曾是日本三井洋行的专用码头，一九四零年，侵华日军在这里建了两个集中营，占地三千余亩，关押我抗日将士五千余人。这些关押的将士，为反抗日寇的压迫和虐杀，曾先后四次暴动，除少数人冲击重围外，多遭惨杀，从一九四一年春至一九四五年八月日本投降，四年多的时间内，五千余名抗日将士仅存八百余人。"前事不忘，后事之师"，为纪念抗日蒙难将士，为牢记过去，特立此碑。

二十四

集中营的怒吼

侵华日军浦口战俘营旧址是目前公布的，南京乃至华东地区唯一的侵华日军战俘营旧址，对于搞清侵华日军在南京暴行的意义是不言而喻的。

戊戌年秋的一个清早，我们驾车从扬子江南京长江隧道过江，还好不算太堵，顺利过江。在江北新区的隧道口，右拐经沿江大道，再左拐上了浦六路，行程约3公里，来到侵华日军浦口战俘营旧址所在地——南京港第三港务公司。

第三港务公司曾经是全国内河最大煤港，据《南京港史》记载，其转运煤炭的历史，可追溯到清光绪六年（1880）。清代末年，中兴、贾汪煤矿就在浦口设煤炭分销处，修复重建了煤炭专运码头，转运上海、广州等南方城市。1940年，日军占领浦口后，为将掠夺的煤炭、矿石及其他资源运到日本，在新炭场建造了三井洋行的三井码头。三井码头建好后，许多战略资源就通过这个码头源源不断运至日本。新中国成立后，新炭场煤炭专用码头划归南京港务管理局，后更名为第三港务公司。2019年5月，随着龙潭、新生圩深水码头的开航，新炭场一场2号翻车机卸完最后一辆焦炭车，这个为江苏经济建设发挥过巨大贡献的码头，退出了历史的舞台。

由于这里正在进行沿江风光带改造，建设江北沿江大道，新华街

浦口战俘营纪念碑　　　　　　　　　　　　　　　　　韩娃丽_摄

被整体拆迁。踏过一片正在拆迁居民自建房，在一条小道的尽头，我们终于找到侵华日军浦口战俘营旧址纪念地。"抗日蒙难将士纪念碑"静静地屹立在旧址纪念地。纪念碑四周，有护栏围住，两侧各立着一棵松树，纪念碑碑柱上，一只石刻的巨大拳头，高高地举向天空。不远的一条五六米宽的河沟两旁，长满了青青的芦苇，再远一点是正在建设的江北新区大楼。

我们默默地站在抗日蒙难将士纪念碑前，空中飘起了刺骨的小雨，2名被拆迁户的妇女正在碑栏外整理着可以带走的家什。我们上前询问"战俘集中营"的情况，她们均摇摇头说："不知道。"是啊，她们年龄还轻，谁能想到在70多年前，这里曾是日本侵略者掠夺中国资源的码头，毗邻处即令人不寒而栗的日军"战俘集中营"。

南京唯一的战俘集中营

第二次世界大战时期，日本在中国境内设立了关押中国战俘的集中营达几十个之多,而由于各种原因除专门用来关押美、英等盟国军队高级战俘的辽源集中营外,多数没有建碑立标。侵华日军浦口战俘营旧址纪念碑是南京人民为保存日本法西斯侵略罪行证据作出的突出贡献,为开展抗战研究、进行爱国主义教育提供了一处重要阵地。

日军占领南京不久,由于大量的货物要运往日本,运输量不断增加,三井洋行利用贾汪煤矿煤炭专运码头,修建了三井码头。因急需大批劳工作业,经日本当局批准,1940年在码头附近的临江处设立了战俘营,一方面为码头解决急需的劳动力问题,一方面解决战俘的关押问题。

1941年春,日军先后分6批从太原、北京、上海、武汉等地向浦口战俘营押送5500多名新四军、游击队员和国民党军队官兵。

随着战俘不断增加,原有新华街一带的战俘营不敷使用,日军又在码头附近即南京棉麻仓库旧址再建了一个战俘营。两个集中营相距不远,南临长江,东面有一个通往长江的大水塘,整个营地占地面积约3000亩。

战俘营又称集中营,集中营三面环水,周围架设有3道2米高的铁丝网,中间一道是电网,每个出口处都建有碉堡。为防止战俘逃跑,日军驻守了1个看守小队和1个炮兵连,相当于1个营的兵力,另有可随时调动驻守浦口的日本宪兵队。

战俘们陆续到了浦口战俘营后,成了日军不花代价的苦力。日军将抓来的战俘和平民编成9个中队,包括一个十几岁的孩子组成的中队。每个中队分成8个小队,每个小队70人左右。每天清早,他们就被日军驱赶到新炭场码头,将通过长江和铁道线运来的煤炭和铁矿石装船,运往日本。

调研中我们得知,抗战胜利后一些战俘营的幸存者大多继续留在南京港工作,说不定南京港会有他们的档案。我们来到南京港集团有限公司。不过,该公司相关人士表示,那些老工人早已退休,关于战俘营的情况,他们也没有文字资料,只有口耳相传的战俘营经历。

在走访中,我们了解到,当年留在新炭场的战俘营幸存者高炳章、郑贵秋、冯金秀、李志武等,均已离世。

在江浦街道,我们找到浦口区委党史办党史科科长胡学荣,她告诉我们:"江北新区成立后,新炭场一带已划归江北新区管理。"听说我们的来意后,她立即热情地与新区相关同志通了电话,遗憾的是,对方也没有战俘营的相关资料。

能不能从档案中发现什么?

浦口区委党史办与区档案局合署办公,胡学荣同志很快为我们找出一本2005年12月出版的《浦口文史》。这是一本纪念抗日战争胜利60周年的专辑,里面记录了多篇有关浦口战俘营的研究文章,专辑里还有浦口区文化局文物干部对幸存者郑贵秋、冯金秀的采访记录。她说,25年前一群亲历抗战炮火的老兵应邀来到浦口区参加纪念抗日战争胜利60周年,并前往泰山街道新华街寻访侵华日军南京浦口战俘营旧址和"抗日蒙难将士纪念碑"。文化局的干部采访了已届耄耋之年的老兵们,为我们留下诸多珍贵资料,如今这些幸存者大多已离世。

时年86岁的抗战老兵、港务公司退休职工郑贵秋,面对来访的区文化局干部说,他是湖南长沙望城县人,1938年参军,开始在浙江与日军作战。1940年,随国民党第六十七师二〇〇团退守浙江衢州城,弹药耗光后,破城突围。"出城后我藏在荄瓜水塘中,鬼子到水边洗饭盒时,我以为被发现了,扳了3下扳机也没打出子弹,原来枪口被泥堵住了。不过响声暴露了目标,连我一起,有29个人被俘了。"被俘后,他先被鬼子押回衢州城中抬尸体,后来又被当作劳力押送到芜湖江对面的裕溪口战俘营抬煤。1942年下半年,因淮南铁路被抗日队伍破坏中断,裕溪口没有煤来,1000多名战俘被转押到浦口战俘营。在浦口战俘营,被分配在六中队(特务队),干泥瓦活、烧窑和打杂等,后来又去抬死人。在战俘营内9排、10排住着一些生病受伤,不能出工的战俘,几乎我们每天都要去抬死人。"每天,日本人指挥我们到9排、10排抬死人。有的人还没有断气也被鬼子逼着抬走……一般每天抬七八个,最多的一天抬了39个。"

冯金秀,1920年出生的河南人,也是港务公司退休职工,他13岁顶替别人被抓了壮丁,抗战时他在胡宗南的第四十五师。在山西太行山和日本军打了3年仗,还与日本兵拼过刺刀。在太原战役中被俘,来到浦口战俘营后,被编入四中队。他回忆说,"我至今还记得,在战俘营中吃的都是乱七八糟的东西,经常肚子痛。冬天、夏天就一件衣服。冬天干活一热棉衣都湿了,晚上没有被子盖,许多人因此病倒了。"在战俘营,天天有人死,他也拖过死人,3个人用草包拖一个死人,到了乱葬岗子,扔下尸体就完。1944年,南京下了大雪,由于没有棉衣穿,战俘营一下冻死了许多人。有一天,冒着刺骨的冰水,冯金秀和另外两个同伴成功从下水道中逃到战俘营边的大河中,然后游水逃跑。先跑到江浦高旺,后又跑到星甸一带,被当地老百姓收留,得以幸存。

因中风,冯金秀右手不能动,但是仍然坚持要与大家一道去纪念碑前祭拜战友。在接受采访时,他说:"我在山西打过3年仗,身上有和鬼子拼刺刀受伤后留下的刀疤。战俘营四周有电网和铁丝网。吃的东西嘛,凡是人不能吃的东西,鬼子都给我们吃。"

1924年出生的李成强老人,为了糊口,1943年随父亲从裕溪口战俘营回到肥东老家,将全家带到了浦口新炭场做工。他曾与战俘们一起抬煤炭,对战俘们悲惨的情况记得清清楚楚。在与战俘共同劳动时,他认识了两个老乡。为了帮助这两个老乡逃跑,他在家中挖了个地道,直通战俘营外的隐蔽之处。挖了一个月左右,为了洞口附近土的颜色与屋内地面一样,他们扫了一个月的地,洞口上还用奶奶的马桶做掩护。他说:"在救第二个老乡时,日本人的狼狗追到屋内,幸亏马桶的臭味,狗才没有闻出来。"这两个人,一个是新四军,后来跑到上海给他来了一封信,再后来路过浦口时给他家送了大米和火腿;一个叫章学智,跑到江浦安家立业,李成强和他交往几十年。

1995年,江苏政协文史委在组织各区县调查者时也留下一批被关押在集中营内幸存者的口述,他们是王世贵、李志武、王占魁、刘占云、卢生金、刘湘南、高炳章、吴滑和、房春生、张学禄等十多名老人,口述资料载于1995年7月出版的《腥风血雨——侵华日军暴行录》中,这是一本较早的幸存者的口述:

王世贵老人和李志武老人是当年在太原战役被俘的,他们回忆说,被俘后,在太行山一个兵站医院就亲眼看见日寇一天刺死上千人。他们还被逼参加掩埋自己同胞的尸体,放一层,埋一层人,太原城墙边埋满了被日军残杀的中国人尸体。而日军对新四军的杀害更为残酷,除了唤军犬咬死，有时还唆使军犬扒出他们的心肺，令人惨不忍睹。

高炳章老人回忆说，战俘们由于生活条件十分恶劣，无力干活，经常病倒或晕倒在路上，还常常遭到日寇的残酷迫害。挨打受骂是常事，稍有反抗即被刺杀。有时日寇还故意找借口虐杀被关押的人员，以示淫威。他痛苦地说：在一个寒冬腊月的夜晚，日寇将一名上海押来的战俘，浑身上下剥得一丝不挂，捆在树干上，用水喷洒后，人冻成冰棍一样地死去。

原国民党二十七军预备第八师士兵、幸存者卢生金回忆说，一个十九路军的士兵，被绑在树上，日寇向他嘴里灌入大量自来水，等到他肚皮胀大后，用一根直径约10厘米粗的木棍，猛敲他的肚子，肚皮炸裂后血水直喷，当场惨死。有时用刺刀捅开战俘的肚皮，日寇却以此为乐。

当年组织集中营暴动的老人王占魁回忆说："有的病重者及战场上负重伤者，还有一口气，就被日寇逼着其他战俘活埋掉，一个小坑竟埋上十几个人。有一次，我参加埋葬死去的战俘时，一个战俘在埋别人时，自己也死在乱葬岗子前。有一次，埋完死人后，日寇命令将参加埋人的2个战俘刺死，一齐推进坑里埋掉。"

不屈的抗争

在集中营，战俘们常常遭到日军的残酷迫害和折磨，繁重的体力劳动往往从早晨5点一直干到晚上10点多钟，长达16个小时以上，没有休息天。为发泄淫威和取乐，日军还经常唆使狼狗撕咬看不顺眼的战俘，他们在一旁嬉笑击掌。在上工的路上，经常能看到有因冻饿而死、劳累而死、掉入江中淹死的战俘。集中营，几乎每天都有被日军殴打或生病而死的尸体被抬出。

新炭场坝子窑和顶山乡大新村交界处，就是当年日寇埋葬中国战俘的乱葬岗子。在那里，共埋葬了被日寇虐杀致死的战俘尸首3000余具。

战俘们住的是低矮的木板条房子，稍大一点的破房子内，多则住上几百号人，分上下两层。房顶铺的是烂稻草，遇上刮风下雨，"外面大下,里面小下,外面不下,里面滴答。"他们吃的是远不如日军喂养狼犬的饲料,一顿饭只给一碗,不是发霉的豆子,就是山芋干;或者是烂蚕豆、高粱面。他们原先穿的衣服单薄,经过长途跋涉,衣服早已破烂不堪,到集中营后不发衣服,寒冬腊月,有的将草包套在身上御寒,有的连草包也找不到,只得用稻草扎在身上。他们脚上穿的是破草鞋,每天随身带着一双准备替换。因为他们从早到晚来回不停地抬煤炭和矿石,一双草鞋穿不到一天就烂了。冬天冷大家挤在一起,而夏天又热得没法,大热天也没澡洗,身上难闻至极。在当时,有不少人因受不了这非人的折磨和痛苦而跳江自杀,也有的拼着一死逃出去。而维持会、保安队和一些丧失民族气节的败类,经不住日军"抓住一个逃犯,发给三石米钱"的诱惑,看见逃出去的战俘就扭送回集中营。而再送回营的战俘只有死路一条,不是被打死,就是被活埋,或者被日寇装进麻袋,用小火轮运至江中间,再用刺刀乱捅一气后抛入长江。当时,每天都有人死去,最多时一天就有二三十人。

日军惨无人道的暴行,激起战俘的反抗。从1942年5月至1944年4月,被关押战俘们前后组织了4次集体暴动,除少数人逃脱魔掌外,参加暴动的1000余人惨死在日军枪下,尸体大多被抛入通江的坝子窑河中。

第一次暴动发生在1942年5月的一天,由于组织不严密,又是下午的1点多钟,不少战俘对暴动事先并不知晓,仅逃出几个人。当时,日本鬼子没有料到白天会有人暴动,所以电网白天不输电。经过这次暴动,日寇将电网日夜通电,不再间歇。但是,战俘们仍然在寻找时机组织暴动。

1943年10月的一天,在史城侠(新四军某部团长)的带领下,进行第二次暴动。经过事先串联,暴动在下午6点钟,以码头收工、夺取看守日军枪支为号。根据史城侠的安排,六中队一个小队长用尖镐趁看守日军不备的情况下夺下他枪支,1000多名战俘蜂拥而出,冲向大门。谁料,一中队的中队长黄明忠探听到消息,当了叛徒,向鬼子告密,很快日军派来大队人马,携机枪赶到。这次精心准备的暴动,连同史城侠共冲出去几十个人,有1000多人惨死在日军的机枪扫射之下。尸体全被抛入坝子窑的大河里（有55亩水面，当时和长江相通），鲜血染红了河水。而今，这水面已成为专业户承包的鱼塘，但还能在水底摸到骷髅。

这次暴动失败后，穷凶极恶的日军，对五中队和六中队战俘进行疯狂的报复。凡是参加暴动的战俘，一个个都遭到酷刑毒打，沾了水的皮鞭，钉满犬牙的木棍，不一会儿战俘们就被打得遍体鳞伤，有的看来不行了，就被拖出去活埋掉。一连三天不给大家饭吃。但是，日军更需要的是劳力，是对中国资源的掠夺。从这次暴动以后，日寇开始给战俘们发衣服了，这些衣服都是他们在"扫荡"中抢中国百姓的。有红的、绿的、花的等各式各样的衣服，为了遮体和御寒，战俘们也只得穿上。

在第二次暴动之后，集中营中的战俘又紧接着准备第三次暴动。

1943年11月，国民党二十七军二十三团一个姓孔的士兵（西安人）组织了第三次暴动。事先，他们把悄悄偷来或抢到的2挺机枪、4支手枪、4支步枪和一些子弹集中起来，以备突击使用。为防止泄密，这次得到通知的战俘约有百名。在一天晚上，天上下起小雨，他们突然起事。日军猝不及防，他们边打边跑，哨声、枪声、雨声混在一起，集中营的日本兵急匆匆地召集守兵前堵后截，浦口镇日本宪兵队也紧急行动。夹击中，共冲出去七八十个战俘。后跑的战俘被抓住后，押往坝子窑集中，当场被刺刀捅死了二三十人。第二天，约有3000人被日军押在集中营中的空地上罚站，不给吃，不给喝，还不准动一下，一动就放狼犬咬，整整站了一天。由于人多势众，鬼子也无可奈何，只能如此而已。

1944年4月，集中营四中队战俘王占魁等人又组织了第四次暴动。为了逃出牢笼，他秘密联络了一些战俘，事先察看好地形，前后准备了几个月的时间，悄悄拧断了集中营一处铁丝网。一天夜里，在王占魁的带领下，30多人冲了出去。由于汉奸发现动静后报告，后走的20多名战俘均被日军用机枪打死。跑在前面的战俘们冲出集中营，跑到浦口二道埂时，又遇到几名保安队员，被截住。这些汉奸想把他们捉住再送回集中营，既可讨好日本人，又可以领赏。这时，王占魁等人心里清楚，只有拼命才可能有生路，否则就是死路一条。由于他们人多心齐，手上又都有棍棒家伙，所以他们就围住了保安队准备决一死战。保安队中有一名60多岁的小头头见势不妙，怕吃眼前亏，只好放开道路。后来，他们遇到山东逃荒来此地居住的曹大娘母子，为他们带路，躲藏到石佛寺后的群山之中，侥幸死里逃生。

1945年8月，日军投降时，被关押在集中营原有的5500余抗日爱国志士和平民，侥幸活下来的仅有800余人，其中有4000多人惨死于日军的迫害和枪口。

抗日英雄谭天觉曾在此关押

宁死不屈的谭天觉是战俘营众多有影响的抗日将士之一。

1942年9月，他被日军从太原押来。被俘前，在国民党范汉杰二十七军任作战处处长、代理参谋长。太行山战役失利后，他随部队转战晋中地区，遭到日军重重包围，突围时弹尽粮绝，身负重伤，与晋中县长和军部16名高级军官、伤员在山洞里被俘。日军将他关押在太原战俘营，在严刑拷打、威逼利诱面前，他坚贞不屈，保持民族气节，坚决不与日方合作。后来，无可奈何的日军将他押到浦口服劳役。[1]

谭天觉出生在湖南省望城县茶亭镇，家庭殷实。1925年考入广州黄埔军校，在校期间参加国民革命军的第二次东征，在战斗中身负重伤，伤愈后重回军校学习，毕业于黄埔第六期。九一八事变后，他随部队开赴东北辽西与日军作战，屡建战功，提升到防空部队第四十二团任营长。抗日战争全面爆发，他率部队转战华北，在洛阳西门击落日军轰炸机一架，受到国民党军政部的嘉奖。1941年初，谭天觉已由团长调任二十七军作战处长。为了与日军决一死战，他动员妻子杨志云与两个幼儿返回湖南老家避难，行前送给妻子十几个银元做盘缠，没想到这一别就再也没有见面。

在浦口战俘营难友的照顾下，谭天觉伤势有了一些稳定，日军害怕他在战俘营里宣传抗日，聚众闹事，把他与其

---

[1] 徐永伦：《谭天觉殉难浦口战俘营》，载于《南京党史》2007年第6期，第28页。

他难友隔开。他拖着病体，在日军工头的监视下干活。由于谭天觉抗战思想坚定,体恤被俘的下属，深受战俘们的钦佩。他总是告诫大家:"要有志气，在国家生死存亡的关头不能卖国求荣，苟且偷生。"

谭天觉喜爱文学，擅长书法。他经常给周围的战俘讲述岳飞抗金、宋江聚义的历史故事，还写下自勉对联，鼓舞战俘们抗战的士气。抗战胜利后，这副自勉联由后人抄写在他的遗像两侧：有四亿黄帝子孙，誓洒血抛头，何难杀敌挥戈，踏平瀛岛；集万千中华雄鬼，仗英魂烈魄，正好随征助战，收复神州。

过度的劳役和日军非人的虐待，使他的伤势逐渐恶化。一次，日军看守对他说，只要投靠日军，就带他到医院治疗。谭天觉断然拒绝。国民党五十六师一位姓刘的连长在淞沪战场被俘，知道谭天觉在南京和上海有朋友，就劝谭天觉写个字条，想办法帮他把字条捎出去，设法逃离战俘营。谭天觉坚决不同意，他说:"这样做很危险，要逃出去，大家一起逃，我们要保存实力，等待机会行事。"

在谭天觉押到战俘营的前一个月，关押在这里的八路军和新四军战俘，联合国民党军战俘发起了第一次暴动，部分战俘冲出了日军苦心营造的地狱，虽然大部分暴动的战俘遭到日军的摧残和屠杀，但是鼓舞了战俘们生存的期望和坚决抗战的意志。谭天觉虽没有能参加这次暴动，但他听说后异常兴奋，劝导周围的战俘，要忍耐一些时候，等他的伤势好点，就设法带领大家打出去。

日军在战俘营实行法西斯统治，肆意虐待和残害战俘。风寒雨暴，战俘衣襟破烂，以草席裹身，成天在死亡线上挣扎。谭天觉义愤填膺，他与战俘营里的其他大队长和中队长，一起向日军头目交涉，抗议日军的暴行和非人道待遇，带领战俘进行绝食斗争。迫于战俘的反抗，日军只好稍微改善一下伙食，发给每人一件旧棉衣。反迫害的成功，加深了战俘对谭天觉的信赖。

同年11月11日，谭天觉被押到浦口战俘营不到3个月，就在日军的残酷摧残下,含恨惨死在草屋里,时年36岁。他的几个老乡冒着危险，偷偷把他的遗体埋在荒野的一个堤坝下面，并做了一个记号。谭天觉死后，战俘营相继爆发了第二、第三、第四次暴动，无数战俘为了继承先烈的遗志，向日军发起进攻，拧死日军看守，夺取武器，冲出铁丝网。尽管结局又是一场屠杀，但是丝毫不能压倒抗日军人渴望自由的信念和抗战的决心，用鲜血和生命谱写了中华民族不可欺辱的英雄壮举。

抗战胜利后，国民政府接管了三井码头，曾经在浦口战俘营关押的国民党一二八师师长陈兆祥将军和他的6位同仁，向南京市参议会主席、金陵大学校长陈裕光递呈："为追念浦口新炭场（战俘营）抗战死难上校谭天觉等两千余名同志，以筑塔题碑告慰忠魂"的议案，得到社会各界人士的援助。

1947年11月15日，巍然挺拔的"抗战蒙难同志纪念塔"耸立在浦口战俘营死难战俘的埋葬地。纪念碑高约2米、宽1米，刻有部分死难将士的英名，碑后建有纪念塔一座，高约10米，塔身直书"抗日蒙难同志纪念塔"9个大字。当年10月26日，在这里举行了隆重的揭碑仪式，国民政府和军政部要员前来参加，会上还专门介绍了国民党二十七军（范汉杰部队）上校谭天觉烈士的事迹，南京《新民报》发布消息和照片。谭天觉的遗骸，也由亲属运回故乡安葬。

21世纪初，徐永伦先生以浦口战俘营国共两军战俘团结一致、抗拒日军虐杀、联合暴动的事迹为素材，创作的26集电视剧《江塘集中营》在中央电视台播出后，在社会上产生了强烈的反响，并获得中国电视金鹰奖和全军电视金星奖、全国第十届精神文明建设"五个一工程"奖。民政部于1992年向谭天觉家属颁发了革命烈士证书，虽然距英雄殉难已过去了整整50年，但这是对抗日先烈最好的慰藉，也是最高的褒奖。

南京解放后，当年的幸存者大多回到煤炭港正式当了工人，得以安度晚年。但是，由于生产和建设的需要，加上人们对国民党抗日爱国将士的认识不足，"抗日蒙难同志纪念塔"和纪念碑均被拆毁。1982年，南京市文物普查后，为了纪念战俘营死难将士，浦口区人民政府将此处定为文物保护单位，并常以此对浦口区青少年和广大干部群众进行爱国主义和革命传统教育。1989年，浦口区政府在战俘营旧址上重新竖立纪念碑。

不仅仅是4000多人的惨死

"三井码头是侵略者掠夺中国资源的机器",从事党史工作多年的胡学荣同志对我们说,"日本三井物产株式会社是日本三井财阀对中国进行侵略的机构,1941年,三井矿山公司和华北煤矿公司在浦口九洑州(即新炭场)修筑了三井煤场和华北煤场,共有码头三个,通称三井码头,年吞吐能力187万吨。枣庄、淮南等地的煤炭,由津浦铁路运到此地,再装海船运往日本。数年间,三井码头共掠走多少中国煤炭已无据可查,但当时这里每天的装船量一般都在2000吨到3000吨左右,可见不少。在三井码头附近,日本制铁公司还建有日铁码头,主要将马鞍山的铁矿石装海船运往日本,少量装火车运至东北冶炼。"

据《日本侵华图志》第21卷《经济侵略与资源掠夺》,1907年(清光绪三十三年)三井物产先设于上海,后在天津、青岛、汉口、大连、安东(今丹东)、哈尔滨等地设置,与三菱公司共同垄断对中国的贸易,其产业遍及各地,投资遍及各行各业,操纵轮船运输和保险等业务,还对北洋政府提供政治借款,收集中国政治、经济、军事等情报。随着日军的侵略步伐,三井物产在南京不断扩张。

距浦口三井码头不远的永利铔厂,创建于1934年,是中国化学工业的摇篮,当时亚洲最大的化工厂,具有世界先进水平的联合化工企业,号称"远东第一大厂";中国第一袋化肥、第一包催化剂、第一台高压容器以及第一套合成氨、硫酸、硝酸等装置,先后创造了30多项"中国化工之最"。永利铔厂投产半年即遭日寇觊觎,范旭东、侯德榜明确表示"宁举丧,不受奠仪",源源不断为前线提供硝酸铵等军用物资。沦陷前,刚刚建成投产的永利铔厂,在连续3次遭到日机轰炸后,又被占领该厂的日本海军破坏了硫酸池、水塔等设备,1938年1月该厂被日本三井物产会社侵吞。之后,日本侵略者将永利铔厂全套设备,包括8座吸收塔、1座氧化塔、1座浓硝塔、价值4万美元的铂金网等共1482件、550吨重,全部劫往日本国内,安装在大牟东洋商压株式会社横须工厂。据码头老人介绍,永利铔厂的部分设备就是通过这里运往日本的。

日军还以所谓军事管制的名义，将中国水泥厂交给日本三菱公司所属磐城水泥株式会社经营，并将许多机器设备拆卸劫走。另一座在日军进攻南京的隆隆炮声中试机成功的江南水泥厂被迫停产。新建的新中华造纸厂和中国造纸厂，也因遭受日军破坏而相继关闭。曾拥有1万多台丝织机的南京丝织业，在日军占领南京后，只剩下200台织机开动。通济门外的机米厂，全部被日军纵火烧毁，机器设备被作为废铁掠走，南京市80%的工厂遭到劫掠和毁坏。

胡学荣是2005年抗日战争期间南京伤亡人口和财产损失及南京大屠杀的调查者之一，如今仍保存着一大摞调研资料。她说："南京沦陷前，与南京隔江相望的江浦首当其冲。当年12月11日，日本第十军国崎支队一部挂上了美国国旗，伪装成美国商船，从乌江的石跋河口登陆，侵占了乌江。随即沿乌浦公路侵入江浦境内，一路烧杀，12日凌晨，国民党军队不战自乱，仓皇逃窜，江浦先于南京一天沦陷。"

1937年农历腊月初八，日军在浦口小河西的堤坝上，把抓获的群众100余人用绳子绑在一起，赶到江中的登墩上，用刺刀把人往江中推，后用机枪扫射，除2人幸存外，其余人员均被杀害。12月15日，34个日本兵来到老江口，抓获葛塘乡大倪庄常大富等无辜群众30多人，用铁丝绑在墩埠上，再用铁丝穿着鼻子绑在树上，然后用机枪扫射，无辜群众无一幸存。同日，盘城镇丁解村史家有的父亲外出借粮回来，在浦六路上遇见一车日本兵，被当靶子射击，他忙躲到田埂后，日本兵打了二三十枪没中，气得直骂，就把车开到田埂附近，跳下2个兵向他连刺4刀，被刺中喉咙、两肋、心口等处，当场死亡。12月22日，一群日本兵来到沙洲圩，开枪打死沈清和等无辜群众8人。是日，一群日军到北圩大队毛圩村将毛统云的妻子抓去轮奸后，把她绑在树上，活活烧死，死时年仅35岁。

1938年，春节后的一天夜里，浦口有400余人到煤炭港油库去挑油，被日军发现后，2000多名日本兵围住挑油的群众，将其一个个用草绳反捆双手，往江边赶。江中心有十多艘日军舰艇，架着机枪，岸上也架着3挺机枪，在十多只探照灯光的照射下，日本兵向在水中挣扎的人群扫射，枪声和哭喊声连成一片，江水被染红了，被杀死的群众尸体都浮在水面上，向下游漂去，惨不忍睹。

同年1月，家住卸甲甸的翁锡荣等7人去浦口油库弄油，被日军发现后，被刺死1人，枪杀5人。当月2日，一群日本兵向盘城走来，卞正明兄弟看见后，忙向圩里跑，被日本兵开枪打中，卞正明身亡，被丢到河里。次日中午，一分队日本兵乘汽车沿浦六公路驶向盘城路陶村，村里群众纷纷向村外跑躲，日本兵边跑边向人群开枪射击，刘志发的父母被射中死亡。日本兵在村里抓鸡赶猪杀牛，再装上车，一直折腾到天黑才离开。6日，又一群日本兵进村，杀了卞正明的父亲，打伤群众2人。同月，一支队日本兵冲击沙洲圩，村里人都躲了起来，日本兵就放火烧房。一男子从房内跑出来，被日军拖到塘边，用刺刀戳进他的心脏，又向他头部开了一枪，脑浆流了一地。日军走了以后，下午村里人把尸体打捞上来，准备埋葬时又碰上了日军，日军又放火烧了他的尸体。顶山南圩村陈板金的妹妹和表姐在避难途中被两个日军发现，狠毒的日军开枪打死了陈板金的妹妹，其表姐吓得瘫倒在地，遭日军轮奸。

2006年暑假期间，在南京大学南京大屠杀史研究所的支持下，浦口区通过校园网公开招募，招募了历史学系、中文系、社会学系等学科的24位在校学生，共同对辖区75岁以上即1931年以前出生的居民进行了拉网式入室调查，共采录了183位调查对象的口述资料，其中男性127人，女性56人，年龄最小的76岁。据不完全统计，侵华日军抗战期间在浦口区发动战事百次以上，打死打伤境内驻军及平民2000余人，杀害战俘及无辜群众4000余人，强奸妇女、抢劫财物、焚烧民房，其恶无所不及。

江东门

侵华日军南京大屠杀遇难同胞纪念馆

位置

水西门大街418号

1985年2月建馆工程破土动工，同月3日，邓小平到南京视察时，亲笔题写"侵华日军南京大屠杀遇难同胞纪念馆"馆名。当年8月15日，即中国人民抗日战争暨世界反法西斯战争胜利40周年纪念日当天建成开放。2015年12月，新建了胜利广场、胜利之路、胜利之火、胜利公园、胜利展厅等，占地面积扩大至10.3公顷，建筑面积达到5.7万平方米。

二十五

江东门纪念馆：国家公祭的主会场

侵华日军南京大屠杀遇难同胞纪念馆，位于南京市水西门大街418号。到达纪念馆的交通十分便捷，地铁2号线以及多路公交车都能抵达这里。纪念馆不收门票，免费参观，通过安检就可以直接进入。

今天，我们再一次参观侵华日军南京大屠杀遇难同胞纪念馆，已经记不清这么多年来参观这座纪念馆的次数了。

这次，我们在纪念馆外围转了一面，从不同的角度打量它，我们也说不清楚这是为什么。在我们的眼里，这座以灰白色为色调、建筑整体设计结构为"和平之舟"的大型纪念馆，气势恢宏，庄严肃穆，别具一格，巍峨壮观。

最先映入眼帘的总是巨型船头式高大建筑体和雕塑家吴为山先生的大型雕塑《家破人亡》，我们看到了这位拉着已经断气幼儿的母亲极其恐惧和绝望的神情，给人以无比的震撼力和感染力。

历史在这里沉思

我们有必要首先了解这座纪念馆的建设历程：

——1982年，日本文部省肆意修改历史教科书，公然把"侵略中国"改为"进入中国"，此举激起中国人民和曾经遭受侵华日军大屠杀的南京民众的强烈愤慨，大家纷纷要求建立一座纪念馆，以牢记历史，永志不忘，珍惜和平，面向未来。

——1983年，南京市人民政府报经江苏省委和省人民政府批准，开始筹建纪念馆，设立了编史、建馆、立碑领导小组，由当时的市领导亲自担任组长。南京市确定12月13日为南京大屠杀的忌日，在侵华日军江东门屠杀我同胞的"万人坑"遗址处举行立"奠基碑"仪式。

——1985年2月3日，邓小平到南京视察时，亲笔题写"侵华日军南京大屠杀遇难同胞纪念馆"馆名。建馆工程随即动工。当年8月15日，即中国人民抗日战争暨世界反法西斯战争胜利40周年纪念日当天建成开放，同时南京市还在17处大屠杀遗址设立纪念碑。

——1995年，在纪念中国人民抗日战争暨世界反法西斯战争胜利50周年之际，纪念馆开始二期工程建设。1997年12月12日，二期工程完全竣工。纪念馆完成扩建陈列室和陈列改造工作，新建了遇难同胞名单墙（哭墙）和《古城灾难》大型组合雕塑等。

——1998—1999年的两年间，发掘"万人坑"遗址，实施保护工程建设，并对外开放。

——2002年12月，"历史证人的脚印"铜版路建成。

——2005年12月，纪念馆在原馆的基础上进行扩建。新建了雕塑广场、集会广场、祭奠广场、冥思厅、史料陈列厅、和平公园等一批设施。这次扩建后纪念馆面积由原来2.5公顷扩大到7.4公顷，展厅面积由2800多平方米扩大到12000平方米，一座新馆展现在世人面前。新馆在2007年12月13日南京大屠杀30万同胞遇难70周年之际向公众开放。

——2015年12月，经过两年的再扩建，纪念馆三期工程全面完成，纪念馆正式对外开放。这两年间，新建了胜利广场、胜利之路、胜利之火、胜利公园、胜利展厅等。纪念馆占地面积扩大至10.3公顷，建筑面积达到5.7万平方米。

——2015年12月13日，新建的分馆利济巷慰安妇旧址陈列馆建成开放。

我们需要知道这座纪念馆大致的功能划分：

二十五
江东门纪念馆：
国家公祭的主会场

纪念馆分展览集会区、遗址悼念区、和平公园区和馆藏交流区等4个功能性区域。

——展览集会区：该区分为史料陈列厅和集会广场。史料陈列展示有基本陈列和专题陈列。集会广场上有主题雕塑：冤魂呐喊、标志碑、灾难之墙、和平大钟，每年的12月13日，人们都会在这里集会，公祭遇难同胞，撞响和平大钟，发表和平宣言。

——遗址悼念区：该区包括"古城的灾难"大型组合雕塑、"历史证人的脚印"铜版路、《狂雪》诗碑墙、石壁墙与邓小平手写馆名、墓地广场、浮雕《劫难》《屠杀》《祭奠》、立雕《母亲的呼唤》、"万人坑"遗址陈列和悼念广场祭场、冥思厅等。

——和平公园区：该区以和平为主题，是世界各国人民进行和平交流的重要场所。包含胜利之墙、和平公园、汉白玉雕塑《和平》、紫金草花园、日本友人植树林等。

——馆藏交流区：该区是寓馆藏、交流、办公于一体的综合功能区域，其主要设施有学术报告厅、图书馆、特藏库等。

纪念馆分为室内、室外两部分。但从进入纪念馆后，基本设计有专门的参观线路，这条参观线路让参观者室内外都能参观到。参观线路是固定的，大致路线是史料馆、集会广场、悼念广场等，也有指示牌和工作人员指导，所以在这座纪念馆，不论室内外的内容都能参观到，较为详细地参观完，大约需要3个小时。

"侵华日军南京大屠杀遇难同胞纪念馆"最为核心的部分就是史料和文物。建馆30多年，纪念馆从海内外共征集169714件文物史料，成为研究南京大屠杀的重要物证和书证。我们在史料征集厅里能看到部分文物史料，特别是遇难同胞的累累遗骸，触目惊心，让人悲痛，难以忘怀！这些文物史料凝聚着纪念馆研究和工作人员精心征集、科学保护所付出的辛勤劳动，也有社会各界相关人士的慷慨捐赠和奉献。在文物、史料、图片、解说词的组合陈列中，纪念馆用展陈方式和现代布展手段，向参观者叙述了侵华日军南京大屠杀的惨烈历史。我们应该记住，世界也应该记住——

日军占领上海后，直逼南京。国民党军队在南京外围与日军多次进行激战,但未能阻挡日军的多路攻击。1937年12月13日,日军进占南京城,在华中方面军司令官松井石根和第六师团师团长谷寿夫等法西斯分子的指挥下,对我手无寸铁的同胞进行了长达6周惨绝人寰的大规模屠杀,烧杀淫掠无所不为。

12月15日,日军将中国军警人员2000余名,解赴汉中门外,用机枪扫射,焚尸灭迹。同日夜,又有市民和士兵9000余人,被日军押往海军鱼雷营,除9人逃出外,其余全部被杀害。

12月16日傍晚,中国士兵和难民5000余人,被日军押往中山码头江边,先用机枪射死,后抛尸江中,只有数人幸免。

12月17日,日军将从各处搜捕来的军民和南京电厂工人3000余人,在煤炭港至上元门江边用机枪射毙,一部分用木柴烧死。

12月18日,日军将从南京逃出被拘囚于四所村、幕府山下的难民和被俘军人5.7万余人,以铅丝捆绑,驱至下关草鞋峡,先用机枪扫射,复用刺刀乱戳,最后浇以煤油,纵火焚烧,残余骸骨投入长江。令人发指的是日军少尉向井和野田在紫金山下进行"杀人比赛"。他们分别杀了106和105名中国人,之后他们还将比赛继续进行。

在日军进入南京后的一个月中,全城发生2万起强奸、轮奸事件,无论少女还是老妇,都难以幸免。许多妇女在被强奸之后又遭枪杀、毁尸,惨不忍睹。与此同时,日军遇屋即烧,从中华门到内桥,从新街口到夫子庙一带繁华区域,大火连天,几天不熄。全市约有1/3的建筑物和财产化为灰烬。无数住宅、商店、机关、仓库被抢劫一空。劫后的南京,满目荒凉,惨不忍睹。

《远东国际法庭判决书》写道:"日本兵完全像一群被放纵的野蛮人似的来污辱这个城市",他们"单独的或者二三人为一小集团在全市游荡,实行杀人、强奸、抢劫、放火",终至在大街小巷都横陈被害者的尸体。"江边流水尽为之赤,城内外所有河渠、沟壑无不填满尸体"。

中华民族在经历这场血泪劫难的同时,中国文化珍品也遭到了大掠夺。据查,日本侵略者占领南京以后,派出特工人员330人、士兵367人、苦工830人,从1938年3月起,花费一个月的时间,每天搬走图书文献十几卡车,共抢去图书文献88万册,超过当时日本最大的图书馆东京上野帝国图书馆85万册的藏书量。

据1946年2月中国南京军事法庭查证：日军集体大屠杀28案，19万人；零散屠杀858案，15万人。日军在南京进行了长达6个星期的大屠杀，中国军民被枪杀和活埋者达30多万人。

1948年11月4日远东国际军事法庭在东京进行判决时，即指出："南京及其附近被屠杀的平民和俘虏，总数达20万人以上。这种估计并不夸张，这由掩埋队及其他团体所埋尸体达15.5万具的事实就可以证明了。……这个数字还没有将被日军所烧弃了的尸体，投入到长江，或以其他方法处分的人们计算在内"。其强奸、抢劫、焚烧等罪行亦铁证如山。

概而言之，就是1937年12月13日，侵华日军野蛮侵入南京，制造了惨绝人寰的南京大屠杀惨案，30万同胞惨遭杀戮，无数妇女遭到蹂躏残害，无数儿童死于非命，1/3建筑遭到毁坏，大量财物遭到掠夺。侵华日军一手制造的这一灭绝人性的大屠杀惨案，是第二次世界大战史上"三大惨案"之一，是骇人听闻的反人类罪行，是人类历史上十分黑暗的一页。

南京大屠杀是日本侵略军在南京犯下的滔天罪行，其行径惨绝人寰！是人类发展史上的奇耻大辱！为揭露日本军国主义侵略暴行，以使其勇于面对历史真实，以史为鉴，坚持走和平发展道路，取得亚洲各国人民的信任；特别是为有力回击日本右翼否认南京大屠杀，以及进一步全面否定日本军国主义者发动的侵略战争言论，南京在江东门，在"万人坑"处，建成侵华日军南京大屠杀遇难同胞纪念馆。

"侵华日军南京大屠杀遇难同胞纪念馆"，就是为了铭记侵华日军攻占中国南京后制造的惨无人道的南京大屠杀暴行而专门建立，是中国人民承受全民族灾难的实证性、遗址型专史纪念馆，也是中国唯一一座有关侵华日军南京大屠杀的专史陈列馆及国家公祭日主办地。

据朱成山先生主编的《30年，我们这样走过——侵华日军南京大屠杀遇难同胞纪念馆30年馆志》一书介绍，纪念馆建馆以来的30年间不断加强馆场建设，开展多彩的特色活动，进行深入的学术研究，促进广泛的和平交流，截至2015年参观总人数突破6000多万人次，其中，来自美、日、德、英等 90 多个国家和地区的海外人士 300 余万人次。纪念馆是中国首批国家一级博物馆，首批全国爱国主义教育示范基地，全国重点文物保护单位，首批国家级抗战纪念设施、遗址名录。纪念馆已经成为南京的名片，是对内进行爱国主义教育的重要阵地和对外进行国际和平交流的重要场所，先后获得"全国精神文明建设工作先进单位""全国爱国主义教育示范基地""全国国防教育基地""全国青少年爱国主义教育基地"等称号，先后被评为"世界十大黑色旅游景点"、中国"国家一级博物馆"、"全国文物保护单位"、全国红色旅游经典景区、国家 AAAA 级旅游景区等，并获得中国"十大陈列展览精品奖"、建筑工程"鲁班奖"、"新中国城市雕塑成就奖"等重大奖项与荣誉。

国家公祭日的设立

2014 年 2 月 25 日下午，在北京人民大会堂，十二届全国人大常委会第七次会议召开。就在这个日子这个地点这次会议上，审议了全国人大常委会关于设立南京大屠杀死难者国家公祭日的决定草案。决定草案的说明指出，1937 年 12 月 13 日，侵华日军在南京开始对中国同胞实施长达 40 多天惨绝人寰的大屠杀，30 多万人惨遭杀戮，制造了震惊中外的南京大屠杀惨案。这一公然违反《国际法》的残暴行径，铁证如山，经第二次世界大战后设立的远东国际军事法庭和南京审判战犯军事法庭审判，早有历史结论和法律定论。

设立南京大屠杀死难者国家公祭日，在国家层面举行公祭活动和相关纪念活动，是十分必要的。决定草案的说明还强调，制定本决定是为了悼念南京大屠杀死难者和所有在日本帝国主义侵华战争期间惨遭日本侵略者杀戮的死难同胞，揭露日本侵略者的战争罪行，牢记侵略战争给中国人民和世界人民造成的深重灾难，表明中国人民反对侵略战争、捍卫人类尊严、维护世界和平的坚定立场。决定草案将每年的 12 月 13 日设立为南京大屠杀死难者国家公祭日。

其实，早在 2005 年，在全国两会上，全国政协委员赵龙先生就提交提案，呼吁每年12月13日举行国家公祭，由国家领导人参与公祭活动，同时还建议把侵华日军南京大屠杀遇难同胞纪念馆升格为国家级纪念馆，并申报"世界文化遗产"；2012年3月，在全国两会上，全国人大代表、南京市政协副主席、南京艺术学院院长邹建平，已经是第三次递交与南京大屠杀有关的议案，他一再建议在南京大屠杀遇难同胞祭日举行国家公祭。

2014年2月27日，十二届全国人大常委会第七次会议通过决定，将12月13日设立为南京大屠杀死难者国家公祭日。上升为国家公祭日，其实也是参考国际上一系列的做法，每年举办公祭日以哀悼遇难者，表达对逝去生命的尊重，并警示自身铭记历史，奋发图强。

2014年12月13日，首个南京大屠杀死难者国家公祭日，使得南京这座古城再次沉浸在历史的悲恸之中。

当日上午10点，凄厉低沉的警报从侵华日军南京大屠杀遇难同胞纪念馆响起，即刻南京全市各个警报器一起响起，全城内道路上行驶的机动车都停驶鸣笛致哀1分钟，火车、船舶同时鸣笛致哀，道路上的行人和公共场所的所有人员同时就地默哀1分钟。

党和国家领导人出席了在侵华日军南京大屠杀遇难同胞纪念馆举行的国家公祭仪式。全国人大常委会委员长张德江主持仪式，中共中央总书记、国家主席、中央军委主席习近平做重要讲话。习近平与南京大屠杀幸存者代表、青少年代表共同为国家公祭鼎揭幕。在国家公祭仪式举办的同时，南京北极阁、正觉寺、上新河、中山码头、燕子矶、普德寺等17处南京大屠杀丛葬地，也举行悼念活动。此次公祭以中共中央、全国人大常委会、国务院、全国政协、中央军委名义举行，体现出国家公祭最高规格。

习近平《在南京大屠杀死难者国家公祭仪式上的讲话》引发世界的关注。"和平像阳光一样温暖、像雨露一样滋润。有了阳光雨露，万物才能茁壮成长。有了和平稳定，人类才能更好实现自己的梦想。"习近平这样说。中新网记者注意到，习近平对于和平的强调，首先则内化于公祭仪式的意义之中，他说，"我们为南京大屠杀死难者举行公祭仪式，是要唤起每一个善良的人对和平的向往和坚守，而不是要延续仇恨。中日两国人民应该世代友好下去，以史为鉴、面向未来，共同为人类和平作出贡献。"根据中新网记者统计，在这篇2100余字的讲话中，习近平23次提及"和平"，贯穿始终。"和平"是习近平全篇讲话的高频词汇。习近平又强调："忘记历史就意味着背叛，否认罪责就意味着重犯。我们不应因一个民族中有少数军国主义分子发起侵略战争就仇视这个民族，战争的罪责在少数军国主义分子而不在人民，但人们任何时候都不应忘记侵略者所犯下的严重罪行。"很多学者认为，习近平这一表述颇具战略高度，不仅对于中日关系，对于处理曾对中国进行过侵略的一些西方国家关系上，也具有重要现实指导意义。同时，习近平的重要讲话也是对日本部分政治人士在历史问题上"大开倒车"的强力反击。近年来，日本政坛有一股急剧"右转"的势力，不仅大搞"历史修正主义"，为侵略历史翻案，还试图突破和平宪法，解禁集体自卫权，为未来能够公开使用武力、海外用兵打开大门，引起邻国和国际社会的担忧。

习近平说道："此时此刻，我们要告慰所有在南京大屠杀惨案中不幸罹难的同胞，告慰所有在日本侵华战争中不幸死难的同胞，告慰所有在近代以来中国抗击外来侵略中英勇牺牲的同胞，告慰所有在为争取民族独立、人民解放和国家富强、人民幸福的伟大斗争中英勇献身的同胞：今天的中国，已经成为一个具有保卫人民和平生活坚强能力的伟大国家，中华民族任人宰割、饱受欺凌的时代已经一去不复返了，中国人民正在意气风发地沿着中国特色社会主义道路，为实现'两个一百年'奋斗目标、实现中华民族伟大复兴的中国梦而奋斗。中华民族的发展前景无比光明。此时此刻，中国人民也要庄严昭告国际社会：今天的中国，是世界和平的坚决倡导者和有力捍卫者，中国人民将坚定不移维护人类和平与发展的崇高事业，愿同各国人民真诚团结起来，为建设一个持久和平、共同繁荣的世界而携手努力！"

南京大屠杀死难者国家公祭日，自2014年之后，每年的12月13日，都在侵华日军南京大屠杀遇难同胞纪念馆如期举行仪式。我们公祭南京大屠杀死难者，就是对自己的和平发展负责，也是对世界的和平发展负责。只有自己有信念和希望，才能给世界以信念和希望。

唱响：和平宣言

2014年12月13日，南京举办第一次国家公祭日的仪式，77名南京市青少年宣读了《和平宣言》，发出了南京对和平的呼唤。

悲壮的历史追溯，庄严的和平祈愿，都浓缩在240字的宣言中，既朗朗上口、富有韵律，又饱含深情、极具震撼。这是南京著名诗人和作家冯亦同的作品。提起《和平宣言》的创作过程，作者冯亦同先生就抑制不住激动地说："接到这个任务，我很荣幸！我把对南京的情感，对历史的认识，对和平的展望都倾注其中了。""这次我接到任务后，就想到要以诗歌的形式，我最终确定参考《诗经》的韵文体，四字一句，既考虑到彰显南京历史文化特色，也考虑到契合国家公祭仪式这样庄重的场合。"在《和平宣言》创作中，冯亦同先生说，通篇既要考虑韵律和节奏，也要考虑内涵和气势，希望能向世界展现中国人的文化传统与卓越智慧，因此从《礼记·礼运篇》《周易·条辞传》分别选取了"大道之行，天下为公""天地之大德曰生"两句经典，中国人讲究道与德，天地之间最伟大的道德是爱护生命，这是中国先贤的智慧，中国人历来是热爱和平的。

《和平宣言》要表达的就是为全人类祈福，远离战争、珍重生命。

巍巍金陵，滔滔大江，钟山花雨，千秋芬芳。
一九三七，祸从天降，一二一三，古城沦丧。
侵华倭寇，掳掠烧杀，尸横遍野，血染长江。
三十余万，生灵涂炭，炼狱六周，哀哉国殇。
举世震惊，九州同悼，雪松纪年，寒梅怒放。
亘古浩劫，文明罹难，百年悲叹，警钟鸣响。
积贫积弱，山河蒙羞，内忧外患，国破家亡。
民族觉醒，独立解放，改革振兴，国运日昌。
前事不忘，后事之师，殷忧启圣，多难兴邦。
七十七载，青史昭彰，生生不息，山高水长。
二〇一四，国家公祭，中外人士，齐聚广场。
白花致哀，庄严肃穆，丹忱抒写，和平诗章。

大道之行,天下为公,大德曰生,和气致祥。

和平发展,时代主题,民族复兴,世代梦想。

龙盘虎踞,彝训鼎铭,继往开来,永志不忘。

"继往开来,永志不忘"。《和平宣言》在侵华日军南京大屠杀遇难同胞纪念馆久久回荡!

附录

一、侵华日军南京大屠杀集中屠杀情况统计表

序号	屠杀地点	时间	死亡人数	备注
1	中山码头	1937年12月16日	10000余人	徐进、梁廷芳等证词，判决书，碑文
2	鱼雷营、宝塔桥一带	1937年12月15日	39000余人	殷有余、陈万禄等证词，判决书，碑文
3	汉中门外	1937年12月15日	2000余人	伍长德、汤正有等证词，判决书，碑文
4	煤炭港	1937年12月17日	3000余人	潘开明、陆法曾等证词，判决书，碑文
5	草鞋峡	1937年12月18日	57000余人	唐广普、鲁甦等证词，判决书，碑文
6	上新河一带	1937年12月	28730余人	盛世征、昌开运等证词，判决书，碑文
7	凤凰台、花神庙一带	1937年12月	7000余人	芮芳缘、张鸿儒等证词，判决书，碑文
8	燕子矶	1937年12月	50000余人	李龙飞、郭国强证词，判决书，碑文
9	挹江门附近	1937年12月	5100余人	【日】境昌平、酒井伍朗等证词，碑文
10	三汊河、姜家园附近	1937年12月	700余人	毕正清、殷南冈证词，判决书
11	三汊河附近	1937年12月13日	10000余人	骆中洋、徐吉庆、龚玉昆等证词
12	南通路、九甲圩附近	1937年12月18日	800余人	胡春庭、姜鑫顺等证词
13	大方巷广场	1937年12月16日	500余人	徐家禄、【日】今井等证词，判决书
14	山西路广场	1937年12月下旬	1000余人	蒋公毅、李克痕等证词
15	金陵大学校园	1937年12月16日	300余人	【美】费区、贝德士等
16	太平门	1937年12月间	16300余人	【日】松冈环、中岛今朝吾等证词
17	中山门外一带	1937年12月	3000余人	高冠吾，碑文
18	仙鹤门一带	1937年12月	7000余人	【日】中岛今朝吾、东史郎等证词
19	清凉山、古林寺附近	1937年12月	1000余人	刘世尧、王鹏清、【日】井家又一等证词
20	乌龙山北家边	1937年12月	6000余人	夏安荣、严兆江等证词
小计		248430余人		

说明:1. 据《审判战犯军事法庭谷寿夫战犯案件判决书》附件所载,除第1至8项196730人外,尚有据可查、规模不等的屠杀事件870余起,遇难者少则一二人,多则数百人。扣除所列集中屠杀地数据,仅对世界红卍字会南京分会、崇善堂、中国红十字会南京分会一队尸体掩埋统计分别为5093、66463、5704具,小计77260具,未在统计之列。

2. 据1939年3月伪南京市《南京市政概况》公布,时有私人待修坟墓26400余处,说明至少有26400人遭零星屠杀,此数据未在统计之列。

3. 中共南京市委党史办所编《南京地区抗日战争史》,1937年12月江宁区东山镇、汤山镇、江宁镇计有1120人遇难,高淳区淳溪镇、浦口区西江口各有30余人遇难,未在统计之列。如若简单相加,统计实数达353270余人,远大于对外公布的30万人以上的遇难总数。

二、南京大屠杀遇难者尸体掩埋统计表

序号	掩埋组织名称	掩埋时间	收尸地点	尸体数（具）	备注
1	世界红卍字会南京分会	1937年12月22日—1938年10月	下关、草鞋峡一带	12834	不包括本表第4、10项
2	南京市崇善堂	1937年12月26日—1938年5月1日	中华门、新街口、鼓楼、挹江门、花神庙、通济门、马群、高桥门上新河一带	112266	男尸109362,女尸2091,孩尸813
3	中国红十字会南京分会	1937年12月24日—1938年5月	下关、和平门、下关江边、迈皋桥、鼓楼、新街口一带	15691	不包括本表第5项
4	世界红卍字会南京分会八卦洲（分）会	1937年12月	八卦洲、长江中	1559	
5	南京同善堂	1937年12月	中华门、雨花台、长干巷一带	7000余	
6	南京顺安善堂	1937年12月	沿江一带	1500	
7	南京明德慈善堂	1938年春	洪武路一带	700余	

8	南京众志复善堂	1938年春	瞻园路一带	不详	
9	南京代葬局	1938年	保泰街、鼓楼一带	不详	10000余具，计入伪卫生局
10	盛世征、昌开运等	1937年12月	汉中门外、上新河一带	28730	
11	芮芳缘、张鸿儒等	1938年1月—1938年2月	中华门、望江矶、花神庙一带	7000余	
12	王寿仁玛目等	1938年2月—1938年5月	五台山、冬瓜市、峨嵋岭、鸡鹅巷	400余	
13	严兆江等	1937年12月间	尧化门外、乌龙山北家边一带	6000余	
14	胡春庭等市民	1937年12月间	下关南通路北麦地	300余	
15	程玉书、吴启福等亲友	1937年12月以后	中华门外安德门一带	119	
16	陶志东等村民	1938年四五月间	仙鹤门北街	700余	
17	戴志善、张礼海	1937年12月	汤山镇湖山村、黄栗墅村	79	
18	裔文钊等	1938年2月	汤山镇西岗头	37	
19	伪下关区公所	1937年12月15日起	下关三汊河、中山码头	3240	
20	伪市政公署	1938年12月	灵谷寺、马群一带	3000余	
21	伪第一区公所	1938年2月	城南中华门一带	1233	
22	伪第二区公所	1938年1—2月	城西南、评事街等处	27	
23	伪第三区公所	1938年1—2月	湖南路、大石桥、珠江路、百子亭、南仓巷、杨将军巷等处	10余	
24	伪市卫生局	1938年1—12月	保泰街、鼓楼一带	9341	男尸8996具、女尸146具、孩尸205具、尸骨24具
25	日军南京碇泊场司令部毁尸	1937年12月	草鞋峡、燕子矶江边	100000	
26	日军其他部队毁尸	1937年12月	下关江边	50000	

27	日军中岛今朝吾部毁尸	1937年12月13日	太平门	1300	
28	日军第十六师团步兵第二十联队毁尸	1937年12月	太平门附近	328	
合计		363394			

说明：本表 1 至 9 项为慈善组织掩埋情况，小计 151550 具；9 至 18 项为市民自发组织掩埋情况，小计 43365 具；19 至 24 项为伪政权组织掩埋情况，小计为 16851 具；25 至 28 项为日军抛尸和掩埋情况，小计 151628 具；合计为 363394 具。扣除掩埋交叉计算应包括在 25 项内的，世界红卍字会南京分会救济队掩埋组 1938 年 6—7 月在草鞋峡收殓尸体 12834 具，总计 350560 具。需要说明的是，统计中尚不包括私人掩埋的 26400 余处，遭零星屠杀的至少有 26400 人，汇总起来，数据远远大于对外公布的 30 万人以上的遇难人口。

三、南京市抗日战争时期社会财产损失统计表

类别项目		直接损失		间接损失		合计 国币/万元	共计
		数量	价值（国币/万元）	数量	价值（国币/万元）		
工业	工业	3052	4395.4837		409.9322	4805.4159	5425.185
	矿业						
	其他		619.5867		0.1824	619.7691	
农业	农业	6019	613.6362		17.5851	631.2213	721.2247
	林业	17户	57.606		0.8785	58.4845	
	牧业	20户	3.403		0.5	3.903	
	渔业	63户	1.7083		25.6276	27.3359	
	其他	59条	0.28		--	0.28	

分类	子类	数量	值1	数量2	值2	合计	总计
交通	铁路		940.576		13336.92	14277.496	194812.364
	公路		134637.6905		0.0275	134637.718	
	航空		26.48		不详	26.48	
	水运		98.52			98.52	
	其他		45770.825		1.325	45772.15	
邮政	邮政		0.2117			0.2117	0.2117
	电讯						
	其他						
商业	商业		264476.1386		1148.0876	265624.2262	265640.9676
	外贸						
	其他		16.7414			16.7414	
财政	税收		9650.61		15904.14	25554.75	585282402.75
	其他				585256848.0	585256848.0	
金融	银行	51	245315.9759	1	1386.456	246702.4319	246884.4419
	钱庄	29	18.81			18.81	
	其他	11	163.2			163.2	
文化	图书		146.7074			146.7074	254.5574
	文物		44.4612			44.4612	
	古迹		1.347			1.347	
	其他	51	62.0418			62.0418	
教育	小学	4613	98367.3233		1.615	98368.9383	177992.2344
	中学		175.3758			175.3758	
	中专		--			--	
	大学		1947.9203			1947.9203	
	其他	485	77500.00			77500.00	
公共事业	机关	454	65575.3327		367471.685	433047.0177	568346.4801
	团体	30	121892.755		1.24	121893.995	
	其他		13405.4674			13405.4674	
人力资源			922.6960			922.6960	922.6960
其他		5828	1656.7415		70.632	1727.3735	1727.3735
总计				586745130.4863			

说明：本统计主要依据各相关单位向国民政府行政院赔偿调查委员会呈报的《抗战损失报告单》、近年来南京市地方志编纂委员会编写的各行业志资料及各区县抗日战争伤亡人口及财产损失小组提供的资料。

1937年，全市社会财产直接损失322311.29万元，间接损失139.32万元；1938年，社会财产直接损失322.43万元，间接损失未有统计；沦陷期间年代不详的社会直接损失763910.27万元，间接损失585656485.51万元。

本表为不完全统计，由于年代久远，有的资料散失，有的无法换算。如：1.工业损失。沦陷前后，一些企业因多种原因未见申报资料，一些工业企业因日军进攻被毁，一些企业遭日军纵火焚毁，一些企业被日军以"军事管制"名义交日本公司经营，或被日本拆走，大量矿产资源被日军运回日本，因无资料，均不在统计之列。2.农业损失。抗战期间大量农民逃难他乡，郊县农村劳动力锐减，大量农田弃耕荒芜，因没有具体资料未列入统计。日军占用的大量农田土地、役畜房屋等，因无法估算价格，也未列入统计。3.交通损失。日军占领南京时，多数道路桥梁损毁，城内的文德桥、利涉桥、淮清桥、大中桥，城外的九龙桥、江东桥、石城桥、南门桥，锁金桥、蒋王庙桥、毛公渡桥等皆被炸或被焚，未列入统计。招商局、三北公司及民营木船被日军炸毁、炸沉的不计其数，所受损失均未列入统计之内。4.商业损失。沦陷期间，绝大部分商店遭到日军焚烧、抢劫，主要商业街区遭到毁灭性的破坏，因资料散缺，无法详尽统计。5.财政及金融业损失。为维持伪化、为日军支付军费等，伪中央储备银行发行"中储券"731571060万元，按100∶80折合法币，约损失585256848万元，计入间接损失。各家银行损失，仅按战前发行纯益及未收回放款、投资计算计入损失。6.文化教育损失。南京大中小学、图书馆和私人藏书损失，公立、私立大中小学损失，夫子庙建筑群、正觉寺、牛首山等众多文物古迹损失，无法计算数额，也未在统计之列。

四、南京市抗日战争时期居民财产损失统计表

单位：万元/法币

项目	城区 数量/单位	城区 折合金额	郊区 数量/单位	郊区 折合金额	小计 数量/单位	小计 折合金额
土地		692.62				692.62
树木		1010.9351		1009.0556		2019.9907
生产工具		147263.3739		10.683		147274.0569
房屋	789幢又31343间			240877.5715		
禽畜	6277头			7.1742		
粮食	1208795石			1151.4032		
服饰	5920箱；又5914725件；首饰14222两6345件			1088.3342		
生活用品	2406套又309223件	23178535.8222		1012.0655		23422747.4225
其他	书籍181箱又2859套又148619册；字画6482件；古玩7321件；车辆956辆；现金44.7958			75.0517		
合计		23327502.7512		245231.3389		23572734.0901

说明：1. 本表主要根据1946年南京抗战损失调查委员会统计数（南京市档案馆1003-17-1卷），即23178535.82万元，加上2006年抗战调研中收集的资料土地、树木及生产工具损失148966.93万元，作为缺项补充。郊区（县）统计数据，主要来源于2006年抗战调研中走访调查和查阅档案。2. 货币折算：一律按1935年价值计算，银元按牌价10：12折算为法币。3. 部分有数无价的损失未计算在内，如玄武区房屋2161间、178幢及户损较大的10亿元等均未统计在内。4. 郊区（县）上报材料中有数量没有金额的，按房屋0.05万元/间计算；粮食按0.14万元/担计算；生产工具按0.05万元/件计算；渔船按0.1万元/条计算。5. 其中，1937年损失1319366.83万元，1938年损失2926.32万元；时间不详或无法确定年份的21989335.65万元。6. 需要强调的是，由于本统计为不完全统计，诸多在大屠杀中绝户、外迁及其他原因没有申报的损失不在其列。

后记

本书为南京市文艺基金赞助项目,也是南京市 2019 年文化建设工作目标的重点项目。正如习近平于 2014 年 12 月 13 日在南京大屠杀死难者国家公祭仪式上所说的那样:"历史告诉我们,和平是需要争取的,和平是需要维护的。只有人人都珍惜和平、维护和平,只有人人都记取战争的惨痛教训,和平才是有希望的。我们为南京大屠杀死难者举行公祭仪式,是要唤起每一个善良的人对和平的向往和坚守,而不是要延续仇恨。中日两国人民应该世代友好下去,以史为鉴、面向未来,共同为人类和平作出贡献。忘记历史就意味着背叛,否认罪责就意味着重犯。我们不应因一个民族中有少数军国主义分子发起侵略战争就仇视这个民族,战争的罪责在少数军国主义分子而不在人民,但人们任何时候都不应忘记侵略者所犯下的严重罪行。一切罔顾侵略战争历史的态度,一切美化侵略战争性质的言论,不论说了多少遍,不论说得多么冠冕堂皇,都是对人类和平和正义的危害。对这些错误言行,爱好和平与正义的人们必须高度警惕、坚决反对。"

让历史留住是一种责任,警示未来更是一种使命担当。

一个国家、一个民族,有多厚重的历史,就有多深刻的思考。

自 2014 年南京大屠杀死难者国家公祭日设立之日,我们即着手编前准备,直到第六个国家公祭日前方完成初稿。本书记述的地域范围为现南京市行政区划内的11个区，含玄武区、秦淮区、建邺区、鼓楼区、栖霞区、雨花台区、江宁区、浦口区、六合区、溧水区、高淳区。

在资料征集和编写过程中，得到中国第二历史档案馆、南京市地方志编纂委员会办公室、南京市档案馆、中共南京市委党史工作办公室、浦口区委党史工作办公室等单位的热情帮助。值本书出版之际，在此一并致谢！

本书凝结着集体的智慧，著名作家李风宇、张国防参与策划，张国防撰写第九、二十五章，并审读了全稿；哈鸣撰写了第八、二十四章。摄影家韩娃丽不辞辛苦拍摄了各纪念地的实景图片，王小孚先生参加调研并协助完成部分资料的核对，党史专家吴光祥协助查阅资料、校阅书稿，并提出中肯意见。

唤起每一个善良的人对和平的向往和坚守是我们编写本书的初衷，虽然我们努力按照有关方面领导和专家要求进行了多次修改，力求使这本书达到较好的质量，但限于作者的研究能力和水平，仍有许多不尽人意的地方。恳请广大读者给予批评指正。

作者

2020年12月